KB017317

사악한 자매

THE WICKED SISTER

Copyright © 2020 by K Dionne Enterprises LLC
All rights reserved.

Korean-language edition copyright © 2020 by Mirae N Co., Ltd
Published by agreement with Folio Literary Management,
LLC and Danny Hong Agency

이 책의 한국어판 저작권은 대니홍 에이전시를 통한
저작권사와의 독점 계약으로 ㈜미래엔에 있습니다.
저작권법에 의해 한국 내에서 보호를 받는 저작물이므로 무단전재와 복제를 금합니다.

THE WICKED SISTER

사악한 자매

카렌 디온느 지음 | 심연희 옮김

B 북플리오

나와 내 글을 변함없이 믿어 주고
이 책의 토대가 된 생각에 싹을 틔워 준 제프에게 바칩니다.

"진실은 태양과 같다.
잠시 가릴 수는 있겠지만 그렇다고 태양이 사라지지는 않는다."

– 엘비스 프레슬리Elvis Presley

작가의 일러두기

미시간주 어퍼 반도를 잘 아는 독자들이라면 내가 이 소설 속에 등장하는 어퍼 반도의 역사를 살짝 바꾸었다는 걸 알 수 있다. 이 소설의 배경은 현재라서 레이첼의 이야기가 펼쳐지는 뉴베리 정신병원이 여전히 운영 중인 것처럼 그리고 있지만, 사실 그 병원은 1992년에 이미 문을 닫았고, 지금 그 건물은 개조되어 중급 보안 교도소가 되었다.

현재
레이첼

가끔 눈을 감으면 손에 든 라이플이 보인다. 작은 손과 통통한 손가락. 열한 살의 나. 이 라이플은 특별할 게 없다. 다른 레밍턴 총과 똑같아 보일 뿐이다. 하지만 이 라이플로 나는 어머니를 죽였다.

환상 속의 나는 쓰러진 어머니 앞에 서 있다. 라이플로 어머니 가슴을 겨눈 채로. 입을 벌린 채, 눈을 감고 있는 어머니. 가슴이 빨갛다.

아버지는 현관으로 달려왔다.

"레이첼!"

나를 본 아버지는 소리쳤다. 그리고 털썩 무릎을 꿇고서 어머니를 품에 안고 나를 올려다보았다. 경악과 공포가 뒤죽박죽 섞인 낯선 표정이다.

아버지는 어머니가 아기라도 되는 것처럼 오랫동안 안고 얼렀다. 아직도 살아 있다는 듯이.

마침내 아버지는 낡은 나무 마룻바닥에 어머니를 부드럽게 내려놓고 천천히 일어섰다. 부들부들 떠는 내 손에서 라이플을 받아든 아버지는 이쪽을 바라보았다. 이해할 수 없는 거대한 슬픔으로 나를 바라보며 아버지는 라이플을 자신에게 겨누었다.

아니야. 내 방 구석에 처진 거미줄 한가운데에서 무당거미가 말했다. 저 구석은 청소부가 절대로 쓸지 않는 부분이다. *네 아버지는 어머니를 죽인 다음 자살했어.*

거미는 왜 거짓말을 하는 걸까. 이해할 수 없다. 거미는 보통 진실만을 이야기하는데.

"네가 어떻게 알아?"

그만 참지 못하고 물었다. 저 거미는 내 부모님이 죽었을 때 그곳에 있지도 않았다. 난 그 자리에 있었단 말이다.

거미는 여덟 개의 반짝이는 눈으로 나를 근엄하게 바라보았다. *난 알아. 우리 모두 알아.*

새끼 거미들이 거미줄 가장자리를 따라 잽싸게 달렸다. 허공에 흩어진 먼지처럼 작고 대단찮은 그것들은 고개를 끄덕였다.

거미에게 그게 아니라고 말하고 싶었다. 부모님이 죽은 날 무슨 일이 있었는지는 그 누구보다 내가 잘 안다고, 어린 시절 저지른 범죄의 결과가 무엇인지는 앞으로도 거미보다 내가 더 잘 알 거라고 말하고 싶었다. 나는 그 사실을 품고 15년을 살아 왔으니까. 사람의 목숨을 직접 끊은 사람은 무너져 버린다. 아주 극미한 부분으로 조각조각 부서져 그 누구도 다시는 짜 맞출 수 없게 된다. 보행자를 친 음주 운전자를 붙잡고 물어보라. 사슴인 줄 알고 친구나 친척 형제를 쏘아 버린 사냥꾼에게 물어보라.

아니면 너무 어려서 무슨 일이 벌어질지 모른 채로 장전된 총을 들고 있는 소녀에게 물어보든지.

나를 담당한 심리치료사들은 내가 복잡한 슬픔 장애를 겪고 있다고 했다. 그래서 시간이 지나면 나아질 수 있을 거라 말했다. 하지만 그들은 틀렸다. 나는 점점 나빠지고 있다.

잘 수가 없다. 잠을 자면 악몽을 꾼다. 종종 두통을 겪고 항상 복통이 있다. 예전에는 자살해야겠다고 생각하곤 했지만, 그러다 남은 평생을 정신병원에서 사는 것이 더 큰 형벌이라는 걸 깨닫고 그만두었다. 나는 먹고 자고 책을 읽고 TV를 보고 외출을 한다. 따스한 여름 공기를 마시고 피부에 볕을 쬐며 새들과 벌레의 노랫소리를 듣는다. 꽃이 피고 단풍이 들고 눈이 내리는 모습을 바라본다. 그리고 언제나, 쉼 없이 정신의 앞쪽과 마음속 깊숙한 곳에서 항상 타오르고 있는 끔찍한 진실을 빠짐없이 생각한다. 나 때문에 부모님이 다시는 볼 수도, 냄새를 맡을 수도, 먹을 수도, 웃을 수도, 사랑할 수도 없게 되었다는 사실을. 나 때문에 부모님이 죽었다는 사실을.

경찰은 부모님의 죽음을 아버지가 저지른 살인과 자살로 규정했다. 내가 이제껏 찾아본 모든 언론 매체는 그 결론에 동의했다. 피터 제임스 커닝햄(45세)은 알 수 없는 이유로 아내인 제니퍼 메리 커닝햄(43세)을 살해한 다음 라이플로 자살했다. 어떤 이들은 아버지가 어머니를 쏘는 장면을 봤기 때문에 내가 도망친 것이라고 추측했다. 또 어떤 이들은 내가 부모님의 시체를 보았기 때문에 머리가 돌아 버렸다고 했다. 그때 내가 말할 수 있었다면 그건 다 내 책임이라고 이야기했을 것이다. 나는 당시 3주 동안 긴장증에 걸려 있었고, 회복되었을 즈음에는 만나는 사람마다 그건 내가 저지른 짓이라고 확실하게 알렸다.

하지만 지금까지 그 누구도 나를 믿지 않았다. 방구석 거미조차도 믿지 않았다.

2

거미는 새끼들을 돌보라고 두고 나는 손목시계를 확인했다. 이전에 이모가 사 준 시계를 누가 훔쳐 가서, 이모가 달러스토어에서 다시 사다 준 싸구려 플라스틱 시계다. 나는 두 층 아래에 있는 커뮤니티룸으로 내려갔다. 오늘 오후에 케이블 TV에서 〈스타트렉Star Trek〉이 방영될 예정이었고, 나는 내 친구 스코티에게 아무도 그 채널을 바꿀 수 없게 해 주겠다고 약속했다. 빈 계단에 내 발자국 소리가 울려 퍼졌다. 나는 테니스화를 신고 있다. 우리는 붙였다 뗐다 하는 벨크로 운동화만 신을 수 있다. 세라믹 바닥 타일은 여기저기 금이 가거나 떨어졌고, 벽과 천장에 칠한 회반죽은 가루가 되어 조각나고 벗겨졌다. 내 방은 제일 오래된 건물에 있다. 이 병원이 문을 연 1895년부터 있던 건물로, 개원 당시의 병원 이름은 '어퍼 반도 정신병자 수용소'였다. 현재 이름인 '뉴베리 지역 정신병원'은 어감이 확실히 나아졌지만, 본질은 크게 다르지 않다.

여기는 미시간주에 있는 2대 정신병원 중 하나다. 이 병원은 어퍼 반도Upper Peninsula에 있고, 다른 병원은 로어 반도Lower Peninsula에 있는데, 두 곳 모두 정신 아픈 사람들이 나아져서 퇴원하거나, 완전히 미쳐 버린 사람들이 평생 살게 되는 곳인 건 마찬가지다. 나는 저 두 부류 가운데 어디쯤이다.

계단에서 내려와 소리가 가득한 벽으로 들어갔다. 복도는 붐볐다. 환자와 간호사들이 있었다. 환자와 그 옆에서 정확히 보조를 맞추어 걷는 간호사들도 보였다. 밥을 먹고 난 폭식증 환자는 혼자 두면 안 되기 때문이다. 조무사와 방 청소부, 흰 가운을 입은 의사도 하나 있었다. 나는 내내 고개를 숙인 채 벽에 바짝 붙어 걸었다. 아무에게도 말을 걸지 않았고, 아무도 내게 말을 걸지 않았다. 심리치료사들은 언제나 말했다. 내가 룸메이트나 심리 치료 모임의 사람들과 알고 지내야 한다고. 하지만 곧 여기서 나갈 이들과 친구가 되는 게 무슨 의미가 있는지 쉽사리 납득은 안 된다. 기숙 병동과 관리 빌딩 사이에 놓인 유리 통로 안을 이리저리 나아갔다. 이곳은 여름이 되면 지옥만큼 뜨거워지는 곳으로, 진짜 유리가 아니라 절대로 부술 수 없는 플렉시글라스plexi glass 재질이라는 사실을 직원들은 신입 환자들에게 단단히 일러둔다. 나는 문을 열고 커뮤니티룸 안으로 들어갔다.

커뮤니티룸은 백 년 된 정신병원에 있을 법한 음울한 곳이다. 때 묻은 크림색 벽, 여기저기 닳은 초록색 석면 타일 바닥, 아무도 뛰어내릴 수 없도록 만든 육중한 철제 창틀과 다중겹 유리창. 바닥에 고정시킨 인조가죽 의자와 청테이프가 덕지덕지 붙어 있는 소파. 그곳은 시끄럽기도 했다. 방문객과 환자가 나누는 대화 소리를 넘어서서 텔레비전 소리가 들려야 하기에 음량을 아주 크게 맞춰 놓았기 때문이다.

방문객과 환자도 텔레비전 소리에 묻히지 않고 대화를 주고받기 위해 엄청 큰 소리로 이야기를 해 댔다. 게다가 그곳은 냄새도 지독했다. 썩은 음식물 냄새와 소독약 냄새가 섞여 있다. 샬럿 이모는 그 냄새를 맡으면 담배 악취가 빠지지 않는 양로원이 떠오른다고 말했다. 사실 병원에 있는 모두는 담배를 피운다. 담배는 공짜다. 이게 우리를 중독시켜 평생 고객으로 삼으려는 담배 회사의 간계인지, 아니면 그저 병원에 차고 넘치는 진정제 중 하나가 담배라고 여겨서인지는 알 수 없다. 하지만 라이터와 성냥은 금지 품목이다. 신발 끈과 바지 끈, 슈퍼마켓 비닐봉지와 쓰레기 봉지를 비롯한 일상 생활용품 수십 가지 역시 금지 품목이다. 정신병원에 살지 않는 사람들이 일상에서 사용하는 평범한 물건이라도 여기서는 잠재적으로 목숨을 끊을 수 있는 흉기가 되니까.

그런데도 내가 여기서 지낸 이후로 두 건의 자살이 성공했다. 첫 번째는 어떤 여자아이였다. 그 아이는 스웨터를 풀어서 털실을 꼬아 밧줄을 만든 다음, 그걸 목에 감고 밧줄 끝을 화장실 천장에 있는 파이프에 맸다. 그리고 변기 위에 올라가서 뛰어내렸다. 두 번째 여자는 아무도 보지 않을 때 청소부의 카트에서 배수관 막힘 용해제를 한 병 훔쳐서 마셨다. 청소부는 그 일로 해고되었다. 그렇다 해도 여기 있는 환자의 절반 이상이 아직도 살아 있으니 직원들은 칭찬받아야 마땅하다. 이곳은 환자의 반 이상이 자살을 시도하거나 그러고 싶은 욕망에 시달리는 곳이다.

"어-사!"

방 저쪽에서 나를 본 스코티가 외쳤다. 그는 벌떡 일어나 두 손을 흔들었다. 나도 손을 흔들며 미소를 지었다. 스코티는 남자의 몸을 한 어린아이다. 몸집이 크고 떡 벌어진 어깨에 누구든 꽉 안아 으스러뜨릴 만한 팔뚝을 소유했지만, 속은 마시멜로만큼이나 부드럽다. 그렁그렁한 푸른 눈망울과 갈색빛 금발을 지닌 그의 정신연령은 아홉 살쯤이다. 어쨌든 '스코티Scotty'(《스타트렉》에 등장하는 엔터프라이즈호의 기관실장 몽고메리 스콧의 별명이다-옮긴이)는 진짜 이름이 아니고 나만 그렇게 부른다. 그는 〈스타트렉〉에 광적으로 빠져 있으니까. 같은 이유로 스코티는 곰을 좋아하는 나를 '어설라Ursula'(이 이름의 라틴어 어원인 ursa는 곰이란 뜻이다-옮긴이)라고 부른다.

스코티의 동생 트레버도 소파에서 기다리고 있었다. 그를 보자 언제나처럼 가슴이 두근거렸다. 트레버가 여기 있으리란 걸 알고 있었다. 그와 나는 영화가 끝나고 개인적으로 대화하기로 약속했다. 하지만 그가 자꾸 신경 쓰이는 마음은 어쩔 수 없었다. 트레버 레토는 스물여덟 살로, 스코티보다 열 살 어리고 나보다는 두 살 많다. 오늘 트레버는 럼버잭 셔츠lumber jack shirt(큰 격자무늬가 있는 두꺼운 모직 웃옷으로 벌목꾼의 작업복에서 유래되었다-옮긴이)를 입고 소매를 팔꿈치까지 걷어 올렸다. 거기에 맞춘 캔버스 운동화와 청바지가 갈색 머리와 갈색 눈과 무척 잘 어울렸다. 턱수염은 정돈하지 않았지만 자연스러웠고 나름 다듬은 것처럼 보였다. 나도 갈색 머리에 갈색 눈이고, 청바지와 격자무늬 셔츠를 입고 있기는 마찬가지였다. 어퍼 반도에 사는 사람이라면 남녀 모두 마치 유니폼처럼 이렇게 입는다. 하지만 트레버는 이런 차림을 잘 소화해서 사람들의 이목을 끌었다. 이 병원에서 트레버한테 반한 사람은 분명 나 하나만이 아닐 것이다.

나는 스코티를 사이에 두고 소파 끝에 앉았다.

"오랜만이야. 얼굴 좋은데."

그저 예의상 건넨 인사말만은 아니었다. 트레버는 정말로 피부가 진하게 탄 건강한 모습이었다. 팔 위쪽의 울퉁불퉁한 근육은 어느 때보다도 단단해 보였다. 여섯 달 동안 파타고니아 북부를 트레킹하면 아마 저렇게 되나 보다.

"고마워. 돌아온 지 얼마 안 됐어. 물론 제일 먼저 형을 보러 온 거고."

그는 자기 형의 팔을 툭 쳤다. 스코티도 씩 웃더니 그를 쳤다. 나는 어쩔 수 없이 미소를 지었다. 스코티의 미소는 그 마음만큼이나 순수하고 진짜였다. 스코티를 기분 좋게 하는 건 어렵지 않았다. 그게 내가 그와 노는 이유 중 하나였다. 어떤 사람들은 내가 스코티와 친하게 지내는 이유가 트레버랑 가까워질 수 있어서라고 생각하지만, 사실이 아니다. 우리의 우정이 이상하게 보일 수 있다는 건 안다. 내 지능지수는 120이고 스코티는 잘해 봤자 나의 반 정도겠지만, 그렇기에 우리의 우정이 이루어질 수 있는 거다. 스코티는 나를 있는 그대로 받아 주고 아무런 대가를 바라지 않는다. 게다가 그보다 더 중요한 점이 있는데, 그가 내게 아무것도 물어보지 않는다는 점이다.

"그런데 형은 어쩌다가 눈에 멍이 든 거야? 나한테 대답을 안 하려고 하네."

트레버가 내게 물었다.

"모르겠어. 나한테도 말 안 하려고 해서. 이야기해 주는 사람도 없고."

물론 스코티가 계단에서 넘어졌거나 혼자서 문에 부딪쳤을 가능성도 있지만, 더욱 개연성 있는 쪽은 조무사 중 하나가 때렸거나 일부러 넘어뜨렸을 경우다. 조무사들은 대부분 미식축구 선수만큼 덩치가 컸고, 그중 몇몇은 정말 선수였다가 무릎을 다치는 등의 부상으로 여기에서 일하게 된 사람들이다. 원통한 마음을 품은 데다 힘이 넘쳐 나는 사람들을 데려다 무력한 자들을 돌보라고 하면 상황은 나빠지기 마련이고, 스코티는 그들의 손쉬운 먹잇감이 되었다. 설명할 수 없는 상처와 멍을 달고 나온 게 이번이 처음도 아니었고 앞으로도 이런 일은 계속될 것이다. 트레버는 마켓Marquette 근처에서 괜찮은 사회 복귀 시설을 계속 찾아보고 있다. 그러면 형을 계속 지켜볼 수 있을 테니까. 하지만 지금껏 그런 곳은 나타나지 않았다. 조현병이 있는 지적장애인을 기꺼이 떠맡을 곳은 많지 않다.

"쉬잇."

영화가 시작하자 스코티가 조용히 하라고 신호를 보냈다. 방 안에서는 예상대로 신음 소리가 울려 퍼졌다. "또 저 영화야!" "채널 좀 바꿔!" 등의 소리가 들렸다. 그래서 오늘 아침 일찍 채널을 맞춘 다음 리모컨을 슬쩍 숨긴 것이다. 나는 음량을 높이고 리모컨을 소파 쿠션 사이에 찔러 넣었다.

영화 보는 시간은 내 예상보다 훨씬 즐거웠다. 그건 스코티가 소파 끝에 앉아 몸을 앞으로 숙이고 두 손을 무릎 사이에 넣은 채로 두 시간 동안 넋 놓고 영화에 빠져 있는 동안, 트레버와 나는 소파 쿠션에 기대어 스코티의 등 뒤로 눈빛을 주고받았기 때문이다. 방 저쪽에 앉은 어떤 여자가 열심히 책을 읽는 척하면서 가끔 고개를 들고 비난하는 눈초리로 나와 트레버를 번갈아 보았다. 그러다 마지막에는 나를 칼로 찔러 죽일 것 같은 눈빛을 보냈다. 그 눈빛을 받자 생각보다 기분이 더 좋아졌다.

엔딩 크레디트가 끝나자마자 스코티는 벌떡 일어섰다. 그리고 "포스가 너와 함께 하기를 May the Force be with you"이라고 읊조렸다. 다른 사람이 듣기에는 스코티의 축복이 "무흐-아흐-파흐-에-이흐-우"라는, 뜻 모를 횡설수설로 들렸을 것이다. 스코티는 한 단어를 말할 때마다 듣기 안쓰럽고 힘겹게 띄엄띄엄 끊어서 억양 없이 말했다. 스코티의 말은 그저 불분명한 웅얼거림일 뿐인데 내가 어떻게 이 말을 이해할 수 있는지는 나도 모르겠다. 어째서 거미의 말을 이해할 수 있는 건지 설명할 수 없는 것과 마찬가지다. 어쨌든 이 말이 〈스타트렉〉이 아니라 〈스타워즈 Star Wars〉의 대사라는 걸 스코티에게 굳이 말하진 않았다.

스코티는 그 자리에서 돌아서더니 곧바로 남자 기숙 병동 쪽으로 향했다.

"2주 있다 봐!"

트레버는 형의 등 뒤에 대고 소리쳤다. 스코티는 대답하지 않았다.

트레버는 일어서서 기지개를 켰다.

"휴, 못 할 짓이네. 그럼 지금 시작할까? 아니면 몇 분 쉬었다 할까?"

"지금 하자."

다시 앉기 전에 좀 쉬어도 상관없었지만, 이 층의 공공시설은 문이 잠겨 있다. 나는 열쇠를 달리고 부탁하리 본관에 가고 싶지 않았다. 원하는 사람은 쓰라고 소파 위에 리모컨을 두고, 나는 최대한 텔레비

전에서 멀리 떨어진 빈 테이블로 트레버를 따라갔다. 트레버는 내게 전화해서 자신은 언론학을 전공하기로 했다고 말했다. 그러면서 '그때 그 사람은 어떻게 살고 있나'라는 식의 근황 기사를 작성하고 싶으니 나를 인터뷰해도 되는지 물어보았는데, 그때 나는 온 우주의 축복을 받은 기분이었다. 아버지가 어머니를 죽였다는 생각은 15년 동안 기정사실로 여겨졌다. 아버지가 그러지 않았다는 사실을 아는 건 나뿐이었다. 이 인터뷰는 쓸모없이 인생을 낭비하고 있는 내가 무언가 좋은 일을 할 기회였다. 아마 앞으로 이런 기회는 다시 오지 않을 것이다. 기자들은 실제로 나를 찾아와 방문을 두드린 적이 없으니까.

그래도 긴장은 되었다. 전도유망한 기자 지망생에게 내가 어머니를 죽였다는 사실을 밝히고, 그 사실을 세상에 알리게 한다면 결과는 불 보듯 뻔했다. 사람들은 내 말을 믿어도 되는지 의심하고 조롱할 것이다. 나는 더 많은 치료를 받을 것이고, 더 많은 악몽을 꾸고, 더 많은 약물에 중독되겠지. 내가 심리적 압박을 감당할 수 없다고 판명되면 자살 시도자 감시 관리를 받을지도 모른다. 그건 정말이지 원치 않는다. 감시를 받으면 일 분 일 초도 혼자 있을 수 없다. 심지어 소변을 볼 때도 감시자가 붙는다. 하지만 내 이야기를 사람들이 믿는다면 어떻게 될까. 경찰 조사가 이루어지고 아버지는 누명을 벗겠지만, 이젠 내가 교도소에 가야 할 테지. 내가 어머니를 죽였다는 걸 트레버가 알게 되면 예전과는 다른 눈빛으로 나를 바라보리라는 사실은 두말할 것도 없다.

지난 세월 동안 나는 집단 치료 모임에서 사람들이 자신의 속내를 쏟아 내는 걸 너무 많이 봤다. 그들은 솔직하게 말하면 마음이 나아지리라 믿고 털어놓았지만, 그들의 가장 깊고 어두운 비밀은 여전히 존재해서 상황을 천 배나 나쁘게 만든다는 사실을 알게 될 뿐이었다. 한 번은 여자아이가 삼촌에게 성추행을 당하는 동안 새아버지가 그걸 촬영해서 다크웹에 영상을 팔려고 했다는 이야기를 들었다. 또 한 번은 자신이 열네 살 때 좋아했던 남자아이가 알고 보니 일곱 살까지 자신을 여자라고 생각하며 살았다는 이야기도 들었다. 그 아이의 어머니가 어린 아들에게 여자 옷을 입히고 딸처럼 대했기 때문이었고, 그래서 열여섯이 된 지금까지 자신의 성정체성에 혼란을 느낀다는 이야기였다. 새로 온 룸메이트의 이야기도 들은 적이 있다. 그 아이의 부모님은 딸아이가 먹는 것마다 사사건건 간섭하면서 살이 200그램이라도 찌면 몇 시간이고 운동을 시켰고, 그래서 그 방이 고문실 같았다는 이야기였다. 이런 이야기들을 어떻게 잊겠는가.

나는 되뇌었다. 이건 내가 *원해서* 하는 거라고. 인터뷰를 하자고 한 건 트레버였지만, 나는 내 의지로 여기 앉았다고.

나는 의자에 앉았다. 트레버도 앉았다. 나는 기다렸다.

"녹음해도 될까?"

그는 초록색 캔버스 메신저백에서 보이스레코더를 꺼내더니 내 대답은 듣지도 않고 우리 사이 탁자에 놓았다. 메신저백은 새것처럼 보였다.

"음, 그래. 해도 돼."

대답은 이렇게 했지만 우리 대화를 녹음해서 가지고 간다는 사실에 불쾌해졌다. 자신이 저지른 일 때문에 트라우마에 빠져 겁에 질린 채로 움직이지도 말하지도 못했던 열한 살짜리 아이가 지금의 내 모습으로 성장하기란 쉽지 않았다. 어쨌든 지금 난 적어도 걷고 말할 수는 있으니까. 내가 여기 처음 왔을 때는 언어 자극이나 물리적 자극에 아무런 반응을 보이지 않았다고 들었다. 물론 그때 나는 보고 들었던 기억이 있다. 하지만 내가 무언가 하고 싶거나 말하고 싶다는 생각이 들었을 때에는 말하거나 움직이려고 노력하는 게 별 의미 없어 보였다. 이상한 말처럼 들리겠지만, 이렇게밖에 표현할 수가 없다. 그때 난 지루함을 느끼지 않았다. 시간이 흘러가는 걸 느끼지 못했기 때문이다. 몇 시간이 몇 분 같고, 며칠이 몇 시간 같았다. 그래서 말을 듣지 않는 몸에다 콧줄을 달아 영양분을 들여보내고 하루하루 카테터를 달아 노폐물을 배출하면서 3주를 갇힌 듯 보냈다. 몸을 움직일 수는 있었지만 누군가 도와줄 때나 가능했다. 그때의 난 누가 와서 움직여주기 전까지 한 자세로 가만히 있었다. 휠체어와 침대 사이를 이동해야 할 때도 몸부림치지 않았으니 사람들은 날 옮기기 편했을 것이다.

가장 또렷이 기억나는 건 어린아이가 알아서는 안 될 감당 못할 피곤함이었다. 때때로 숨 쉬는 것조차 너무나 힘들게만 느껴졌다. 제어할 수 없는 생각과 기억의 소용돌이 속에서 난 어쩔 줄 몰랐다. 나는 총기실에 있다. 어깨에 라이플을 올린다. 거대한 방에 있는 사자를 쏘았다. 얼룩말과 가젤도 쏘았다. 나는 맹수 전문 사냥꾼이다. 모든 생물을 사랑해서 파리 한 마리 죽일 수 없는 열한 살짜리 여자애가 아니란 말이다. "뭐 하는 거야?" 나를 본 어머니가 소리친다. "총 내려놔!" 그래서 난 내려놨다. 커다랗게 탕 소리가 들린다. 어머니가 쓰러진다. 일어나지 않는다. 영화 필름처럼 장면이 머릿속에서 펼쳐졌다. 하나하나 세세한 것들이 전혀 변하지 않은 채로.

트레버는 인터뷰를 시작했다. 처음에는 중요하지 않은 질문을 몇 가지 물어서 쉽게 대답했다. 정신병원에서 십대 시절을 어떻게 보냈는지(예상대로 안 좋았다. 무엇을 상상하든 그보다 더 나빴다.), 내가 학교에 다녔는지(다녔다. 우리도 반이 있었다. 하지만 나는 고졸 학력 인증은 따지 않았다. 여기를 떠날 계획이 없는데 학력이 왜 필요한가. 이렇게 생각했지만 난 말하지 않았다.), 스코티 말고 다른 친구가 있는지(거미. 하지만 거미는 친구로 치지 않으니까 없다. 게다가 거미와의 관계를 우정이라고 볼 수 있을까? 거미는 항상 나의 말을 반박하기만 하는데. 그런 태도를 보이는 거미를 친구라고 여기려면 우정의 범주를 더 넓혀야 한다. 게다가 무당거미는 1년 남짓 살 뿐이라 내가 우정을 맺어 온 거미만 대체 몇 대째인지 따져 보는 것 역시 부질없다.), 아직 나를 모르는 사람들에게 나의 어떤 점을 알리고 싶은지(이 질문에는 내가 어머니를 죽였다는 사실로 완벽하게 대답할 수 있었지만, 아직 인터뷰는 초반부였기 때문에 난 그저 어깨를 으쓱였다.) 같은 질문이었다.

그는 앉은 자리에서 자세를 고쳐 앉았다. 대화를 계속 이어 가겠다는 신호다. 나는 준비가 되었다. 사람들의 몸짓을 읽는 데 난 아주 능숙하다. 정신병원 같은 곳에서 살려면 반드시 그 점에 능숙해야 한다.

"이제 너의 어릴 적 이야기를 해 보자. 병원에 오기 전에 어떻게 살았는지 말해 줘."

"담배 피워도 되니?"

나는 이렇게 물으며 머릿속으로 준비한 대본에서 신중하게 말을 고를 시간을 벌었다. 이 인터뷰에는 정말 많은 것이 달려 있다. 트레버는 나의 부모님이 여느 다른 부부만큼 행복했다는 사실을 알아야 한다. 내 아버지가 어머니를 죽이느니 차라리 로미오가 줄리엣을 죽이는 편이 말이 되었을 거라고, 일단 그걸 확실하게 알려 놓은 다음에야 나는 누가 범인인지 말할 수 있다. 게다가 정말로 담배를 피우고 싶었다.

"음, 아니. 안 될 거 같아."

그는 방 위로 자욱하게 낀 안개를 손으로 저으며 말했다.

"그렇지 않아도 우리가 인터뷰를 끝낼 즘엔 폐암에 걸려 죽을 것 같으니까."

나는 트레버와 함께 웃고는 담배를 하나 꺼냈다. 그리고 계속 손을 들고 있었다. 곧 조무사 하나가 날 보고는 다가와 불을 붙여 주었다.

"병원에 오기 전이라."

나는 그가 내게 했던 말을 그대로 따라하며 말을 시작했다. 이것은 나도 지금 그와 같은 마음이라는 미묘한 메시지를 전하는 방법으로, 나의 심리치료사에게서 배운 기술이다.

"어린 시절은 무척 행복했어. 부모님은 정말로 서로를 사랑하는 부부였어. 내 말이 무슨 뜻인지 너도 알 거야. 아침에 출근할 때마다 꼭 키스하는 부부들 있잖아. 두 분은 살짝 입술만 대는 거 말고 진짜 키스를 했어. 거리에서는 손을 붙잡고 다니고, 책을 읽거나 TV를 보면 소파에 떨어져 앉지 않고 나란히 앉았어. 우리 언니 말에 따르면 두 분은 처음 만났을 때보다 돌아가셨던 날 사랑이 더 깊었다고 했고, 나도 그랬을 거라 생각해. 우리는 둘 다 홈스쿨링을 했기 때문에 함께 지내는 시간이 많았어. 우리 넷은 이모와 함께 커다란 2층짜리 통나무집에서 살았어. 그건 목재업이 한창 번성했던 시기에 우리 고조할아버지가 마켓 동남쪽 부지 16제곱킬로미터에 지은 집이야. 하지만 지금 내가 하는 말은 너도 이미 아는 내용이잖아."

나는 이렇게 말했다. 우리에 대해 이미 수백만 자의 내용이 알려져 있다는 생각을 하면서 말이다.

"괜찮아. 너한테 직접 듣고 싶거든."

"좋아. 그럼 말할게."

나는 담배를 한 모금 빨면서 내가 원하는 대로 대화를 이끌어 가려면 어떻게 해야 가장 좋을까 생각했다. 그리고 이 방 여기저기 놓인 알루미늄 재떨이에 재를 털었다. 재떨이는 일회용이었지만 병원 측은 절대로 버리지 않았다. 우리 병원은 주정부에서 운영하는 시설이라 만성적으로 자금난에 시달렸기 때문이다.

"부모님은 야생생물학자였어. 그건 너도 알겠지. 우리 집은 세 면이 높은 절벽이고 나머지 한 쪽은 커다란 호수에 둘러싸여 있었어. 아주 외딴곳인 데다 자연 그대로인 지역이었지. 부모님은 이토록 놀라운 자그만 생태계 속에서 살며 일하는 건 지상낙원에 사는 것 같다고 말했어. 게다가 아버지와 어머니가 연구하는 지역은 아버지의 부모님 소유였고, 부모님은 연구비를 보장받았기 때문에 아무에게도 아쉬운 소리를 할 필요가 없었어. 그래서 어떻게 연구를 수행할지, 어떤 연구를 할지는 전적으로 두 분의 소관이었어. 아버지는 양서류를 집중적으로 연구했고, 어머니는 흑곰을 연구했어. 아버지보다 어머니가 남성호르몬이 두 배는 많아 그런 거라며 서로 농담도 하셨지. 두 분이 택한 연구 분야가 분야이니 만큼."

트레버는 미소를 지으며 우리 부모님의 농담을 수첩에 적었다.

"그래서, 너는 어느 쪽이었어? 개구리가 좋았어, 곰이 좋았어?"

"나는 움직이는 거라면 다 좋아했어."

일부러 모호하게 대답했다. 사실을 말하자면 양서류는 나한테 별로 의미가 없었다. 나는 어머니만큼 흑곰에 홀딱 빠져 있었으니까. 앞으로도 그건 변치 않을 거다.

"나는 부모님이 현장 조사를 나갈 때 함께 나갔어. 어떤 날은 아버지처럼 허벅지까지 올라오는 장화를 신고 모기장을 몸에 두른 채로 연못과 개울을 열심히 누비면서 물 샘플을 채취하고 올챙이 수를 세고 개구리를 잡아 담았어. 다음 날에는 어머니랑 같이 야생동물 관찰 블라인드(몰래 동물을 관찰할 수 있는 오두막 등의 특정 건물-옮긴이)에 가서 쪼그리고 앉아 몇 미터 앞에서 250킬로그램짜리 흑곰이 우리가 만든 미끼집 냄새를 맡는 걸 관찰했어."

"아주 아름다운 전원생활이었던 거 같네."

"맞아."

트레버가 진심으로 말한 걸까, 아니면 나에게 정말인지 사실을 밝혀 보라는 뜻일까. 모르겠다. 나는 어린 시절을 있는 그대로 말하고 있을 뿐인데, 그는 이게 나의 진짜 기억이 아니라 세월이 지나서 흐릿해진 과거를 그랬으면 좋았을 거란 생각으로 미화하고 있다고 여기는 중이다. 따져 보면, 그 시절은 지금 내가 한 말보다 훨씬 아름다웠다. 마법 같고 동화 같았다. 야생의 아름다움에 둘러싸여 살았던 나날. 아무도 다가가지 못한 신비한 숲속의 성처럼 눈부시게 아름다웠던 별장. 나를 공주처럼 길러 준 사랑 넘치고 지적인 부모님은 내가 부모님의 동료라도 되는 것처럼 연구에 나를 끼워 주면서 나에게 탐험하고 배우고 성장할 자유를 주었다.

"그럼 너는 혼자 숲속을 마음 편히 돌아다녔겠네?"

"맞아. 혼자서 숲속을 여기저기 다니는 건 별로 어렵지 않았어. 도시에서 자란 애들이 지하철 잘 타고 다니는 거랑 똑같지."

트레버는 내가 중요한 말이라도 해 준 것처럼 고개를 끄덕였다. 하지만 그게 무슨 뜻인지 나는 알 수 없었다. 이윽고 그는 메신저백을 자기 앞으로 끌어당겨 안을 뒤지더니 평범한 서류철 하나를 꺼냈다.

"너한테 보여 주고 싶은 게 있어. 이건 경찰의 수사 보고서야. 사진은 없어."

그는 재빨리 고개를 끄덕였다. 그리고 서류철을 쭉 훑어보고 종이 한 장을 꺼내 우리 사이의 테이블에 올려놓았다.

"이거 봐."

그는 페이지 가운데를 톡톡 두드렸다.

"네가 실종되었을 때의 이야기야."

물론 트레버가 초점을 맞춘 지점은 내 이야기 중 가장 선정적인 부분이었다. 하지만 그가 특종을 바란다면 정확히 15년 전에 왔어야 했다. 이제는 구글에 내 이름과 '실종된 소녀'라고 치기만 하면 내가 실종되었다는 기사가 타블로이드 신문부터 전국구 뉴스에 이르기까지 무더기로 쏟아져 나온다. '실종된 소녀 발견되다!' '야생에서 2주를 버틴 소녀, 기적적으로 생환하다: 문명으로 돌아왔지만 실어증 상태' 등등. 그중 나는 '늑대가 키운 모글리의 실사판인가'라는 기사를 가장 좋아했다.

트레버는 내가 내 이야기를 모르고 있다는 듯이 그 사건을 이야기해 주었다.

"기사를 보니까 경찰이 도착했을 때 너는 이미 실종 상태였다고 했어. 경찰은 수색 작업을 시작했지만, 그때는 이미 땅이 짓밟힌 채라서 네가 어느 방향으로 갔는지 알 수 없었지. 그리고 그날 밤 눈이 내려서 아침이 되자 네가 걸은 흔적을 찾을 기회도 사라져 버렸어. 그래도 경찰은 며칠 동안 수색했지. 헬리콥터와 추적견과 인력을 동원해서 말이야. 하지만 시간이 계속 흐르면서 모두 네가 죽었을 가능성이 높다고 받아들였어."

"맞아. 그러다 2주 후에 어떤 운전자가 고속도로 근처에 누워 있는 나를 발견했지."

나는 그의 말을 잘랐다. 내가 말하고 싶은 주제로 넘어가려면 서둘러야 했다.

"고속도로 옆에 누운 너는 움직이지도 말하지도 못하는 상태였어."

그래도 트레버는 굳이 이렇게 덧붙였다. 듣기에 탐탁지는 않았지만 꽤 자세한 말이었다.

"몇 군데 긁히고 멍든 걸 제외하면 신체적으로는 아주 좋은 상태였어. 하지만 레이첼, 사실을 말하자면 이래. 나는 어퍼 반도에서 컸어. 11월 초의 날씨가 어떤지 잘 안다고. 밤에는 영하 아래로 떨어지고, 첫눈이 내리는 상황인데 혼자서 2주나 살아남을 수는 없어. 그런데 어떻게 된 일인지 너는 살아남았지. 네가 그 당시를 기억 못한다는 걸 알지만, 지금도 그러니? 네가 나한테 해 줄 말이 혹시 있을까? 넌 그때 뭘 먹었어? 체온은 어떻게 유지했고? 잠은 어디서 잤어?"

그 얼굴이 어찌나 희망에 가득 차 있던지 나는 뭐라도 꾸며 내서 말하고 싶은 지경이었다. 그러면 트레버도 좋고 그의 기사를 읽을 독자들도 좋겠지. 불현듯 그에게 뭐든지 이야기한다 해도 아무도 날 반박할 수 없을 것이란 생각이 들었다. 하지만 안타깝게도 그때의 일은 나에게도 지금껏 불가사의로 남아 있다. 게다가 나는 사람들에게 진실을 이야기하지 않는 게 참 싫다.

"미안해. 못 해. 지금도 기억이 안 나. 심리치료사들은 내가 기억을 되찾을 수 있게 도와주려고 했어. 아무래도 나를 자기들의 목표 과제로 본 것 같아. 난 알 수 없는 애였지. 실종된 지 2주 만에 살아 돌아왔는데 그동안 어디서 뭘 했는지 아무도 모르는 야생 소녀였으니 말이야. 하지만 점차 우리 모두는 그때의 기억이 완전히 사라졌다는 걸 받아들여야 했어."

"정말 그럴까? 과학자들의 말에 따르면 인간은 보고 들은 걸 모두 간직하고 있다고 하던데? 다만 그 기억들이 뇌의 어딘가에 불안정하게 존재할 뿐이라는 거야."

"뭐, 그렇지. 엄밀하게 말하자면 네 말이 맞아. 그러니까 내 기억은 접근할 수 없다는 의미에서 사라졌다는 뜻이야. 정말이야. 나와 심리치료사들도 노력해 봤어. 어린 시절의 트라우마와 연관된 기억들에 대해 먼저 알아 둘 게 있어. 뇌가 이런 기억들을 정상적인 기억과 다르게 처리한다는 사실이야. 그 기억을 너무 깊이 묻어 버릴 때도 있어서, 나중에 성인이 되어 문제가 생기고 괴로워하는 원인이 어릴 적 있었던 일 때문이라는 걸 자각조차 못 하게 되는 거지."

하지만 그에게 말하지 않은 것도 있다. 나는 그때를 정말이지 기억하고 싶지 않고, 그래서 기억해 본 적도 없다는 사실이다. 심리치료사들이 죄다 실패한 이유는 의심할 여지없이 바로 그 이유 때문이었다. 그 기간 동안 무슨 일이 일어났는지는 모르겠지만, 나의 뇌가 기억을 지워야 한다고 생각했을 정도로 혼란스러운 것이라면 난 알고 싶지 않다.

"이걸 한 번만 봐 줄래? 부탁이야. 수사 보고서를 읽으면 뭔가 기억날지도 모르잖아."

그날의 세부 사항을 읽는 건 절대로 하고 싶지 않은 일이었지만, 나는 그가 내미는 서류철을 받아 들었다. 말하자면 이건 선심을 쓴 것이다. 트레버는 나를 인터뷰하려고 160킬로미터를 운전해 왔는데, 나는 그에게 줄 것이 그다지 없다는 점을 나도 알고 그도 알았기 때문이다. 나는 흥미 있는 척하면서 페이지를 재빠르게 훑었다. 그러다 거대한 라이플 옆에 있는 아이를 언급한 부분을 보았다. 그러자 정말 흥미가 생겼다. 나는 관련 단락을 읽었다.

딸이 회복된 후 검시관은 그 아이를 조사했다. 사지와 몸통에는 윈체스터 매그넘을 쏘면서 생겼을 법한 멍 자국이 없었다. 아이의 신장, 체중과 비교한 총의 크기, 그리고 신체적인 증거 부족으로 검시관은 딸이 라이플을 쏘지 않았다고 판결했다.

가슴이 쿵쿵 뛰었다. 나는 조심스럽게 서류철을 테이블에 놓고 청바지에 손을 닦은 다음 덜덜 떠는 다리 위에 손을 얹어 떨지 않으려고 노력했다. 이해할 수가 없었다. 난 어머니를 쐈는데. 내가 죽였는데. 내가 했다는 걸 알고 있단 말이다. 라이플을 들고 어머니의 시체를 내려다보며 서 있는 내 모습을 얼마나 많이 보았는데.

그런데 이 보고서 내용은 확실한 사실이었다. 사실이 아니라고 생각할 이유가 없었다. 이 보고서를 누가 썼든 지어 냈을 리는 없었다. 세부 사항이 너무 구체적이었다. 반박하기에는 너무 명백했다. 내가 보기에도 사진 속의 라이플은 너무 크다. 그건 나의 환상 속에서 보았던 레밍턴이 *아니었다*. 어쨌든 그 총은 당시 열한 살이었던 내가 들고 쏠 수 있는 크기가 아니었다.

아이의 신장, 체중과 비교한 총의 크기, 그리고 신체적인 증거 부족으로 검시관은 딸이 라이플을 쏘지 않았다고 판결했다.

말도 안 된다. 하지만 진실은 내 앞에 활자화되어 놓여 있다.

나는 어머니를 죽이지 않았다. 그럴 수가 없었다. 수사 보고서에 따르면, 나는 총을 쏜 적조차 없었다.

3

눈을 감았다. 몸이 흔들린다. 기절하지 않으려고 테이블 끝을 잡았다. 목구멍이 너무 조여 와 숨을 쉴 수 없었다. 15년이었다. 장장 15년을 정신병원에서 지내며 내가 저지르지도 않은 범죄를 두고 스스로를 종신형에 처했던 거다. 이건 미쳤다. 돌았다고. 제정신이 아니야. 스스로가 바보 같았다. 내가 읽어 본 적도 없던 수사 보고서의 단 몇 문장으로 내 인생이 거짓으로 형성되었다는 게 증명되었다. 다 거짓으로 규정되었다.

허송세월로 보냈던 기억이 나를 파도처럼 덮쳤다.

열두 살 생일이었다. 나는 구속복에 묶여서 벽면에 패드를 댄 독방 바닥에 양반다리를 하고 앉았다. 팔이 아프고 코가 간지러웠고 오줌을 누고 싶었다. 도와달라고 하도 소리를 질러 목소리가 쉬었다. 조무사가 감방에 작게 난 창을 옆으로 밀고 날 보았을 때는 오줌을 싸 버려서 이미 바지가 축축해진 뒤였다.

열다섯 살 때였다. 나는 좁다란 이송용 침대에 누워 복도를 지나면서 머리 위로 보이는 형광등 불빛을 세고 있었다. 팔과 다리는 가죽 끈으로 결박된 채였다. 나의 심리치료사는 이번 한 번만 더 전기경련요법을 받으면 끝이라고 약속했다. 나는 그 말을 믿지 않았다.

지난 주였다. 나는 또 한 차례 무작위 약물 치료를 받고 머리가 너무 멍했다. 그저 자고만 싶었다. 하지만 조무사가 나를 억지로 깨우고는 침대에서 끌어내려 환자들이 약을 타러 줄을 선 간호사 작업대 앞에 줄 세웠다. 건물 바깥의 하늘은 붉게 물들더니 초록색으로 변했다. 귀뚜라미가 울고, 건물 저 아래 어딘가에서 바이올린 연주 소리가 들렸다. 나는 피가 날 때까지 팔을 마구 할퀴었다. 내 살갗 아래를 기어 다니는 개미들을 진정시키고 싶었으니까.

"괜찮아?"

너무 오랜 세월이었다. 너무 많은 굴욕을 당했다. 너무 많은 고통을 느꼈다. 그런데 이 모든 게 헛수고였다니. 비명을 지르고, 주먹을 벽에 꽂아 버리고 싶었다. 수사 보고서를 찢어서 트레버의 얼굴에 던지고 싶었다. 테이블 위로 올라가 선언하고 싶었다. 난 여기 있을 사람이 아니야. 예전부터 결코 아니었어.

"레이첼? 괜찮아? 말 좀 해 봐."

트레버는 진심으로 걱정스러운 표정이었다. 내가 어떤 모습으로 보일지 상상이 되었다. 창백하게 변해서 땀을 흘리며 덜덜 떨고 있으니까. 그는 분명히 내가 심장마비에 걸릴 거라 생각하고 있었다. 어쩌면 정말 그럴지도.

"사실, 나 안 괜찮아. 미안해. 약을 새로 써서 반응이 오는 걸 거야. 인터뷰는 조금 나중에 해도 될까? 전화로 하면 어때?"

"물론 그래도 돼. 내가 사람을 불러다 줄까? 뭐 도와줄 거 있어?"

"괜찮아."

이건 거짓말이다.

"그냥 좀 어지러울 뿐이야."

"정말 그렇다면야…."

"그렇다니까."

나는 억지 미소를 지으며 손을 내밀었다.

"이해해 줘서 고마워."

물론 트레버는 실망했지만, 어쩔 수 없었다. 그는 나와 악수를 하고서 녹음기를 끈 다음 물건을 챙겼다. 그리고 내게 명함을 주면서 이야기해서 즐거웠다고 말하고, 내가 낫기를 바란다는 좋은 말도 해 준 뒤, 며칠 있다가 내 상태가 어떤지 보러 오겠다고 했다. 그러면서 그동안 뭔가 중요한 내용이 떠오르거나, 아니면 그냥 이야기 상대가 필요하다 싶으면 전화하라고 했다. 하지만 그동안 난 속으로 이런 생각만 했다. 꾸물대지 말고 빨리 떠나. 가란 말이야. 그가 나가고 문이 닫히는 순간, 나는 테이블에 팔을 뻗고 머리를 댔다.

아이의 신장, 체중과 비교한 총의 크기, 그리고 신체적인 증거 부족으로 검시관은 딸이 라이플을 쏘지 않았다고 판결했다.

어떻게 내가 이걸 모를 수가 있지? 왜 기억이 안 나지? 긴장증에서 회복되고 나서 나는 모두에게 어머니를 죽였다고 말했다. 하지만 왜 그때 아무도 내가 어머니를 죽이지 않았다는 말은 물론, 죽였을 리가 없다는 말을 해 주지 않았을까? 나는 내가 살던 별장에서 십대를 보낼 수도 있었다. 대학에 가고, 학위를 받고, 어머니의 연구를 이어서 수행하고, 사랑에 빠지고, 결혼을 할 수도 있었을 것이다. 나는 그 대신 부모님께 속죄한답시고 미래를 포기하면서 아무것도 이루지 못했다. 하지만 그 희생이란 전적으로 무의미했고, 그래야 할 이유가 없었다. 나를 여기까지 몰아 온 오해, 그리고 잘못된 가정이 빚은 완벽한 폭풍이 닥쳐오자 정말로 몸이 아팠다. 내가 긴장증에서 회복되어서 사람들에게 어머니를 죽였노라고 말했을 때 아무도 믿지 않았다. 그 후에 나 역시 다시는 그 점을 언급하지 않았다. 이모와 언니는 내가 병원에 계속 있어야 하는 이유를 그 오랜 세월 동안 한 번도 묻지 않았다. 심리치료사들이 내 상태를 치료하고 있다고 생각했으니까. 그들은 왜 차도가 없는지 이유를 몰랐다. 내가 어머니를 죽였다고 여전히 믿고 있단 사실을 한 번도 말한 적이 없었기 때문이다. 그리하여 상황은 계속해서 답보 상태였다. 오류의 비극이었던 거다.

그럼에도⋯. 분명히 아는 것이 있다. 지금도 눈을 꼭 감으면 여전히 라이플을 든 채 어머니의 시체 앞에 서 있는 내 모습을 볼 수 있다. 어째서 나의 뇌가 이런 이미지를 떠올리는지 모르겠다. 어째서 이 장면이 계속해서 보이는 건지, 어째서 이 광경이 너무나 현실감 있게 느껴지는 건지. 이건 분명히 사실이 아닌데. 때로 어린이들은 무언가 나쁜 일이 일어났을 때 자신들에게 책임이 있다고 생각하곤 한다는 현상을 알고는 있다. '마술적 사고'라는 것이다. 전혀 관계없는 두 가지 사건이 어린이의 머릿속에서 얽히고설켜서 떼려야 뗄 수 없는 사실처럼 연결되는 것이다. "내가 엄마한테 화를 내서 엄마가 교통사고를 당했어. 그러니 엄마가 다친 건 다 내 책임이야"라는 식이다.

하지만 나는 서너 살 먹은 어린애가 아니었다. 그때 난 열한 살이었다. 지적 능력과 지각 능력이 있고, 교육도 잘 받았으며 열한 살 또래 어린이보다 월등히 성숙한 수준이었다. 원인과 결과의 인과관계를 충분히 이해하고도 남음이 있었단 말이다. 그렇다면 내가 어머니를 죽였다고 믿게 만들어 버린 어떤 일이 분명히 있었을 거다. 어쩌면 나는 부모님이 돌아가시고 나서 복도에 들어가 라이플을 집어 든 채 시체를 내려다보았을지도 모른다. 어쩌면 트라우마에 시달린 불쌍한 나의 머리가 원래의 기억을 잘라 버리고 배배 꼬아서 내가 방아쇠를 당겼다고 확신하게 만들어 버린 것인지도 모른다. 어쩌면…. 나의 뇌는 스스로를 보호하기 위해 끔찍했던 그날의 기억을 지워 버렸을지도 모른다. 그렇다면 내 머리는 왜 진실은 숨기고 그보다 훨씬 더 나쁜 상황을 진실이라고 생각하게 되었을까?

다시 일어나 앉아 머리를 쓸어 보았다. 재떨이에 떨군 담배에서는 아직도 연기가 났다. 나는 아직 불이 남은 담배꽁초에 새 담배를 대서 불을 붙인 다음 테이블에 다리를 올리고 뒤로 기대앉아 방을 둘러보았다. 다른 사람들에게는 모든 것이 예전과 똑같이 이어지고 있겠지만, 나에게는 이제 그 무엇도 예전 같을 수 없을 거란 생각에 기분이 이상했다. 15년 동안 나는 나쁜 사람이었다. 어머니를 죽이고 아버지를 자살로 몰고 간 아이였다. 중요한 발견을 했을지도 모르는 재능 있고 통찰력 뛰어난 과학자를 두 명이나 세상에서 없애 버린 존재였다. 그래서 이제껏 알고 있는 곳 중 최악의 장소에서 자포자기하고 참회하며 인생을 허비하는 것으로 보상하는 수밖에 없다고 생각했다. 그런데 이제 그럴 필요가 없어져 버렸다면, 나는 대체 누구지?

담배를 피우고 생각을 하며, 생각을 거듭하고 담배를 또 피우다 보니 벌써 저녁 식사 종이 울렸다. 방은 빠른 속도로 텅 비었다. 사람들이 서둘러 나가는 이유는 엄청나게 싱겁고 너무 익어 버린 구내식당 음식을 먹고 싶어서가 아니다. 두 공간을 모두 감시할 만큼 병원 직원이 충분하지 않기 때문에, 식사 시간 동안에는 커뮤니티룸을 잠그기 때문이다. 나는 담배를 비벼 끄고 테이블에서 다리를 휙 내린 다음 트레버의 명함을 주머니에 꽂고 덜덜 떨리는 다리를 일으켰다. 그리고 강물을 거슬러 올라가는 연어처럼 사람들 사이를 헤집고 내 방으로 향했다.

아무도 나를 불러 세우거나 어디 가느냐고 묻지 않았다. 점심을 거르는 게 문제되는 사람은 섭식장애가 있는 사람뿐이다. 나는 섭식장애가 아니었다. 하지만 무척 마른 체형이라서, 만약 그래야 할 이유가 있다면, 누군가를 붙잡고 내가 섭식장애가 있노라고 설득하기는 쉬울 것이다. 알고 보면 내가 증상을 꾸며 댈 만한 신경증이나 정신이상 증세는 아주 많다. 제일 쉬운 건 기분장애다. 하지만 경증 조현병도 연기하곤 한다. 예전에는 룸메이트가 새로 올 때마다 다른 장애가 있는 것처럼 굴었다. 그건 마치 새로운 셔츠나 코트를 입어 보는 것 같았다. 내가 교활해 보일 수도 있겠고, 어쩌면 잔인해 보일 수도 있겠지. 하지만 알고 보면 그냥 무해한 장난일 뿐이었다. 나의 룸메이트들은 결국 모두 자리를 옮길 예정이었으므로, 나랑 있는 동안 잘못된 인상을 받는다 한들 그게 뭐가 대수란 말인가. 내가 조울증이라고 생각하든, 아니면 반사회적 인격장애나 강박증이나 편집증적 인격장애를 앓고 있다고 생각하든 상관없었다. 그 어떤 것도 나의 진짜 문제가 무엇인지 말해 주는 것보다는 나았으니까.

그런데 알고 보니 그 문제가 나에게 더는 해당하지 않는 것이라니.

나는 비틀거리며 계단을 올라가서 술 취한 사람처럼 침대에 쓰러졌다. 그리고 어릴 때부터 내 마음을 편하게 해 준 곰 인형을 들고 인형의 머리 위에 생긴 털 빠진 부분에 엄지손가락을 문질렀다. 내가 이 병원에 처음 왔을 때는 움직이거나 말을 할 수가 없었다. 그래서 심리 치료사들은 이 곰 인형으로 나와 의사소통을 하려 했다. 그들은 내 앞에서 곰 인형을 춤추듯 흔들어 대고 손가락으로 인형의 팔을 잡고 휘저으면서 *뭐가 걱정인지 말해 볼래, 레이첼?* 하며 새된 소리로 말을 건넸다. *뭐가 무섭니? 괜찮아. 말해 봐.* 마치 곰 인형에게 고백하면 내가 본 장면의 기억을 지울 수 있다는 것처럼. 내가 저지른 일을 없앨 수 있다는 것처럼.

그런데 내가 그 일을 저지르지 않았다니.

한숨을 쉬면서 방구석을 보았다. 거미는 현명하게도 아무 말이 없었다.

나는 벌렁 드러누워 팔을 머리 위로 올려 잡고서 위층 침대의 매트리스에 남은 갈색 얼룩을 바라보았다. 어렸을 때는 이런 얼룩을 보면서 사람들이 구름을 보며 상상하는 것처럼 여러 모양을 찾아 내곤 했다. 곰, 고래, 키스하는 남녀, 아버지와 어머니…. 하지만 이건 몇 십

년인지 모를 긴 세월 동안 셀 수도 없는 환자들이 자다가 만들어 낸 오줌 자국일 뿐이라는 사실을 생각한다면, 내가 얼마나 그것들을 절박하게 그리워했는지 보여 주는 증거가 될 뿐이다. 영화에서 볼 수 있는 키스. 〈바람과 함께 사라지다Gone with the Wind〉에서 레트 버틀러와 스칼릿 오하라가 했던 키스. 미친 듯이 열렬하게 사랑에 빠진 사람들이 나누는 키스 말이다.

하지만 아내를 죽이려는 남자의 키스를 그리워한 적은 없었는데.

아버지는 어머니를 죽인 다음 자살했어.

나는 거미의 말을 큰 소리로 말해 보았다. 실감이 나지 않았다.

그건 사고였다. 사고일 수밖에 없었다. 아버지가 라이플을 닦고 있는 동안 어머니가 옆에 있었는데, 어쩌다가 방아쇠가 당겨졌는지도 모른다. 어쩌면 라이플이 저절로 발사됐을 수도 있다. 어쩌면 바닥을 달려가는 숲쥐를 보고 깜짝 놀란 아버지가 실수했을 수도 있다. 어쩌면 숲쥐가 아니라 낮게 나는 제트 전투기 소리나 갑자기 친 천둥에 놀랐을지도 모른다. 우연한 사고는 천 가지도 넘는 이유 때문에 천 가지도 넘는 방식으로 다양하게 일어날 수 있었다. 내가 아는 것이라고는 아버지는 절대 일부러 어머니를 해치지 않았을 거란 점이다. 나는 트레버에게 그 이유를 얼마든지 대려 했다.

트레버. 하마터면 내가 어머니를 죽인 아이라고 그에게 고백할 뻔했다니 몸서리가 쳐졌다. 그랬다면 나의 신뢰도는 거기서 끝장났을 것이다. 정신병원에 장기 입원한 환자에게도 신뢰라는 게 있다면 말이다. 트레버는 분명히 지금쯤 이 인터뷰를 하려 했던 걸 자책하고 있을 것이다. 그러면서 인터뷰를 하겠다고 동의해 놓고 시작하자마자

자신을 돌려보낸 나를 무책임하다고 생각했겠지. 그는 그저 예의상 나에게 명함을 주었을 뿐이고, 이제 내 이야기를 말짱 꽝으로 여길 거란 사실을 난 의심치 않았다.

어쨌든 이제는 트레버가 나를 어떻게 생각하든 상관없다. 나는 그에게 절대로 연락하지 않을 테니까. 내가 뭐 하러 그를 도와주겠는가. 그 옛날 레이첼의 아버지가 어머니를 살해한 다음 자살한 사건을 재구성해서 뭐 하게?

눈물이 차올랐다. *하마터면 모든 게 끝날 뻔했다니.* 나는 계획을 전부 짜 두었다. 일단 아버지가 결백하다는 걸 증명한 다음, 법 제도를 통해서든 여론 재판을 통해서든 스스로 목숨을 끊으려 했다. 아버지는 절망과 무기력함을 견디다 못해 자신의 목숨을 끊었지만(이건 지금까지도 나를 몸서리치게 만드는 이기적인 행동이다. 나는 아버지가 너무나 필요했는데 어떻게 날 두고 떠날 수 있었을까. 나랑 함께 사는 것보다 어머니와 죽는 것을 택하다니, 어떻게 그럴 수 있을까.), 나는 절망과 무기력 때문이 아니라 이 세상에서 스스로를 제명하는 마음으로 용감하고 성실하게 죽으려 했다. 심지어 어떻게 죽을지도 정해 두었다. 이 병원에서 아무도 시도해 보지 않았던 아주 똑똑하고 독창적인 방식으로, 내 의도 그대로 이루어질 방법을 생각해 냈단 말이다.

나는 곰 인형을 가슴에 꼭 안고 인형의 털에 얼굴을 묻었다. 곰 인형이 마치 나를 잡아 주는 닻인 것처럼, 생명줄인 것처럼, 숨조차 쉴 수 없는 실패와 절망이라는 망망대해 속으로 빠져들지 않게 해 주는 유일한 수단인 것처럼 인형에 간절히 매달렸다. 내가 희생해 왔던 게 아무런 의미가 없었다니. 내가 믿었던 모든 것이 다 거짓말이었다니.

그리고 심하게 울었다. 이제껏 태어나서 이토록 심하게 운 적이 없었다. 긴장증에서 깨어난 다음 나의 악몽이 진실이었고, 부모님이 영영 떠나 버렸다는 사실을 알았을 때보다 더 심하게 울었다. 흐느낌이 어찌나 격렬했던지 뱃속이 뒤집히고 온몸에 경련이 일어났다. 부모님을 잃고 심한 트라우마에 빠져 버려서 결국 정신병원에 수용되어야 했던 불쌍한 열한 살짜리 고아를 위해 울었다. 그러다 너무나도 외로워 자살을 일삼게 되어 버린 십대 소녀를 위해 울었다. 자신의 인생은 아무런 가치가 없기에 정신병원에서 평생을 보내야 마땅하다고 확신하는 스물여섯의 여자로 커 버린 지금의 나를 위해 울었다. 그리고 부모님을 위해서 울었다. 우리 가족을 파괴한 비극을 두고 울었다. 결코 일어나서는 안 되었던 모든 일을 두고 울었다.

마침내 눈물이 마르는 순간이 왔다. 나는 일어나 앉아서 셔츠 자락으로 얼굴을 닦고 화장실로 가서 휴지를 뜯어 코를 풀었다. 눈이 퉁퉁 부어서 앞이 보이지 않을 정도였다. 세면대에 고개를 숙이고 얼굴에 찬물을 끼얹은 다음, 화끈거리는 눈을 달래려고 수건을 적셔서 침대에 다시 누웠다. 15년을 너무나 틀린 채로 보냈다니 믿을 수가 없었다. 아직도 눈앞에는 끈질기게 그때의 광경이 떠오르는데. 너무나 한결같이. *너무나 생생하게.*

하지만 내가 틀린 게 아니라면? 검시관이 틀린 거라면? 트레버에게 수사 보고서 사본을 놓고 가라고 부탁했다면 좋았을 텐데. 거기엔 경찰이 간과한 세부 사항이 있을지도 모른다. 그 이야기는 범죄 현장에서 추정되었을 이야기와 들어맞지 않았으니까. 그 세부 사항은 그 집에 직접 살았던 나만이 알 수 있을 것이다. 이들은 *나의* 부모님이었다. 나는 그분들을 안다. 심지어 수사 보고서에 나타나지 않았던 그분들의 관계에 대해서도 알고 있다. 사람들은 나를 인터뷰한 적이 한 번도 없었으니 말이다.

하지만 그다음엔 어쩌나. 수사 보고서를 검토하고 모순되는 세부 사항과 불일치점을 확인한다 한들 변하는 건 아무것도 없겠지. 이것은 애초에 나의 아버지에게 유죄 판결을 내린 보고서이기 때문이다. 이 보고서를 읽어서 내 기억이 돌아온다 한들, 내가 좀 더 자세히 알아보고 싶은 게 나타난다 한들 여기서부터 내가 어떻게 조사해야 한단 말인가.

나는 라이플을 들고 어머니의 시체를 내려다보며 서 있다.
검시관은 딸이 라이플을 쏘지 않았다고 판결했다.

나는 살인자인가, 아닌가. 알아낼 방법은 하나뿐이다. 내가 알고 있는 그곳으로, 가장 행복하고도 가장 끔찍한 곳으로 돌아가야 한다. 집으로.

4

**그때
제니**

나는 무언가 봤어야 했다. 무언가 들었어야 했다. 난 알고 있어야 했다.

몇 분만 더 일찍 창밖을 내다보았다면 옆집 아들내미를 우리 집 수영장에서 제때 건져 살릴 수 있었을지 모른다. 몇 분만 일찍 봤더라면 나는 그 아이가 떨어지는 걸 막을 수 있었을 것이다.

경찰과 구조대원, 나의 남편은 물론이고 심지어 양 씨 가족들까지 내게 말했다. 내가 최선을 다했노라고. 우리 집 수영장 바닥 아래 어두운 그림자를 보고 그게 뭔지 깨달은 순간, 나는 딸아이에게 소리쳤다. 최대한 빨리 양 씨 아주머니에게 가서 911에 연락하라고, 그렇게 전하라고. 나는 마당으로 급히 달려가 신발을 벗어 던지고 수영장에 뛰어들었다. 아이의 티셔츠를 꼭 쥐고 아이를 끌어 낸 다음 수영장 옆에 눕힌 뒤 심폐소생술을 시작했다. 어린아이에게 심폐소생술을 해 본 적이 없어서 제대로 하고 있는지도 알 수 없었다. 나는 구조대원이 도착해서 아이를 넘겨받을 때까지 동작을 멈추지 않았지만 그걸로는 아이를 살릴 수 없었다. 옆집 외동아들은 이미 죽어 있었다.

대체 어떻게 그 아이가 우리 집 수영장에 들어온 건지 모르겠다고 나를 조사하던 경찰에게 말했다. 수영장에는 누가 봐도 울타리가 쳐져 있었고, 남편과 나는 아주 주의 깊게 수영장 울타리 문을 닫아 놓았다. 이곳에는 두 달 전에 이사를 왔고, 여덟 살밖에 되지 않은 딸아이는 수영을 할 줄 몰랐기 때문이었다. 하지만 현실은 달랐다. 내가 갔을 때는 수영장 문이 열려 있었다. 하지만 현실이 왜 이런 건지, 어쩌다 문이 열린 건지 알 수 없었다. 솔직히 말하자면, 그 아이가 물에 빠졌을 때 다이애나는 어디 있었는지 정확히 밝힐 수가 없었다. 아는 것이라고는 내가 주방에서 하던 일을 끝내고 커다란 방으로 돌아왔을 때, 다이애나는 TV 앞 바닥에 앉아 디즈니 영화를 보고 있었다는 점이었다.

경찰은 나의 입회하에 다이애나와 이야기해 볼 수 있느냐고 물었다. 나는 당연히 그러시라고 대답했다. 다이애나는 내가 이미 한 말을 확인하고는 바닥에 양반다리를 하고 앉았다. 그리고 대답해 달라는 요청에 따라, 창문을 등지고 무릎에 얌전히 양손을 포갠 채로 당시 텔레비전을 보고 있던 자세를 재현했다. 아니라고, 자기는 뒷마당에서 그 어떤 이상한 소리도 듣지 못했다고 했다. 그렇다고, 영화를 보고 있었다고 말했다. 제일 좋아하는 영화는 〈알라딘Aladdin〉이지만 〈미녀와 야수Beauty and the Beast〉와 〈인어공주The Little Mermaid〉도 좋아한다고 대답했다.

"혹시 다른 게 기억나면 알려 주렴."

경찰은 친절한 목소리로 우리와 면담을 끝내고 명함을 주었다.

명함은 냉장고에 붙여 놓았다. 나는 전화할 마음이 없었다. 제발 아니길 바라는 마음이 간절하지만, 딸아이가 얼마간 개입했다는 사실을 나는 안다. 딸아이가 아니었다면 양 씨네 아이가 우리 수영장 바닥에 빠져 죽을 수가 없다. 어쩌면 딸아이가 울타리 문을 여는 방법을 알아내고는 그 옆에서 놀다가 무심코 문을 열어 두고 집에 들어와서 옆집 아이가 아장아장 들어오는 걸 보지 못했을 수도 있다. 아니면 물에 빠지는 꼬마를 보고서도 나를 부를 생각을 하지 않았을 수도. 그 아이가 수영할 수 있을 거라고 생각했기 때문인지도 모른다. 알 수 없다.

내가 아는 것은 이것뿐이다. 하지만 나는 경찰에게 말하지 않았다. 남편에게도 영원히 말하지 않을 것이다. 내가 창문을 내다보기 전 그 레이트룸 great room(미국의 저택에 있는 홀. 집 한가운데 있는 천장 높은 공간으로 모든 방을 이어 준다-옮긴이)에 들어왔을 때, 딸아이의 옷이 젖어 있었다는 사실을.

＊ ＊ ＊

경찰은 떠났다. 구조대원들과 소방대원들, 검시관과 기자들, 목을 길게 빼고 우리를 엿보는 이웃들과, 이 도시에서 경찰 무전기를 갖고 있거나 무전을 가로채 들은 뒤 찾아왔던 사람들도 모두 떠났다. 우리에게 향했던 사람들의 행동은 이제 빨간 벽돌로 지은 자그마한 저택인 옆집으로 옮겨 갔다. 촛불이 타오르고, 자동차들이 몰려와 우리 집이 있는 막다른 골목을 가득 채웠고, 맞닿은 울타리에는 지켜 주지 못한 아이를 위한 곰 인형과 양초와 꽃들이 산더미처럼 쌓였다. 우리 가족을 제외한 모든 사람을 반기는 슬픔과 위로와 지원이 자발적으로 쏟아졌다.

나는 그레이트룸에 있는 거대한 갈색 가죽 소파 한구석에 파고든 채 움직이지 않았다. 집 뒤로 쑥 들어가 있는 그레이트룸은 천장이 높고 어두운 마감재를 사용했다. 벽에서 천장까지 쭉 이어진 창문 밖으로 마당과 수영장이 보였다. 바깥은 어두웠다. 수영장 조명은 꺼져 있었다. 달빛이 죽음의 물 위를 비추었다. 경찰 수사용 테이프가 미풍에 흩날렸다.

내 남편 피터는 소파 반대편에 앉았다. 보통 우리는 딸아이를 재우고 난 다음, 이 소파에 나란히 앉아 와인을 한 잔 따라 놓고 한숨 돌리며 오늘 하루가 어땠는지 돌이켜 보곤 했다. 안 그러면 이 춥고 으스스한 그레이트룸이 우리를 삼켜 버릴 것만 같았다. 나는 피터가 뉴욕 북부에서 교편을 잡았을 때 우리가 빌렸던 300년 된 농가라든가, MIT에서 근무할 당시 지냈던 스왐프스콧Swampscott의 목조 단층집이 이 집보다 훨씬 좋았다. 심지어 우리가 처음 결혼하고 살았던 곳, 쇠락해 가는 디트로이트의 초라한 방갈로 위층의 좁은 아파트도 벽돌과 대리석으로 만든 괴물 같은 이 집보다 더 인간미가 느껴졌다. 예전 집들은 나무로 지은 소박한 집이었고 방이 작았지만, 그 안에는 길고 긴 역사가 있었다. 계단 난간은 몇 대를 살아왔던 사람들의 손을 타서 반질반질했고, 수없이 많은 발자국을 받아 움푹 팬 돌바닥 진입로는 비 온 뒤 물이 고이는 웅덩이가 되어 새들이 목을 축이곤 했다.

하지만 부동산 중개업자는 확신에 차서 말했다. 매년 이맘때면 앤 아버Ann Arbor 지역의 집은 품귀 상태라 웃돈을 주고도 구하기 힘들며, 우리가 가진 예산 범위 내에서는 대학교를 걸어서 갈 수 있는 거리 내의 집을 달리 찾을 수도 없고, 이런저런 징조를 보면 이번 여름은 유난히 더울 것이 뻔한데 수영장 딸린 집을 마다할 이유가 무엇이냐고 말이다.

그 말에 우리가 어떻게 반대를 하겠는가.

나는 피터가 따라 준 와인을 마시지도 않고 몸을 숙여 커피 테이블 위에 와인잔을 올려놓았다. 온몸에 감각이 없었다. *우리 집 수영장에서 아이가 죽었다.* 그 말을 생각할 때마다 토하고 싶었다. 피터의 변호사 친구는 남자아이의 죽음이 불의의 사고였음에도 불구하고 우리가 과실치사로 기소될 수 있다고 말했다. 나는 솔직히 그렇게 되면 좋겠다고 바랐다.

가만히 앉아서 머리를 소파에 대고 피터를 슬쩍슬쩍 훔쳐보았다. 피터 역시 나처럼 완전히 지쳐 보였다. 여기서 어떻게 앞날을 헤쳐 나갈 수 있을까 상상해 보았다. 내일은, 또 모레는, 그 후로는 어떻게 될까. 이 소파에 앉아서 저 창문 밖을 내다보며. *저 수영장을 바라보면서,* 바뀌는 계절을 지켜보며 불쌍한 꼬마 윌리엄 양이 우리 때문에 어린 시절에서 영원히 멈추어 버렸다는 걸 마음에 품고 어떻게 살아가야 할까.

"우리는 여기서 못 살아. 나 진심이야."

나는 이렇게 말했다. 피터가 대답이 없자 한마디를 덧붙였다.

"이사 가야 해."

그는 잔을 내려놓았다. 항상 마시던 레드와인이 아니라 제임슨 아이리시 위스키의 온더록 잔이었다.

"당신이 왜 그러는지는 알겠어. 나도 힘들어. 하지만 이사는 갈 수 없어. 조금 있으면 학기가 시작되는데, 지금 당장 임대할 방이 한 칸도 없을 것 같다고."

"다른 집으로 이사 가자는 말이 아니야. 아예 다른 도시로 가자는 거야. 우리가 길을 걷거나 공원이나 가게나 교직원 오찬에 가도, 우리에게 무슨 일이 일어났는지 아무도 모르는 곳으로 가자. 다이애나가 학교에 가도 뒤에서 수군거리면서 손가락질을 하는 사람이 없는 곳으로 가잔 말이야."

"그게 불가능하다는 거 알잖아. 내 경력으로는 미시간 대학교가 뽑아 준 것만 해도 기적이야. 이보다 더 좋은 자리를 찾을 수는 없어."

"그래도 어떻게든 방법이 있을 거야. 난 여기 못 살아. 못 살겠다고."

피터는 얼음 잔을 빤히 응시했다. 마치 저 얼음이 우리의 문제에 답을 내려 줄 신비한 수정 구슬이라도 된다는 듯이. 그러다 몸을 숙여 잔을 커피 테이블에 내려놓고는 다시 소파 구석에 등을 기댔다. 피터가 소파 이쪽으로 다가와 나를 품에 안고서 모든 게 다 잘될 거라고, 이 일 역시 지나갈 거라고 말해 준다면 얼마나 좋을까. 지금의 나는, 시조모가 우리에게 결혼 선물로 준 도자기 꽃병처럼, 방 저쪽에 있는 벽난로 선반에 얹어 놓은 꽃병처럼 연약한 존재로만 느껴졌다. 바람이 조금만 불어와도 나는 바닥으로 쓰러져서 산산조각 나겠지. 하워드 밀러사의 벽난로 장식용 시계 역시 시조모가 주신 것이다. 고풍스러운 시계가 침묵을 뚫고 똑딱이는 소리를 내가 참 좋아한다는 걸 알고 선물하셨다.

그때 좋은 생각이 떠올랐다.

"꼭 강의를 하지 않아도 될 거야."

나는 천천히 말했다. 이건 좋은 생각이라고, 이렇게 제안할 수 있는 기회는 한 번뿐이라고, 그러니 제대로 말해야 한다는 직감이 들었다.

"강의 말고 현장 연구를 할 수도 있잖아. 북부에서 말이야. 당신 조부모님이 계신 곳에서."

내가 깨달았던 걸 남편도 깨달을 수 있게 나는 잠시 말을 하지 않았다. 이건 정말이지 우리에게 최적의 선택지였다. 그리고 유일한 선택지였다. 피터는 나만큼이나 숲을 사랑한다. 어렸을 적 미시간주 어퍼 반도의 야생지 안에 있는 가족 별장에서 여름을 보냈던 경험이 나중에 야생생물학자가 된 이유라고 말하곤 했다. 우리는 그곳에서 행복할 수 있다. 아니, 오늘 이후로 행복은 없을지라도 최대한 행복 비슷하게 살 수 있을 것이다.

"그럼 강의는 어떡하고?"

"취소할 수 있잖아. 한 학기 휴학하고 어떻게 되는지 상황을 보자. 이 집은 세를 놓을 수도 있고, 정 안 되면 비워 둬. 난 여기 살고 싶지 않아. 정말 못 살겠어."

"그 집에는 전화나 전기도 없다는 거 알지?"

물론 알고 있다. 다이애나가 태어나기 전에는 그곳에서 피터 가족과 함께 매년 크리스마스를 보내지 않았던가. 하지만 나는 그 점을 굳이 지적하며 입씨름하지 않았다. 남편은 내 말이 맞다는 걸 아직 인정하고 싶지 않기 때문에 어깃장을 놓고 싶은 것뿐이었다.

나는 웃었다.

"전화랑 전기가 없다는 게 뭐 그리 나쁘다고. 왜 그래, 새삼스럽게."

그는 고개를 흔들었다.

"미친 소리야. 그런데 구미가 당기네."

심장이 꽉 죄어들었다. 거의 넘어왔구나.

"완벽한 계획이지."

"대학에서 내 말에 수긍할까."

"안 된다고 하면 그만둬. 저축한 돈으로도 오랫동안 먹고살 수 있어. 당신 조부모님이 집세를 받지 않으신다면 더더욱 잘살 수 있고. 생각해 봐. 당신 가족은 지금까지 연구된 적이 없는 자연 그대로의 야생 부지를 갖고 있잖아. 아주 어마어마하고도 외진 땅이지. 당신이 거기서 얼마나 대단한 걸 찾을 수 있을지 아무도 모르잖아? 게다가 아무에게도 사사건건 시비 걸릴 일도 없어. 보조금이니 재정 지원이니 걱정할 필요 없이 원하는 걸 마음껏 집중적으로 연구할 수 있다고. 그리고 나중에 논문 출판하고 나서 어디든 원하는 대학을 골라서 가라고. 당신이 다시 강의하고 싶다면 말이야."

"다이애나는 어떡하고?"

"당신이 연구하는 동안 내가 홈스쿨링으로 가르칠게. 아니면 당신이랑 같이 들판에 나가도 좋고."

아니면 나와 나갈 수도 있겠지, 라고도 생각했다. 하지만 그 말까지는 하지 않았다. 내가 쌍안경을 손에 잡은 지도 꽤 오래되었다. 다이애나가 태어났을 때, 아이가 어느 정도 크면 다시 일하기로 하고 잠시 일을 쉬었다. 그런데 안타깝게도 다이애나는 키우기 어려운 아기로 판명 났고, 커 가면서 점점 나빠지기만 했다. 우리 중 누가 그 아이에게 신발을 신으라고, 아니면 장난감을 정리하라고 말하면 딸아이는 그 말 한마디에 발끈 성질을 부리며 물건을 집어 던졌다. 그건 약과였다. 주먹에서 피가 흐를 때까지 벽을 쳐 대거나 제 방문을 발길질해서 구멍을 내기도 했다. 이러니 베이비시터를 쓰거나 아이를 받아 주는 유치원을 찾기란 정말 힘들었다. 다이애나의 심리치료사는 우리가 너무 아이를 무르게 대한다고 말했다. 우리는 어른이니, 다이애나가 무엇이 용인되고 무엇이 용인되지 않는지 배우려면 우리가 선을 그어 주어야 한다고 했다. 하지만 그 심리치료사는 다이애나와 같이 사는 부모가 아니었다. 다이애나는 다정하고도 카리스마가 넘치고, 지능과 창의성이 무척 뛰어나며, 교묘하게 상황을 조작할 줄 아는 아이였다. 사랑한다고 말하면서도 갑자기 돌변해서 팔을 물어 버리는 아이란 말이다.

"그 말이 아니야."

피터의 말에 가슴이 덜컥 내려앉았다. 지금 남편이 뭘 묻고 있는지 안다. 나도 지금껏 그 생각을 하고 있었으니까. 문제가 있는 곳에는 언제나 우리 딸아이가 원인처럼 보였다.

"다이애나 말로는 자기가 오후 내내 TV를 봤다고 했어."

"그 말을 믿어?"

나는 대답할 수 없었다. 물론 믿고 싶지만, 다이애나는 거짓말을 너무 잘한다. 그것도 아주 설득력 있게. 구급대원들이 상황을 넘겨받은 후 나는 집으로 들어갔다. 겉으로는 물이 뚝뚝 떨어지는 옷을 갈아입으려는 것이었지만, 더 중요한 건 딸아이 옷을 갈아입히기 위해서였다. 어쩌다가 이렇게 젖었냐고 다이애나에게 물어보았을 때, 다이애나는 욕실에서 바비 인형을 수영시키며 놀았다고 주장했다. 그렇다면 젖은 수건이 있을 거라고, 바닥에 물이 고여 있을 거라고 기대하며 욕실에 들어가 보았지만 욕조와 개수대에는 물기 하나 없었다.

"엄마? 아빠? 나 안 재워 줄 거야?"

우리는 동시에 돌아보았다. 계단 위에 서 있는 다이애나의 푸른 눈과 통통한 볼, 금빛 곱슬머리가 보였다. 아이는 디즈니 공주 잠옷을 입고 있었다. 몸에 너무 작은 옷이었지만 다이애나가 반항하지 않고 순순히 입어 주는 유일한 옷이었다. 갑자기 구역질이 온몸을 덮쳤다. 오늘 이후로, 나는 과연 다이애나를 예전처럼 대할 수 있을까?

"당신 차례야."

피터가 말했다.

내 차례는 확실히 아니었다. 하지만 논쟁할 마음은 없었다. 다이애나를 재우려면 일종의 의식을 거쳐야 하는데 그게 너무 힘들었다. 우리는 그 아이 침대 협탁에 정확한 양의 물을 채운 물잔을 놓아야 했고, 아이 몸이 이불에 꼭 끼도록 덮어 주어야 했지만 너무 답답하게 덮으면 안 되었다. 그런 다음 그 아이가 가장 좋아하는 동화책을 처음부터 끝까지 세 번 읽어 주어야 했다. 우리 모두 이 이야기를 전부 외우고 있다는 걸 아는데도 말이다. 오늘 밤만큼은 정말이지 딸아이의 마음대로 놀아나고 싶지 않았다.

나는 소파에서 가까스로 몸을 일으켰다. 다이애나는 내가 다가가는 것을 보면서도 웃지 않았다. 다른 아이들이 엄마에게 해 주듯 계단에서 달려와 두 팔 벌리며 키스나 포옹을 해 주는 건 기대하지도 않았다. 아이는 계단 위에 선 채로 가슴께에 팔짱을 끼고서 내가 다가오기를 기다릴 뿐이었다.

계단을 올라 딸아이에게로 가려는데, 갑자기 겁이 났다.

5

내가 원하던 대로 됐다.

피터와 다이애나와 나는 지금 75번 고속도로를 타고 북쪽으로 가는 중이다. 우리의 새로운 집이 될 야생 지역으로. 이 순간에 이르기까지 우리가 해 왔던 일이 얼마나 많았는지는 떠올리고 싶지도 않다. 시조부님을 설득해서 우리가 1년 내내 그 별장에 살 수 있도록 허락을 받고, 우리의 새로운 집에서 반경 160킬로미터 안에 사는 심리치료사 중에서 다이애나를 봐줄 수 있는 사람을 물색하고, 집을 세놓고, 이삿짐을 싸서 창고에 넣고, 옷가지와 책, 장난감, 생활필수품을 이삿짐 트레일러에 실었다. 이 모든 일을 한 달 남짓한 시간에 다 끝냈다. 그렇게 해서 떠나 왔는데, 기뻐야 마땅한데, 나는 지쳐 버렸다.

저택의 진입로를 빠져나온 이후 피터가 거의 말을 하지 않았다는 것 역시 별 도움이 되지 않았다. 지금 그는 화가 나 있다.

"일보 후퇴했군."

그는 대학에서 보낸 해고 통지서를 탁자에 던지며 음울한 목소리로 농담을 던졌다. 안식년을 신청하고 수업을 취소하겠다고 요청하면 대학에서 그를 데리고 있을 가능성이 없다는 걸 우리는 둘 다 알고 있었다. 하지만 이렇게 칼 같이 결정이 내려지다니 분통이 터졌다. 하지만 피터가 일단 연구에 몰두하면서 현장 연구 일을 얼마나 하고 싶었는지 깨달으면 지금 이 속상함도 싹 잊을 거라는 사실 역시 나는 알고 있다. 피터도 그 사실을 알면 좋을 텐데.

다이애나는 뒷좌석에서 곤히 잠든 상태였다. 집을 치우다가 약장에서 예전에 처방받아 둔 진정제를 찾아 먹였기 때문이다. 아이가 중간에 깰 때를 대비해서 나는 한 번 더 먹일 분량을 갖고 있다. 몇 시간 동안 편안하고 조용히 가겠다고 아이에게 약을 먹이다니 누가 보면 못된 부모라고 여길 만하다는 것도 안다. 하지만 다이애나는 너무 쉽게 지루해하고, 지루해지면 어쩔 수 없이 분노하는 성미였다. 우리 모두에게 가장 좋은 결론은 아이가 아홉 시간 내내 자는 것이라고 장담할 수 있다. 어쩌면 우리가 1년에 한 번 이상 이런 여행을 했다면 딸아이도 여행을 더 잘할 수 있었을지 모른다. 우리는 다이애나가 태어났을 때 크리스마스 휴가를 별장에서 보내지 않았다. 제대로 정신이 박힌 부모라면 야생 숲속에 있는 외진 별장에 생후 6주 된 아이를 데리고 가지 않으니까. 다이애나가 여섯 살 때도 우리는 크리스마스 휴가를 가지 않았다. 다이애나가 반 아이를 물어뜯어서 정학을 당했기 때문이었다. 우리 역시 딸아이의 행동을 교정하려는 마음으로 휴가를 가지 않는 벌을 주었던 것이다. 하지만 그 벌은 효과가 없었다.

다른 방법도 시도했지만 전혀 먹혀들지 않았다. 우리는 온갖 책을 읽었다. 《반항적인 아동 The Defiant Child》《고집 센 아이 양육법 Parenting the Strong-Willed Child》《남보다 활발한 아이 키우기Raising Your Spirited Child》등등. 양육 전략은 다양하고도 희망에 넘쳤고, 그래서 희망을 걸어 보았다가도 이윽고 모든 게 소용없어지곤 했다. 나는 피터에게 계속해서 말했다. 우리는 다이애나를 있는 그대로 받아들여야 한다고, 당신 머릿속에 여자아이란 이러이러해야 한다는 생각이 있는지는 모르겠지만 그건 우리 현실과 맞지 않는다고.

다이애나는 우리 마음대로 모양내고 구부러뜨릴 수 있는 묘목이 아니었다. 그 아이는 처음부터 굳건한 나무로 태어났다. 토양에 단단히 뿌리박고 줄기가 굵으며 억센 가지를 지닌 나무였다. 마음대로 움직여 댈 수 없고, 자리를 옮길 수도 없는 나무. 그 아이에게 변하라고 하는 건 바위더러 일어나서 걸어 보라는 것과 마찬가지였다. 심리치료사는 다이애나가 일종의 반사회적 성격장애를 갖고 있다고 여겼다. 아이는 통제할 수 없는 분노를 품었고, 후회 따위는 전혀 하지 않았기 때문이다. 하지만 여덟 살 먹은 아이가 충동적이고 자기중심적이지, 그 반대겠는가. 나는 딸아이가 자라면서 좋아질 것이라고 믿어야 했다. 그동안에는 아무도 내 아이에게 평생 굴레를 씌울 꼬리표를 붙이지 못하게 만들 것이다.

"다리를 건너기 전에 기름을 넣어야겠어."

56킬로미터 후 매키낵 다리를 건넌다는 표지판을 보자 나는 최대한 조용히 속삭였다. 무슨 다리를 말하는 건지 굳이 정확하게 말할 필요는 없었다. 미시간주에 사는 사람이라면 매키낵 다리를 그냥 '다리'라고 부르니까. 마치 이 주에 다리가 하나밖에 없다는 것처럼 말이다. 그건 놀랄 일이 아니다. 미시간주의 어퍼 반도와 로어 반도를 잇는

8킬로미터 길이의 현수교는 어마어마한 볼거리다. 매키낵 해협 60미터 상공에 떠 있는 그 다리는 교량이 두 개인 다리 중 서반구에서 가장 길다. 금문교보다도 훨씬 더 볼 만하다.

"다이애나가 다리를 못 보면 속상해할 거야. 그리고 화장실도 꼭 가고 싶어."

"맘대로 해."

나는 속으로 한숨을 삭였다. 이제까지 나눈 대화가 다 이런 식이었다. *"점심 어디서 먹을래?" "맘대로 해." "내가 대신 운전할까?" "맘대로 해." "라디오 틀어도 돼?" "맘대로 해."* 나는 피터가 이토록 수동 공격적인 태도로 돌변할 줄은 몰랐다. 그래, 인정한다. 내가 이번 이사를 너무 심하게 밀어붙였는지도 모른다. (자기 뜻대로 되지 않은 일에 찬성하는 남자는 없어. 알고 보면 속으로는 하나도 마음이 변하지 않았다고. 우리 어머니는 이렇게 말하곤 했다.) 하지만 우리 집 수영장에서 아이가 죽은 건 내 잘못이 아니다. 난 그저 우리 가족이 어쩔 수 없이 공격당할 수밖에 없는 곳에서 살 수 없었을 뿐이다. 경찰은 양 씨 가족의 아이가 죽은 건 사고라고 결론지었고, 우리는 소송당하지 않을 것 같았지만 피터의 변호사 친구는 우리가 일촉즉발의 상황에 놓여 있다고 말했다. 어떤 일로도, 심지어 교통위반 딱지 같은 사소한 문제에서라도 수사는 언제든 재개될 수 있었다. 그럴 가능성이 열려 있는 한, 16제곱킬로미터의 숲속 별장에 숨어 지내는 것이야말로 내가 보기에는 완벽한 해답이었다.

우리 목소리를 듣고 다이애나가 몸을 뒤척였다. 아이는 눈을 깜빡이더니 안전벨트가 구속복인 것처럼 마구 몸부림을 쳤다.

"안녕, 일어났구나, 우리 잠꾸러기. 잘 잤어?"

"나 화장실 가고 싶어."

"저 앞에 휴게소가 있어."

피터는 멀리 서 있는 커다란 파란색 고속도로 표지판을 가리켰다.

"지금 가고 싶어."

다이애나는 곧 있으면 폭발할 거라는 표정이었다. 나는 제안했다.

"여기서 잠깐 세우자."

"기다릴 수 있잖아. 2분이면 돼."

피터는 단호하게 말했다. 지금은 어른답게 굴기로 마음먹은 모양이었다. 하지만 나는 남편이 액셀러레이터를 더 세게 밟는 모습을 눈치챘다.

나는 안전벨트를 풀고 좌석 사이로 몸을 틀어서 딸아이의 무릎을 매만졌다. 한때는 다이애나가 자폐증은 아닌가 생각했던 때도 있었지만, 이렇게 건드려도 참는 것을 보면 자폐는 아니었다.

"조금만 더 참아 보자, 우리 딸. 거의 다 왔어."

놀랍게도 다이애나는 몸부림을 멈추고 긴장을 풀었다. 나는 몇 초 더 기다렸다가 몸을 돌려 다시 안전벨트를 매고서 피터를 바라보며 '이번에는 부모의 훈육이 먹혔구나'라는 눈빛을 주고받았다. 그런데 잠시 후 물이 뚝뚝 떨어지는 소리가 들렸다.

"아, 다이애나. 아가, 뭘 한 거니?"

"오줌을 쌌어?"

"오줌을 쌌어."

"세상에. 애가 그러도록 그냥 내버려 뒀단 말이야?"

"내가 *내버려 뒀다고*? 내 책임이라고? 차를 세우지 않은 건 당신이 잖아."

"그럼 여덟 살 난 딸이 고속도로가 훤히 보이는 데서 바지를 내리게 두란 말이야? 쟤는 꼬맹이가 아니잖아."

할 말이 많았지만 애써 삼켰다. 그리고 오줌이 범벅된 시트를 치우기 위해 냅킨과 휴지를 찾아 스낵쿨러를 뒤졌다. 다이애나는 의기양양하게 미소를 지었다. 자기가 벌인 일로 나와 피터가 말다툼을 할 거라는 사실을 알았다는 듯이, 정확히 그걸 바랐다는 듯이. 다이애나가 우리를 벌주려고 일부러 오줌을 쌌다는 걸 믿어 의심치 않았다. 하지만 왜 벌을 주어야 하는데? 오랫동안 차를 태워서? 우리는 다이애나가 행복할 수 있는 곳으로 데려갈 뿐인데?

우리는 조용히 운전했다. 피터는 휴게소에 들어가 차를 세웠다. 나는 내려서 뒷좌석 문을 열고 다이애나를 카시트에서 내렸다. 뒷좌석에서는 오줌 냄새가 코를 찔렀다. 딸아이의 청바지에 검게 오줌 자국이 났다. 카시트는 흠뻑 젖은 채였다. 바닥 카펫도 마찬가지였다.

나는 피터에게 수건을 건넸다.

"여기서 아빠랑 기다려. 움직이지 말고."

나는 다이애나에게 말하고는 갈아입힐 옷을 찾기 위해 이삿짐이 있는 뒤 칸으로 갔다.

하지만 딸아이는 자리에서 벗어났다. 아이는 뒤가 흠뻑 젖었다는 건 전혀 창피해하지도 않고 보도 위로 쏜살같이 달려 올라가 화장실로 뛰어갔다.

"다이애나! 돌아와!"

피터가 소리쳤다. 나도 외쳤다.

"엄마를 기다려야지!"

다이애나는 가다 말고 멈추어 서서 고개를 갸웃거리더니, 두 팔을 활짝 펴고 빙글빙글 돌았다. 유니콘과 무지개들이 가득한 하늘을 나는 한 마리 나비라도 된다는 듯한 태도였다. 본인 차로 돌아가던 할머니 한 분이 다이애나가 너무 기분 좋아하는 모습을 보고 씩 웃다가, 젖어 버린 엉덩이 부분을 보고서는 동정 어린 눈길로 나를 보며 씁쓸하게 웃었다. 나는 어깨를 으쓱이고는 억지 미소를 지었다. 아기를 키워 본 여자들끼리 육아하며 느끼는 시행착오와 시련을 위로하며 짓는 웃음이었다. 일부러 오줌을 싸는 여덟 살짜리 아이도 멀리서 보면 뭔가 매력 있을 수 있다는 듯한 미소였다.

피터는 다이애나에게 성큼성큼 다가갔다. 진심으로 화난 모습이었다. 나는 아무거나 손에 처음 잡히는 옷을 집어 들고 급히 그 뒤를 따라갔다. 피터도 나도 아이를 때린 적은 한 번도 없었고, 지금도 피터가 손을 대리라고는 생각하지 않지만, 혹여 이 꼴을 보고 있는 수십 명의 사람들이 보기에 우리가 조금이라도 아이를 학대한다고 여긴다면, 그중 하나가 언제라도 경찰을 부를 수 있을 터였다.

"괜찮아."

나는 남편을 따라잡고서 거칠게 속삭였다. 그리고 그 팔에 손을 얹었다.

"사람들이 보고 있잖아. 내가 애를 씻길게. 어서 여기서 벗어나자."

피터는 심호흡을 하더니 나를 내려다보고는 손을 뿌리쳤다.

"맘대로 해."

남편은 돌아서서 화장실로 향했다. 나는 다이애나의 손을 잡고 그 뒤를 따라갔다. 지금 할 수 있는 것이라고는 울지 않는 것뿐이다. 저지르지도 않은 잘못 때문에 벌을 받는 기분이었다. 난 그저 다이애나를 이해하지 못하는 사람들에게서 벗어나고 싶을 뿐인데. 그래서 아무도 이 아이를 해치지 못하고, 이 아이가 아무도 해치지 못하게 하고플 뿐인데. 나중에, 딸아이가 나이가 들고 자기 앞가림을 할 수 있게 되고, 바라건대 양심을 키우게 된다면 우리는 피터가 원하는 대로 다시 문명으로 돌아갈 수 있다. 지금은 우리가 스스로를 고립시키는 것이 옳다는 확신만 든다. 숲속에 사는 야생의 아이. 이보다 더 적절한 게 어디 있단 말인가.

✳ ✳ ✳

어두워진 후에야 마침내 목적지에 도착했다. 적어도 내 생각에는 다 온 것 같았지만 확신할 수는 없었다. 고속도로에서 벗어나는 길에는 표지판이 없기 때문이다. 우체통 같은 것도 당연히 없었다. 피터의 증조할아버지가 지은 비밀스러운 지상낙원인 별장은 여름에는 접근하기 어려웠고, 겨울에는 다가가기조차 불가능했다. 약 6.5킬로미터 되는 진입로는 절벽 사이에 난 좁다란 흙길 한 곳밖에 없었다. 우리는 오늘 아침 충분히 일찍 출발했기 때문에 날이 어두워지기 전에 도착할 거라고 예상했지만, 여행 후반부에 다이애나가 화장실에 가겠다며 몇 번이나 요구한 덕분에 늦고 말았다. 이 요구가 대부분 거짓말이라는 걸 알고 있었지만, 딸아이가 처음에 벌인 소동 때문에 우리는 감히 그 요구를 거절할 수 없어 이 지경이 되어 버렸다. 저녁을 먹을 때 남은 진정제를 아이에게 투여해야 했지만 휴게소에서 닥친 재앙급의 일을 겪고 나니 더 이상 나쁜 부모가 된 채로 여행할 마음이 전혀 들지 않았다.

마지막 10분 남은 길을 피터가 어찌나 천천히 운전하던지, 걸어도 이것보단 빠를 것이었다. 그는 진입로를 찾고 있었다. 거의 다 왔다는 걸 알면서도 이토록 느릿느릿 가야 하다니 미칠 것 같았다. 하지만 길에서 열네 시간을 보내고 나니, 길을 잘못 보고 지나치는 일은 절대로 원치 않았다.

"이 길 아니야?"

나는 15미터 앞에 보이는 덤불 사이에 난 틈 같은 곳을 가리키며 물었다. 그건 바위일 수도 있고 그림자일 수도 있었다. 벌써 비슷한 착각을 두 번쯤 했으니까.

"그럴지도."

피터는 반대편 차선으로 크게 방향을 틀어서 내가 가리키는 쪽으로 미니밴의 헤드라이트를 비추었다. 맨 처음에 이렇게 차선을 트는 짓을 했을 때는, 저 언덕 너머에서 불쑥 차가 튀어나와 우리에게 돌진하거나 뒤에서 오는 차량에 우리가 깔려 버릴 것만 같았다. 하지만 알고 보니 새벽 1시에 이토록 외딴 시골길로는 아무도 오지 않았다.

"아직 다 안 왔어?"

다이애나가 백 번째쯤 물었다.

"거의 다 왔어."

나는 아흔 아홉 번째쯤 대답했다. 그리고 피터에게 물었다.

"뭐 좀 보여?"

"안 보여."

남편은 다시 오른쪽 차선으로 차를 돌렸다. 나는 셔츠 소매로 창문에 맺힌 습기를 문지르다가 결국 창을 내리고 어둠 속을 자세히 바라보았다. 줄지어 선 나무는 빈 곳 없이 빽빽하게 지나갔다. 소나무와 온갖 경목이 이토록 빽빽하게 들어찬 울창한 숲속에 우리의 새로운 보금자리가 있다는 게 믿어지지 않았다. 이제 찾기만 하면 된다.

"다 왔어."

마침내 피터가 말했다. 목소리에서 안도감이 느껴졌다.

"여기가 분명해. 저 커다란 하얀 소나무가 기억나. 진입로는 바로 저 뒤에 있어."

아니나 다를까. 남편이 반대편 차선으로 넘어가서 다시 헤드라이트를 비추자 도로에서 벗어난 바퀴 자국 두 개가 슬쩍 솟은 오르막길 너머로 이어졌다. 잘 모르는 사람이 보면 그저 이름 없는 벌목길이 또 나타났구나, 지금은 거의 사용하지 않는 길이겠구나 싶을 것이다. 이 길을 따라가면 마지막에 뭐가 나올지는 아무도 예상할 수 없을 것이다. 바로 그 점을 나는 중요하게 보았다.

"우리 다 왔단다!"

나는 다이애나를 위해서 신나게 소리쳤다. 우리 셋이 모두 동시에 한숨을 쉬자 웃음이 나왔다.

피터는 이삿짐 차를 돌려서 고속도로를 가로지르게 놓은 다음 말했다.

"준비됐어?"

나는 다이애나가 안전벨트를 풀지 않았다는 걸 다시 확인한 다음 내 좌석 끝을 꽉 잡았다.

"준비됐어. 꽉 잡아!"

나는 어깨 너머로 소리쳤다.

피터는 엔진을 켰고, 미니밴은 앞으로 튀어나갔다. 자갈이 흩날리는 길을 따라 우리는 어깨를 부딪치며 달렸다. 언덕은 심하게 높지 않았지만 가팔랐다. 길은 거칠고 모래가 푹푹 빠졌으며, 앞으로 나가던 차가 길 한가운데 움푹 팬 곳에 걸리자 그곳을 뒤덮은 마른 풀이 차체에 마구 부딪쳤다.

반쯤 올라가던 우리는 그만 추진력을 잃었다. 바퀴가 헛돌았다. 피터가 운전대 앞으로 몸을 숙이는 모습이 마치 의지력만 발휘하면 앞으로 갈 수 있는 것처럼 보였다. 나 역시 몸을 저절로 숙일 수밖에 없었다. 다이애나마저도 카시트 안에서 몸을 앞뒤로 흔들어 댔다.

"애 좀 가만히 있으라고 해!"

피터가 소리쳤다.

"다이애나! 가만히 있어! 아빠 운전하잖니."

하지만 차는 더욱 느려졌다. 밖은 너무 어둡고 풍경이 너무나 똑같아서 솔직히 우리가 지금 움직이고 있는 건지 아닌지도 분간할 수 없었다. 이대로 차가 헛돌면 어떡하나. 뒤에 단 이삿짐 트레일러가 스르르 미끄러지다 옆 도랑에라도 빠지면 어떡하나. 견인차 없이는 나올 가망이 없을 텐데. 지금 고속도로에는 차도 없는데 누구에게 어떻게 도와 달라고 말할 수 있을까.

그러다 기적이라도 일어난 듯, 길이 평평해지더니 우리는 곧 꼭대기에 다다랐다. 잠시 후, 차가 다시 제대로 굴러갔다. 비포장도로에서 차를 모는 솜씨가 더할 나위 없이 뛰어나다고 피터를 칭찬하려는 순간, 갑자기 나무들이 우리를 집어삼킬 듯 울창한 길이 이어졌다. 우리는 앞도 보지 못한 채 언덕 반대편을 위태롭게 내려갔다.

"속도 줄여!"

나는 어쩔 수 없이 소리쳤다. 하지만 피터는 이미 브레이크를 밟고 있었다. 차는 점점 더 빠른 속도로 언덕을 굴렀다. 그러다 그만 미니밴이 구덩이에 빠져서 덜컹이더니 바닥을 쳤다. 나뭇가지가 옆구리를 긁고 얼굴을 때려 댔다. 나는 재빨리 차창을 올렸다.

우리가 언덕 아래에 도착했을 때는 길 위에 있는 건지도 알 수 없었다. 피터는 운전대에서 손가락을 간신히 떼고는 숨을 몰아쉬었다. 손을 덜덜 떨고 있었다. 내 손도 마찬가지였다.

"또 해! 다시 해!"

다이애나가 새된 소리를 쳤다.

우리는 고개를 저을 뿐이었다. 다이애나는 두려움이 없어도 너무 없는 데다 모험심이 지나치게 컸기 때문에 이곳에서 사는 것이 분명 잘 맞을 것이다. 이 별장으로 이사 온 게 올바른 결정이었다는 생각이 이번만큼 확실히 든 적이 없다. 나는 이사 계획을 짜기 시작한 후로 오늘의 이사를 '우리의 대단한 모험'이라고 불렀다. 다이애나는 이 말을 재미있다고 생각했고 피터는 이사 같은 게 무슨 모험이냐며 대수롭지 않게 생각했지만, 이건 정말로 모험이 될 것이었다. 친구들은 문명의 이기를 버리고 황량하고 고립된 별장으로 이사 가는 우리를 미쳤다고 여겼다. 하지만 이곳의 조건은 모두가 생각하는 것처럼 어렵지만은 않을 것이다. 물론 별장에 전화가 없기는 하지만, 전화 걸 일이 생기면 차를 타고 고속도로로 나가서 가장 가까이에 있는 공중전화를 이용하면 된다. 그리고 전기가 아예 없는 것도 아니었다. 우리는 하루에 두 번, 아침저녁으로 직접 전기를 생산할 예정이었다. 피터의 가족은 크리스마스마다 그렇게 지낸다. 그러니 우리도 남들 다 쓰는 스토브로 요리하고 냉장고와 세탁기, 건조기를 쓸 수 있다. 호숫가에는 중력을 이용해서 물을 끌어들이는 급수탑과 펌프실이 있기 때문에 수도 시설과 실내 화장실도 있었다. 실용성을 위해 중앙난방은 하지 않을 참이었다. 추위 죽을 것 같은 겨울을 보낸 경험을 떠올려 보면, 지하실에 있는 거대한 석유 화로로는 그 방들을 모두 따뜻하게 만들 수 없다. 겨울에는 옷을 껴입고 필요할 때마다 등유 넣은 난로를 방마다 둘 것이다.

좋은 점도 많았다. 일단 무척 아름다운 풍경이 펼쳐질 것이었다. 내일 당장 우리 소유의 숲을 이리저리 거닐 수 있다니 믿을 수가 없었다. 발밑에서 나뭇잎이 바스락 부서지고, 다람쥐들이 도토리를 모으는 동안 박새들은 지저귀고, 단풍나무와 밤나무는 새파란 하늘 위로 붉은색과 금색 잎사귀를 빛내리라. 우리는 언제든 카누를 꺼내 호수에 띄우고 농어를 잡아 저녁 식사를 짓고, 일렁이는 벽난로 앞에서 긴긴 겨울밤을 보내며 술을 홀짝이면서 헤밍웨이와 도스토옙스키를 읽을 것이다. 우리 발치에서 곰 가죽을 깔고 잠든 다이애나의 볼이 난로의 열기에 빨갛게 익어가는 동안, 펑펑 눈 내리는 밤의 바람이 창문을 흔들어 대겠지.

그래. 피터가 가끔 말하는 것처럼 나는 좀 로맨틱한 사람인지도 모르겠다. 현실을 따져 보면 우리 삶이 내 말처럼 목가적이지는 않을 거라는 사실도 이미 안다. 장작을 패야 하고, 모기와 쇠파리와 싸워야 하고, 비바람과 추위를 견뎌야 할 것이다. 하지만 장점과 단점을 비교해 보면, 이런 단점들은 그저 불편할 정도일 뿐이다. 딸아이가 마음껏 무럭무럭 자라날 수 있는 공간에 우리가 살 것이라는 점, 그것이 중요하니까.

남은 6.5킬로미터의 길을 우리는 오로지 반달 빛에 의지하여 운전했다. 미니밴의 헤드라이트가 레이저처럼 나무줄기를 날카롭게 비추자, 손을 뻗은 헐벗은 가지들의 모습이 꼭 좀비 영화 속에 들어온 것 같았다. 이 길이 얼마나 거칠고 좁은지 내가 잊고 있었구나. 피터의 부모님은 이 도로를 두고 항상 입씨름을 벌였다. 시아버지는 불도저를 가져다가 언덕을 밀고 구부러진 도로를 바르게 낸 다음 움푹 팬 곳에 자갈을 깔고 싶어 했다. 하지만 시어머니는 이 도로를 그대로 놔두기를 바랐다. 나는 이 싸움에서 시어머니 편을 들었다. 시간의 흐름을 벗어난 듯한 별장의 모습이 무척 마음에 들었기 때문이다. 하지만 지금, 하나도 앞이 보이지 않는 어둠 속을 피터가 운전대를 꽉 쥔 채로 꾸물꾸물 나아가는 차 안에서, 나는 팔걸이와 시트를 손톱이 박힐 정도로 꽉 붙잡은 채다. 운전해서 밖에 나갈 때마다 이 도로를 헤쳐 나가야 한다고 생각하니 이제야 시아버지의 마음이 이해되기 시작했다.

절벽 틈새로 뻗어 있는 보안문에 이르자 얼마 안 되던 달빛마저 구름에 가려 사라졌다. 바로 우리 앞에 정문이 있다는 걸 몰랐다면 우리가 어디론가 납치되어 알 수 없는 장소로 옮겨진 거라고 철석같이 믿었을 것이다. 생각해 보면 현재 우리의 상황이, 아닌 게 아니라 딱 그렇기도 했다. 시아버지는 3년 전, 누군가 별장에 침입해서 집을 망가뜨린 사건을 겪은 후 이 보안문을 설치했다. 그때 나는 이 문을 흉물스럽다고 생각했다. 가시철조망을 두른 철망 울타리라니, 정신병원이나 교도소 입구에나 어울리는 설비 아닌가. 그런데 지금 보니 아름답기까지 했다. 이 안은 우리 가족이 안전하게 지낼 수 있는 유일한 공간이 될 테니까.

"다 왔어?"

우리가 멈춰 서자 다이애나가 또 물었다.

"다 왔어."

피터가 씩 웃으며 말했다. 그리고 차 문을 열고 나가 보안문을 열고서 다시 차로 들어와 콘솔 너머로 내 손을 잡았다.

"우리가 해냈어, 제니. 성공했다고. 여기가 우리 집이야."

나는 그 손을 꽉 맞잡았다. 피터는 손을 놓지 않았다.

6

현재
레이첼

저지르지 않았다는 게 확실해진 범죄 때문에 15년 동안 스스로를 정신병원에 감금하고 있었다니. 이건 그저 얼굴이 좀 창백해지고 말 일이 아니었다. 어마어마한 사기와 배신을 당했다는 기분은 감당할 여지가 전혀 없었다. 이 분노를 누구에게 풀어야 마땅할까. 좀처럼 알 수가 없었다. 내 가족일까. 심리치료사일까. 아니면 나 자신일까. 지금은 가족을 원망하고 싶다. 그 긴 세월 동안 내가 정신병원에서 괴로워하도록 내버려 두었다니 말이 되는가. 솔직히 다이애나나 샬럿 이모가 내게 건넨 말 중에 나갈 수 있다는 가능성을 담았던 건 단 한마디도 없었다. 내가 이제껏 부당하게 갇혀 살았던 책임은 결국 누구에게 있을까. 어쩌면 둘 다 똑같이 비난받아 마땅할까? 어쨌든 집에 가는 대로 나를 사랑한다는 그들과 나름 험한 토론을 해야겠다는 마음은 분명히 들었다. 만약 심리치료사가 내 계획이 뭔지 알았더라면, 지난 일은 잊어버리고 앞으로 나아가야 한다고 말하겠지. 하지만 난 앞으로 나가고 싶지 않은 것인지도 모른다. 내가 필요한 해답은 미래에 있지 않다. 오히려 과거 속에 묻혀 있을 뿐.

나는 곰 인형을 더플백 구석에 욱여넣고 가방의 지퍼를 잠갔다. 하얀 곰 인형은 언제나 나의 가장 귀중한 소유물이었다. 집에서 병원까지 나를 따라온 유일한 물건이 이제는 함께 집으로 돌아가게 되었구나. 하얀 곰 인형 때문에 나는 열두 번째 생일날 구속복을 입고 보내게 되었다. 내가 자는 동안 룸메이트가 인형을 가져다가 커뮤니티룸 변기 물탱크 속에 숨겼기 때문이다. 내가 그 아이를 벽에다 밀쳐 버린 후에야 그 아이는 인형을 어디에 숨겼는지 보여 주었다. 룸메이트에게 뇌진탕을 일으킬 생각은 없었다. 어쨌든 그 이후로 쉽게 봐서는 안 될 아이라는 평판을 얻은 건 분명히 이득이었다. 그 사건은 시간이 지나면서 터무니없이 과장되어 퍼져 나갔다. 내가 룸메이트를 혼수상태에 빠뜨렸다느니, 그보다 더 심한 짓을 저질렀다느니 하는 숙덕거림이 들려왔다. 하지만 남들이 내 물건에 손대지 않는 한 사람들이 뭐라 하든 난 신경 쓰지 않았다.

일어서서 어깨에 더플백을 멨다. 가방은 무거웠다. 안에는 책이 들었다. 베런스테인 베어스Berenstain Bears 시리즈가 50권도 넘게 들어 있다. 내가 곰을 무척 좋아한다는 걸 확실히 알고 나서, 긴 세월 동안 심리치료사들이 특별한 날에 선물해 준 것이다. 거기다 병원 도서관에서 훔친 동화책 두 권도 있다. 그 책들은 나만 대출하기 때문에 없어진다 한들 누구 하나 신경도 쓰지 않는다. 나는 책을 읽기 시작하면서부터 동화책을 무척 좋아했다. 동화는 어두운 내용일수록 좋다. 특히 곰의 특징이 잘 드러나는 이야기를 아주 좋아한다. 그림 형제가 지은 《곰 가죽Bearskin》과 《월로 렌과 곰 The Willow-Wren and the Bear》 《골디록스와 곰 세 마리Goldilocks and the Three Bears》 같은 이야기 말이다. 모든 사람이 알고 있는 동화와 만화 버전의 전체연령가 이야기가 아니라, 곰 가족이 골디록스에게 불을 붙인 후 물에 빠뜨려 죽이는 1831년도 판본을 좋아한다.

이 책들과 더불어 샬럿 이모가 중고 물품점과 벼룩시장에서 입으라고 골라 준 헌 옷이 가득한 여행가방 하나가 이 세상에서 받은 나의 소지품 전부다. 물론 토지와 별장은 치지 않았다. 다이애나가 아직 그곳에 살고 있고, 나는 돌아갈 생각이 전혀 없었기 때문에 언니에게 내 몫인 재산의 반을 넘길까 몇 번 생각했다. 하지만 지금은 그러지 않아서 다행이라고 생각한다.

나는 문간에 잠시 멈추고는 마지막으로 방을 한 번 돌아보았다. 저 구석에서 거미가 나를 조심스럽게 바라보았다. 오늘은 무언가 다르다는 것을 거미는 알고 있었지만 아무 말도 하지 않았다.

"잘 있어."

나는 속삭였다. 다시는 돌아오지 않겠다는 말은 하지 않았다.

나는 떠난다는 말을 스코티에게도 하지 않았다. 마지막으로 그를 한 번 더 보고 싶었고, 마지막으로 한 번 안아 보고도 싶었다. 입 냄새가 나지 않도록 매일 밤 이를 닦으라고, 너를 못마땅해하는 조무사들을 피해 다니라고 말해 주고 싶었다. 하지만 스코티는 왜 나는 집에 가는데 자신은 가지 못하는지 이해하지 못할 것이다. 우리가 다시 만나려면 오랫동안 기다려야 한다고 설명할 생각을 하자 너무나 고통스럽기만 했다. 스코티가 나를 완전히 잊어버리기 전에 여기 와서 다시 만나 볼 수 있으면 좋을 텐데. 하지만 그게 당장 며칠 후가 될지, 아니면 몇 주 후가 될지 너무나 불분명했으므로, 지킬 수 없는 약속을 하느니 아무 말도 하지 않는 편을 택하고 말았다.

마지막으로 퇴원 서류에 서명을 하러 로비로 내려갔다. 알고 보니 스스로 정신병원에 입원한 환자라면 퇴원은 쉬웠다. 다행스럽게도 나는 샬럿 이모의 후견이 끝나는 열여덟 살이 되던 날 스스로 정신병원에 입원했다. 그래서 심리치료사에게 나가고 싶다고 이야기만 하면 되는 일이었다. 서류를 작성하고, 혹시라도 마음이 변할지도 모르니 사흘을 기다렸다가, 때가 되면 현재 복용 중인 약의 처방전을 받아서 퇴원 절차를 밟는 것이다. 그러면 나가도 된다. 실제로 치료가 되었는지 아닌지는 퇴원에 별 영향이 없다. 그렇다면 혹시 퇴원해서는 안 될 사람이 나와 비슷한 이유로 병원 밖을 버젓이 걸어 다니고 있는 것은 아닐까? 퇴원 절차에 걸리는 시간보다 이곳을 떠날 차편을 구하는 데 시간이 더 오래 걸렸다.

바깥은 추웠다. 4월 중순은 영상 7도에서 10도 정도다. 가끔 바람이 아직 녹지 않은 눈 더미를 스치며 불어올 때마다 아무것도 입지 않은 것처럼 살이 에어 왔다. 몸에 걸친 청자켓과 테니스화는 날씨에 전혀 맞지 않았지만, 저 안에서 1분이라도 더 보내느니 차라리 저체온증에 걸리는 편이 나았다. 정신병원에서 자란 세월은 영화 〈뻐꾸기 둥지 위로 날아간 새One Flew Over The Cuckoo's Nest〉의 생활과 전혀 다를 게 없었다. 굳게 잠긴 방, 환자를 묶는 가죽 끈, 전기 충격 요법, 진정제 약물 등등. 하지만 그보다 더 끔찍했던 건 이거다. 나는 창고에 처박혀 있던 거나 다름없었다. 잊힌 채로. 처음에는 기꺼이 뛰어들었지만, 그 안으로 완전히 떨어지지는 못했던 구덩이 속에서.

물론 지금은 모든 게 바뀌었다.

순간 화가 머리끝까지 치밀어 올랐다. 나는 끓어오르는 분노를 가까스로 눌러 그럭저럭 견딜 만한 정도로 낮춘 다음 건물에 기대어 덜덜 떨리는 손으로 담배를 꺼냈다. 만약 내가 어머니를 죽인 게 아니라는 사실이 밝혀진다면 뭘 해야 할지 많이 생각해 보았다. 하지만 어디서부터 시작해야 할지 알 수 없었다. 내 또래의 여자들은 대개 직업이 있고, 집이나 아파트나 셋집이 있었다. 퇴직연금을 넣기도 하고, 차도 몰았다. 그러나 나는 운전하는 법조차 모른다. 요리도 바느질도 못한다. 빨래가 무더기로 쌓이면 어떻게 하는지, 셔츠를 어떻게 다리고 액자는 어떻게 거는지, 식기세척기는 어떻게 사용하는지 모른다. 예산을 짜고, 영화를 빌리고, 식료품을 사고, 온라인 쇼핑을 하는 법을 모른다. 지난주까지는 전화를 걸어 본 적도 없다.

그렇다고 내가 기술이 아예 없는 건 아니다. 나는 어떤 야생 식물을 먹어도 되는지, 그 야생 식물을 어떻게 조리하는지 안다. 태양이나 달, 별이 없어도 숲속에서 길 찾는 법을 안다. 올챙이처럼 수영할 수 있고, 곰처럼 나무에 오를 수 있고, 주머니쥐처럼 조용히 앉아 있을 수 있다. 발자국이나 똥 더미를 찾아 어떤 동물의 분비물인지 즉시 알아볼 수 있고, 얼마나 오래됐는지 알아낼 수도 있다. 생쥐와 뾰족뒤쥐와 들쥐를 구별할 수 있고, 풀과 골풀과 사초를 구분할 줄 안다. 습지와 수렁과 소택지의 차이점을 안다. 무엇을 아는지 목록으로 만들면 끝이 없다. 나는 무력한 존재가 아니다. 다만 도움이 필요할 뿐이다.

마침내 내가 기다리던 진녹색의 최신형 지프가 진입로 끝에 나타났다. 나는 담배를 보도에 던져 버리고 손을 흔들었다. 트레버도 창문을 내리고 손을 흔들어 주었다. 그는 언제나 그렇듯 기분 좋아 보였다. 나는 트레버에게 약속했다. 찍고 싶은 사진은 얼마든지 찍어도 좋고, 범죄 현장에 어디든 갈 수 있게 해 주겠다고. 그 대가로 나를 태워 달라고 했다. 나는 샬럿 이모나 다이애나와 인터뷰를 할 수도 있을 거라고 슬쩍 흘리기도 했다. 물론 그들이 동의할지는 모르겠어서, 확실히 약속하겠다고 말하지는 않으려고 조심했다. 어쨌든 이렇게까지 내가 접근하게 해 주었으니 트레버의 기사는 지역의 관심을 끄는 수준을 넘어서서 어쩌면 전국구 주요 신문이나 잡지에 장편 기획 기사로 오를 가능성이 충분히 있을 것이다. 나는 트레버에게 부와 명성을 가져다 줄 수 있는 입장권이다. 그는 나를 외부 세계로 데려다 줄 여권이다. 그래서 이 거래는 공정하다고 생각한다.

지프는 내 바로 앞에서 멈췄다. 트레버는 내려서 차를 돌아 짐칸을 열었다.

"짐은 이게 전부야?"

"전부야."

나는 내 짐을 향해 별것 아니라는 듯 손을 저었다. 가진 게 별로 없는 이 모습이 나의 생활 방식이지, 내가 선택한 삶 때문에 어쩔 수 없이 받은 결과가 아니라는 듯이 말이다. 그는 내 여행가방을 짐칸에 실었다. 그동안 나는 조수석에 앉아 다리 아래에 더플백을 놓았다.

"그 짐은 뒤에 싣지 않아도 괜찮겠어? 뒤에 자리 많아."

그는 운전석에 앉으면서 물었다.

"난 이게 좋아."

더플백을 내 몸 가까이 놓아야 하는 논리적인 이유는 어디에도 없었다. 하지만 이렇게 하면 내 하얀 곰 인형을 언제든 원할 때마다 만질 수 있다. 하얀 곰을 만지면 내가 지금 하려는 일이 덜 불안하게 느껴졌다. 그래. 나를 담당한 심리치료사는 이 하얀 곰을 가지고 신나게 떠들어 댔었지.

"편하게 앉아."

트레버는 지프에 시동을 걸었다. 우리는 출발했다. 나는 뒤돌아보지 않았다.

차에 탄 기분은 낯설었다. 그저 실리적인 목적으로 나와 동행한 낯선 남자의 차에 탄 기분이라 더욱 낯설었다. 물론 트레버를 몇 년간 알고 지내기는 했지만 그건 병원 안에서였고, 언제나 스코티와 동석했을 때뿐이었다. 내가 알고 있는 건 트레버가 스코티의 법적 후견인이라는 것, 그리고 본인이 무엇을 하고 싶은지 알아내려고 10년이란 세월을 보냈다는 것, 그래서 지금에서야 학교를 다시 다니고 있다는 것, 그리고 나만큼이나 야생 지역을 좋아한다는 것이었다. 하지만 대충 그쯤이 전부다. 반면 트레버가 내 가족에 대한 글을 절반 정도만 읽었다 하더라도, 내가 트레버에 대해서 아는 것보다 트레버가 나에 대해서 아는 게 훨씬 많을 것이다.

고속도로로 진입하면서 그가 말했다.

"네 전화를 받고서 놀랐어. 기분은 좀 나아졌어?"

처음에 나는 그게 무슨 뜻인지 알 수 없었다. 그러다 기억이 났다.

"괜찮아. 걱정해 줘서 고마워. 약을 바꾸니까 진짜로 너한테 전화

할 용기가 나더라고. 데리러 와 줘서 고마워."

"힘든 일도 아닌 걸."

오늘 나 때문에 480킬로미터를 운전하게 된다는 걸 생각해 보면, 이게 과연 순수한 호의만일까 심각하게 의심하지 않을 수 없다. 하지만 나는 굳이 그 점을 들먹이지 않았다. 분명히 지금 트레버는 호의를 베풀어 주고 있는 것이니까.

파리 한 마리가 창문에서 윙윙 거렸다. *내보내 줘! 내보내 달라고!* 파리는 계속해서 말했다. 나는 창문을 조금 열고 손으로 파리를 감싸서 부드럽게 밖으로 내보내 주었다. 파리는 고맙다는 말도 하지 않고 떠났다. 파리는 괜찮은 대화 상대가 아니다. 물론 나 역시 좋은 대화 상대는 아니다.

내 생각을 아무에게도 말하지 않고 혼자서만 간직하는 법은 어쩌다가 배운 걸까? 맹목적으로 관찰에 열중하던 어머니와 몇 시간이고 함께 보내며 자랐기 때문일까, 아니면 어떻게 자랐든 양육 환경과는 상관없이 원래 말수 없는 아이로 태어나서일까? 알 수 없다. 하지만 분명히 아는 것도 있다. 언제 무엇을 말할지 선택한다는 것은 병원에서 지내 온 생활 동안 내 힘으로 통제할 수 있는 몇 안 되는 측면이라는 걸, 난 일찌감치 터득했다.

사실 몇 년 동안 집단 치료를 하면서도 난 한마디도 하지 않았다. 심리치료사들은 내가 고집이 세서 그렇다고 추측하고 전혀 의심하지 않았지만, 사실 나는 상태가 호전되는 데 아무런 흥미가 없었기 때문에 말하지 않았을 뿐이다. 스코티와 트레버를 제외하면, 내가 주기적으로 말을 건 상대는 거미들뿐이었다. 만약 트레버가 운전하는 동안 기삿거리가 될 만한 무언가 흥미진진한 세부 사항이 밝혀지길 바라는 중이라면 곧 실망하게 될 것이다.

내가 물었다.

"수사 보고서 사본 가지고 왔어?"

"뒷좌석에 둔 가방 속에 있어."

"봐도 될까?"

"얼마든지 봐."

나는 몸을 돌려 좌석 사이로 손을 뻗어 서류철을 꺼냈다. 그리고 안에 든 보고서를 조심스럽게 쭉 훑어보았다. 특히 나에 관해 언급한 부분을 찾아보았다. 지난번에 집중적으로 보았던 문단 말고는 나에 관한 내용은 많지 않았다. 고속도로 옆에서 발견되어 지역 병원 응급실로 옮겨졌고, 의사들은 내 상처에 붕대를 감고 수분을 공급한 다음 지켜보았다고 했다. 그 당시 내가 말을 하거나 움직이지 않았던 이유는 내가 고집을 부려서가 아니라 말을 할 수도, 움직일 수도 없었기 때문이라는 사실을 의료진이 깨닫기까지는 확실히 시간이 좀 걸렸다. 좀 더 의사들 상황을 생각해서 말해 주자면, 나를 보기 전까지 의사들은 긴장증 환자를 본 적이 한 번도 없었던 게 분명했다. 어쨌든 의사들은 정신과 의사를 불렀고, 나는 검진을 받은 후 뉴베리 지역 정신병원으로 보내져 평가를 받았다. 수사 보고서에 나온 나의 이야기는 그걸로 끝이었다.

나는 살인 무기를 찍은 페이지로 되돌아갔다. 아니, 살인 무기로 추정되는 것이라고 말해야겠지. 나의 부모님을 죽인 게 이 라이플이라는 걸 인정하기 전에, 우선은 어째서 내 기억 속에는 다른 총이 보이는지 알아야 하기 때문이다. 이 윈체스터 매그넘은 라이플 중에서도 괴물이다. 이런 라이플은 사파리에 가는 사냥꾼이 근거리에서 위험한 사냥감을 쏘려고 할 때나 쓰는 것이다. 열한 살짜리 소녀가 심각한 부상을 입지 않고도 발사할 수 있는 라이플은 분명히 아니었다고, 보고서는 정확하게 결론을 내렸다. 만약 내가 이 라이플을 발사했다면 2주가 지나도록 어깨에 엄청난 타박상 자국이 남았을 것이다. 총의 반동 때문에 방아쇠를 당겼던 손가락은 물론이고 손목이나 팔이 부러졌을 것이다. 하지만 내가 환상에서 보는 총은 그보다 훨씬 작고 가벼운 레밍턴 770으로, 열한 살짜리 아이가 아주 간단한 교육만 받아도 제대로 잡고 완벽하게 쏠 수 있는 기종이었다.

그래. 공교롭게도 나는 라이플에 대해 상당히 많이 알고 있다. 내가 별장에 살았을 때 총기실의 진열장은 텅 비어 있었지만, 가족들이 크리스마스를 보내려 모였을 때 증조할아버지의 무릎에 앉아서 다 함께 사진을 보곤 했다. 총기실 진열장이 가득 찼을 때의 사진이었고, 증조할아버지는 각 라이플의 이름과 용도를 가르쳐 주셨다. 작은 사냥감을 쏠 때는 .22 롱라이플을 쓰고, 중간 크기 사냥감에는 윈체스터와 레밍턴, 늑대나 사슴에는 그보다 긴 라이플을 쓴다고 했다. 이런 식으로 쭉 설명하다가 코뿔소 같은 커다란 사냥감을 쏘는 대구경 라이플 만리허 쇠나워Mannlicher-Schönauer까지 나왔다. 그레이트룸 한가운데 솟은 단상에는 그 총으로 잡은 코뿔소가 아직도 있었다.

"뭐 기억났어?"

트레버가 물었다.

"다시 말해 줄래?"

내가 무슨 말인지 이해를 못하는 게 분명해 보이자 그는 덧붙여 말했다.

"혹시 기억이 뭐라도 돌아왔나 싶어서. 잊어버린 시기의 기억 말이야."

"아, 아니. 없어."

"집에 간 다음엔 더 기억날지도 몰라."

"그럴지도."

기억을 되찾는 것이 정확히 내가 바라는 것이라는 말은 하지 않았다. 물론 내가 2주 동안 어떻게 살아남았느냐 하는 문제는 나의 우선순위 목록에서 한참 아래에 있기는 하다. 나는 부모님이 죽은 그 지점에 서고 싶었다. 눈을 감으면 떠오르는 환상의 배경을 생생한 고화질로 보고 싶었다. 지금 이 순간 그곳에 있는 것처럼 총천연색으로 경험해 보고 싶었다. 무언가 새로운 것을 보고 듣고 싶었다. 매우 중요한데 놓쳤던 그 무엇을, 나의 모든 질문을 해결해 줄 세부 사항을, 그 해답이 아무리 고통스럽더라도 알고 싶었다. 만약 윈체스터 라이플이 부모님을 죽인 총이라고 확실하게 밝혀진다면, 내가 그걸 쏘지 않았다는 사실을 인정할 준비가 되어 있다. 하지만 내가 어머니를 쏘지 않았다는 사실 하나만으로는 내가 우리 가족을 파괴한 사건을 실행에 옮긴 책임이 없다고 할 수 없었다. 내가 방아쇠를 당기지 않았다고 해도 비난을 받아야 할 이유가 분명히 있을 것이다. 이제 기억만 해 내면 된다.

나는 보고서를 서류철에 다시 넣은 다음 트레버의 메신저백에 돌려놓았다. 내가 아직 조사 결과를 받아들일 준비가 되지 않은 이유는 또 있다. 누군가 알았더라면 공식적인 결론을 뒤엎을 수도 있었던 명백한 누락 사항이었다.

　나는 사냥용 라이플에 대해서 아주 많이 알 뿐만 아니라, 사격도 아주 잘한다.

7

그때
제니

우리가 이사 와서 가장 먼저 한 일은 총기실을 비우는 것이었다. 첫째로 우리는 가족을 보호하기 위해 총으로 무장할 필요가 없었다. 흑곰은 우리 영역에서 최상위 포식자이기는 하지만, 지구상에서 가장 공격적이지 않고 소심한 곰에 속한다. 서로 다른 시간에 세 번 정도 늑대의 하울링 소리를 들어 보니 이 근처에 적어도 늑대가 두 마리는 있다는 것 역시 알고는 있지만, 직접 본 적은 한 번도 없었고 보게 될 거란 생각도 들지 않았다. 우리 영역은 식생이 독특한 데다 무척 외진 곳이기 때문에 떠돌던 쿠거나 울버린의 서식지가 되었을 가능성도 극히 드물지만 있을 수는 있었다. 하지만 이 동물들은 어퍼 반도에서는 상당히 드문 종류다. 지난 10년 동안 쿠거를 봤다는 사례는 20건밖에 되지 않았고, 미시간주의 별명이 '울버린 주'이긴 하지만 사실이 주에서 울버린은 전혀 살지 않는다고 추정되고 있다. 피터든 나든 어쩌다가 그 둘을 마주칠 확률은 없는 거나 마찬가지였다. 요점은 이거다. 우리는 우리 소유의 땅에서 야생동물을 연구하러 온 것이지, 쏘러 온 것이 아니다.

게다가 더 중요한 점이 있다. 다이애나가 집에 있는 한, 총이 한 자루라도 그 안에 있다는 전제를 두고 볼 수가 없었다. 게다가 한 자루도 아니고 쉰여섯 자루나 있다니(쉰여섯 자루라니!). 물론 총기는 진열장에 잠금장치를 해 놓고 보관 중이었고, 탄약은 그 아래 서랍에 두고 잠가 놓았다. 라이플 중 많은 수가 희귀해서 박물관에 보관해야 할 골동품 수준이라, 어디에 내놓아도 전시할 수 있을 만큼 귀중한 것이었지만 그 점은 전혀 중요하지 않았다. 다이애나보다 호기심이 훨씬 덜한 아이들이라도 언제나 저 위험한 무기에 호기심이 생겨서 어떻게든 손을 대곤 하지 않던가. 다이애나가 잠기지 않은 진열장을 발견하고 저 총 중 하나라도 손에 넣는 순간이 온다면, 그런데 그 총이 어쩌다 보니 장전까지 되어 있다면 우연히라도 자기를 쏘거나 우리를 쏘지 않는다는 보장이 없다.

피터와 나는 우리가 그 총을 다시 돌려 놓아야 할 때를 대비해서 모든 총기를 사진으로 찍어 문서를 만들었다. 그리고 라이플과 탄약을 상자에 담아 우리가 마켓에 빌린 창고로 운반했다. 피터의 가족이 크리스마스를 보내러 이곳에 왔을 때, 나는 시할아버지가 우리가 한 짓을 보고 심장마비를 일으킬 거라고 생각했다. 하지만 피터가 사정을 설명하면서 이렇게 하지 않으면 넓은 아치형 총기실 입구 앞에 보안문을 설치하겠다고 말했다. 그러면 시할아버지는 분명히 기절할 지경이 되리라는 걸 남편은 알고 있었다. 시할아버지는 우리가 절대로 별장을 개조해서는 안 된다고 분명히 못 박았기 때문이다. 결국 그분은 한발 물러섰다. 다른 가족들은 은근히 좋아했던 것도 같다. 내가 아는 한 가족 중에 사냥을 하는 사람은 없었으니까.

이사 온 후 두 번째로 한 일은 낡은 헛간의 반쪽을 피터와 나의 사무 공간으로 개조하는 것이었다. 다행스럽게도 피터의 할아버지가 내렸던 개조 금지령은 바깥 건물까지 해당하지는 않았다. 우리는 우리의 사무실 사이에 다이애나의 공간도 만들었다. 그러면 아이가 소외감을 느끼지 않을 것이고, 우리도 일하면서 아이를 지켜볼 수 있으니까. 그 공간은 아름다웠다. 내가 다이애나의 나이였다면 목숨을 걸고라도 이런 곳을 갖고 싶다고 생각할 만큼 학습에 최적화된 곳이었다. 우리는 별장의 방 하나에서 아이가 쓰기에 알맞은 크기의 고풍스러운 책상과 의자를 찾아냈다. 그러고는 앉아서 책을 읽을 수 있는 푹신한 소파를 설치하고 바닥에서 천장까지 닿는 책장에는 책과 인형을 빽빽하게 꽂았다. 어퍼 반도 전체에서 가장 많은 인형과 더불어 DK 자연 도서들과 내셔널지오그래픽 키즈 도서들을 최대한 찾아 넣었다. 피터는 내가 천장에다 나사의 검증을 받은 별자리 지도를 붙이고 그 한가운데에 정교한 태양계 모빌을 걸어 놓은 걸 보고 좀 지나치다고 생각했다. 하지만 우리는 아직 다이애나가 어떤 학문 분야에 흥미를 보일지 알 수 없었다. 이런 일을 하는 이유에는 우리 모두 동의했다. 다이애나가 흥미롭고 도전적인 프로젝트에 몰두하도록 계속 이끌어야 했다. 지루함만큼 다이애나가 싫어하는 건 없었으니까.

지금까지는 효과가 있는 듯했다. 물론 생활 방식을 이토록 대단하게 바꿨으니 누구나 예상하는 시행착오는 두어 번 있었다. 하지만 인형이 열두 개쯤 갈기갈기 찢어진 걸 제외하고, 우리는 큰 문제나 재난을 겪지 않고 겨울을 보냈다. (다이애나는 자신이 인형 컬렉션을 해부하고 있는 거라고 주장했다. 가만히 생각해 보면 부모인 우리가 둘 다 야생생물학자이니 다이애나의 주장은 오히려 매력적이고 깜찍하게 들렸다. 물론 그 아이가 망가뜨린 인형을 다시 사려면 수백 달러가 든다는 생각을 안 한다면 말이다.) 대체로 나는 다이애나가 잘하고 있다고 여겼다.

피터도 잘하고 있다고 말할 수 있었으면 얼마나 좋을까. 되돌아보면 9월은 우리에게 참 안 좋은 시기였다. 피터가 연구하려던 양서류가 동면에 들어갈 시기였기 때문이다. 물론 장작을 패고 눈을 치우고 발전기를 돌릴 휘발유를 사고 식료품을 구매하고 책과 과학 잡지를 읽고 살림을 꾸려 나가고 집을 수리하는 일로 무척 바빴지만, 피터처럼 아주 지적이고 창의적인 사람에게는 강의 대신 이런 일을 해야 한다는 게 전혀 만족스럽지 못한 거래였다. 게다가 지난겨울은 특히 혹독했다. 평년보다 맑은 날이 적었고 강설량은 두 배나 되었기 때문이다. 그러니 그가 우울했던 것도 놀랄 일은 아니었다.

솔직히 말하자면 나 역시 힘겹게 지내고 있었다. 윌리엄이 죽은 곳에서 640킬로미터 더 떨어진 곳에 살아도 그 아이의 유령을 떨쳐 낼 수가 없었다. 매일 그 아이 생각이 났다. 다이애나가 방으로 뛰어 들어올 때마다, 계단 난간을 타고 미끄럼을 탈 때마다, 자전거를 타고 자갈이 깔린 우리 집의 원형 진입로를 빙빙 돌 때마다, 머리를 찧거나 무릎에 생채기가 날 때마다 윌리엄은 이런 일을 절대로 경험할 수 없을 거란 생각에 가슴이 다시 미어졌다. 때로 그 아이의 죽음의 무게에 짓눌린 나머지 나 역시 정신과 상담을 받으러 가야 하지 않을까 생각이 들 정도였다. 그 사건에 내 책임이 없다는 걸 알고는 있다. 그 아이가 우리 집 마당에 들어와서 수영장에 빠질 거라고 누가 예상했겠는가. 그걸 예상하지 못한 책임이 내게 있다면, 그 아이 엄마에게도 똑같은 책임이 있다. 애초에 어째서 그녀의 아들이 우리 집 마당에 들어왔단 말인가. 어째서 아이를 보지 않고 한눈을 팔고 있었단 말인가. 그럼에도 뭔가 보상을 해야 한다는 느낌이 계속 들었다. 나는 윌리엄의 부고를 읽고서 그 아이가 가장 좋아하는 장난감이 곰 인형이었다는 걸 알아내고는 아이를 기리는 마음으로 흑곰을 연구하기로 마음먹었다. 피터는 내가 호수 옆 늪지대에 둥지를 틀고 번식 중인 여섯 쌍의 대머리독수리를 연구해야 한다고 생각했지만, 나는 언제나 곰을 무척 좋아했다. 솔직히 말하자면 내가 곰의 개체수와 습성에 대해 연구하면 중요한 공헌을 할 거란 느낌이 들었다. 최상위 포식자가 적정 수준의 개체를 유지하는 것은 생태계가 건강하다는 척도지만, 세계적으로 균형 잡힌 생태계는 점점 희귀해지고 있는 형편이다. 환경 파괴로 야생동물이 궁지에 몰리고 인간이 서식지를 침범해 오면, 인간과 가까이 살아서는 안 되는 동물들도 어쩔 수 없이 인간과 어울려 살 수밖에 없다. 그래서 수십 년 동안 생태학적으로 변함없는 상태에 있었던 지역을 연구하는 기회를 통해 독특하고 가치 있는 관점이 나올 수 있다. 이것은 나만의 의견이 아니었다. 내가 자문을 구했던 노던미시간 대학교의 생물학 교수는 즉석에서 나의 연구 지도자가 되어 주기로 동의하면서 같은 의견을 내놓았다.

그래서 나는 미국흑곰에 대한 책을 있는 대로 구해서 겨울 내내 읽었다. 그리고 지금, 이 쌀쌀한 4월 오후에 동쪽 절벽 아래에 있는 커다란 돌 뒤에 다이애나와 웅크리고 앉아 다이애나가 '라푼젤'이라고 이름 붙인 곰이 굴속에서 나오기를 기다리고 있는 중이다. 엄밀히 말하면 다이애나는 오늘 피터와 함께 있어야 한다. 우리가 둘 다 연구자로 돌아왔으므로 딸아이를 보는 날을 서로 나누기로 했으니까. 하지만 피터는 다이애나가 시끄럽게 돌아다니는 발소리와 끊임없이 수다 떠는 목소리 때문에 개구리가 겁을 먹고 오지 않는다고 주장했다. 그러면 내가 연구하는 곰은 개구리보다 더 관대하다는 걸까?

날은 화창했지만 추웠다. 다른 곳의 눈은 다 녹았어도 우리가 숨어 있는 바위의 그늘진 뒷면에는 아직 눈이 있었다. 내 발은 얼어붙었지만 나는 최대한 가만히 서서 쌍안경을 굴 입구에 맞추어 놓고 지켜보았다. 절벽 옆쪽으로 중간쯤 자라난 커다란 소나무의 뿌리 아래 파진 굴이었다. 작년 가을 늦게 연구를 시작했기 때문에, 겨울을 나기 위해 우리 영역에 굴을 판 곰들이 모두 숨어 버리기 전에 찾아낸 단 하나의 굴이었다. 이 곰은 동면하는 동안 내가 목에 추적기를 달았던 유일한 곰이었다. 그래서 봄과 여름, 가을까지 위치를 추적할 수 있는 곰은 이것뿐이었다. 다른 사람의 기준과 비교하자면 나의 연구는 시작부터 불길했다. 내년에는 이것보다 훨씬 더 잘해야 하리라.

"나 추워."

다이애나가 징징거렸다. 물론 이게 처음은 아니었다.

"피곤해. 배고파. 집에 가고 싶어."

나는 쌍안경을 내리고 딸아이 옆에 쪼그려 앉아 안아 주었다. 아이는 콧물을 질질 흘렸고, 뺨은 새빨갛게 얼어 있었다.

"엄마도 너 배고픈 거 알아. 엄마도 배고프거든. 하지만 우리가 밖에 나올 땐 먹을 걸 가져오면 안 된다는 거 너도 알잖아."

곰의 후각은 개의 후각보다 일곱 배나 강력하고, 1.6킬로미터나 떨어진 곳의 냄새도 맡을 수 있다. 6개월간 축적해 놓은 몸속 지방으로 버텨 가며 새끼에게 젖을 먹였다면, 이 곰은 우리보다 훨씬 더 배가 고플 게 뻔했다. 그래놀라 바나 지퍼백에 담은 견과류 한 줌처럼 별것 아닌 음식으로도 곰은 우리를 노릴 수 있었다.

"조금만 더 기다려 보자. 금방 끝날 거야. 너도 라푼젤 새끼를 보고 싶잖아. 그렇지?"

다이애나는 고개를 끄덕였다.

"엄마가 아주 조용히 있으라고 한 말 기억하지? 새끼들을 놀라게 하면 안 된다는 것도? 그러면 엄마가 새끼들 이름을 지을 수 있게 해 준다고 했지?"

다이애나는 다시 고개를 끄덕였다.

"새끼 몇 마리 있어?"

"굴속에서 나올 때까지는 몰라."

여기에서도 배운 교훈이 있었다. 만약 내가 곰이 출산하고 나서 위치 추적기를 목에 씌우려고 기다렸다면, 새끼를 몇 마리 낳았을지 알았을 뿐 아니라, 새끼들의 몸무게와 키도 재어 보고 피도 뽑아서 DNA 샘플을 만들어 곰의 가계도를 만들 수도 있었을 것이다. 하지만 굴속에 기어 들어가서 자고 있는 곰의 목에 전파수신기를 달았다는 건 정말 대단한 경험이었다. 언제든지 곰이 앞발로 한 번 후려갈기면 나를 죽일 수 있었기 때문이다. 그러니 이만해도 잘한 게 아닐까.

나는 다시 쌍안경으로 굴 입구를 관찰했다. 흑곰은 보통 두 마리에서 네 마리까지 새끼를 낳지만, 6월에 짝짓기를 한 후 모체의 자궁에 착상하는 수정란의 수는 암곰이 굴에 들어가는 가을에 몸무게가 얼마나 나가느냐에 따라 달라진다. 흑곰은 거의 뭐든지 먹는다. 블루베리, 딸기, 라즈베리, 나무딸기, 채진목 열매, 갈매나무 열매, 블랙베리, 층층나무 열매는 물론이고, 야생 체리와 사과도 먹는다. 도토리와 너도밤나무 열매, 헤이즐넛을 비롯하여 각종 풀과 잎사귀, 토끼풀도 먹는다. 벌과 개미, 말벌도 먹곤 한다. 곰의 먹이가 이렇듯 다양한 덕에 보통은 몸집을 불릴 기회가 아주 많지만, 이번 여름은 아주 건조했다. 어퍼 반도 전역에서 굶주린 흑곰이 정원을 습격하고 새 모이통과 벌집과 정원 쓰레기통을 뒤졌다는 보고가 있었다. 심지어 기회를 엿보다가 닭이나 양을 죽였다는 이야기도 있었다. 내가 굴에 들어갔을 때, 이 암곰은 무게가 너무 가벼웠다. 그러니 새끼를 한 마리라도 낳았다면 운이 좋은 것이다. 나는 다이애나 앞에서 이런 가능성도 있다는 이야기를 절대 꺼내지 않으려고 무척 조심했다.

마침내 움직임이 보였다. 나는 다이애나의 팔을 톡톡 치고는 쌍안경을 눈에서 뗐다.

"쉿, 준비해. 곰이 나오고 있어."

다이애나가 자기 몸에 비해 너무 크고 무거운 쌍안경을 들고서 눈을 가늘게 뜨고 들여다보았다. 그 모습이 꼭 꼬마 자연주의자 같았다. 어찌나 귀엽던지 가슴이 벅차올랐다. 다음번에 스포츠용품점에 가는 대로 다이애나에게 줄 작은 쌍안경을 하나 주문해야겠다고 머릿속에 새겨 놓는 순간.

"보여! 곰이 보여!"

"쉬잇, 말했잖아. 우리는 아주 조용히 있어야 해."

쌍안경으로 보지 않아도 곰의 살이 많이 빠졌다는 게 보였다. 곰은 오랫동안 굴 입구에 서서 눈을 깜빡였다. 빛과 색채가 어우러진 이 밝고 새로운 세상을 발견해서 놀라는 것 같았다. 그러다 우리가 숨어 있는 바위에서 15미터도 떨어지지 않은 바위틈을 스르르 내려가 싱그럽고 푸른 풀밭으로 어슬렁어슬렁 향했다.

"새끼들은 어디 있어?"

"쉬잇, 기다려."

"기다리기 싫어. 지금 나왔으면 좋겠어."

다이애나는 발을 쿵쿵 구르더니 쌍안경을 바위에 내동댕이쳤다. 그리고 팔짱을 끼고서 곰 우리 쪽으로 발을 뻗은 채로 땅에 털썩 주저앉았다. 나는 쌍안경을 집어 들었다. 다행히도 야외용으로 제작된 쌍안경이라 충격 방지 처리가 된 겉면의 고무가 제 역할을 했다. 나는 이를 악물었다. 아이를 때리지 않으려고 이렇게라도 안간힘을 쓰는 것이다. 이해는 한다. 춥고 배고프고 지쳤겠지. 다이애나는 자연을 연구하는 학자가 아니라 그저 아홉 살 난 여자아이니까. 금방 발끈하고 벌컥 화를 내는 경향이 있는 어린아이다. 그런 아이한테 나와 함께 몇 시간이고 가만히 지켜보며 기다리기를 기대하는 게 너무 무리한 요구였다.

아이는 아랫입술을 삐죽 내밀고는 날 보거나 나와 말 섞기를 거부했다. 다시 쌍안경으로 굴 입구를 지켜보는 나는 어쩔 수 없이 웃고 말았다. 다이애나는 모르겠지. 묵비권을 행사하는 것이야말로 딱 내가 바라는 태도라는 걸.

나는 오랫동안 가만히 지켜보며 기다렸다. 그러다 내 예상이 맞았다고, 다이애나가 이름을 붙여 줄 새끼 같은 건 없을 거라는 생각이 들기 시작했을 무렵, 무언가 움직임이 보였다. 라푼젤이 점점 더 멀리 돌아다니는 동안 굴속에서 끙끙대는 소리가 들렸다.

"다이애나, 이리 와."

나는 다이애나의 다리를 끌어당기고는 입구 쪽을 가리키며 아이에게 쌍안경을 주었다. 라푼젤의 새끼는 이제껏 알고 있던 유일한 세상인 집을 떠나 햇빛 속으로 기어 나올 용기를 그러모으는 중이었다.

"오, 저기 봐!"

아이가 소리쳤다.

다이애나는 말을 뱉어 놓고 재빨리 손으로 입을 막았다. 하지만 큰 소리를 냈다고 꾸짖지는 않았다. 나 역시 놀랐으니까.

새끼는 흰색이었다.

흰색이라니. 지금 본 광경을 믿을 수가 없었다. 알비노 곰은 극히 드물다. 어퍼 반도에서 알비노 곰을 봤다는 목격담은 내 기억엔 하나도 없었다. 분명 미시간주 전체에서도 없을 것이다. 수년 전에 펜실베이니아에서 사냥꾼이 알비노 흑곰을 총으로 사냥한 적이 있었다. 믿을 수 없지만 그건 어딜 봐도 합법적인 일이었다. 그리고 10년도 더 전에 온타리오주의 고속도로를 걷고 있는 어미 흑곰과 알비노 새끼를 봤다는 보고가 있었다. 내가 알고 있는 경우는 이렇게 두 건뿐이었다. 브리티시 컬럼비아에서는 '커모드 곰 Kermode bears'이라는 이름의 흑곰 아종이 있기는 하다. 그 종은 약 20퍼센트의 비율로 흰 곰이 태어나지만, 곰의 색은 유전적 돌연변이의 산물이지 진짜로 백색증이

발현된 것은 아니다. 브리티시 컬럼비아를 벗어나면 흰 곰을 볼 수 있
는 확률은 백만 분의 일까지도 떨어진다. 백만 분의 일. 이렇게 희귀
하고 특별한 새끼 곰이 바로 여기서, 우리 숲에서 태어났다니 믿을 수
가 없다.

"귀신이야?"

다이애나가 속삭였다.

"알비노 곰이야. 라푼젤의 새끼는 피부나 털에 색이 없는 채로 태
어난 거야. 마치 너의 색칠놀이 책처럼, 색을 칠하기 전의 그림처럼
말이야. 미국 원주민들은 하얀 곰을 '신령한 곰'이나 '귀신 곰'이라고
불렀어."

내 말에 아이는 미소를 지었다.

"저 애 이름을 '하얀 곰'이라고 할래."

"하얀 곰이란 이름 아주 좋구나. 자, 엄마도 좀 보여 주렴."

나는 쌍안경에 손을 뻗었다. 다이애나가 저항하지 않고 순순히 쌍
안경을 포기한 순간 경외감이 들었다. 입구에 나타난 새끼는 작고 하
얀 구름 같아 보였다. 새하얀 털과 분홍빛 눈, 앙증맞은 분홍색 코. 건
강해 보이는 몸은 2.5에서 3킬로그램 정도 되는 듯했다. 작년 1월 말
쯤 어미가 잠든 동안 태어났을 거라고 예상해 보면 괜찮은 편이다. 알
비노로 태어난 새끼는 앞으로 어떤 삶을 살게 될지 알 수 없다. 색 때
문에 내가 관찰하기에는 분명 편할 테지만, 그래서 새끼 곰은 확실히
불리해질 것이다. 새끼 중 절반은 태어난 지 1년 내에 물에 빠져 죽거
나, 동굴에 누군가 침입해서 죽거나, 저체온증이나 굶주림, 부상으로
생긴 감염 등으로 죽는다. 게다가 저 새끼 곰은 하얗기 때문에 모든

새끼들이 겪는 가장 큰 위협에 특히 취약하다. 손쉽고 빠르게 얻을 수 있는 먹이를 찾는 다른 곰에게 들키기 때문이다.

나는 다이애나에게 쌍안경을 돌려주고 카메라를 꺼냈다. 피터가 이 사진을 보면 아주 미쳐 버리겠지.

순간, 카메라 프레임 안에 조약돌이 날아들었다. 새끼는 깜짝 놀라 움찔했다. 대체 저게 어디서 온 돌인지, 왜 날아들었는지 파악하기도 전에 두 번째 돌이 보였다.

고개를 획 돌리자 다이애나가 세 번째 돌을 던지려 하고 있었다.

"다이애나, 뭐 하는 거야! 그만둬!"

나는 카메라를 주머니에 쑤셔 넣고 아이의 팔을 잡아 돌을 빼앗으려 했다. 하지만 아이는 몸을 빼 내고는 기어코 돌을 던졌다. 돌에 맞은 새끼는 새된 소리를 지르며 비탈 위를 굴러떨어졌다. 다이애나는 웃으며 박수를 쳤다.

"왜 그랬어? 나쁜 행동이잖아. 하얀 곰이 다치면 어쩌려고. 하마터면 죽일 뻔했잖아!"

간신히 일어선 새끼가 울면서 두 발로 어미에게 달려가는 동안 나는 소리쳤다.

"엄마, 봐."

다이애나가 내 뒤를 가리켰다.

나는 돌아섰다. 새끼 어미가 나를 똑바로 쳐다보고 있었다. 곰은 고개를 좌우로 천천히 흔들면서 경고조로 으르렁댔다.

나는 재빨리 다이애나를 내 뒤로 밀치고 숨죽여 말했다.

"절대로 움직이지 마. 가만히 있어."

곰은 우리 쪽으로 몇 발자국 빠르게 다가오더니 멈추었다. 고개를 여전히 흔들면서 훅훅 소리를 내뿜었다. 나는 다이애나를 번쩍 들어 바위 위에 올려놓았다. 그동안 곰은 뒷다리로 서서 앞발을 공중에 휘젓고는 다시 네 다리를 땅에 쿵 소리를 내며 착지했다. 거짓말이 아니라, 땅울림이 느껴졌다.

"지금 춤추는 거야?"

다이애나의 목소리에는 두려움이 아니라 호기심이 서렸다.

"경고하는 거야. 우리더러 새끼에게서 멀리 떨어진 곳으로 가 버리라는 거야."

곰은 다시 앞으로 빠르게 다가왔다. 나는 바위 뒤에서 나온 다음 최대한 꼿꼿하게 섰다. 흑곰과 대치할 때 중요한 점은 최대한 내 모습을 위협적으로 보이며 소리치는 것이다. 드러누워 죽은 척한다면 정말로 그렇게 된다. 책에서 읽은 바는 그랬다.

"저리 가! 이만하면 됐잖아. 물러서! 가라고!"

나는 소리치며 팔을 저어 댔다.

"가라고!"

다이애나도 따라서 말했다.

"그래, 잘했어. 최대한 시끄럽게 소리를 내."

우리는 손뼉을 치고 고함을 쳤다. 곰은 다시 뒷다리로 일어서더니 입을 크게 벌리고 울부짖었다. 곰의 턱에서 침이 뚝뚝 떨어졌다. 우리는 곰과 너무 가까이 있었다. 곰의 이빨이 몇 개인지 셀 수 있을 정도였다. 곰이 마음만 먹는다면 너무나도 손쉽게 내 딸을 바위에서 잡아챌 수도 있었다. 하지만 그 전에 나를 먼저 쓰러뜨려야 할 것이다.

다이애나가 작은 목소리로 속삭였다.

"엄마? 라푼젤이 우리를 잡아먹을까?"

"오늘은 아니야."

나는 이를 악물고 대답했다. 그리고 곰 쪽으로 곧장 달려가며 팔을 마구 휘두르며 소리 질렀다.

"저리 가! 여기서 꺼져! 가! 가라고!"

라이플이 있었다면 분명히 쏘아 버렸을 것이다.

곰은 다시 네 다리를 땅에 디뎠다. 그 뒤에서 새끼가 가냘프게 울었다. 곰은 내게서 시선을 돌려 새끼를 보더니 다시 나를 쳐다보았다. 이윽고 마지막으로 숨을 몰아쉬며 경고를 보낸 곰은 뒤돌아서 숲속으로 휘적휘적 떠났다. 새끼는 그 뒤를 따라갔다.

나는 바위에 등을 댄 채로 주저앉았다. 손이 벌벌 떨리고 다리에 힘이 풀려서 새끼 고양이가 날 덮쳐도 도망칠 수 없을 것 같았다. 피터가 방금 일을 알게 된다면 나는 원하든 원치 않든 앞으로 대머리독수리를 연구해야 할 것이다. 일단 내일 당장 미끼집을 둔 관찰 블라인드를 만들어야겠다. 탁 트인 곳에서 곰을 관찰하는 건 너무 위험했다. 아니, 다이애나가 옆에 있는 한 위험하다고 해야 할까.

"이제 나 내려가도 돼?"

"그래. 조심해서 엄마한테 와."

나는 덜덜 떨리는 다리로 일어서서 팔을 뻗었다. 다이애나는 바위에서 미끄러져 내려와 품속으로 뛰어들었다. 아이를 품에 꼭 안았다. 이윽고 다이애나가 꼼지락대서 아이를 일으켜 세웠다.

"엄마, 봤어? 봤지? 곰이 아주 화났더라고!"

다시금 두렵고 놀랐다. 다이애나가 이토록 겁이 없다니. 다이애나는 이게 장난이 아니란 걸 알아야 한다. 우리는 정말로 위험했다고, 곰이 공격하기로 마음먹었다면 상황은 아주 달라질 수도 있었다는 걸 알아야 한다.

"다이애나, 왜 새끼한테 돌을 던졌어? 아직 어린 곰이잖아. 곰이 너 때문에 다칠 뻔했다고. 누가 너한테 돌 던지면 좋겠어?"

"그건 실험한 거였어. 새끼가 뛸 수 있나 보고 싶었는데 뛰더라고!"

실험이라니. 이제는 공포심이 사라지고 분노가 차올랐다. 다른 이유가 아니라, 새끼 곰에게 돌멩이를 던지면 어떤 일이 벌어지는지 알고 싶어서 돌을 던졌다니 믿을 수가 없었다. 세상에 어떤 사람이 이런 생각을 한단 말인가. 이 아이는 동정심이 없나. 자기보다 작고 약한 생물에게 품는 공감능력과 호의가 없단 말인가. 대체 내 딸은 뭐가 문제인 걸까.

나는 심호흡을 하고 카메라와 쌍안경을 챙겨 배낭에 넣었다.

"가자. 라푼젤과 하얀 곰은 오늘 돌아오지 않을 거야. 이제 집에 갈 시간이야."

다이애나는 내 옆에서 유쾌하게 걸었다. 그러다 다시금 깨달았다. 내 딸은 원하는 걸 정확히 얻어 냈구나. 어쩌면 아이가 새끼 곰에게 돌을 던진 진짜 이유는 곰이 떠나 버려서 우리도 집에 갈 수 있게 되는 것이 아니었을까. 아니, 이건 내가 너무 다이애나를 과대평가하는 것인지도 모른다. 어쨌든 나는 아이가 또 이런 식으로 내 연구를 방해하게 둘 수는 없다. 이미 다이애나 때문에 내 경력을 포기한 적이 있지 않은가. 두 번은 없어야 한다. 피터가 야외에 나가 있는 동안 내가 별장에서 아이를 돌보며 시간을 보내는 건 거절해야겠다. 어떻게든 방법이 있을 것이다. 다이애나는 똑똑한 아이다. 배울 수 있다. 그리고 배워야 한다. 이 봄과 여름 동안 나는 깨어 있는 시간 내내 야외 연구를 할 예정이니까. 앞으로 여섯 달 동안 최대한 많은 일을 해야 한다. 아직 잡화점에 가서 테스트기를 사 와서 확인하지는 못했지만, 현재 99.99퍼센트의 확률로 난 임신한 상태니까.

8

현재
레이첼

차로 이동하는 동안 언니에게 뭐라 말할까 많이 생각했다. 우리 자매의 관계는 언제나 복잡했다. 아홉 살 나이 차도 그 이유 중 하나였다. 하지만 내 생각에 우리 사이가 그렇게 된 가장 큰 이유는 우리가 너무 달랐기 때문이다. 우리 사이에 같은 유전적 형질이 있을 수도 있지만, 우리의 DNA는 아무리 봐도 뚜렷하게 서로 다른 이질적인 조합으로 이루어졌다. 우리는 서로 닮지도 않았다. 다이애나는 고전적인 미인으로 하얀 피부에 푸른 눈, 금발을 지녔다. 반면 나는 흔하게 널린 갈색머리에 갈색 눈을 지녔다. 다이애나는 키가 크고 낭창낭창한 몸매에 모델처럼 아름다웠지만, 나는 사람들 가득한 방에 섞여 있으면 눈에 띌 만한 아이가 아니라고 말해 두겠다.

우리는 이토록 달랐지만 함께 자라며 많은 시간을 보냈다. 서로를 제외하면 아무도 없었기 때문이다. 그렇지만 우리 둘 다 공통적인 흥미를 지닐 만한 걸 찾는 건 힘들었다. 열세 살짜리가 할 만한 보드게임을 네 살밖에 안 된 동생과 할 수는 없으니까. 그 결과 우리는 우리만의 게임을 만들어 놀곤 했다. 우리가 하는 게임 중 대부분은 동화를 기반으로 만들었는데, 따지고 보면 이건 그냥 노는 수준이 아니었다. 생각해 보라. 우리는 광대하고도 뚫고 나갈 수 없는 숲속에서 단 둘이 지내는 아이들이었다. 헨젤과 그레텔 놀이를 하는 건 누가 봐도 수긍할 만한 선택지였다. 우리는 라푼젤과 빨간 망토 놀이도 좋아했다. 한 번은 내가 로빈 후드 역할을 하고 다이애나가 노팅엄의 보안관 역할로 나를 추적한 적이 있었다. 그때 나는 깊이 갈라진 틈 사이로 뻗어 있는 가지에 매달린 밧줄 그네를 타다가 그만 손을 놓쳐서 팔이 부러졌다. 그때를 떠올려 보면 우리가 했던 게임들이 아이가 하기에는 위험한 요소가 많았다는 생각이 들지만, 그때는 그래서 재미있었다. 솔직히 말하자면, 언니와 둘이서만 있었던 그 시절이 정말 살아 있다는 느낌이 생생하게 들었던 유일한 시간이었다는 생각이 든다.

동화 말고 우리가 공통적으로 관심 있었던 건 곰을 좋아한다는 것뿐이었다. 병원에 입원했을 초기에는 다이애나와 샬럿 이모가 올 때마다 함께 패스트푸드점에 가거나, 뉴베리에 있는 타쿠아랜드 극장에서 전체관람가 영화를 관람하곤 했다. 하지만 내가 열네 살 되던 해 여름에 오즈월드 곰 목장에 간 이후로, 우리는 더 이상 다른 방문지를 따져 보지 않았다. 우리는 사과 한 봉지를 가져가서 높다란 이중 철망 울타리 너머로 번갈아 사과를 던지곤 했다. 나는 한 살 된 곰들에게 먹이 주는 걸 제일 좋아했다. 어린 곰들은 어른 곰보다 더 활기찼고, 뒷다리로 서서 사과를 달라고 애원했기 때문이다. 한 번은 새끼랑 사진도 찍었다.

물론 야생동물을 가두는 걸 두고 많은 사람이 엇갈린 감정을 품는다는 걸 알고 있다. 나 역시 그러니까. 하지만 오즈월드 곰 목장은 엄격한 규칙에 따라 곰을 구조해서 기를 뿐, 직접 번식시키는 곳은 아니다. 새끼들은 한 울타리 안에서 살고, 한 살 된 곰들은 또 다른 울타리 안에서 모여 산다. 수컷 곰과 암컷 곰도 따로 지낸다. 나도 당연히 곰들이 자유롭게 돌아다니는 모습이 더 좋다고 여긴다. 하지만 모종의 이유로 어떤 동물이 야생에서 혼자 살아 갈 수 없게 되었을 때, 안락사하는 것 말고 또 어떤 선택지가 있는가. 나는 안락사에 단호하게 반대한다. 방치되거나 학대당하거나 고아가 되어 새로운 보금자리가 필요한 새끼가 얼마나 많은지 알게 되면 아마 놀랄 것이다.

미국 전역에서 가장 규모가 큰 곰 구조 시설이 내가 갇혀 있던 병원에서 불과 16킬로미터 떨어진 곳에 있다니, 생각하면 생각할수록 내게는 기적 같은 일이었다. 나는 오즈월드에 취직해서 월급 받고 일하는 꿈을 꾼 적이 있다. 아니면 자원봉사라도 좋았다. 어떤 식이든 상관없었다. 곰을 먹이기 위해서 입장권을 팔고, 기념품점에 물건을 정리하고, 그 지역 식당에서 나오는 음식물 찌꺼기를 수거하고 싶었다. 곰 근처에 있을 수만 있다면 화장실 청소를 하라고 해도 기꺼이 했을 것이다.

하지만 난 나이를 먹으면서 이런 일이 절대로 일어나지 않으리라는 사실을 깨달았다. 부모님이 다시는 인생의 기쁨을 누릴 수 없는 게 다 내 책임인데, 어떻게 내가 스스로 기쁨을 누리는 행동을 할 수 있단 말인가. 방아쇠를 당기는 순간 나는 원하는 것을 탐닉할 권리를 잃어버린 것이다.

그런데, 사실은 내가 한 짓이 아니었다니.

다시금 분노가 무시무시하게 끓어올랐다. 심리치료사는 분노란 제거하거나 제어해야 할 부정적인 감정이라고 말하곤 했다. 하지만 내가 더 잘 안다. 나의 분노는 나를 자극하고, 움직이게 하고, 해야 할 일을 하도록 동기를 부여한다. *15년이었다고.* 머릿속에서 주문처럼 되뇌었다.

트레버가 말했다.

"저 앞에 휴게소가 있어. 들렀다 갈까?"

"담배 한 대 피우면 좋겠다."

그는 휴게소로 들어가 주차했다. 그곳에는 우리 차뿐이었다. 늦봄이라면 이 지역은 피크닉 나온 사람들과 관광객으로 그득하겠지만 지금은 우리뿐이다. 우리 가족도 이곳에서 피크닉을 한 적이 있다. 그때는 타쿠아메논 폭포를 보러 가던 길이었다. 원래는 폭포 공원에 도착해서 식사할 계획이었지만, 언니가 배가 고프다고 계속 불평을 해대는 바람에 집에서 출발한 지 한 시간밖에 되지 않았는데도 이곳에 멈춰 섰었다.

나는 그날 우리 가족이 앉았던 피크닉 테이블로 가서 담배를 한 대 피웠다. 다이애나와 내 이름이 테이블 위쪽에 새겨져 있었다. 식탁을 흉하게 만들었다며 어머니는 아버지에게 한소리했지만, 그 말을 한 이유는 식탁이야 어쨌든 어머니로서 그런 말을 해야 한다고 생각했기 때문이 아니었을까 싶다. 테이블 상판에는 다른 이름도 무수히 새겨져 있었다. 그러니 아버지가 이름을 두어 개 더 새긴다 한들 무슨 상관이란 말인가.

겨울 동안 쌓인 솔잎을 쓸어 내고 그 이름을 손가락으로 더듬어 보았다. 우리는 이 테이블에 앉아서 샌드위치를 먹으며 먹을 걸 구걸하러 온 다람쥐들에게 감자 칩을 던져 주었다. 그때 어떤 남자가 다가오더니 우리에게 자기 딸아이를 보지 못했느냐고 물었다. 내 나이 또래에 키도 비슷하다고, 다만 나와 다르게 갈색머리가 아니라 긴 금발머리고, 분홍색 레깅스에 분홍색 플리스 점퍼, 분홍색 손모아장갑에 분홍색 목도리를 매고 있다고 말했다.

우리는 먹던 점심을 차 안에 넣어서 다람쥐들이 훔쳐 가지 못하게 한 다음 (하지만 그 전에 나는 감자 칩을 테이블 아래에 쏟아 부어서 다람쥐들에게 주었다.) 즉석에서 결성된 수색대에 합류했다. 잠시 후면 아이를 찾아 끝날 줄 알았던 수색은 누군가 911에 신고한 다음 미시간 주립경찰이 도착하자 곧바로 정식 구조 수색으로 이어졌다. 여자아이는 결국 가파른 구덩이 바닥에 있는 덤불 아래에서 발견되었다. 사람들은 아이가 달리다가 구덩이를 보지 못하고 떨어진 거라고 여겼다. 하지만 어쩌다가 낙엽에 완전히 뒤덮인 채로 발견되었는지는 의아해했다.

그 아이는 눈을 크게 뜬 채 움직임 없이 바닥에 누워 있었다. 그 모습은 나에게 큰 인상을 남겼다. 나는 내 또래의 누군가도 죽을 수 있다거나 숲속이 안전하지 않다는 생각을 그전까지는 해 본 적이 없었다. 물론 그 후로 몇 주 지나지 않아 부모님이 죽을 수 있다는 것도, 내가 실종될 거라는 것도 알 턱이 없었다.

트레버는 콜라 두 캔을 가지고 화장실에서 나왔다. 그는 나를 보고 손을 흔들었다. 나는 손을 흔들어서 나 역시 그를 봤으며 곧 갈 거라는 신호를 한 다음, 마지막으로 담배를 깊이 빨아 들이켜고 꽁초를 길바닥에 던졌다. 참새 떼가 산책로를 헤집으며 흩어졌다 다시 모였다. 원한다면 새들의 대화를 들을 수도 있었지만, 당장은 내 머릿속에서 무슨 일이 벌어지고 있는지가 더 문제였다. 몇 년간 그 여자아이 생각을 해 본 적이 없지만, 아직도 그날이 세세하게 기억난다. 죽은 아이의 아버지는 청바지에 빨간 체크무늬 셔츠를 입었고, 턱수염이 희끗희끗했으며 대머리였다. 머리털이 정수리에서 미끄러져 내려오다가 턱에 걸린 것처럼 보인다는 생각을 했던 기억도 난다. 어머니와 아버지, 언니는 햄치즈 샌드위치를 먹었고 나는 땅콩버터잼 샌드위치를 먹었다. 샬럿 이모도 같이 오기를 바랐지만, 이모는 오지 않았다. 내가 '맥스 이모부'라고 부르는 남자와 약속이 있었기 때문이었다. 브라우니를 먹고 싶으면 먼저 사과를 다 먹어야 한다고 어머니가 내게 말했던 기억도 난다. 그래서 나는 사과를 세 입 먹고 나서 일부러 땅에 떨어뜨렸다. 그 아이가 죽기 전에 말을 걸었던 기억도 난다. 그 아이는 줄넘기를 갖고 있었는데 나도 한번 해 보라며 권했다. 내가 싫다고 하자 그 아이가 울면서 숲속으로 달려갔던 기억도 난다. 우리가 그 아이를 찾아냈을 때, 아이는 눈을 크게 뜨고 있었지만 그 눈은 아무것도 보지 못하던 모습도 기억난다. 그리고 그 아이의 분홍색 목도리가 없어졌다는 것도 기억난다.

그런데 부모님이 돌아가신 날은 하나도 기억나지 않는다. 한 번은 심리치료사에게 물어본 적이 있었다. 혹시 내가 동화 속 등장인물처럼 저주받은 거라고 생각하느냐고. 내가 아는 사람이 너무 많이 죽었으니 말이다.

"네가 저주받았다고 생각하니?"

심리치료사는 이렇게 되물었지만 나는 대답하지 않았다. 그때 이미 알고 있었다. 그런 질문에 대답해 봤자 더 많은 질문만 이어질 뿐이고, 내가 낱낱이 알고 싶지 않은 주제가 나올 거란 사실을 말이다. 그때 질문에 대답했다면 아마 "네"라고 말했겠지. 죽은 아이의 가족은 그 아이의 죽음에 어떻게 대처했을까 궁금하곤 했다. 나보다는 잘했기를 바랐다.

차로 돌아가자 트레버가 콜라를 건네주었다. 나는 돈이 없었기 때문에 고맙다는 몸짓을 했다. 병원에서는 현금을 쓸 필요가 없는 데다, 절도는 병원 내에서 끊임없이 일어나는 심각한 문제였다. 다이애나와 나는 은행 계좌를 공동으로 갖고 있었지만, 나는 그 안에 얼마가 들었는지 모른다. 현금카드를 가진 사람도 다이애나뿐이다. 솔직히 나는 이제껏 우리의 재정 관리인들이 보내오는 보고서에 그다지 주의를 기울인 적이 없다. 지금부터는 관여를 해야 하지 않나 생각하고 있다.

콜라를 다 마신 트레버는 빈 캔을 지프 뒷좌석에 던졌고, 우리는 다시 길을 떠났다. 두 시간을 달려왔으니 이제 한 시간 남았다. 나는 수십 킬로미터가 휙휙 지나가는 창밖을 응시했다. 나무, 나무, 나무가 이어지다가 드디어 풍경이 익숙해지기 시작했다. 나무들은 내 기억보다 더 커졌고, 길옆 덤불은 더 높다랗고 빽빽했다. 하지만 본능일지 근육의 기억일지, 그것도 아니면 직감일지 모르는 것이 느껴졌다. 이제 가까이 왔구나.

"속도를 늦춰 봐. 거의 다 왔어. 커다랗고 하얀 소나무를 찾아. 진입로는 바로 지나서 있어."

이윽고 내가 기억하던 바로 그 나무가 우리 앞에 나타났다. 트레버는 내가 가리키는 지점에서 돌았고, 지프는 전혀 힘들이지 않고 언덕을 올랐다. 나의 부모님은 이 별장에 처음 도착한 날 밤에 짐을 잔뜩 실은 트레일러를 단 미니밴을 운전하면서 이 언덕을 오르지 못할 뻔했다는 우스운 이야기를 즐겁게 들려주었다. 오도 가도 못하게 될까 봐 너무 걱정되었다며, 그래서 다음 날, 빌렸던 트레일러를 돌려주려 마켓에 간 아버지는 돌아올 때 대형 사륜구동 SUV를 몰고 왔다고 했다. 아버지는 그때의 경험을 가리켜 "숲의 세례를 받고 거듭난 기분"이라고 말하며 웃었지만, 그게 정확히 무슨 뜻인지는 어른이 되고 나서야 알게 되었다.

우리는 뒤틀리고 굴곡진 도로를 지났다. 오리가 노닐 만한 웅덩이만큼 큰 구덩이를 피하고, 단단한 땅처럼 보이지만 조심하지 않으면 차축까지 푹푹 잠길 법한 저지대 가장자리도 조심스레 피했다.

트레버에게 운전 솜씨가 상당하다고 칭찬하자 그가 대답했다.

"우리 아버지는 이런 길을 운전하는 법을 가르쳐 주셨어. 면허 딸 나이가 되기 전부터 내 친구들은 모두 운전하는 법을 알고 있었지."

나는 고개를 끄덕이며 생각했다. 우리 아버지는 날 가르칠 기회도 없었구나.

보안문에 도착하여 차를 멈추었다.

"여기는 뭐야? 무슨 철옹성이라도 돼?"

트레버의 말을 듣자 아버지가 했던 농담이 또 떠올랐다.

"비밀번호를 기억하고 있으면 좋겠네."

"바뀌지 않았다면 기억하고 있어."

차에서 내려 나와 언니의 생일을 조합한 비밀번호를 누르자 문이 열렸다. 우리가 들어가자 동작 감지기가 자동으로 문을 닫고 잠갔다.

호수에 가까이 다가가자 길은 평탄해졌다. 나무 사이로 살짝 보이는 호수는 오후의 햇살을 받아 반짝이는 은빛 줄무늬 같았다. 나는 차창을 열고 오랫동안 잊고 있었던 솔잎과 썩은 낙엽의 향기를 들이켰다. 이 호수는 나의 것이었다. 바위며 덤불, 나무들도 다 내 것이었다. 정확히 말하자면 이것들 중 반이 내 것이겠지. 어쨌든 이 아름답고 깨끗한 숲이 내 것이라니, 내가 원하는 대로 뭐든 할 수 있다니 놀라웠다. 미국 원주민들은 토지를 소유한다는 개념을 결코 이해하지 못했다지만, 난 소유한다는 매력이 뭔지 이해가 갔다.

우리는 호수로 이어지는 급류 한 줄기 위에 놓인 이끼 낀 나무다리를 덜컹이며 건넌 다음, 증조할아버지가 심은 떡갈나무 사잇길을 달렸다. 나무가 양쪽으로 늘어진 길은 여름이 되면 남부 농장에서 볼 법한 푸른 터널을 이룬다. 우리가 탄 차는 이내 자갈로 단단하게 포장된 원형 진입로에 들어섰다.

"이야."

차를 멈춘 트레버는 숨을 들이켰다. 그리고 창문을 내린 다음 고개를 내밀어 위를 올려다보았다.

"이곳 이야기는 여러 번 들었지만, 실제로 보니 와, 감탄만 나오네."

15년이 지난 지금 이 광경을 다시 마주한 나 역시 감동받았다. 나의 어린 시절 집은 동화에서 막 빠져나온 것 같았다. 안개에 둘러싸인 성처럼 이 세상 것 같지 않은 신비함이 있었고, 게다가 주위도 울창한 야생이라 더욱 기묘한 것이 우주의 손으로 설계하여 이곳에 놓은 것처럼 느껴졌다. 사람들은 흔히 말한다. 어린 시절 집을 방문한다고 해서 그때의 추억이 그대로 살아나는 건 아니라고. 기억 속 어린 시절의 모든 것들은 커서 다시 보면 너무 줄어들고 작아 보인다고. 하지만 나의 고조할아버지가 지은 별장은 누가 봐도 아주 인상적이었다. 거대한 2층짜리 별장은 고조할아버지가 트럭으로 실어 나른 미송美松으로 만든 것이다. 그래서 이곳의 나무는 한 그루도 베지 않았다. 넓은 자연석 계단과 스테인드글라스를 끼운 창문, 장엄하리 만큼 호화로운 초록색 구리 재질 지붕까지 그야말로 대단했다.

그 안에는 주방과 거실, 서재와 게임 룸, 음악감상실을 비롯하여 그레이트룸이 있었다. 그레이트룸의 한쪽 끝에는 방과 어울리도록 깨진 바위를 쌓아 만든 벽난로가 있었고, 다른 한쪽에는 넓은 발코니가 있었다. 침실 열 개, 예전에 침실로 쓰던 방을 개조한 커다란 욕실이 네 개, 출입구가 세 개였고, 거기에 딸린 차고와 테니스 코트, 부모님이 연구실로 쓰던 낡은 헛간도 있었다. 구석구석 추억이 스며 있었다. 지붕이 드리워진 옆쪽 현관은 다이애나와 내가 비가 올 때면 놀던 곳이다. 더운 여름날에는 그 위쪽 지붕에서 자곤 했다. 별장 뒤쪽 아래에는 미시간 지하실Michigan basement(바닥을 파서 만든 반 층 정도의 지하실—옮긴이)이 있다. 잘 다진 흙바닥에 석회암 블록으로 쌓은 벽과 천장이 낮았던 지하실을 우리는 던전이라고 생각했다. 그 한가운데에는 기름을 넣는 화로가 있었는데, 배가 둥그렇게 나오고 팔이 툭 튀어나온 모습이라 우리는 그 난로가 불을 뿜는 용이라고 상상했다.

내가 자랐던 별장.

우리 부모님이 죽은 별장.

나의 집.

"어디에 주차할까?"

트레버가 물었다.

"이 앞에 대도 괜찮아."

나는 옆쪽을 가리키고서 주방문으로 들어섰다. 이제 늦든 빠르든 이 문 안쪽에서 일어났던 일을 직면하게 되겠지. 그렇다면 빨리 직면하는 편을 택할 참이었다. 다이애나와 샬럿 이모가 가족의 비극사를 견디며 살아가는 방법을 어떻게든 알아냈다면, 나 역시 그렇게 살아야 하리라.

하지만 현관문을 바라보는 것만으로도 여전히 속이 울렁거렸다. 샬럿 이모는 부모님이 피를 흘렸던 참나무 마룻바닥을 뜯어 새것으로 교체했다고 말했다. 하지만 피로 얼룩진 나무 바닥을 보지 않아도 여전히 라이플을 든 내 모습과 부모님의 망가진 시체와 내 손과 옷에 묻은 핏자국은 생생히 떠오른다.

라이플을 들고 어머니의 시체를 내려다보며 서 있던 나.

딸은 라이플을 발사하지 않았다는 보고서.

내가 레밍턴으로 어머니를 쏘았거나, 아니면 아버지가 윈체스터로 어머니를 쏘았거나. 둘 다 맞는 것일 수는 없다. 무엇이 진실인지 알아야 한다. 내가 할 수 있는 것은 기억뿐이다.

나는 숨을 크게 들이쉬고 한 발짝 한 발짝 계단을 올라 현관문을 열었다.

9

그때
제니

크리스마스는 2주 남았다. 우리가 별장으로 이사 온 후 두 번째로 맞는 크리스마스다. 솔직히 말하자면 휴일이 이토록 두려운 적은 이제껏 없었다. 아무리 생각해도 휴일을 대하는 나의 자세는 미국 전통의 청교도적인 태도는 아니었다. 그 수많은 겨울 동안 크리스마스 기간에 피터의 대가족이 모이는 별장에서 지내지 않고, 그냥 캐리비안의 섬으로 비행기를 타고 놀러가기를 바랐으니까. 하지만 지금 피터와 나는 크리스마스 파티에 참석만 하는 게 아니라 준비를 도맡아 하는 주최자가 되어 모든 것을 제대로 해 내야 할 처지에 이르렀다.

우리는 지난 2주 동안 집 장식만 했다. 나와 피터의 연구 주제인 개구리와 곰들이 잠들어 있어서 다행이었다. 그레이트룸의 샹들리에에는 피터가 근처 숲에서 베어 온 신선한 솔가지로 장식했다. 주철과 사슴 뿔로 만든 커다란 샹들리에 세 개는 각각 지름이 2.5미터였고, 7미터 높이 천장에 달려 있어서 장식하는 것만 해도 적잖은 노력이 들었다. 계단 난간에도 온통 솔가지 장식을 했다. 손으로 직접 벼려 만든 철제 커튼봉은 피터가 호수 아래 늪지대에서 수집한 삼나무와 호랑가시나무로 장식했다. 나는 한 그루도 아니고 두 그루도 모자라서 무려 세 그루의 크리스마스트리에 걸려고 군대를 먹일 만한 양의 팝콘을 튀긴 다음 하나씩 실에 꿰어 트리 장식줄을 만들었다. 트리 하나는 그레이트룸에, 또 하나는 계단 아래에, 마지막 하나는 바깥마당에 두어야 했으니까.

여러 가지를 신경 쓰느라 늪지에서 야생 크랜베리를 딴다는 걸 잊어버려 식료품점에서 신선한 크랜베리를 사야 했다. 영하 10도의 추위에 무릎까지 오는 눈을 헤치고 나가서 그걸 따 올 엄두가 나지 않기 때문이다. (하지만 누가 크랜베리는 어디서 났느냐고 묻는다면, 피터와 나는 내가 직접 땄다고 말할 계획이었다.) 우리는 몇 킬로미터는 됨직한 실에 크랜베리를 꿰었는데, 손가락이 너무 아파서 바늘을 쥐기도 힘들었다. 열 개나 되는 침실에 필요한 리넨 천은 모두 빨아 다려 놓았다. 피터의 할머니는 시트와 베갯잇을 다림질해야 하고, 침대 커버를 증조할머니가 만든 빨간색과 초록색의 크리스마스 무늬 퀼트 커버로 바꾸어야 한다고 매번 고집을 부렸다. 그레이트룸의 가구에는 죄다 먼지가 쌓여 있었고, 동물 박제도 마찬가지였다. 다이애나는 가장 좋아하는 박제의 귀 부분에 호랑가시나무 가지를 끼웠다.

물론 작년에도 똑같이 크리스마스 준비를 했다. 하지만 올해는 생후 두 달 된 아기를 데리고 모든 일을 해야 한다는 게 달랐다. 다행히도 오늘 오후에 여동생이 와 주기로 했다. 아직도 청소할 공간이 무척 많이 남아 있기 때문이다. 우리가 이사 왔을 때 이 별장은 어디 하나 더럽지 않은 곳이 없었고 오래된 통나무집 특유의 퀴퀴한 냄새는 아무리 환기를 해도 빠지지 않을 게 분명했다. 그래도 우리가 여기서 계속 살고 있으니, 최소한 수십 년 묵은 때를 조금이라도 벗겨야 한다는 기분이 들었다.

나는 계단식 의자에 올라 깃털 총채로 벽난로 선반을 털었다. 피터의 할아버지가 예루살렘에 갔다 오면서 가져온 올리브나무 조각상을 설치하기 위해서였다. 그러면 현관문을 열었을 때 손으로 깎아 만든 그리스도 성탄 조각상을 바로 볼 수 있게 된다. 순간, 한기가 방안을 휘돌았다. 피터가 장작을 한아름 안고 들어와 난로 옆에 무더기로 쌓았다. 다이애나도 자기가 가져온 장작 두 개를 그 위에 올려놓았다.

"당신 누구한테 흠씬 두드려 맞은 모양이네."

남편은 몸을 털면서 말했다. 톱밥과 나뭇조각이 바닥에 우수수 떨어졌다.

"샬럿이 올 때까지 위층에 가서 좀 누워 있지 그래?"

"내가 쉬어도 괜찮겠어?"

"괜찮아. 쉬고 싶은 만큼 쉬어."

"누가 엄마를 두들겨 팼어? 누가 때렸는데?"

내가 피터에게 깃털 총채를 건네주는데 다이애나가 물었다.

"두들겨 맞은 것처럼 보일 정도로 피곤한 모습이라는 거야. 누가 때렸다는 게 아니라."

피터는 참을성 있게 설명했다.

남편이 다이애나에게 영어 관용어구의 미묘한 표현을 가르치게 두고 나는 2층으로 올라갔다. 다이애나가 사물을 있는 그대로 받아들이는 모습은 아주 귀여웠다. 피터와 나는 아이에게 관용어구를 말하지 말아야 한다는 걸 알게 되었다. 예를 들어 잠자리에 들라는 의미로 '자루를 때려라hit the sack'라고 말한다든가, 집중하라는 의미로 '눈을 공에서 떼지 말아라keep one's eye on the ball', 가게에 빨리 다녀오겠다는 의미로 '가게까지 뛰어가라run to the store', 비가 억수 같이 온다는 뜻으로 '하늘에서 고양이와 개가 내린다it's raining cats and dogs'라는 말을 하면 아이는 그대로 믿었다. 다이애나는 '하늘에서 고양이와 개가 내린다'라는 표현을 듣고는 진짜로 새끼 고양이와 강아지가 하늘에서 떨어지는 줄 알고 창문으로 달려갔다가 너무 실망한 나머지 책을 던져 유리창을 깼다. 물론 그때는 그다지 귀엽지 않았다.

'침대가 어서 누우라고 손짓하고 있었다.' 이런 표현도 문자 그대로 믿는 내 딸 앞에서는 말할 수 없겠지. 침대에 눕기 전 나는 육아실로 만들어 놓은 방에 아기를 보러 갔다. 아기는 예상했던 대로 편안하게 자는 중이었다. 우리 둘째 딸은 완전한 기쁨이자 모든 면에서 완벽한 존재였다. 발그레한 두 볼, 앙증맞게 휘어진 입매, 정수리에 솟아난 아기 특유의 보드라운 머리털, 뺨에 너무나 귀엽게 흩뿌려진 조그맣고 붉은 주근깨까지. 아기는 조용하고 차분하고 행복해 보였다. 그 뺨에 어떻게 손가락을 대 보지 않을 수 있단 말인가. 아기는 눈을 뜨지 않았지만, 입가에는 졸린 미소가 피어올랐다.

아기의 온순한 성격을 두고 감탄한 게 한두 번이 아니었다. 만약 다이애나가 아기였을 적 내가 뺨에 손을 대었다면 아마 깨어나서 비명을 지르며 울었을 것이다. 둘째 딸은 첫째 딸과 모든 면에서 반대였다. 마치 우주가 지난번에 너무 큰 실수를 했다는 걸 깨닫고 그 보상을 해 주려는 것 같달까. 다이애나가 이 시기였을 때는 비명이 너무 커서 우리 귀가 울릴 정도였다. 하지만 이 아기는 배고프거나, 기저귀를 갈아야 하거나, 아니면 그저 혼자 외로워서 누군가 안아 주기를 바랄 때 작은 소리를 지를 뿐이었다. 아기인 다이애나를 재울 때는 흔들의자에 앉아서 수유한 다음 아주 조심스럽게 내 가슴에서 떼어 내고 부드럽게 아기침대로 데려가서 인간의 능력을 최대치로 동원하여 가만히 눕혀야 했다. 아기는 수면을 촉진시켜 준다는 진품 양가죽 위에 누웠고, 나는 천천히, 아주 천천히 아기의 몸에서 손을 빼며 제발 깨지 않기를 빌었다. 하지만 내 손이 떨어지는 즉시 아기는 비명을 지르며 깨어나곤 했다. 하지만 둘째 딸은 수유가 끝나면 아기침대에 던져놓아도 알아서 담요 속으로 행복하게 파고들었다. (정말로 침대에 던졌다는 건 아니다. 하지만 정말 던졌더라도 아기는 잘 잤을 것이다.) 다이애나를 키우며 힘들었을 때는 다 내 경험이 부족한 탓이라고, 내가 나쁜 엄마라서 그렇다고 생각했다. 하지만 이 아기를 만나니 문제는 내가 아니었다는 걸 알게 되어 좋았다.

나는 귀여운 아기가 단꿈을 꾸도록 놔두고 부부침실의 창문 커튼을 친 다음 신발을 벗고 침대 위로 쓰러졌다. 머릿속에는 해야 할 일 목록이 여전히 떠다녔다. 피터가 난롯가에 떨어뜨린 톱밥과 나뭇조각을 쓸어야겠지. 현관에 리스를 걸어야겠지. 며칠 동안 싱크대에 산더미처럼 쌓인 설거지를 해야겠지. 우체국에 가서 다이애나가 깨뜨려 새로 주문한 골동품 장식을 찾아와야겠지. 그리고 피터의 할머니가 달라진 장식물을 눈치 채지 못할 만큼 그게 비슷해 보이기를 바라야겠지. 하지만 점차 머릿속은 뒤죽박죽이 되어 갔다. 나는 커다란 농가의 싱크대에서 설거지를 하는 중이고, 다이애나는 그릇의 물기를 닦고 있다. 다이애나는 아기 때 깔고 잤던 양털 가죽을 행주 삼아 그릇을 닦았다. 양털 가죽은 진짜 양으로 변하더니 아이의 손에서 뛰어내려 매에, 하고 울었다. 다이애나는 깔깔대면서 남은 초콜릿 케이크 조각을 한입 크기로 잘라 양에게 먹였다.

그러다 아기방에서 다이애나의 웃음소리가 들려와 잠에서 깼다. 나는 엉거주춤 일어나 앉아 침대 옆으로 발을 드리운 채 두 손으로 얼굴을 문질렀다. 협탁에 놓아둔 태엽 자명종을 보니 30분 정도 잠들었던 모양이다. 하지만 아까 눕기 전보다 지금이 더 피곤했다.

다이애나가 또 웃었다. 물론 아기와 놀고 있다면 아기도 지금 깨어있겠지. 그렇다는 건 아기 기저귀가 젖었든 말든, 배가 고파 불평을 하든 말든 지금 기저귀를 갈고 젖을 먹여야 한다는 뜻이다. 나는 신발을 신고 문가로 다가갔다.

"제니!"

복도로 나온 나를 보고 샬럿이 소리쳤다.

"피터가 언니 잔다고 그러더라고. 깨울 마음은 없었는데. 그냥 잠깐 아기 보러 올라왔어."

"샬럿! 이야, 다시 보니 정말 좋다! 너 정말 멋있어졌는데. 진짜 오랜만이야."

우리는 포옹하다가 뒤로 물러서서 서로를 바라보았다. 그리고 다시 웃으며 서로를 꼭 껴안았다. 샬럿에게서 신선한 공기와 눈과 차가운 냄새가 났다. 예전 기억으로는 긴 금발이었던 머리카락이 이제 양

옆으로 짧게 잘려 있었고 위쪽으로 드문드문 분홍색 가닥들이 보였다. 입술 피어싱도 처음 보는 것이었다. 샬럿은 크림색 천연 모직 하이랜드 스타일 꽈배기 스웨터와 잉카 룩 페전트스커트를 입고 하이킹 부츠 속에 두꺼운 모직 양말을 신었다. 귀에 걸린 커다란 오브제 트루베objet trouvé(재료를 가공하는 과정 없이 있는 그대로의 사물을 작품으로 만드는 것-옮긴이) 귀걸이는 분명히 직접 만든 것일 테지.

"너 패션 센스가 좋네."

다시 물러선 나는 이렇게 말하며 손을 뻗어 달랑거리는 귀걸이를 만져 보았다.

"고마워. 나도 언니 패션을 칭찬할 수 있다면 좋았을 텐데, 아쉽네."

"샬럿, 그건 불공평하잖아. 오늘 밤 만찬에 차려입고 나올 테니 기다려. 하인들이 아주 멋진 식사를 준비해 놓았단다."

시답지 않은 내 농담에 샬럿이 웃었다. 우리는 다시 서로를 안았다. 동생을 껴안은 손을 놓기가 어찌나 어렵던지. 사실 우리는 어렸을 때 전혀 가까운 사이가 아니었다. 동생은 언제나 창의성이 넘쳤고 거친 아이였다. 반면 나는 책임감과 언니다운 성숙함이 있었다. 그런데 어른이 되고 보니, 나의 감수성이 동생의 부족한 자제력을 채워 주었고, 동생의 활달함이 어느 정도 내 쪽으로 흘러온 것은 아닐까 하는 생각이 들었다. 물론 샬럿은 어디로 튈지 모르는 성격 탓에 종종 말썽을 일으켰다. 지금은 남자친구와 안 좋게 끝난 지 얼마 안 된 상태였다. 그 남자는 애초에 샬럿과 엮이지 말았어야 하는 여성 혐오자였고 학대 성향이 있었다. 게다가 샬럿은 최근에 보험회사 수납직원 일을 그만두고 액세서리 파는 사업을 하려는 중이었는데, 내가 보기에 그 계획은 백 퍼센트 실패할 예정이었다.

하지만 나는 아무 말도 하지 않았다. 어쨌든 동생이 지금 일을 하지 않으니 날 보러 올 수 있어서 좋았다. 아예 샬럿에게 여기에 눌러 살면 어떻겠냐고 설득하고 싶다. 피터에게는 절대로 내색할 마음이 없지만, 2년 동안 우리 셋만 이 크고 텅 빈 집을 울리며 살다 보니 외로웠기 때문이다. 야생에서 지내는 삶이 보헤미안 기질이 있는 내 동생에게 과연 어울릴지는 알 수 없지만, 어쨌든 우리 집엔 확실히 남는 방이 있지 않은가.

"아기 보러 가자."

내가 말하는 동안 다이애나가 또 웃었다.

나는 샬럿을 아기방으로 데려갔다. 아주 잠깐, 나는 다이애나가 아기를 간지럽히고 있다고 생각했다. 그러다 딸아이가 아기의 얼굴을 베개로 누르는 모습이 보였다.

"다이애나! *뭐 하는 거야?!*"

급히 방을 가로질러 딸아이의 팔을 잡아 밀치고는 아기침대에서 아기를 확 들어올렸다. 축 늘어진 아기는 입술과 볼이 새파랬다. 나는 흔들의자에 주저앉아 아기의 등을 치고 붉은 혈색이 돌아올 때까지 볼을 꼬집었다. 아기는 덜덜 떨며 숨을 한 번 깊이 쉬고는 나를 바라보며 머리카락 한 줌을 쥐려 들며 옹알이를 했다.

샬럿은 내 옆에서 털썩 무릎을 꿇었다. 동생은 나만큼이나 충격받은 모습이었다.

"세상에, 이게 무슨 일이야! 아기는 괜찮아? 다이애나는 왜 그런 거야?"

"다이애나는… 종잡을 수가 없어."

나는 말을 얼버무렸다. 그리고 아기침대 옆에 가만히 서서 양손으로 베개를 잡고 우리를 차분하고 무심하게 지켜보는 다이애나를 바라보았다. 엄마가 자기 여동생을 다시 살려 놓고 벌벌 떠는 모습 따위는 전혀 보지 못했다는 듯한 표정이었다. 만약 다이애나가 아기 얼굴에 베개를 몇 초만 더 대고 있었더라면…. 샬럿과 내가 복도에서 조금이라도 더 꾸물거렸더라면….

"나도 쟤가 왜 저러는지 모르겠어. 동기간의 질투일까?"

"동기간의 질투는 그런 게 아니야. 언니가 내 팔을 꼬집거나 머리를 잡아당기는 정도가 질투지. 다이애나는 지금 아기를 죽이려고 했잖아."

"아, 쟤도 정말 그럴 마음은 확실히 아니었을 거야. 무슨 일이 일어날지 알지도 못했을 거야."

겉으로 보기 만큼 상황이 나쁠 리는 없어. 다이애나는 그저 아기의 머리 아래에 베개를 고여 주려고 했을 뿐이고, 그러다 오해할 만한 순간에 내가 딱 들어왔던 거야. 그런 거야.

나는 아기를 샬럿에게 건네주고 다이애나를 무릎에 앉혔다.

"다이애나, 아가. 왜 동생 얼굴을 베개로 눌렀어? 그러면 아기가 죽을 수도 있다는 거 몰랐어? 숨이 멎을 수도 있었다고."

아이는 고개를 끄덕였다.

"알아. 나는 아기가 숨이 멎을 때가 좋거든. 얼굴색이 변하잖아."

"얼굴색…. 너 예전에도 이런 적이 있었어?"

아이는 다시 고개를 끄덕였다.

"그런 적 많아. 나 혼나는 거야?"

두려움과 혐오감과 공포가 확 밀려들었다. 솔직히 때가 되면 다이애나가 나아질 거라고 생각했다. 우리가 사랑과 애정을 아이에게 쏟아 붓는다면, 아이가 제아무리 굳어 버린 마음을 가졌다 해도 그 가장자리는 부드러워질 거라고 생각했다. 하지만 지금 이 아이의 행동은 실수가 아니었다. 동생을 죽기 직전까지 몰아넣을 수 있는지 보려고 일부러 그랬다니. 내가 주근깨라고 생각했던 아기 얼굴의 붉은 반점은 알고 보니 주근깨가 아니었다. 그건 만성적 산소 부족으로 생긴 미세 혈관 파열이었다. 다이애나는 예전에도 *이랬다.* 한 번이 아니고, 많이 그랬다. 너무나 암울해질 때면 우리는 아이를 멀리 보내 버려야 하는 게 아닐까 고민하곤 했다. 하지만 어떻게 그럴 수 있겠는가. 다이애나는 우리 딸인데. 우리는 아이의 부모인데. 우리는 이 아이를 사랑하는데.

이제는 내 딸이 뭐가 문제인지 몰라도, 이 세상의 그 어떤 사랑을 준다 한들 과연 아이를 고칠 수는 있을지 피할 수 없는 의문이 고개를 쳐들었다. 아이가 시설에 갇혀 있는 건 상상만 해도 견딜 수 없지만, 달리 무얼 어떻게 하겠는가.

하지만 어떻게 이 딸을 희생시켜서 다른 딸을 구한단 말인가. 어쩌면 다이애나의 어두운 충동을 제어해 줄 신약이 있을지도 모른다. 아니면 아직 해 보지 못한 행동 교정 프로그램이 있을지도 모른다. 어쩌면 이건 그냥 동기간의 질투가 극단적인 형태로 나타난 것인지도 모른다. 아마도 피터와 나는 아기에게 주는 관심을 보상하기 위해 이 아이에게 세 배로 관심을 쏟아야 할지도 모른다. 9년 동안 아이는 외동이었다. 당연히 새로 나타난 자매가 위협으로 보였겠지. 다이애나의 심리치료사는 연휴 내내 일을 하지 않았지만, 최대한 빨리 응급 예약을 잡아야겠다.

그때까지는, 무슨 일이 있어도 옆에 지켜보는 사람 없이 딸 둘만 두는 일이 없도록 해야 한다.

10

현재
레이첼

지금 상황은 이렇다.

나는 어깨에 더플백을 멘 채로 어린 시절을 보냈던 집 현관에 서서 문손잡이를 잡고 있다. 트레버는 내 뒤에서 여행가방을 든 채다. 문은 열려 있었다. 안은 캄캄하고 조용했다. 인기척이 전혀 느껴지지 않았다. 굴뚝 연기도 없고, 진입로에는 차도 없고, 헛간에 있는 샬럿이나 다이애나의 작업실에도 움직임이 없었다. 세 시간 내내 달려오면서 결전을 준비해 왔는데, 어쩌다 보니 아무도 없는 시간에 집에 돌아오게 된 것이다. 이 별장의 소유권을 절반 가지고 있는 주인으로서, 나는 원한다면 미리 알리거나 초대받지 않아도 집 안에 들어갈 수 있는 권리가 엄연히 있다. 하지만 이 문턱을 넘을 용기가 나지 않았다. 부모님이 죽었던 장소를 과감하게 걸어갈 수 있을 거라 생각했다니. 나는 틀렸다.

까마귀가 울었다. *까아아악, 까아아악, 까아아악, 까아아악.*

나무를 찬찬히 살펴보았다. 큰까마귀 한 마리가 커다란 백송 꼭대기에 앉아 있었다. 꼭대기 가지는 새의 무게를 감당하지 못하고 휘어졌다. 큰까마귀는 아주 몸집이 큰 새로 보통 까마귀보다 훨씬 거대하다. 몸길이가 60센티미터에 날개를 펴면 120센티미터에 달하고, 검은 부리와 검은 눈, 윤기 나는 검은 털을 지녔다.

몸이 부르르 떨렸다. 집에 돌아오자 가장 먼저 나를 맞아 준 숲속 생물이 큰까마귀라는 건 분명 무슨 뜻이 있을 테지. 전 세계적으로 큰까마귀는 죽음의 전령이다. 어떤 문화권에서는 큰까마귀를 사악한 사제들의 영혼이라고 여긴다. 또 어딘가에서는 큰까마귀가 저주받은 영혼의 화신이거나 심지어 사탄이라고 생각한다. 어떤 이들의 말에 따르면 큰까마귀가 밤에 우는 이유는 살해됐는데도 제대로 장례를 치르지 못한 불쌍한 사람의 방황하는 영혼이기 때문이라고 한다. 미국 원주민들은 큰까마귀를 땅과 달, 태양과 별을 창조한 존재라 여기며 숭배했지만, 그들 역시 이 새를 사기꾼이자 속임수를 쓰는 존재로 보았다. 하지만 나는 큰까마귀와 문제가 있었던 적은 한 번도 없다.

큰까마귀는 나를 내려다보았다. 나는 새를 올려다보았다. *모든 게 밝혀질 거야.* 새는 내가 오롯이 자신에게 집중하고 있다는 걸 확신하자 이렇게 말했다.

"뭐라고?"

나는 최대한 조용히 속삭였다. 트레버가 바로 뒤에 서 있었기 때문이다. 내가 새와 말한다는 걸 안다면, 날 다시 지프에 태워서 병원으로 되돌려 놓을 테니까.

"뭐가 밝혀진다는 거야? 나에 대한 게? 부모님에 대한 게?"

모든 게 밝혀질 거야. 큰까마귀가 다시 말했다. 그리고 날개를 활짝 펴고 날아가 버렸다.

돌을 들어 큰까마귀가 날아간 방향으로 던지고 싶은 마음이었다. 동물들이 지혜로운 척하며 알쏭달쏭한 말을 하는 게 싫었다. 이 큰까마귀가 나에게 말을 한 건 드문 일이 아니었다. 동화나 전설을 보면 새들은 종종 저 높은 곳의 명을 받은 전령이 되어 지혜로운 조언으로 영웅들을 돕는 존재다. 안타깝게도, 나는 저 큰까마귀의 말이 경고인지, 아니면 약속인지 알 수 없었다.

"레이첼? 알겠지만 꼭 이럴 필요는 없어. 들어갈 수 있는 다른 문이 있을 거야."

트레버는 이 문의 안쪽에서 무슨 일이 있었는지 나만큼이나 잘 알았다.

"난 괜찮아."

이렇게 말하자 마치 주문을 푼 것처럼 갑자기 제정신으로 돌아왔다. 나는 심호흡을 하고 부모님이 죽은 장소를 재빨리 지나 그레이트 룸의 입구에 멈추어 서서 눈이 어둠에 익을 때까지 잠시 기다렸다. 이 방은 너무 큰데 창은 너무 좁아서 밖에서 들어오면 처음에는 안이 전혀 보이지 않는다.

"불을 켤 수 있을까?"

트레버가 물었다.

"아니, 없어. 미안해. 아, 내 말은 물론 여기 전기가 있기는 한데, 발전기를 하루에 두 번만 돌리거든. 아침이랑 저녁에. 언니랑 이모가 돌아올 때까지는 등을 켤 수 없을 거야."

"아, 알았어. 괜찮아."

트레버는 휴대전화를 꺼내 손전등 모드로 돌린 다음 방을 밝혔다.

"이럴 수가. 여기는 무슨 공포영화 세트장 같은데."

나는 그만 웃음을 터뜨렸다. 우리 집을 이런 식으로 말하는 사람은 처음이었다. 우리 부모님이 친하게 지냈던 과학자들과 대학 연구 동료들은 이 집을 방문하고는 별장의 구조와 장식을 보며 입을 다물지 못했다. 할머니는 건축 잡지인 〈아키텍추럴 다이제스트Architectural Digest〉에 실린 이 집의 기사를 스크랩해서 식당 벽에 액자로 걸어 놓았는데, 그 기사에 따르면 우리 집의 그레이트룸은 "상상을 초월하는 호화로움: 극에 달한 별장 스타일의 결정체"였다. 상당히 맞는 말이었다. 방은 가로 18미터, 세로 13미터였고, 골조가 드러난 형태의 천장은 높이 7미터에 주철과 사슴뿔로 만든 거대한 샹들리에가 세 개나 달려 있었다. 자연석으로 만든 벽난로는 무척 컸고, 가까이 앉을 수 있는 벤치도 두 개 있었다. 오크 판자를 깐 나무 바닥과 가죽을 씌운 가구들, 스테인드글라스 재질의 티파니 램프, 나바호 인디언 특산 깔개, 동물가죽 러그, 그리고 자연사 박물관을 열어도 될 만큼 엄청난 수의 박제들도 있었다.

반쯤 비친 조명으로 보니 트레버의 말대로 어딜 봐도 위협적이기는 했다. 비버는 벽난로 선반 한쪽 끝을 갉아먹는 것처럼 보였고, 밍크와 흰털발제비는 서로 싸우는 몸짓으로 놓여 있었으며, 벽에 걸린 캐나다 기러기는 날개를 활짝 펴고 영원히 남쪽으로 날아가는 듯했고, 벽난로 옆에 꼬리깃을 펼친 야생 칠면조는 있지도 않은 암컷에게 구애하는 것 같았다. 박제는 계속 이어졌다. 토종 동물들이 외래종과 뒤섞여 있었다. 장엄한 아프리카물소 머리 아래에서 회색늑대가 으르렁댔고, 표범 옆에 흑곰이 있었다. 악어는 큰뿔양과 흰꼬리사슴 사이에서 어느 것을 먹을지 고민하는 자세였다.

"여기 멸종위기종도 있지 않아?"

트레버는 성체가 되다 만 산악고릴라 박제를 비추며 말했다. 내가 알기로 그 종은 수십 년 동안 심각한 멸종위기를 겪고 있었다. 부모님은 재미로 하는 야생동물 사냥을 싫어했고, 다이애나와 나에게 우리가 보며 자란 동물들이 어떤 의미인지 확실하게 알려 주었다.

"멸종위기종이 맞으면 우리 조상님들에게 감사해야 할까? 후세가 보라고 이렇게 박제로라도 남겨 두었으니 말이야."

"내 말이 거슬렸다면 미안해. 난 그냥… 음, 네가 어릴 적에 동물을 얼마나 좋아했는지 나한테 말했었잖아. 그런데 이런 것들을 집에 두고 어떻게 살았던 건지 궁금했어."

나는 어깨를 으쓱였다.

"너도 알잖아. 아이들은 자기가 자라온 환경이 정상적인 것이겠거니 하고 받아들인다는 거."

나는 어릴 적 이 방을 지나갈 때마다 여기 있는 동물들에게 우리 조상님이 집단으로 너희를 죽여 미안하다고 속삭였지만, 그 말을 트레버에게 하지는 않았다.

트레버는 휴대전화를 카메라 모드로 전환하고 빛이 거의 없는 상태에서 파노라마 사진을 찍은 다음, 박제들을 가까이서 근접 촬영했다. 언젠가 트레버의 독자들은 이 사진을 보고 판단을 내리겠지. 그걸 알면서도 내 집에 구석구석 비판의 눈초리를 들이대는 그의 모습을 좋아해야 할지 알 수가 없었다. 하지만 한편으로, 내가 그를 여기에 초대했을 때 이미 벌레가 가득 든 캔을 딴 거나 마찬가지 아니었을까 하는 생각이 들었다. 이제는 벌레를 다시 잡아넣기가 쉽지 않을 뿐이다.

"이리 와. 집 구경 제대로 시켜 줄게."

이 시간을 빨리 끝낼수록 내가 하려고 했던 일을 빨리 할 수 있다. 나는 먼저 총기실로 그를 데려갔다. 만약 트레버가 우리 조상들이 벌인 야생동물 사냥에 대해 크게 꼬투리를 잡을 거라면, 이제는 총기실 진열장이 텅 비어 있는 걸 보여 주고 싶었다. 그러면 우리 부모님이 사냥을 얼마나 싫어했는지 알게 될 테니까.

"좋아. 이제야말로 정말 대단하네. 이게 다 뭐야? 한 오십? 아니 육십 정쯤 되는 라이플이야?"

"그렇지."

나는 간신히 대꾸했다. 마음을 진정시키려고 손을 뻗었다. 이 방에 있는 총기의 개수 때문에 놀라 쓰러질 지경이었다. 마치 내가 전혀 모르던 과거, 하지만 알아보게 된 과거 속에 발을 디딘 느낌이랄까. 내 기억 속 증조할아버지가 이야기로 들려주던 무기들이 사진 속에서 본 모습 그대로 제자리에 돌아와 있었다. 증조할아버지의 말에 따르면, 미국 역사상 가장 많이 팔린 스포츠 라이플이라는 윈체스터 94, 젊은 사냥꾼이라면 누구나 돈 모아 사고 싶어 하는 클래식 윈체스터 모델 70, 내 환상 속에 나타나는 라이플이자 미국 총기 제조사에서 대량 생산된 라이플 중 가장 높은 명중률을 자랑하는 모델 레밍턴 770을 비롯하여 수많은 총이 보였다.

게다가 이 방에는 새로 생긴 게 있었다. 방 한가운데에 새가 가득한 커다란 유리 진열장이 생긴 것이다. 나는 트레버의 휴대전화를 빌려서 진열장을 자세히 보았다. 대부분이 우리 땅에 사는 종들이었기 때문에 빨리 알아볼 수 있었다. 캐나다두루미, 그레이트블루헤론, 송골매, 매, 쇠부엉이, 대머리독수리, 갈색머리흑조, 댕기딱따구리, 황금방울새, 흔한 까마귀까지 다양했다. 각각 암수 한 쌍씩 놓인 새들은 모두 전문가의 솜씨로 박제하고 보존되어 있었다. 언니는 언제나 새들을 참 좋아했었지. 다행히도 큰까마귀는 없었다.

트레버는 어느 유리 진열장 앞에 손을 딱 대고 서 있었다. 마치 그 안에 있는 라이플을 손으로 만지겠다는 것처럼. 그 라이플은 포수들과 수집가들 사이에서 대단히 수요가 높다는 1964년 이전의 윈체스터 모델 70으로, 증조할아버지 말에 따르면 당시에 5천 달러의 가치가 있었다고 했다. 거짓말이 아니라 트레버는 그 총을 보며 침을 질질 흘리다시피 했다. 우리 가족의 소장품 중 가장 비싼 총을 보여 준다면 어떤 반응을 보일까? 그 총은 콜트 .45 리볼버로, 증조할아버지 말에 따르면 전설의 총잡이 와이엇 어프Wyatt Earp가 썼던 총이라고 했다. 그것도 있다고 말하려던 순간, 그 권총이 있어야 할 자리가 텅 비어 있다는 걸 깨달았다. 마지막 감정가가 7만 달러에 달했던 1873년 윈체스터 모델 새들 링 카빈과, 비슷한 감정가를 받았던 공장인각 윈체스트 모델 42 샷건 역시 없었다. 혹시 박물관에 전시하려고 대여했을까?

"너 사냥하니?"

내 물음에 트레버는 대답했다.

"몇 번 했어. 사슴을 많이 잡았지. 두어 번은 친구들하고 곰을 잡으려고 나선 적도 있고. 하지만 잡지는 못했어."

트레버는 여기가 우리 집이고 내가 곰을 좋아한다는 걸 기억하고는 재빨리 덧붙여 변명했다.

"가자. 다른 곳도 보여 줄게."

나는 트레버를 데리고 다시 그레이트룸으로 와서 계단 아래 멈춰 섰다. 그의 기사에 실릴 만한 것이 있다면 그건 바로 계단이었다. 아랫부분이 3.6미터 넓이로 시작하는 주 계단은 반쯤 올라가서 층계참에서 양갈래로 갈라진다. 층계참은 안락의자 두 개에 테이블과 램프까지 놓아도 될 만큼 넓었다. 나뭇가지를 복잡하게 엮어 만든 계단 난간과 벽, 자작나무 몸통을 껍질째 반으로 갈라 쌓은 층계. 층계의 양 끝에는 동화 속 장면들이 환상적으로 세밀하게 그려져 있다. 마녀의 과자집을 뜯어 먹는 헨젤과 그레텔, 늑대가 숨어 있는 숲속을 명랑하게 뛰어가는 빨간 망토, 높은 탑에서 왕자를 기다리는 라푼젤, 짚을 산더미처럼 쌓아 두고 물레를 보며 우는 공주에게 비난하듯 손가락질을 하는 룸펠슈틸츠킨. 스물여덟 개의 계단 양 옆에 총 쉰여섯 개의 동화 속 장면이 그려져 있다. 잘 알려진 이야기의 한 장면부터 뭔지 모르겠는 장면까지 그림들은 아주 정교하게 표현되어 있다. 나는 어렸을 때 몇 시간이고 그 그림을 바라보며 시간을 보냈고, 지금도 그때 미처 보지 못했던 부분들을 계속 찾아냈다. 〈아키텍추럴 다이제스트〉가 표지 사진으로 계단을 찍은 건 놀랄 일이 아니었다.

나는 트레버를 데리고 계단 위로 올라갔다. 그가 위에서 그레이트룸을 내려다보며 사진을 찍을 수 있게 잠시 기다려 준 뒤, 복도를 따라 침실로 향했다. 열려 있는 방문 두 군데에서 희미하게 비치는 네모

난 빛만이 유일하게 방 안을 비추었다. 고풍스러운 압착 가공 목조 흔들의자 뒤에 페인트가 묻은 청바지가 있는 걸 보니, 다이애나는 호수가 내려다보이는 부모님의 침실을 차지한 듯했다. 샬럿 이모는 내가 어린 시절에 기억하던 이모의 방을 그대로 쓰는 것 같았다. 나머지 방문은 모두 닫혀 있었다. 쓰지도 않는 방에 난방을 할 이유는 없으니까.

나는 침대가 있는 베란다 딸린 방의 문을 열었다. 어렸을 적 이 방이 내 방이기를 바랐기 때문이다. 침대에 더플백을 놓고서 가방을 풀고, 환영하는 마음으로 침대 가운데에 하얀 곰 인형을 놓았다. 트레버는 내 여행가방을 들고 뒤따라왔다.

"여기가 어릴 적 쓰던 방이었어?"

"아니. 내 방은 주방 계단 위쪽에 있었어. 그 방과 건너편 방은 이 별장에 관리인이 있었을 때 그들이 쓰던 방이었어. 어렸을 적 나는 아무도 일어나기 전에 몰래 아래층으로 내려와서 신데렐라인 척하고 놀았어. 게으른 의붓언니가 자는 동안 불을 지피는 게 내 일이라고 생각하면서 말이야. 하지만 동화 속 상상력을 발휘하는 건 거기까지였지. 나에게는 사랑하는 부모님이 있고, 내가 제일 좋아하는 이모를 사악한 계모라고 상상하는 건 힘들었거든."

"귀엽네. 어렸을 때 동화를 무척 좋아했나 봐?"

"맞아. 언니는 항상 나한테 동화를 읽어 줬어. 몇 가지 동화는 아주 섬뜩하기도 했지. 지금 와서 생각해 보면 부모님이 그걸 용인했다는 게 놀라울 정도야."

"무슨 말인지 알겠어. 식인 풍습이나 살인과 독살이 나오고, 손이나 머리를 자르는 내용이 있었겠지. 하지만 그런 이야기라서 아주 만족스럽지 않았어? 모든 게 흑백논리대로 선악의 구분이 분명하잖아. 그리고 언제나 마지막에는 반전이 일어나서 착한 사람들이 오래오래 행복하게 사니까."

"너도 동화 좋아해?"

나는 왜 놀라는 걸까? 모르겠다. 아마 동화는 나의 어린 시절의 아주 친밀한 부분이라서, 다른 사람에게도 동화가 똑같이 중요할 수 있다는 사실을 미처 깨닫지 못했던 것 같다.

"동화가 현대문학에 끼친 영향에 대한 수업을 듣고 있거든.《반지의 제왕The Lord of the Rings》과《나니아 연대기The Chronicles of Narnia》의 사례를 연구하지. 하지만 그런 소설 말고도 고전 동화의 요소를 끌어온 사례가 많아. 예를 들어 윌리엄 골드먼William Goldman이 쓴《프린세스 브라이드The Princess Bride》가 그렇지. 그 책 읽어 봤어?"

나는 고개를 저었다.

"영화로도 있는데. 영화는 봤어?"

나는 다시 고개를 저었다.

"아, 이런. 그걸 아직 안 봤다니, 네가 부럽다. 진짜 재밌거든. 어떻게든 그걸 구해서 널 보여 줘야겠다. 그건 그렇고, 괜찮다면 예전에 네가 쓰던 방에서 네 사진 한 장 찍고 싶은데. 그 방이 변하지 않았다면."

"어떤지 가 보자."

나는 트레버를 복도 끝으로 데리고 가서 어린 시절 내 방이었던 곳의 문을 열고 그때 그 시절로 돌아갔다. 방은 내 기억과 똑같았다. 할머니가 만들어 준 크레이지 퀼트 이불이 보였다. 크레이지 퀼트라는 이름은 이불을 이루는 천 조각이 제각각 모양이라 똑같은 게 하나도 없고, 어떻게든 같은 조각이 있을까 찾아보다간 결국 미쳐 버리기 때문에 그런 이름이 붙은 것이다. 방 넓이만 한 손뜨개 러그 역시 할머니 솜씨다. 아버지가 창문 아래 달아 준 선반에는 장난감과 책들이 그대로 놓여 있었다. 벽에는 나 아니면 알 수 없는 흔적들이 예술품으로 남아 있었다. 나도 잊고 있었던 자세한 내 방의 모습이다. 자라나는 키를 문틀에 표시한 연필 자국들. 옷장 옆쪽의 소나무 널빤지에 난 한 쌍의 옹이 자국. 어릴 적 나는 그게 괴물의 눈이라고 생각했고, 아버지는 거기에 그림을 덧그려 토끼로 바꾸어 주었다. 이 방은 타임캡슐이었다. 내 삶이 무너졌던 그 순간을 그대로 간직한 공간이었다.

나는 방 한가운데 서서 천천히 사방을 둘러보았다. 눈길이 닿는 곳마다 부모님이 보였다. 아버지가 나를 위해 깎아 만든 기발한 모양의 곰 조각상들이며 어머니가 나에게 준 어린이용 자연사 책들과 내가 크레파스로 그린 행복한 온 가족의 그림들까지.

"오, 지금 좋네."

트레버는 내가 무슨 패션모델이라도 된다는 듯 카메라를 들고 내 주위를 빙빙 돌며 중얼거렸다.

"수심에 찬 그 표정 마음에 들어."

"내가 어디에 서 있으면 될까?"

"그냥 자연스럽게 있어. 내가 없다고 생각하고."

나는 그의 말을 믿고 창가 자리로 갔다. 예전에는 이 쿠션에 몇 시간이고 앉아서 근처 소나무에 둥지를 튼 큰까마귀 한 쌍을 바라보곤 했다. 둥지가 아직도 있는 것을 보니 좋았다. 그 둥지는 아주 컸다. 지름이 1.5미터에 높이가 60센티미터나 되었고 안에는 잔가지들로 만들고 진흙과 풀로 엮은 둥근 컵 모양 둥지가 또 있었다. 어릴 적 나는 그 안에 올라가 앉을 수 있게 우리 집에 커다란 사다리가 있으면 좋겠다고 생각했다. 만약 그랬다면 새들은 나도 먹여 주었을까 궁금했던 기억이 난다. 나를 맞아 준 큰까마귀의 둥지일까? 큰까마귀들은 야생에서 17년을 살고 한 번 맺은 짝과 평생을 가기 때문에 아까 그 새의 둥지일 수도 있다.

내 생각에 대답이라도 하듯, 큰까마귀 한 마리가 부리에 커다란 막대기를 물고 둥지 옆으로 획 날아왔다. 잠시 후 그 새의 짝도 옆에 내려앉았다.

"날 기억하니?"

나는 아주 작게 속삭였다.

암컷은 고개를 갸웃거리며 빛나는 한쪽 눈을 내게 향하더니 깃털을 부풀렸다.

우리는 기억해.

그러자 이루 말할 수 없이 행복했다. 어릴 적 무척 좋아했던 큰까마귀 부부가 그대로였을 뿐 아니라, 이제는 내가 이 새들이 말하는 소리를 이해하고 새들도 내 말을 이해하기 때문이었다. 나는 이 새 부부에게 말하는 법을 가르치려 했었다. 난 계속해서 "네버모어Nevermore" (에드가 엘런 포Edgar Allan Poe의 시 〈더 레이븐The Raven〉에서 큰까마귀가 반복하여 말하는 구절–옮긴이)라는 말을 건네곤 했다. 나의 큰까마귀들이 이 말을 할 수 있게 된다면 아주 좋은 묘기가 될 거라고 아버지가 말했기 때문이었다. 하지만 까마귀들은 그 말을 하지 못했다. 지금 우리가 정말로 대화하고 있다는 걸 아버지가 알았다면 뭐라고 생각했을까?

수컷 큰까마귀는 막대기를 내가 볼 수 있는 곳에 떨어뜨렸다. 마치 내게 주는 선물인 것처럼.

"고마워."

나는 속삭였다.

모든 게 밝혀질 거야.

새가 다시 말했다.

나는 입술을 꾹 다물었다. 이게 무슨 뜻인지 아직도 모르겠다. 뭐가 밝혀진다는 건가? 언제, 또 어떻게?

그러다 깨달았다. *큰까마귀들은 17년까지 살 수 있잖아.* 만약 이 까마귀 부부가 내가 어릴 때 이 둥지에서 살았던 새가 맞다면, 부모님이 죽었던 그날에도 역시 살아 있었다는 뜻이다. 큰까마귀는 내가 기억을 되찾기 위해 애쓸 필요가 없다는 말을 하는 거다. 그들은 목격한 걸 말해 줄 것이다. 알고 있는 걸 말이다. 물론 큰까마귀 한 쌍의 증언은 법정에서 절대로 채택되지 않겠지만, 새들이 나를 올바른 방향으로 인도할 수 있다면, 나는 스스로 찾은 새로운 증거를 얼마든지 제시할 수 있을 것이다.

나는 알아들었다는 태도로 고개를 끄덕이며 속삭였다.

"나중에."

"뭐라고?"

트레버가 물었다.

"아무것도 아냐. 그냥 날이 얼마나 저물었는지 생각하고 있었어."

"시간이 많이 흐른 것 같아. 거의 끝났어. 창문을 계속 내다봐 줄래? 웃지는 말고."

내가 웃고 있는 줄도 몰랐다. 하지만 어떻게 웃지 않을 수 있겠는가. 내가 곤충과 동물의 말을 이해할 수 있다는 말은 아무에게도 하지 않았다. 솔직히 말해서 어떻게 이럴 수 있는지, 왜 이런 능력이 생겼는지는 나도 완벽하게 알 수는 없다. 거미가 처음으로 말을 걸었을 때 나는 열한 살이었다. 내가 긴장증에서 깨어난 직후였다. *원한다면 말해도 돼.* 내 병실 구석에 살던 거미가 말했다. 심리치료사들이 며칠 동안 나의 말문을 트이게 하려고 애썼지만 실패했을 때, 이상하게도 거미의 간단한 논리가 내게 먹혀들었다. 나는 동화책을 집어 들고 그림 형제가 지은 〈하얀 뱀The White Snake〉이라는 이야기를 소리 내어 읽었다. 이 이야기는 어떤 사람이 주인의 특별한 요리를 한 입 먹은 후 살아 있는 모든 생명체의 말을 이해할 수 있게 되었다는 내용이었다. 내 목소리는 스스로 듣기에도 이상했다. 오랫동안 쓰지 않아서 거칠고 거슬린 소리가 났지만, 결국 거미의 말이 맞았다. 나는 말할 수 있었다. 어쩌면 나도 하얀 뱀 한 조각을 먹었던 건 아니었을까? 그래서 거미의 말을 이해했던 건 아닐까? 어쩌면 동화에서처럼 어떤 요리사가 내 수프나 스튜에 뱀을 넣었을지도 모른다. 그때는 그 어떤 것보다도 말이 되는 설명인 것 같았다.

15년이 지난 지금, 생각해 낼 수 있는 가장 그럴듯한 설명은 이거다. 사람 중에는 특정한 동물, 그러니까 말하자면 개나 말 등과 특별한 친밀함을 갖고 있어서 본능적으로 그들과 의사소통을 할 수 있는 존재가 있고, 나도 그런 부류라는 것. 다른 사람이 보기에는 마법 같겠지. 나와 다른 사람의 차이라면, 나는 다양한 종류의 동물이 품은 생각과 느낌을 그저 추측만 할 필요가 없다는 것이다. 곤충과 동물이 말하는 걸 정말로 이해할 수 있으니까. 또한 내 능력은 모든 종류의 동물에 해당한다. 물론 나는 모든 대화를 듣지는 않고, 내가 듣기로 했을 때만 듣는다. 그렇지 않았다면 수백 종류의 곤충과 새와 동물이 동시에 외쳐 대는 집단적 불협화음을 견뎌 내기 힘들었을 것이다.

어쨌든 내가 아는 것은 이거다. 나는 아주 어릴 때부터 오랫동안 곤충이며 동물과 대화해 왔다. 그리고 난 미치지 않았다.

그때
제니

다이애나를 맡은 심리치료사의 상담실은 마켓 시내의 골목에 자리 잡은 오래된 목조 건물 2층에 있었다. 이곳 건물은 대부분 그보다 훨씬 튼튼하게 지었다. 그중 가장 유명한 마켓 군청은 보자르Beaux-Arts 양식과 신고전주의 양식을 따라 붉은 사암으로 지은 건물로, 오토 프레민저Otto Preminger가 영화 〈살인의 해부Anatomy of a Murder〉를 촬영한 곳이자 실제로 그 영화의 모티브가 되었던 살인사건의 재판이 이루어진 곳이다. 마켓은 어퍼 반도에서 가장 큰 도시다. 이렇게 말하면 꽤 인상적으로 들리겠지만 알고 보면 미시간주의 어퍼 반도는 땅덩이만 컸지 텅 빈 곳이라서 인구를 다 모아도 피츠버그나 신시내티의 인구보다도 적다.

그래도 이 도시에는 우리가 필요한 게 다 있다. 쇼핑센터와 영화관, 레스토랑과 콘서트홀, 볼링장과 직접 양조한 맥주를 파는 펍도 있고 피터 화이트 공립도서관과 노던미시간 대학교의 연구 도서관도 있다. 심리치료사인 메리트 박사의 상담실 건물 1층에는 서점도 있다. 나는 매달, 지난번 시내에 왔을 때 주문했던 책들을 가져간다. 내가 사는 책은 대부분 전공 관련 서적이지만, 가끔 서점 주인이 소설을 읽어 보라고 권하기도 한다. 소설 읽는 게 싫은 건 아니다. 다만 별장에는 이미 책이 너무 많고, 상당수가 고전이다. 게다가 그중에는 의심할 바 없이 희귀하고 귀중한 초판본도 있어서, 그걸 다 읽으려면 앞으로 인생을 백 번은 더 살아야 할 정도다.

보통 마켓까지 차로 가서 종일 지내다 오는 건 반가운 나들이다. 하지만 오늘은 결코 정상적인 날이 아니다. 오늘 드는 생각이라고는 '저 망할 놈의 베개'라는 생각뿐이다. 아직도 다이애나가 아기침대 옆에 기대어 베개로 동생의 얼굴을 누르는 장면이 떠오른다. 아기가 자그마한 팔과 다리를 휘두르고 버둥대며 살려고 애쓰는 모습. 하지만 베개와 다이애나의 행동 말고도 날 오싹하게 만드는 게 또 있다. 바로 다이애나의 표정이다. 그저 고요했던 그 표정. 지금 본인이 뭘 하고 있으며 앞으로 무슨 일이 일어날지 알고 있지만, 상관없다는 듯한 그 표정.

피터와 샬럿과 나는 메리트 박사가 다이애나와 함께 진행하는 한 시간짜리 상담이 끝나기를 기다리고 있었다. 마침내 박사의 안쪽 사무실이 열리자, 다이애나는 그의 뒤에서 쏜살같이 튀어나와 대기실로 달려와서는 샬럿 옆의 소파 자리에 털썩 앉았다. 그리고 커피 테이블을 쳐다보지도 않고 그 위에 있던 책을 집어 들고는 샬럿의 손에 획 던졌다.

"책 읽어 줘!"

샬럿은 웃으면서 다이애나를 가까이 끌어당겼다.

"큰 개와 작은 개, 얼룩무늬 개들이 있네."

샬럿은 이렇게 서두를 떼며 벌써 고등학생 수준의 독서를 하는 아홉 살짜리 아이에게 간단한 이야기를 흥미롭게 들려주기 시작했다. 내 동생은 정말 대단했다. 샬럿이 없었다면 크리스마스 연휴를 제대로 보낼 수 없었을 것이다. 샬럿은 생명의 은인이었다. 피터의 가족들에게 음식과 음료수를 부지런히 대접하고, 명랑하게 설거지와 빨래를 하고, 다이애나와 그 아이의 사촌들을 데리고 낮에는 썰매를 타러 가고 밤에는 지그소 퍼즐을 함께 했다. 그동안 나는 좀비처럼 여기저기 걸어 다니며 모든 게 아주 잘되어 가고 있으며, 이번 크리스마스도 작년 이맘때와 별다를 게 없는 척했지만, 사실은 잠도 못 자고 제대로 먹지도 못했다. 때때로 피터를 슬쩍 바라보면 그이의 눈동자에 괴로워하는 내 모습이 맺혀 있었다. 장담컨대, 우리의 필사적인 연기는 어딜 봐도 아카데미 수상감이었다.

"다이애나 부모님, 들어오시죠."

나는 일어서서 품에 안은 아이를 바로 안았다. 단두대로 걸어가는 기분이었다. 이곳에 온 이유는 다이애나가 동생에게 한 짓이 무엇인지, 또다시 그런 일이 생기지 않으려면 어떻게 해야 하는지 논의하러 온 것이 아니기 때문이다. 연휴가 끝나고 메리트 박사의 사무실에 다시 왔을 때, 접수 담당자는 다이애나의 검사 결과가 나왔다고 말해 주었다.

처음부터 난 검사를 해 보자는 생각에 반대했다. 내 딸이 무엇이 잘못되었든, 그걸 재고 측정할 수 있는 건 아니라고 여겼다. 다이애나의 예전 심리치료사 역시 검사를 해 보라고 권했지만, 딸아이의 상태에 무어라 이름을 붙여 봤자 우리에게 무슨 도움이 될지 알 수 없었다. 하지만 이번에는 시험을 거부해 봤자 시간만 끌 뿐이지 결과를 피할 수는 없을 거라고 피터가 말했기 때문에 결정을 내렸다. 피터를 달래기 위해서였다. 하지만 지금 나는 그 결정을 후회하고 있다.

"이런 말씀을 드리는 게 쉽지는 않습니다만."

메리트 박사는 책상에 앉은 채로 이렇게 말을 꺼냈다. 우리는 그를 마주 보고 손님용 의자에 앉은 상태였다. 우리 사이에는 서류철 하나가 불길한 기운을 품은 채 펼쳐지기를 기다렸다.

나는 속으로 빌었다.

그럼 말하지 말아요. 우리에게 이러지 말아요. 이미 망칠 대로 망쳐진 우리 삶을 더 망치지 말라고요.

"말씀하시죠."

피터가 말했다. 남편의 목소리는 언뜻 차분하게 들렸지만, 나는 그가 긴장하고 있음을 알았다. 화가 났을 때처럼 턱 근육이 실룩이고 있었으니까.

메리트 박사는 말을 이었다.

"우리가 이야기했던 것처럼, 저는 다이애나를 평가하기 위해 심리 검사와 가족 평가 척도를 조합해서 사용했습니다. 이 모든 것은 성인 사이코패스에게서 보이는 약탈적 행동 양식을 측정하기 위해 고안된 겁니다."

사이코패스라니. 그 끔찍한 단어를 듣고 나는 눈을 감았다. 이렇게

될 줄 알았다. 나도 바보는 아니다. 나 역시 충분한 시간을 들여서 다이애나에게 무슨 문제가 있는지 알아보았고, 이게 결국 우리가 감당해야 할 결론이란 걸 알았다. 하지만 메리트 박사의 전문가적이고 객관적인 저 입술에서 그 말이 들려오자 그만 정곡을 찔려 버리고 말았다. 내 딸이 사이코패스일 리가 없어. 그럴 리 없다고.

박사는 계속 말했다.

"저는 다른 동료에게도 결과를 검증해 달라고 부탁했고, 결과는 저와 일치했습니다. 다이애나는 냉담-무정서callous-unemotional 행동 부분에서 정상 범위의 표준편차를 두 군데 넘어섰습니다. 결과에 따르면 아이는 범위의 극단에 해당합니다."

"이건 전부 좀… 자의적인 것 같습니다."

피터는 간신히 말했다. 남편이 말문이 막혀 버리지 않아서 다행이었다. 지금 내 목은 꽉 막혀 있는 느낌이었다. 마치 이러지 않으면 내 목숨이 빠져나갈지도 모르겠다는 듯 잠겨 있어서, 대답을 짜 내려야 짜 낼 수 없었다.

"저 역시 자의적이라는 점은 인정합니다. 안타깝게도 아동의 사이코패스 성향을 판단하는 표준검사는 없으니까요. 아주 솔직하게 말씀 드리자면, 심리학자 중 다수는 어린아이에게서 사이코패스 성향을 식별하는 건 절대로 가능하지 않다고 여깁니다. 하지만 사이코패스 성향은 뚜렷한 신경 질환이며 다섯 살부터 그 주된 특성을 구별할 수 있다고 보는 학자들이 점점 늘어나고 있습니다. 저 역시 그렇게 생각하고요. 우리가 주목하고 있는 가장 주요한 요인은 냉담-무정서 타입입니다. 일반적인 행동장애 역시 충동적이고 적대적이며 심지어 폭력적이기도 하지만, 바로 이 냉담-무정서 타입이야말로 사이코패스 아동을 여타의 행동장애를 지닌 아동과 구별하는 특징입니다. 현재까지 우리가 보기에는 결과가 확실합니다. 유감스럽게도 다이애나는 사이코패스입니다."

나는 피터를 보았다. 피터는 나를 보았다. 그는 내 손을 더듬어 잡고 손가락을 꽉 쥐었다. 아플 정도였다. 우리 딸이 사이코패스라니. 이토록 더러운 말이 또 어디 있을까. 부정적인 함의가 너무 가득한 말이다. 아이에게 어떻게 이다지도 잔인한 꼬리표를 붙인단 말인가.

"확실합니까?"

피터가 물었다. 메리트 박사는 검사 결과를 손가락으로 하나하나 짚어 가며 말했다.

"다이애나의 행동은 모든 기준에 부합합니다. 냉담-무정서 장애 아동은 매우 교활하다는 특징이 있습니다. 거짓말도 자주 하지요. 아이라면 으레 그렇듯 처벌을 피하려고 그럴 수도 있지만, 어떤 이유로든 거짓말을 할 수 있습니다. 아니면 아예 하지 않을 수도 있고요. 냉담-무정서 아동은 뉘우침도 없습니다. 상대방이 화를 내거나 자신이 상대방의 감정을 상하게 해도 신경 쓰지 않습니다. 잔인하게 굴지 않아도 바라는 것을 얻을 수 있다면 잔인한 행동을 하지 않을 겁니다. 하지만 결국 그런 아동은 원하는 결과를 얻기 위해서라면 뭐든지 하게 되지요. 그러나 현실에서 만나는 사이코패스는 TV나 영화에서 나타나는 캐릭터와는 전혀 다르다는 걸 이해하셔야 합니다. 다이애나는 나쁜 행동에 맛들인 비정한 냉혈한이 아닙니다. 그 아이는 단지 자신이 상대방을 해칠 때 나타나는 결과를 이해하지 못하고 신경 쓰지도 않을 뿐입니다. 아기의 얼굴에 베개를 눌러서 색 변화를 관찰하려고 했을 때처럼 말입니다."

피터가 물었다.

"그러면 우리는 어떻게 해야 합니까? 어떻게 고칠 수 있습니까?"

"슬프게도 치료법은 없습니다. 다이애나는 이런 모습으로 태어났고, 여러분이나 제가 바꿀 수 있는 방법은 없습니다. 다이애나의 증상은 여러분 잘못이 아니라는 점을 아셔야 합니다. 그리고 다이애나는 유전적인 결함을 갖고 태어난 것도 아님을 명심하세요. 하지만 저를 비롯한 동료 연구자들은 문제를 초기에 직면하는 게 다이애나 같은 아이들이 진로를 바꾸는 데 도움이 될 기회를 준다고 봅니다. 약간이라도 말입니다. 우리는 냉담-무정서 장애 아동에게도 공감 능력이 약하게나마 존재할 수 있고, 또 강화될 수 있다고 봅니다. 이 점에서 여러분의 둘째 아이는 도움이 될 수 있습니다."

나는 품에 안은 딸을 더 꼭 끌어안았다.

"물론 여러분의 아기를 위험하게 두는 상황을 제안하는 건 결코 아닙니다. 하지만 두 분께서 아기에게 애정을 보이고 아기를 사랑하면서 아기의 요구에 반응하는 모습을 다이애나가 본다면, 다이애나도 여러분의 행동을 보며 공감능력을 배울 수 있습니다."

"다이애나를 돕는 게 아기가 울 때 달래 주는 것만큼 간단한 일일까요?"

피터가 물었다.

"근본적으로 보자면 그렇습니다. 제 말을 믿으십시오. 오늘 여러분은 이 자리에 위기 상황 때문에 오셨고, 저도 그 위기 상황을 과소평가하고 있지는 않습니다. 우선 다이애나와 아기를 옆에서 지켜보는 이 없이 둘만 두지 않으시는 게 가장 중요합니다. 그래도 저는 희망이 있다고 여깁니다. 한 조각 정도가 아니라 한 가닥의 희망이라도 희망은 희망이지요."

희망이라. 그건 빠져나갈 길이 없는 이들에게 건네는 보잘것없는 위로 아닐까? 앞으로 우리의 삶이 어떻게 흘러갈지 상상이 되지 않았다. 다이애나는 동생에게 늘 위협적인 존재가 될까? 둘 사이의 상호 반응을 몇 년씩 감독해야 할까? 어쩌면 수십 년을? 어쩌면 평생을? 다이애나는 커 가면서 상태가 나빠질까? 평범하게 살 수는 있을까? 아니면 외톨이가 될 운명일까? 쇠스랑을 든 마을 사람들이 둘러싸고 지키는 괴물처럼, 깊은 숲속을 서성이는 악마처럼 모두가 두려워하는 존재가 될까?

메리트 박사가 말했다.

"받아들이기 힘드시다는 거 압니다. 더 궁금하신 점이 있으십니까?"

피터와 나는 고개를 저었다. 이 상담실을 떠나면 궁금한 게 백만 가지는 생기겠지만, 지금은 당장 이곳을 떠나고만 싶었다.

"그러면 두 분께서 이야기 나누시도록 저는 나가 보겠습니다. 편히 있다 가십시오."

메리트 박사는 피터와 악수를 한 다음 내 어깨를 꼭 잡아 주고 옆문을 통해 개인 사무실로 들어갔다. 박사가 부러웠다. 우리의 삶을 방금 망쳐 놓고서, 본인은 자기 삶으로 돌아가는구나.

시간은 재깍재깍 흘러갔다.

피터가 마침내 입을 열었다.

"사이코패스라니. 이름을 다이애나가 아니라 '노먼 베이츠Norman Bates'(소설이자 영화 〈사이코Psycho〉의 주인공–옮긴이)나 '베이비 제인baby Jane'(영화 〈제인의 말로What ever happened to baby Jane?〉의 주인공. 아름다운 언니를 질투하며 괴롭히는 악녀–옮긴이)이라고 붙일 걸 그랬네."

"하지 마. 어떻게 감히 우리 딸아이 이름을 그런 이름에 갖다 붙이는 거야?"

"농담이었어."

"재미없어."

피터는 머리를 쓸어 올린 다음 의자를 돌려 나를 마주 보고는 앞으로 몸을 숙여 내 무릎을 잡았다.

"화난 거 알겠어. 나한테도, 그러니까, 너무 끔찍한 소식이야. 하지만 서로에게 험한 소리를 퍼부어 봤자 변하는 건 아무것도 없어. 나도 당신만큼이나 충격이라고."

"알아. 미안해."

피터는 메리트 박사의 책상 위 손 뻗을 자리에 놓인 크리넥스 티슈 한 뭉치를 건네주었다. 이 상담실에는 일주일간 얼마나 많은 화장지가 소모될까.

"아무에게도 말하지 말자. 그 누구에게도."

나는 눈물을 닦고 코를 푼 다음 말했다.

"샬럿한테도? 샬럿은 다이애나가 한 짓을 알잖아. 알아야 할 권리가 있어."

"샬럿한테도 말하지 말자. 진심이야, 피터. 비밀을 지키려면 우리만 알고 있어야 해. 지금 상황이 아무리 나빠도, 만약 사람들이 다이애나의 진단명을 알게 된다면 천 배는 더 나빠질 거야. 모두가 그 애를 곁눈질할 거라고. 아니, 곁눈질만 하면 다행이겠지. 자기들 앞에 나타나지 못하도록 아예 막아 버릴 수도 있잖아."

피터는 입을 꾹 다물었다. 하고 싶은 말이 많아 보였지만, 결국 남편도 고개를 끄덕였다.

"알았어. 당신 뜻대로 할게. 다시는 이 말을 꺼내지 말자."

"고마워."

그러나 뜻대로 되어 봤자 공허할 뿐이었다. 피터가 대충 말해 놓고 내 말을 순순히 따라 주지 않을 거라 여겨서가 아니었다. 이런 대화를 나누어야 하는 상황이 너무 끔찍해서였다. 다이애나가 뇌성마비나 근육위축증 같은 눈에 보이는 장애를 가졌다거나 팔이나 다리 하나가 없어졌다면, 하다못해 조울증처럼 다른 이들이 더 잘 이해할 만한 심리 장애를 가졌다면 상황은 달랐을 것이다. 이런 문제를 겪는 가족을 지원하는 단체들도 있으니 사람들은 이해했으리라. 그리고 도움을 주었으리라.

하지만 사이코패스의 엄마에게 공감하는 사람은 없다. 자기의 갓 난 동생을 죽이려 했던 아이의 엄마에게 누가 공감하겠는가. 어린아이가 수영장에 빠지는 걸 보고만 있는 아이에게 그 누가?

어쩌면, 다이애나는 그 아이를 직접 수영장에 빠뜨렸던 걸까?

12

현재
레이첼

여섯 시가 되었다. 트레버와 나는 춥고 어두운 방의 벽난로 앞 가죽 안락의자에 앉아 있다. 몇 시간은 기다린 것 같다. 트레버는 왜 여기 있는지 모르겠다. 아직도 다이애나와 샬럿을 인터뷰하고 싶은 걸까, 아니면 나 혼자 두 사람을 기다리도록 놔두고 싶지 않아서 미적대고 있는 걸까? 어느 쪽이든 나는 트레버가 가 주길 바랐다. 내 처지에서 이런 기분을 내비치는 건 은혜도 모르는 태도라는 걸 알지만, 오늘 하루는 너무 불안했다. 병원에서 퇴원하고, 오랜 세월을 다른 곳에서 보낸 뒤 별장을 다시 마주하고, 부모님이 돌아가신 장소를 밟고 들어와 이곳이 뿜어 대는 물밀 듯한 기억을 감당하고 큰까마귀와 대화까지 나누다 보니, 이걸 어떻게든 처리할 혼자만의 시간이 절실히 필요했다. 다이애나와 샬럿이 여행 중이라 오늘밤 집에 돌아오지 않을 가능성이 확실하다는 걸 내가 지적하고 나서야 트레버는 기다리기를 포기했다.

지금 나는 그를 지프까지 배웅하는 중이다. 머리 위를 떠도는 큰까마귀 한 쌍도 간신히 보일 만큼 날은 어두웠다. 큰까마귀는 보통 밤에 날지 않는다. 그렇다면 이 큰까마귀 부부가 나만큼이나 나에게 말을 걸고 싶은 마음이 있나 보다.

"태워 줘서 고마워."

트레버가 운전석에 채 앉기도 전에 말했다. 너무 빨리 말했을까. 큰까마귀 때문만이 아니었다. 그에게 별장을 보여 주다가 문득, 이모랑 언니가 여기 없는 동안 온 게 운이 좋았다는 걸 깨달았기 때문이었다. 내가 말도 없이 불쑥 나타난 이유를 설명하려면 얼마나 어색했겠는가. 게다가 떡하니 기자까지 데리고 왔으니. 트레버와 나는 운전하는 동안 둘러댈 말을 생각해 냈다. 미시간주에서 가장 아름다운 통나무 집 열 군데의 특집 기사를 쓴다는 핑계였다. 그리고 트레버는 그 구실로 부모님이 돌아가신 날의 이야기를 잘 끌어낼 생각이었다. 하지만 지금 보니 운명의 여신이 나와 트레버를 두고 농간을 부렸는지, 샬럿 이모와 다이애나와 마주치지 않게 되어 둘러댈 필요가 없어졌다.

트레버는 운전석에 앉으며 물었다.

"혼자서도 괜찮겠어? 진짜로? 너를 여기에 혼자 두고 가고 싶지는 않은데."

"괜찮을 거야. 이제 뭘 좀 먹고 바로 자려고."

기다리는 동안 트레버에게 뭐라도 먹을 걸 주었어야 했다는 걸 깨달았다. 하지만 이제 와서 뭘 하기에는 너무 늦었다. 사회생활 잘하는 법을 꼭 배워야겠다.

"그렇다면야. 이제 여길 봤으니까 조사 좀 한 다음에 하루나 이틀 뒤에 다시 오고 싶어. 빛이 좀 있을 때 사진을 찍어야겠어. 그때는 너희 이모랑 언니와도 이야기할 수 있으면 좋겠다."

"언제든 와도 좋아. 하지만 별장에는 전화 없다는 거 알지? 그러니까 네가 왔을 때 두 사람이 여기 있을지는 장담 못 해."

"알았어. 그동안 보고 싶을 거야."

이렇게 말하는 그 목소리는 어쩐지 그저 예의를 차리는 것 같지 않은 느낌이었다. 언젠가 우리 사이에 뭔가 일어날지도 모른다는 생각에 가슴이 울렁거렸다. 가끔 병원에 있는 누군가가 내게 관심을 보일 때가 있었지만, 나는 그 기회를 한 번도 발전시킨 적이 없었다. 나는 미래가 없으니까. 그리고 정신적인 문제가 있는 사람 둘이 엮인다는 건 그다지 좋은 생각이 아니었으니까. 하지만 이제는 다르다. 미래가 있다는 것, 그 미래를 나눌 사람이 있다는 건 어떨지 궁금해졌다. 만약 내가 어머니를 죽이지 않았다는 게 밝혀진다면 내 삶은 깨끗한 백지가 될 것이고, 나는 단 한 조각의 분필을 쥔 셈이 되겠지. 그 생각은 많은 가능성을 따져봤을 때 힘이 되면서도 동시에 위협적이었다. 학교에 가고 싶다면 어디에 있는 학교에 갈까, 일하고 싶다면 어디에서 일할까 같은 생각도 큰일이지만, 매일 수천 가지나 되는 사소한 결정들이 이제는 오롯이 나의 권한이라는 점이 더 큰 문제였다. 당장 주방에 가서 땅콩버터 통을 열고 퍼먹을 수도 있고, 쿠키를 한 봉지 들고 방으로 가서 누가 뺏지는 않을까 걱정할 필요 없이 다 먹을 수도 있다. 일어나고 싶을 때 일어나고, 자고 싶을 때 자고, 산책하고 싶거나 책을 읽거나 일어나 앉아서 아무것도 하지 않아도 괜찮았다. 다행히도 나에겐 무얼 할지 계획이 있었다.

나는 진입로에 서서 트레버가 보이지 않을 때까지 손을 흔들었다. 그리고 급히 안으로 들어와 뒤쪽 계단을 올라 내 어린 시절의 방으로 갔다. 너무 어두워지기 전에 먹을 것을 찾아봐야 했지만, 그 전에 큰 까마귀와 오붓한 시간을 갖고 싶었다.

창문을 열고 고개를 삐죽 내밀어 보았다.

"안녕? 너희들 거기 있니? 안 자고 있어? 이야기 좀 할 수 있을까?"

아무 소리도 들리지 않았다.

"아무도 없어?"

대답은 없었다. 털끝만큼도 들리지 않았다. 멍청한 큰까마귀 같으니. 멍청한 트레버 같으니. 그토록 오래 꾸물거리다니. 나도 멍청하긴 마찬가지다. 내가 찾아 헤매는 대답이 단 한 번의 대화로 쉽고 빠르게 얻어질 수 있다고 생각하다니.

창문을 열어 두고 담뱃갑을 흔들어 담배를 꺼냈다. 별장은 너무나 조용해서 종이와 담배가 타오르는 소리만 들려왔다. 병원은 조용한 적이 없었다. 벨이 울리고 쟁반이 달그락거리고 발자국이 울려 대고 환자들이 비명을 지르고 울었다. 하지만 지금은 세상이 종말을 맞은 것 같았다. 온 세상이 파괴되고, 나와 곤충과 동물만 살아남은 느낌이랄까. 내 몸속의 피가 흐르는 소리마저 들릴 지경이었다.

담배를 깊게 빨면서 나무를 응시했다. 생각은 몇 년간 해 보지 않은 방식으로 흘러갔다. 정확히 말하면 15년이다. 나는 큰 소리로 말했다. *15년, 15년.* 하지만 타오르는 분노는 사라졌다. 이 땅에서 내가 진정으로 행복했던 마지막 장소에 오니 느껴지는 것이라고는 슬픔뿐이다.

내가 어머니를 죽이지 않았다 하더라도 내가 누렸어야 할 삶을 되찾을 수는 없다. 부모님은 돌아가셨다. 아무것도 바꿀 수가 없다. 두 분은 이 방에 다시는 들어오지 못하고, 그토록 사랑하던 숲속을 누비지도 못하게 되었다. 몇 년 후면 부모님보다 내 나이가 더 많아질 거라고 생각하니 마음이 아팠다.

나는 담배를 필터까지 태우고는 꽁초를 창문 밖으로 던졌다. 그리고 창문을 닫고 아래층으로 내려갔다. 주방은 무덤처럼 어두웠다. 손을 더듬어 가며 수납장으로 가서 잡동사니 서랍을 열고 내용물을 더듬어 보았다. 연필, 펜, 가위, 고무줄, 나사, 알 수 없는 물건들을 만진 끝에 마침내 서랍 안쪽에서 손전등을 찾아냈다. 그걸 꺼내 스위치를 켜고 수납장 안을 비추었다. 혹시 베이크드 빈baked beans이나 칠리 콘 카르네chili con carne 캔이 있지 않을까 싶었는데 치킨 누들 수프chicken noodle soup 캔을 찾아냈다. 나는 캔을 따서 그릇에 수프를 담았다. 기름진 국물은 차가웠고 누들은 뻣뻣했지만 괜찮았다. 난 더 심한 상태의 음식도 먹어보았다.

그런 다음 물을 한 잔 따라서 위층의 침대 있는 베란다로 가져갔다. 그러면 샬럿 이모와 다이애나가 오는 모습을 지켜볼 수 있으니까. 날씨는 추웠지만 상관없었다. 사람들은 날씨가 무슨 큰일이라도 되는 것처럼 굴면서 본인이 바라는 것보다 몇 도 차이로 더워지거나 추워지면 불평을 해 댄다. 이 세상과 기후가 자신들을 중심으로 돌아야 한다는 것처럼 말이다. 하지만 애초에 야외에서 자란 사람들은 날씨에 관대해진다. 어쨌든 다이애나와 샬럿 이모가 와서 발전기를 틀어 주기 전까지는 안에 있어도 춥기는 마찬가지였다.

동쪽에 있는 공터는 어머니가 관찰 블라인드를 세운 곳이다. 곰을 무척 사랑하는 나의 마음 역시 그곳에서 시작되었다. 오히려 어째서 내가 스물여섯을 먹은 지금까지도 곰에 푹 빠져 있는지 설명하기가 더 어렵다. 기껏 생각한 이유도 별것 아니다. 어려서 공룡과 나비를 좋아하던 아이가 커서 고생물학자와 곤충학자가 되기도 하니까 나도 분명 그런 부류겠지, 싶은 거다.

서쪽에 있는 공터에는 맥스 이모부가 지은 사격장이 있었다. 물론 맥스는 진짜 이모부가 아니었지만 샬럿 이모와 오랫동안 사귀어 온 남자친구였기 때문에 다이애나와 나는 맥스를 '이모부'라고 부르며 놀렸다. 맥스는 나의 첫사랑이기도 했다. 텁수룩한 금발에 환하고 푸른 눈동자를 지닌 맥스는 아버지의 말에 따르면 흑곰이라도 반할 만한 미소를 짓는 남자였다. 나는 그가 동화 속 왕자님만큼 잘생겼다고 생각했다. 다이애나와 나는 맥스의 관심을 끌려고 대놓고 경쟁했다. 어쩌면 언니는 내가 맥스를 좋아한다는 걸 알고 그런 척했는지도 모르지만.

내가 사격을 배웠던 이유도 맥스에게 잘 보이고 싶어서였다. 맥스와 샬럿 이모는 부모님이 없을 때마다 다이애나와 함께 사격장으로 가곤 했다. 나는 총을 만지거나 쏘는 데 전혀 흥미가 없었지만 혼자 남겨지는 건 싫었다. 그래서 열한 살 생일이 되기 몇 달 전, 맥스가 나에게도 같이 가자고 권했을 때 싫다고 할 마음이 전혀 없었다. 그때 그는 무릎을 꿇고 내 옆에 앉아 내 손가락을 건 방아쇠에 자기 손가락을 끼워 넣고 몸을 꽉 붙여서 내가 처음으로 라이플을 발사할 때 받은 충격을 줄여 주었다. 음, 그때 난 맥스가 시켰다면 깨진 유리 위를 기어 지구 한 바퀴도 돌 수 있었을 것이다. 그 후로 나는 필요 없는 일에도 도움을 받아야 하는 척했다. 지금은 나도 소아성애나 성적 이상 행동에 대해 알고 있다. 그러니 맥스의 행동이 지금 보면 그냥 징그러운 수준을 넘어선 것도 같지만, 그때는 전혀 이상하다는 생각이 들지 않았다. 맥스는 오로지 샬럿 이모만을 좋아한다고 믿고 있었다.

지금 맥스는 대체 어떻게 되었을까? 아직도 이 근처에 살까? 샬럿 이모와 맥스는 아직도 사귀는 중일까? 나는 다이애나와 샬럿의 일상생활을 거의 모른다. 둘이 집에 붙어 있는 타입인지, 아니면 돌아다니기 좋아하는지, 아침형 인간인지 저녁형 인간인지, 둘이 같이 요리하는지 아니면 번갈아 순서를 맡는지, 아침저녁으로 발전기를 돌리는지, 아니면 연료 탱크를 꼭 잠그고 장작을 주문해 쓰며 사는지, 우리 가족이 예전에 그랬던 것처럼 금요일 밤에 코블스톤 바에 가서 맥스의 연주를 듣는지, 친구를 불러 술을 마시거나 카드게임을 하며 노는지, 아니면 둘만 있기를 좋아하는지 나는 아무것도 모른다. 두 사람 중 한 명이라도 본 지가 벌써 2년이 되었다. 내가 어렸을 때는 훨씬 더 자주 면회를 왔는데, 성인이 된 후에는 자기들이 필요 없어졌다고 여긴 게 아닐까 싶다.

나는 손전등을 겨드랑이에 낀 채로 그릇을 아래층으로 옮겨 싱크대에서 설거지한 다음, 모든 것을 원래 있던 자리에 정확히 되돌려 놓았다. 그리고 도둑이 된 기분으로 손전등을 들고 방을 여기저기 돌아다녔다. 그러다 결국 아버지의 서재였던 방문 앞에 서고야 말았다. 아버지의 책상 위에는 서류가 흩어진 채였다. 아버지 몸에 끊임없이 감돌던 알싸한 늪지대의 냄새가 느껴지는 것만 같았다. 그리운 줄도 몰랐던 흙 내음이 금방 기억났다. 나의 과거를 아는 사람들은 내가 곰을 좋아하니 어머니를 더 좋아했을 거라고 생각하지만, 나는 아버지와도 애틋했다. 어릴 적 내가 여기저기 돌아다니다 아버지 서재에 오면, 아버지는 하던 일을 멈추고 나를 무릎에 앉힌 다음 지금 무엇을 하고 있었는지 설명해 주곤 했다. 마치 내가 다 큰 어른이라서 손익계산서나 부동산세, 수표책 잔액 같은 걸 이해할 수 있을 거라는 듯이 말이다.

손전등으로 책상 위를 비추어 보았다. 예전에 아버지의 책상 위에는 사진이 가득했다. 가장 좋아하는 사진은 내가 카누 뒤에 앉아 반짝이는 농어를 든 모습을 아버지가 찍은 사진이었다. 그건 내가 처음으로 잡은 물고기라서 사진 속 나는 자랑스러움과 기쁨에 가득 찬 표정이었다. 그때는 내가 채식주의자가 되기 전이었다. 하지만 이 책상은 이제 아버지의 것이 아니었고, 사진은 없어졌다. 대신 손전등이 비춘 것은 윤기 나는 삼단 브로슈어였다. 우리 호수와 똑같은 외양의 호수 사진 위로 '외딴 호숫가 개발지'라는 제목이 보였다. 그 안의 내용은 이 개발지의 장점을 강조하고 있었다. 마켓에서 72킬로미터 떨어진 자연 그대로의 야생 낙원이 있는데, 벌목한 적 없는 16제곱킬로미터의 숲지이며, 전체 호숫가 옆에 집을 지을 수 있는 2만 제곱미터의 땅이 있다는 설명이었다.

아주 잠깐, 나는 이 브로슈어가 부모님이 여기 살았을 때 받아 두었던 것이 아닌가 생각했다. 개발업자들은 가끔 우리 호수 주변에 오두막이나 고급 별장을 짓고 싶어서 연락하곤 했고, 가끔 보내오는 제안서에 이런 식의 광고지가 끼어 있던 적도 있었다. 하지만 그 제안서가 아직도 여기에 굴러다닐 가능성은 극히 드물었고, 이 브로슈어는 새

것 같았다. 거기에 클립으로 끼워 놓은 명함에는 직접 쓴 손글씨가 보였다. "말씀 나누어 즐거웠습니다! 곧 좋은 소식을 기대하겠습니다!" 거기에는 개발업자의 휴대전화 번호도 적혀 있었다. 부모님이 이 별장에 살았을 때 어퍼 반도는 휴대전화 서비스가 되는 지역이 거의 없었다.

나는 아버지의 의자에 앉았다. 이 브로슈어가 지금 언니의 책상이 된 이곳 한가운데 떡하니 놓인 이유는 하나다. 다이애나가 이 제안을 진지하게 고민하고 있다는 것. 그러자 피가 확 끓어올랐다. 부모님은 우리의 이 유산을 단 한 평도 팔지 않겠다고 맹세했다. 게다가 우리가 물려받은 후에도 팔지 말아야 한다며 다이애나와 내게도 맹세하게 했다. 그런데 언니는 그 말을 어기고 있는 것이다.

언니가 이 제안을 진지하게 여기고 있다고 생각하니, 없어진 라이플도 어떻게 되었는지 짐작이 갔다. 없어진 건 *가장 비싼* 라이플이었다. 처음 봤을 때 짐작했던 것과 달리, 그 라이플들은 박물관 전시를 위해 대여된 것이 아니라 이미 팔린 것이 분명했다. 내 몫의 유산을 걸고 장담할 수 있을 만큼 확실했다. 다이애나는 분명히 몇 년 동안 귀중품을 팔아 왔던 것이다. 이 별장에는 물건들이 그득하니, 언니가 절반을 팔아 치웠다 해도 난 절대 알 수 없을 것이다. 어쩌면 별장을 대대적으로 수리해야 하거나 재산세가 체납되어 별장과 땅이 주정부 소유가 돼야 할지도 모른다. 어쩌면 언니는 여행에 푹 빠졌거나 우리의 돈을 어리석게 써 왔을지도 모른다. 어느 쪽이든, 나는 우리의 재정 관리인이 보내왔던 보고서들을 좀 더 주의 깊게 읽었어야 했다. 아무런 질문도 하지 않은 채 세금 환급서에 서명하지 말았어야 했다. 나는 좀 더 내 권리를 주장했어야 했다.

하지만 골동품 라이플과 티파니 램프, 나바호 인디언 특산 깔개는 나에게 알리지 않고 동의 없이 팔릴 수 있었다. 언니가 내 서명이나 동의 없이 팔 수 없는 건 단 하나였다. 바로 우리 땅. 하지만 언니는 이미 개발업자와 상의 중이었다. 분명히 내가 모르는 무언가가 있었다.

나는 다른 서류 더미를 뒤졌다. 그리고 내 이름이 적힌 평범한 서류철을 발견하고서 가슴이 철렁 내려앉았다. 그 안에는 다 써 놓은 서류 양식과 함께 지침서가 하나 있었다.

'마켓 공증 재판소 비자발적 정신질환자 절차: 도움말과 참고 사항'

나를 정신병원에 강제 입원시킬 생각이구나. *이런 식으로 다이애나는 내 동의 없이 우리 토지를 개발하려는 것이다.* 언니는 내 동의를 구할 필요가 없었다. 다른 환자들에게 이런 일이 생기는 걸 본 적이 있지만, 나한테도 일어날 일이라고는 꿈에도 몰랐다. 어떤 노인이 갑자기 유언장을 바꾸거나 CEO가 주주들 보기에 뜬금없는 결정을 내리기 시작하면 어떻게 되는지 아는가. 그들은 정신병원에 갇히고, 자신의 일에 대한 발언권을 박탈당한다. 다음 단계는 심리 검사가 이어진다. 내가 15년을 정신병원에서 보냈다는 사실에 비추어 본다면, 나는 분명히 패소할 것이다.

그렇다면 내가 어머니를 죽이지 않았다는 것을 증명한 다음 성취하고 싶은 모든 일들이, 대학에 가고 생물학 학위를 받고, 어머니의 연구를 이어 가고, 별장에 살면서 결혼하고 언젠가 아기를 낳을 수도 있고…. 이런 일들이 결코 일어나지 않겠지. 다이애나는 다시 나의 법적 후견인이 될 것이다. 나는 내가 거주할 곳이나 앞으로 평생 무엇을 할 것인지에 대해 발언권을 잃게 되겠지.

바깥에서 자갈 위를 버석대며 구르는 타이어 소리가 들려왔다. 헤드라이트가 마당을 비추었다. 나는 재빨리 서류를 원래 자리에 놓고 주방 계단을 올라갔다. 그리고 계단에 웅크려 앉아 그들이 벌이는 행동을 소리로 추적했다. 차 문이 열리더니 닫혔다. 문손잡이가 돌아가고, 주방문이 쾅 닫혔다. 조리대에 차 열쇠가 짤랑 떨어졌고, 나무 바닥을 걷는 발소리가 들렸다. 오래되어 삐걱대는 나무 스토브 문을 누군가가 열었고, 그 안에 턱 하고 장작 던지는 소리가 났다. 주전자에 물이 흘러드는 소리와 쇠가 서로 부딪쳐 덜그덕거리는 소리를 들으니 둘 중 하나가 티포트에 물을 채워 스토브에 올려놓았나 보다. 몇 분 후 날카로운 휘파람 소리가 들리자 내 추측이 맞았다는 걸 알았다. 두 사람이 우리 집의 커다란 농장식 식탁에 앉아서 차를 마시고 있는 모습이 떠올랐다. 샬럿 이모는 식탁에 팔꿈치를 대고 두 손으로 컵을 감싸쥐고 후후 불면서 차를 식히고 있겠지. 이모가 좋아하는 직접 뜬 스웨터를 입고 알루미늄 조각과 구식 액세서리, 납작한 강가의 조약돌을 재활용해서 만든 귀걸이를 달고 있을 테지. 다이애나는 '산불 예방은 바로 당신만이 할 수 있습니다'라는 문구가 박힌 스모키 더 베어 Smokey the Bear(미국 산림청의 산불 방지 홍보 마스코트-옮긴이) 커피 머그컵에 차를 마시고 있을까? 그 컵은 어머니와 내가 앤티크 숍에서 찾아냈고, 언니의 열일곱 번째 생일날 내가 선물로 준 것이다. 언니는 체크무늬 플란넬 셔츠에 작업화와 청바지 차림이겠지. 언니는 언제나 패션보다는 실용성을 중시했으니까. 내가 여기 있는 줄은 전혀 모를 것이다. 내가 뭘 알고 있는지도 모를 것이다.

그 생각에 힘이 났다. 내겐 두 가지 선택지가 있었다. 다이애나와 샬럿 이모가 잠든 후에 몰래 빠져나가는 것이 하나의 선택지다. 여행 가방과 더플백을 들고 고속도로에 나가서 차를 잡고 제일 가까운 도시로 가자. 나는 돈도 없고 신분증도 없기 때문에 은행 계좌에서 돈을 뺄 방법이 없다. 하지만 다이애나가 벌써 내 이름을 삭제하지 않았다고 가정한다면, 누군가에게 휴대전화를 빌려서 트레버에게 연락해 날 데리러 오라고 할 수 있다. 트레버의 집에서 하룻밤을 묵거나, 아니면 트레버의 친구들 집으로 갈 수도 있을 것이다. 그런 다음 여성의 쉼터 같은 곳으로 들어가자. 마켓에 그런 곳이 있다면 거기에 머물면서 언니와 법정 싸움을 하는 거다.

하지만 거기에는 위험이 있다. 만약 다이애나와 공개적으로 법정 공방을 벌여서 진다면, 정신병원으로 도로 끌려가서 다시는 나올 희망이 없어질 것이다. 재판이 불리하게 돌아간다면 이론상으로는 아예 숨어 버릴 수도 있겠지만, 그 후로는 어떻게 하겠는가. 재산도 없고 할 줄 아는 것도 없으니 무기력한 신세가 될 것이다. 노숙자가 된다면 언제든 감금 상태로 끌려갈 위협이 사라지지 않을 텐데.

또 다른 선택지는 여기에 머무는 것이다. 만약 다이애나가 내 권리를 박탈할 계획을 벌인다는 증거를 확보할 수 있다면 나에게도 기회가 있을지 모른다. 부모님은 두 분 다 카메라와 캠코더를 갖고 있었다. 그걸 찾아서 개발업자의 브로슈어 사진이나 앞으로 찾아낼 서류를 찍는다면 어떨까? 더 중요하게는 다이애나가 나를 속일 거라는 계획을 이야기하는 장면을 포착해서 녹음한다면 재판이 나에게 유리한 쪽으로 돌아갈 확률이 있다.

여기에 머물러야 할 이유는 또 있다. 나의 환상과 수사 보고서 사이에 생긴 모순을 해결해야 한다. 나는 부모님이 돌아가셨던 곳을 기억하는 나의 환상을 제대로 회복하려고 여기 온 것이다. 지금 떠나면 다시는 기회가 없을지도 모른다.

내 집에서 숨다니 말도 안 되는 소리처럼 들릴까. 하지만 몇 주나 몇 달 동안 이러려는 것은 아니다. 나에게 필요한 증거를 수집할 때까지만 숨을 계획이다. 집은 크지만 살고 있는 사람은 둘뿐이다. 그 말은 둘이 머무는 곳을 피해 숨을 방이 많다는 뜻이다. 안 쓰는 방들은 항상 문이 닫혀 있으니, 두 사람이 이 방에 굳이 들어와 나와 내 짐을 보려 들 이유가 없다. 논리적으로 봐도 두 사람이 쓰는 욕실은 따로 있다. 그러니 나는 그 화장실 말고도 쓸 수 있는 곳이 두 개가 더 있는 거다. 둘이 나갔을 때만 화장실을 사용한다면, 그리고 남는 음식을 훔쳐 먹는 게 아니라 창고에서 몰래 음식을 빼 먹는다면 음식이 줄어들고 있다는 걸 알 리 없을 것이다. 나는 코도 골지 않는다.

살금살금 복도를 지나 내 방으로 가서 문을 잠갔다. 신발을 벗고 이불을 들춘 다음 조용히 침대 위로 올라갔다. 운명의 여신이 나에게 미소 짓고 있구나. 좋아. 하지만 내가 바라던 방식으로는 아니었다.

다시 한 번 큰까마귀가 나에게 했던 말을 생각해 보았다. 그래. 모든 게 밝혀질 거야.

13

그때
제니

메리트 박사가 끔찍한 진단을 내린 지 2년 가까이 흘렀다. 당시의 내 예상과는 다르게 우리는 아직도 이곳에 있다. 여전히 매일 똑같은 삶을 영위하며, 여전히 산 채로, 여전히 숨 쉬면서. 하늘은 무너지지 않았고, 삶은 계속된다던 오래된 격언은 진실임을 증명했다. 심지어 순수하고 거리낌 없이 행복했노라고 솔직하게 말할 수 있는 순간도 몇 번 있었다.

당연히 다이애나의 진단 때문에 변화는 필수적이었다. 우리는 아기침대를 피터와 내가 쓰는 침실로 옮기고 방과 복도를 감시하기 위해 배터리 작동식 보안카메라(피터는 농담 삼아 '동물 관찰 카메라'라고 불렀다.)를 설치했고, 문마다 키패드를 달아 놓고 우리 어른 셋만 알도록 비밀번호를 설정했다. 우리는 또한 샬럿에게 다이애나의 옆방으로 방을 옮겨도 되겠느냐고 부탁했다. 그 방은 호텔 스위트룸처럼 옆방으로 이어지는 문이 있었기 때문이다. 당연하지만 우리는 샬럿이 다이애나와 가까이 있어야 하는 이유를 말하지 않았다. 다만 메리트 박사의 말에 따르면 다이애나가 소외당하고 있다고 생각하기 때문에 그런 행동을 보이는 것 같다고, 그러니 샬럿이 다이애나에게 최대한 관심을 주면 도움이 될 거라고 말했다.

2년이 지난 지금, 오히려 동생이 우리의 요구를 너무 마음 다해 받아들인 건 아닌가 느낄 때가 있다. 샬럿과 다이애나는 믿을 수 없을 만큼 가까워졌다. 마치 우리 둘의 역할이 바뀐 것처럼, 샬럿이 어머니고 내가 이모가 된 것 같았다. 가끔 둘이서 웃으며 농담을 속삭이거나 사이좋게 요리하면서, 또는 그림을 그리거나 보드게임을 하면서 이 세상에 둘 말고는 그 무엇이나 그 누구도 중요하지 않다는 분위기를 풍길 때면 난 어쩔 수 없이 질투가 났다. 샬럿은 언제나 나보다 더 활기차고, 모험을 좋아하고, 다정하고, 더 예쁘고 더 재미있었다. 어쩌면 더 똑똑할지도 모른다. 내 집에서 존재감 없는 자매로 격이 낮아지니 마음이 아팠다. 하지만 스스로가 불쌍해지기 시작할 때마다, 나는 샬럿이 결국 자신의 인생을 보류하고 우리를 위해 여기 머무른다는 점을 기억했다. 그리고 마음씨 착한 내 동생과 성미 까다로운 내 딸 사이에 형성된 특별한 유대감이 결국 나쁜 게 아니라는 점을 떠올리면 더없이 고마운 마음이 들었다.

그런데 오늘은 동생과 딸이 함께 있지 않은 날, 그래서 아주 드문 날이었다. 아름다운 가을날 오후는 어딜 봐도 완벽했다. 구름이 드문드문 보이는 맑은 하늘에 기온도 딱 내가 좋아하는 수준이었다. 아직 서늘해서 스웨터를 입어야 하지만 모자를 쓰거나 목도리는 안 둘러도 될 만큼 따뜻한 날이었다. 피터와 나는 그가 가져온 장작더미를 쪼개 헛간 저편 끝 옆으로 날라 쌓았다. 하늘은 푸르다 못해 눈이 시릴 정도였다. 다이애나는 집 안에서 책을 읽었고, 아기는 우리가 안전한 거리를 두고 나무 아래에 설치한 놀이장 안에서 놀았다. 내가 다이애나 같은 어린이였을 때는 이토록 날씨가 좋은 날 집 안에 틀어박혀 있는 건 정말로 하고 싶지 않았다. 하지만 다이애나는 날마다 우리와 함께 숲속을 돌아다니며 크고 있으니, 집 안에서 혼자 시간을 보내는 게 오히려 즐거운 일처럼 느껴진다는 점을 난 이해했다.

"쉬었다 하자."

피터가 전기톱을 끄면서 말했다. 갑자기 사방이 고요해지자 귀가 울렸다. 피터는 물병을 들고 물을 한 모금 마신 다음, 손가락을 털고 팔을 머리 위로 뻗어 스트레칭을 했다. 그 모습에 내 마음이 녹아내렸다. 진심으로 말하는 건데, 나는 우리가 결혼했던 날보다 지금 더 남편을 사랑하고 있다. 피터가 도끼를 휘두르거나 전기톱을 다루는 모습을 볼 때마다 전직 대학 교수였던 남자가 야생에서 살아남는 기술을 터득했다는 게 놀랍기만 하다. 지난 3년 동안 야외 생활을 하다 보니 피터는 그을리고 탄탄한 몸이 되었다. 나 역시 그랬다면 참 좋았을 텐데. 다이애나는 내가 볼링공을 삼킨 것 같다고 말했다. 그런 말을 하는 아이가 딱히 상냥하거나 똑똑하다는 생각은 들지 않지만, 어쨌든 나도 정확히 다이애나가 말한 느낌이기는 하다. 너무 빨리 배가 불렀으니까. 초음파를 해 준 의사가 아니라고 말하지 않았다면, 나는 분명히 쌍둥이를 임신했다고 여겼을 것이다.

지금의 세 번째 임신은 계획 임신이 전혀 아니었다. 놀라운 사실은 또 있었다. 이번에는 아들을 낳게 될 것이다. 피터는 더할 나위 없이 기뻐했다. 나도 많은 부분 기뻤다. 아직 태어나지 않은 아기는 무궁무진한 가능성이 있다. 우리 아들은 피터처럼 금발일까? 아니면 내 머리색처럼 어두울까? 눈동자는 무슨 색일까? 성격은 어떨까? 첫 걸음마는 언제 뗄까? 첫 마디는 무엇일까? 어떤 재능이 있고, 무엇에 흥미를 보일까? 커서 무엇이 될까? 예비 부모들은 이런 질문을 던지며 행복을 만끽한다. 하지만 불행하게도 나의 행복은 자라나지 못하게 된 그 아이 윌리엄 때문에 언제나, 또 영원히 일그러지게 되리라.

"엄마! 두스!"

아기가 놀이장 안에서 소리쳤다.

아까만 해도 아기가 기분 좋게 빨던 빨대 달린 사과 주스통이 이제 보니 1.5미터는 떨어진 땅에 놓여 있었다. 피터는 우리 딸의 팔 힘이 아주 강하니 나중에 메이저리그 투수가 될 거라고 농담을 했다. 난 아기가 크고 힘세게 자라서 언니로부터 자기 몸을 방어할 수 있을 정도만 되면 기쁠 것 같다.

"아기한테 좀 가 줄래?"

나는 땔나무 한 토막을 뒤집어서 그 위에 앉은 뒤 숨을 돌렸다. 이번 임신은 벌써 몸이 힘들었다. 이 아이를 네 달이나 더 품고 있어야 하다니 믿을 수가 없다.

피터는 딸아이를 놀이장에서 들어 올려 목마를 태우고 마당을 뛰어다녔다. 아이는 새된 소리를 지르며 웃었다. 사람들은 두 살 된 아기 키우기가 얼마나 어려운지 말하곤 하지만, 23개월인 우리 딸은 그야말로 천사다. 물론 그 생각을 하자마자 또 다른 생각이 불쑥 끼어들었지만, 나는 떠오른 생각을 이내 잘라 버렸다. 나는 딸들을 동등하게 사랑할 것이다. 한 아이는 사랑하기 쉽고, 다른 아이는 그러기 어려운 게 사실이라 하더라도.

총성이 허공을 갈랐다. 다시금 총성이 이어졌다. 몸이 움츠러든다. 어디서 총소리가 났는지, 누가 총을 쐈는지, 왜 쐈는지 알지만, 아무리 해도 저 소리에 익숙해지지는 못할 것이다. 피터는 달리던 걸음을 멈추고 그쪽을 간절한 눈초리로 바라보았다. 물론 피터는 나랑 장작을 패고 쌓는 것보다 내 동생과 그 애 남자친구 맥스와 함께 사격을 하고 싶겠지. 피터는 이미 여러 번 사격장에 갔고, 맥스의 말에 따르면 상당한 명사수라고 한다. 그들은 나에게도 같이 가자고 권했지만 난 거절했다. 이제껏 살면서 총을 만져 본 적은 단 한 번도 없었고, 앞으로도 그럴 예정이었다. 만약 나에게 결정권이 있었다면, 우리는 두 사람이 이 땅에 사격장을 설치하도록 허락하지도 않았을 것이다. 하지만 샬럿은 피터의 할아버지에게 직접 요청해서 이 일에 종지부를 찍어 버렸다. 우리가 이미 사격장 설치를 거절했는데도 말이다. 할아버지는 당연히 승낙했다. 그분은 내가 총기를 싫어하는 것만큼이나 총기를 사랑하는 분이니까.

그렇지만 나는 절대로 지켜야 하고 변경할 수 없는 규칙을 두 가지 정했다. 첫째, 어떤 총도 이 영역 내에 두어서는 안 된다. 총을 쏘고 싶다면 맥스는 자신과 샬럿의 라이플을 이곳에 가져와도 되지만, 사격이 끝나면 다시 집에 가지고 가야 한다. 둘째, 어떠한 경우라도 우리 딸들을 절대로 사격장에 데려가서는 안 된다. 샬럿과 맥스가 내 규칙을 바보 같다고 생각하든, 너무 불편하다고 여기든 나는 아랑곳하지 않았다. 이 모든 사항은 내가 보기에 아주 많이 양보한 것이었다. 샬럿이 우리 애들을 봐주는 것 외에도 본인 인생에서 누군가를 만나야 하고 달리 할 일이 있어야 한다는 점을 난 이해했다. 그리고 맥스가 사격장을 만들자고 제안하자 샬럿이 그걸 어째서 실현시켰는지도 이해했다. 하지만 나는 맥스가 마음에 들지 않았다. 그가 내 동생에게 주는 영향 때문만은 아니었다. 그가 내 딸들 주변에 있는 게 마음이 놓이지 않아서였다. 맥스는 너무 유들유들하고, 너무 자신감에 넘쳤고, 자신의 잘생긴 외모를 너무 자랑스러워하고, 다이애나와 신체 접촉이 너무 심했다. 그 아이를 무릎에 앉히고 아이가 자기 수염을 땋게 하거나 수염을 빗질하게 두다니. 샬럿이 너무나 빨리 맥스에게 빠져드는 것도 걱정스러웠다. 물론 파트너 없이 혼자 지내도 잘사는 여자가 있는 반면, 누군가와 함께 지내야 하는 여자도 있다는 건 안다. 하지만 누군가가 필요하다고 해서 처음 본 남자에게 무조건 관심을 보여야 한다는 법이 어디 있는가. 우리가 맥스를 아르바이트 일꾼으로 고용한 이유는 다이애나가 계단에 놓고 간 책 때문에 피터가 미끄러져 허리를 다쳤기 때문이었다. 물론 우리가 가족 아닌 남을 들이기 시작하자, 샬럿은 마음먹고 맥스를 차고 위에 있는 빈 주거 공간으로 이사 오게 해달라고 우리를 설득하려 들었다. 맥스가 집세를 못 내서 힘들다는 이유였다. 하지만 우리는 반대했다. 그리고 피터의 할아버지에게 우리가 기습적으로 샬럿에게 허를 찔려서 얼마나 당황했는지 분명히 알려 주었다. 만약 이 집을 샬럿 맘대로 할 수 있었다면, 분명히 우리는 지금 모르는 사람들과 잔뜩 모여 살고 있었을 것이다.

"무슨 냄새 나지 않아?"

나는 남편에게 물었다. 마른 잎사귀와 갓 썰어 낸 톱밥과 전기톱에서 풍기는 냄새 말고도 무언가 기분 나쁘게 눅눅하고 흉악한 악취가 났다.

"헛간에서 나는 냄새 같은데. 저 안에 뭔가 죽은 게 있는 것 같아."

"오래된 헛간이니까 뭔가 들어가서 죽었겠지."

"진짜로 악취가 난다니까. 가서 확인해 볼래?"

피터는 내게 아기를 건네주고 별장을 마주 본 헛간 옆으로 냄새의 자취를 따라갔다. 두어 개 널빤지가 빠진 부분이 있어서 남편이 수리해야겠다고 생각했던 곳이었다. 분명히 동물이 안으로 기어 들어갔다가 다시 빠져나오지 못했을 것이다. 고슴도치나 너구리겠지.

잠시 후 피터가 돌아왔다.

"와서 좀 봐."

"뭘?"

"일단 와 봐."

나는 아기를 놀이장에 다시 넣었다. 그동안 피터는 헛간 앞에 난 미닫이문을 열었다. 내가 뒤쪽의 빠진 널빤지 구멍으로 안에 들어갈 수는 없었으니까. 헛간 안에 들어가자 코를 찌르는 냄새에 쓰러질 뻔했다. 토기가 치밀어 올랐지만 애써 참았다. 임신했기 때문이 아니었다. 나는 코를 힘주어 막고 피터를 따라 곰팡이 핀 건초더미와 녹슨 농기구 사이를 지나 오래된 마구간 부분으로 갔다. 그는 빗장을 열고 옆으로 비켜섰다.

처음에는 눈앞에 펼쳐진 광경을 이해할 수가 없었다. 과학자가 아닌 사람이라면 분명히 이건 연쇄살인범의 집이라는 결론을 내렸을 것이다. 온갖 동물들이 다양한 단계로 부패한 채 내장을 다 드러낸 모습으로 널브러져 있었다. 그중 몇몇 동물은 알아볼 수 있었다. 들쥐와 줄무늬 다람쥐, 아기 토끼였다. 다른 동물은 알아볼 수 없을 정도로 부패한 상태였다.

"세상에. 이게 다 뭐야? 왜 이랬대?"

우리는 둘 다 이게 다이애나의 솜씨라는 걸 알았다.

"그것보다 더 중요한 게 있어. 어떻게 우리도 모르게 이런 짓을 한 거지?"

그게 더욱 걸맞은 질문이었다. 만약 누가 우리에게 물었다면, 다이애나 혼자 이 엄청난 시체들을 모을 만한 시간이 있었느냐고 질문한다면 나는 절대로 아니라고 대답했을 것이다. 다이애나는 지속적인 감시를 받고 있었다. 피터가 현장 조사를 나갈 때 따라가거나, 나와 함께 관찰 블라인드에서 놀지 않으면 샬럿 이모와 함께 있었기 때문이다. 그렇다면 분명히 샬럿이 우리를 엄청나게 배신한 것이다.

"우리가 도시에 살았다면 어떡할 뻔했어. 다이애나가 이런 짓을 했을 때 누가 발견했다고 생각해 봐. 어떤 일이 벌어질지 상상이 돼?"

나는 몸을 부르르 떨었다.

"복지 시설에서 개입했을 거야. 우리는 다이애나를 빼앗겼을 수도 있어. 아이가 위탁가정에 보내지거나 어쩌면 소년원에 갈 수도 있었을 거라고. 세상에."

하마터면 딸을 잃을 뻔했다는 생각만 해도 구역질이 났다. 다이애나가 이 동물들을 잘라 본 건 그 안이 어떻게 생겼는지 보고 싶었을 뿐이라는 점을 난 이해한다. 그저 호기심에서 그랬을 뿐 악의가 있어서 그런 건 아니었다는 걸, 그 애가 처음으로 동물 인형의 배를 갈랐던 그 겨울날과 다를 것이 없다는 걸 안다. 합법적인 과학 조사와 이것을, 이걸 뭐라고 불러야 할지는 모르겠지만 여하튼 이 행동의 차이가 무엇인지 아이가 이해하지 못하는 건 잘못이 아니다.

속이 뒤틀렸다.

"여기서 나가야겠어."

나는 신물이 솟아오르는 목을 꽉 잡았다. 그리고 급히 밖으로 나가서 무릎을 손으로 잡았다.

피터가 날 따라 나왔다.

"괜찮아?"

나는 심호흡을 하고 옷소매로 입을 닦았다.

"옷이랑 머리카락에서 냄새가 빠지면 괜찮아질 거야. 다이애나는 이 냄새를 어떻게 견뎠지?"

피터는 어깨를 으쓱였다.

"이제 저걸 어떻게 처리하지?"

솔직히 적절한 대응법이 무엇인지 생각나지 않았다. 메리트 박사의 상담실에서 기다리는 동안 사이코패스에 대한 내용을 읽으며 배운 것 중 하나는, 사이코패스에게 일반적인 보상과 처벌의 규칙은 통하지 않는다는 점이었다. 메리트 박사의 설명에 따르면 다이애나는 감정적으로 중립적 행동을 보인다고 했다. 일반적인 사람들의 행동을 이끌고 온건하게 만드는 감정의 범위를 아예 느끼지 못한다는 말이다. 처벌을 한답시고 다이애나한테서 무언가를 빼앗는 것은 아무런 효과가 없다. 왜냐하면 그 아이는 그 무엇에도 마음을 쓰지 않기 때문에 그걸 잃어버려도 개의치 않고, 따라서 자신의 행동을 바꿀 이유가 없기 때문이다. 사이코패스들은 다른 사람이 뭘 하는지, 뭘 갖고 있는지 신경 쓰지 않기 때문에 원한도 느끼지 않는다. 그들에게 실패란 별 문제가 아니기 때문에 자신을 결코 의심하지 않는다. 사이코패스의 관점으로 보면 세상은 흑백이라서, 다이애나는 자신이 하기로 마음먹은 일을 해 내거나 해 내지 못하는 것 두 가지밖에 없다. 만약 바라는 대로 되지 않는다면 다른 식으로 또 시도해 보겠지만, 결국 자신의 목표가 달성할 수 없다는 것이 명백해지면 그냥 내버려 두고 다른 길로 나아가는 것이다. 다이애나를 지도하려고 우리가 해 왔던 모든 시도가 실패한 것도 놀랄 일이 아니었다.

피터가 말했다.

"내 생각에는 말이야. 다이애나를 벌주는 대신에 그 애가 해부학에 흥미를 가지고 있는 것 같으니까 좀 더 생산적인 방향으로 이끌어 주는 게 어떨까?"

"그럼 정육점 주인으로 키우라는 말이야? 그럴 생각이라면 이미 알아서 잘하고 있는 것 같네. 아니면 무슨 장의사로 키울 수 있을 거라 생각하는 거야?"

"내가 보기엔 박제하는 법을 가르치면 어떨까 싶은데."

"박제라니. 농담이지?"

열한 살짜리 사이코패스 딸에게 칼을 쥐어 주고 동물의 가죽을 벗겨서 속을 채우는 기술을 가르치려 하다니. 그 생각이 어찌나 그릇되었는지 머릿속에서 경고음이 마구 울리는 것 같아서, 어디서부터 반박해야 할지 알 수 없었다.

피터는 진정하라는 듯 손을 들었다.

"내 말 좀 들어 봐. 당신이 별장에 있는 박제를 싫어한다는 거 알아. 나도 좋아하지 않으니까. 하지만 박제술을 가르친다면, 다이애나는 동물의 안에 무엇이 들어 있는지 볼 기회를 가지는 거야. 미친 과학자 같은 인상을 풍기지도 않을 수 있고. 헛간에 다이애나를 위한 작업장을 만들어 줄 수 있을 거야. 냄새가 풍길 테니 우리 연구실에서 떨어진 곳에 만들어야겠지. 분명히 여기 와서 아이에게 박제술을 가르칠 사람을 찾아낼 수 있을 거야."

나는 고개를 저었다.

"다이애나의 나쁜 행동을 정당화시키는 게 아이에게 얼마나 큰 도움이 될지 모르겠어. 내가 보기에는 그러면 오히려 아이 행동을 묵인해 주는 꼴이 될 거야."

"그럼 더 좋은 생각이 있어?"

나는 다시 고개를 저었다. 더 좋은 생각은 없었다.

"그냥 생각해 봐. 당장 결정 내리지 않아도 되니까."

당장 결정하지 않는 건 좋았다. 다이애나가 한 짓보다 피터의 해결책이란 게 훨씬 더 싫었으니까. 나는 놀이장으로 가서 아기의 빨대 컵을 다시 채워 준 다음 남편을 따라 장작더미로 가서 그가 가지런히 쌓아 둔 장작더미에 쓸데없이 힘주어 장작을 던졌다. 박제술이라니. 그 말을 생각만 해도 견딜 수가 없었다. 별장에서야 어쩔 수 없이 박제를 두고 살고 있기는 하다. 정말 혐오스럽지만 다른 공간과 시간에서 비롯된 유물이라고 애써 스스로를 설득하면서 말이다. 하지만 내 딸 손으로 그런 물건을 더 만들게 한다는 건 이야기가 아예 다르다.

장작을 한 조각 더 던졌다. 장작은 만족스럽게 쾅 소리를 내며 헛간에서 되튀었다. 저 헛간 안쪽에서 일어난 대학살에 대해 생각해 보았다. 다이애나는 분명히 헛간 안에서 덫을 찾아 설치했겠지. 그 모습을 그려 보았다. 운 나쁜 동물들은 그 아이의 미끼를 물어 버렸고, 이제껏 우리 땅을 안식처로 여기고 살던 동물들에게 이곳은 순식간에 공포의 땅으로 변해 버렸을 것이다. 다이애나가 덫을 들고 비밀 공작소로 돌아와 잡힌 동물을 두 손으로 죽이는 모습을 상상했다. 자신이 무엇인가의 목숨을 빼앗는다는 사실을 조금도 아랑곳하지 않고 그 몸을 가르는 광경을 말이다. 아이가 이런 일을 계속해 왔다는 생각도 했다. 만약 다이애나가 모아 놓은 동물의 시체를 발견하지 못했더라면 다이애나는 더 큰 동물들을 죽이기 시작했을까? 메리트 박사의 상담실에 있던 잡지에서 읽었던 어느 소년의 이야기처럼, 다이애나는 죽이기 전에 먼저 동물들을 고문하기 시작할까? 고양이가 어떻게 반응하는지 보고 싶어서 가족이 키우는 반려 고양이의 꼬리를 몇 주에 걸쳐 칼로 조금씩 잘라 냈다는 그 아이처럼?

어쩌면 피터의 말이 맞을지도 모른다. 박제술을 가르치는 게 다이애나의 성향을 올바르게 이끌 수 있는 최선의 방법일지도 모른다. 적어도 동물의 몸을 갈기갈기 찢어 놓는 대신 제대로 꿰매 놓기는 할 테니까.

그러다 슬픈 사실을 마주했다. 다이애나가 벌인 자그마한 대학살에 우리가 어떻게 대처하든 그건 별로 중요하지 않을 것이라는 사실을. 왜냐하면 우리 딸은 고칠 수가 없으니까. 다이애나는 태어날 때부터 사이코패스였다. 우리는 아이의 부모로서 다이애나가 아주 어긋나 버리지 않도록 지도해야 하지만, 결국 그 아이가 하는 행동은 우리의 통제 밖에 있다. 피터의 해결책은 효과가 있을 수도 있지만, 없을 수도 있다. 어찌 되었든, 나는 우리가 모두 재앙을 향해 돌진하고 있다는 느낌을 막을 수가 없다. 그리고 그 재앙으로 치닫는 기차를 운전하는 건 다름 아닌 나의 딸 다이애나다.

14

현재
레이첼

나는 갇혔다. 침대 있는 베란다에서 얼마나 오랫동안 있어야 하는
지 아무도 모른다. 다이애나와 샬럿 이모는 아래층 주방에서 아침 식
사를 하는 중이다. 위층 바닥은 삐걱거리기 때문에 내가 움직이기라
도 한다면 소리가 들릴 것이다. 그래서 복도를 몰래 지나 큰까마귀와
이야기하러 갈 수도 없었다. 춥고 배고픈 데다 소변마저 보고 싶었다.
튀긴 베이컨 냄새가 계단을 타고 위로 올라왔다. 그 냄새는 만화 속에
나오는 연기 자국처럼 내 코를 간지럽히고 군침이 돌게 만들고 배를
꼬르륵 울렸다. 나는 여섯 살 이후로 고기를 먹지 않는데도 말이다.
게다가 정말로 담배를 피우고 싶었다.

화도 났다. 이모와 언니에게 화를 낼 이유는 참 많지만, 정작 그 둘
에게는 화가 많이 나지 않았다. 내가 화난 건 바로 나 때문이다. 물론
당분간 숨어 지내기로 결정한 건 나였다. 그럼에도 무슨 이유에서인

지 언니는 내가 여기 있다는 걸 모르는 상황에서도 나를 또다시 배후에서 조종하고 있었다. 집에 온 지 24시간도 지나지 않았는데, 나는 그 옛날 우리 관계의 패턴으로 빠져들어 버렸다. 다이애나는 언제나 우리 가족을 지배했다. 언니가 바라고 원하는 건 언제나 나의 욕구보다 우선이었다. 한때는 그게 정상이라고 생각했다. 나는 둘째니까 언니 다음인 건 당연하다고 말이다. 그러다 나의 심리치료사 중 한 명이 지적했다. 언니가 하라고 시키면 그게 제아무리 위태롭고 너무나 위험한 것이라도 무조건 하려 드는 나의 태도는 부모님의 관심을 나눠 받으려는 시도라고 말이다. 그때까지 나는 스스로를 보호하기 위해서 그랬다고 대답했다.

그래서 나는 지금 여기 앉아 있다. 침대가 있는 베란다에 갇혀 있어서 유일하게 좋은 점은 여기서 두 사람의 작업실이 있는 헛간이 훤히 보인다는 것이었다. 만약 어떤 이유로 두 사람이 오늘 일하러 가지 않는다면, 이 집에서 몰래 머무르려는 나의 계획은 시작도 전에 끝나 버릴 예정이었다. 지금 내 방광이 오줌을 참아 내지 못하고 배신할 게 분명해지고 있기 때문이다. 주방에서 물 흐르는 소리가 난다 해도 오줌 소리가 가려지지는 않는다.

그동안 시간은 재깍재깍 흘러갔다. 이제 남은 질문은, 과연 다이애나나 샬럿 이모가 나의 존재를 알아채기 전에 내가 필요한 일들을 전부 완수할 수 있느냐는 것이다. 어젯밤 나는 하마터면 옆길로 빠질 뻔했다. 아직도 언니가 나를 처리하고 내 재정 권한을 뺏으려는 계획을 꾸민다는 증거를 간절히 찾고 싶은 마음이다. 하지만 나는 원래의 계획을 희생시키면서 이 새로운 계획을 추구할 수는 없었다. 모든 것은 내가 정말로 어머니를 죽였느냐에 달려 있었다. 만약 내가 언제나 믿어 왔던 것처럼 끔찍한 일을 저지른 게 맞다면, 다이애나는 내가 가진 모든 걸 다 가질 수 있고, 말 그대로 나를 가둔 다음 열쇠를 버린다 해도 나는 상관하지 않을 것이었다. 하지만 내가 어머니를 죽인 게 아니라는 걸 증명할 수 있다면, 지금 내가 합리적으로 의심하고 있는 그 결과가 분명히 바라고 있는 대로 나온다면 나는 온 힘을 다해 언니를 저지할 것이다. 이 첫 번째 문제를 빨리 해결할수록 두 번째 문제로 빨리 넘어갈 수 있다.

드디어 주방문이 쾅 닫혔다. 잠시 후 샬럿 이모와 다이애나가 별장과 헛간 사이에 놓인 얼어붙은 자갈길을 지나갔다. 샬럿 이모의 백금발은 상상했던 대로 하얗게 세어 있었다. 반면 이모와 똑같은 색이었던 언니의 금발은 스포츠형으로 짧게 자른 채였다. 두 사람 모두 청바지에 플란넬 셔츠 차림이었다. 헛간까지 길이 멀지 않았기 때문에 재킷은 입지 않았고, 코트나 모자, 장갑도 금방 벗어야 하니까 굳이 걸치지 않았다. 무슨 이야기가 그리 재미있는지 모르겠지만 샬럿 이모가 갑자기 고개를 젖히며 웃었다. 그러자 익숙한 고통이 밀려왔다. 어머니는 내게 말하곤 했다. 언니의 상황이 좋지 않기 때문에 언니는 친구를 사귀는 게 힘들다고. 그러니 언니랑 샬럿 이모가 아주 친하게 지내는 걸 내가 기뻐해야 한다고 말이다. 하지만 내가 그 오랜 세월을 홀로 보내는 동안 두 사람은 오래오래 행복하게 살았다고 생각하니 가슴이 아팠다.

헛간 문이 닫히자마자 나는 제일 가까운 화장실에 들어갔다 나왔다. 그리고 어릴 적 내 방으로 가서 창문을 열었다.

"안녕! 너희 거기 있니?"

대답은 없었다.

나는 창문을 더 크게 열고 고개를 내밀었다.

"안녕? 집에 아무도 없어?"

멍청한 물음이었다. 큰까마귀에게 집이라는 개념이 있기는 할까? 하지만 달리 무슨 말로 새들의 관심을 끌어야 할지 알 수가 없었다.

여전히 대답은 없었다.

나는 실망감을 떨쳐 내며 창문을 닫았다. 큰까마귀들은 돌아올 것이다. 매년 이맘때면 새들은 본능에 따라 둥지를 마련하고 새끼 낳을 준비를 하니까. 그동안 나는 내 본능을 따라야 한다.

나는 아래층 주방으로 내려가 나무 스토브의 석탄을 휘저은 다음 삼나무 몇 조각을 넣어 빠른 속도로 불을 세게 지폈다. 그리고 얼어붙은 손가락의 느낌이 돌아올 때까지 스토브 위에 최대한 손을 가까이 댔다. 다이애나와 샬럿 이모가 아침을 만들 때 쓰던 주물 프라이팬은 스토브 뒤에서 식어 가고 있었다. 바닥에 붙은 베이컨의 기름기가 회색 진흙 같아 보였지만, 나는 너무 춥고 배고팠기 때문에 뜨거운 음식이라면 뭐든 먹고 싶었다. 나는 불판 위에 프라이팬을 올리고 냉장고를 열어 베이컨과 달걀을 찾아보았다. 샬럿 이모와 다이애나가 만든 아침 식사와 똑같은 걸 만들어 먹는다면 뜨거운 불로 요리해 먹은 걸 들키지 않을 거라 생각했다. 이제껏 한 번도 요리해 본 적은 없지만, 어려워 봤자 얼마나 어렵겠어?

요리는 전혀 어렵지 않았다. 물론 바닥이 까맣게 탄 달걀 프라이와 반만 익은 베이컨을 먹어야 했지만, 난 그런 걸 먹어도 상관없으니 됐다. 커피포트 바닥에 남은 미지근한 커피 한 잔을 마신 다음, 헛간을 계속 지켜보기 위해 예전에 내 자리였던 식탁 의자에 앉았다. 다이애나나 샬럿이 예상보다 일찍 돌아온다면, 모든 걸 제자리에 돌려놓고 위층으로 뛰어 올라갈 시간까진 없겠지만 그래도 최대한 피해야 한다는 신호라도 받을 수 있을 테니까. 이곳에 돌아온 기분이 얼마나 이상한지 표현할 엄두도 나지 않았다. 자라면서 참 많은 시간을 이 주방에서 보냈다. 식사할 때만이 아니었다. 관찰 블라인드에 나가기에는 날이 너무 춥거나 비가 올 때면, 나는 이 식탁에 앉아서 숙제를 했고 다이애나는 반대편 자리에 앉아 있었다. 가끔 기분이 좋으면 다이애나는 숙제로 힘들어하는 나를 보고는 어머니의 시선을 피해 입 모양으로 답을 알려 주었다. 하지만 그렇게 도와줄 때보다 어머니가 안 볼 때 내 연필을 숨기거나, 물을 마시러 가는 길에 내 뒤를 지나면서 목을 꼬집거나, 식탁 아래로 내 발을 차서 정강이에 멍을 낼 때가 더 많았다. 한 번은 내가 다해 놓은 숙제를 어머니가 보기 전에 뺏어다가 스토브에 태워 버리기도 했다. 나는 그 에세이를 정말 열심히 썼기 때문에 일러바칠 거라고 이야기하자, 다이애나는 뭐가 나에게 좋을지 안다면 그러지 말라고 말하면서 내 목을 꽉 쥐었다. 언니가 붙잡은 목덜미는 오래 쥐고 있으면 숨을 못 쉬어 기절할 지점이었고, 나는 언니의 말이 단순한 장난이 아니라는 걸 알았기 때문에 이르지 않았다. 그후, 지배적인 성향이 있는 형제자매와 함께 자란 사람들은 매사 불안하고 안정감을 느끼지 못하는 경향이 있다는 걸 알게 되었다. 그러니 내가 이만큼 잘 자란 건 놀라운 일이다.

달걀을 포크로 떠서 한입 가득 물고 혀로 떠밀었다. 지금 내가 삼키는 어린 병아리를 애써 생각하지 않으려 했다. 베이컨을 씹으면서도 돼지 생각을 하지 않았다. 접시를 씻고 모든 걸 제자리로 돌려놓았을 때, 뱃속은 아주 살짝 메스꺼웠을 뿐이고, 지금 내 뱃속에 무엇이 들었는지 생각해도 마음 역시 살짝 울렁거렸을 뿐이다. 큰까마귀가 돌아왔는지 확인하려고 다시 위층에 올라갔다. 하지만 여전히 돌아온 기미는 보이지 않아서 창문을 살짝 열고 재빨리 담배를 피워 입속에 남은 기름 맛을 없앴다. 그리고 꽁초를 던지고는 창문을 닫고 옷장으로 다가갔다.

아동용 옷과 신발을 옆으로 치우고 헐거워진 판자를 뜯어내자 가려져 있던 나의 비밀 공간이 나왔다. 안으로 손을 뻗자 손가락에 나무와 금속이 느껴졌다. 손끝이 짜릿했다. 그 순간 나는 과거로 확 빨려 들어갔다. 비밀 장소에서 나의 라이플을 꺼내 환한 빛에 비추어 보았다. 나의 레밍턴이 아직도 여기 있다니, 나의 결백을 격렬하게 지지할 만한 증거다. 윈체스터 매그넘에 맞아 부모님이 사망했다는 경찰의 결론이 어딘가 잘못되었다 치자. 그렇더라도 내가 실수로 어머니를 죽이고 아버지가 같은 라이플을 써서 자살한 다음, 내가 이 총을 다시 들고 위층으로 달려와 비밀 장소에 숨기고서 도망쳤을 만큼 마음의 여유가 있었다고는 상상하기 힘들다.

라이플을 무릎 위에 둔 자세로 침대에 앉았다. 개머리판은 세월이 흘러 매끈해졌고, 총구에는 기억했던 것보다 흠이 많았지만, 맥스가 나에게 이 레밍턴을 사 주었을 때 이 총은 이미 중고였다. 이걸 처음 쏴 보았을 때가 다시 떠올랐다. 기대감에 온 신경이 따끔거렸고, 사탕처럼 달콤한 금단의 맛이 입속에 맴돌았었지. 내가 누군가를 죽일 수 있는 도구를 쥐고 있다는 생각에 힘이 났었다. 이 라이플을 휙 돌려서 언니를 겨눌 수도 있다고, 언니가 이게 무슨 일인지 깨닫기도 전에 쏴 버릴 수 있다고, 나한테 저지른 비열한 짓들에 대한 보복으로 언니를 죽일 수 있다고 생각했던 것도 기억난다. 그러자 곧바로 부끄러움이 밀려들었다. 물론 응당 느껴야 할 만큼 부끄러운 건 아니었지만. 그 후로 다이애나가 섬뜩한 말이나 행동을 할 때면 나는 방으로 올라와 서 문을 닫고 라이플을 꺼내 쥐어 보곤 했다. 언니나 다른 생명체를 쏠 마음은 아니었어도, 쏘고 싶다면 쏠 수 있다는 생각에 위안이 되었 다. 돌이켜보면 그날은 무언가 거칠고 위험한 것이 내 속을 휘젓고 있 었다는 생각이 든다.

맥스가 가르쳐 준 방식대로 라이플이 장전되어 있지 않다는 걸 확 인한 나는 총을 가지고 총기실로 내려갔다. 아침의 빛이 든 방은 전혀 딴판으로 보였다. 손님을 반겨 주는 듯한 따스한 햇살이 스테인드글 라스 창문으로 비쳐 들어 다채로운 빛이 바닥과 총기실 진열장에 어 른어른 비추었다. 예전에는 이 방 한가운데 깔린 오리엔탈 러그에 앉 아서 창문에 묘사된 동화의 내용처럼 내가 왕의 신임을 받는 신하인 말하는 사자라고 상상했다. 말하는 사자는 그림 형제의 동화 〈열두 명의 사냥꾼 The Twelve Huntsmen〉에 나온다. 사람들의 말로는 우리 고 조할아버지의 전설적인 유머 감각을 이해하려면 그 동화를 알아야 한다고 했다. 옛날 내가 앉았던 곳에는 이제 다이애나의 새 박제 진열 장이 놓여 있다. 지금도 나는 이해할 수가 없다. 어째서 야생생물학자 였던 부모님이 언니에게 박제술을 가르쳤을까? 내가 보기에 박제란 흠 없이 좋은 동물을 쓰레기로 만드는 짓이나 다름없었다. 하지만 총기실이 예전대로 돌아온 것은 정말 좋았다. 증조할아버지가 보았다면 역시 기뻐하셨을 것이다.

나는 방을 등진 채로 다리를 쭉 펴고 열려 있는 커다란 아치형 문가에 자리 잡고 앉았다. 부모님이 돌아가셨던 장소에서 다시 그날을 떠올린다면 어떤 일이 벌어질까? 모르겠다. 뭔가 새로운 것을 보게 될까? 새로운 것을 본다면 내가 언제나 믿고 있었던 기억을 보강해 줄까? 아니면 그와 반대되는 무언가를 보게 될까? 곧 알게 될 거라고 생각하니 마음이 설렜다.

라이플을 들어 그레이트룸에 있는 박제를 겨누어 보았다. 눈을 감고 내가 열한 살이라고 상상해 본다. 나는 또래보다 컸지만 통통하기도 했다. 등 뒤로는 길게 땋은 갈색머리 두 갈래가 드리워진 아이였다. 청바지에 제일 좋아하는 빨간 체크무늬 셔츠 차림이었다. 수사 보고서에 따르면 내가 실종되었다가 발견되었을 때도 그 옷차림이었다. 얼룩말을 향해 총을 겨누고 방아쇠를 당기는 내 모습을 상상해 보았다. 이제는 얼룩말이 비명을 지르며 빙빙 맴돌다가 쓰러졌다. 부모님의 목소리가 베란다에서 들려오자 방아쇠를 당기는 내 모습을 상상할 차례였다. 문손잡이가 돌아갔다. 총기실의 어두운 한구석에 라이플을 숨기고 다른 일을 하는 척하기도 전에….

나를 본 어머니가 비명을 지른다.

"뭐 하는 거야? 총 내려놔!"

나는 시키는 대로 한다. 탕 소리가 난다. 어머니가 쓰러진다. 나는 쓰러진 어머니 앞에 서 있다. 어머니는 입을 벌린 채, 눈을 감고 있다.

"레이첼!"

아버지가 비명을 지른다. 아버지는 라이플을 집어 들고 충격과 공포가 어린 눈으로 나를 쳐다보더니 자신에게 라이플을 겨눈다. 탕 소리가 또 난다….

… 환상은 거기까지였다. 몸이 덜덜 떨렸다. 눈을 떴다. 손에 든 라이플을 내려다보았다. 오랜 친구가 날 배신한 느낌이 들었다. 부모님이 돌아가셨던 곳에서 옛 기억 속 장면을 떠올리면 무언가 새로운 것이 드러나리라고 굳게 확신했다. 하지만 오히려 이 환상은 예전보다 생생하지 않았다. 더 흐릿하고 창백하고 작을 뿐. 오래된 흑백 영화를 무음으로 보는 느낌이었다.

모든 게 밝혀질 거야. 큰까마귀가 약속했고, 난 그 말을 믿었다. 하지만 나는 아직도 그날에 대해 아무것도 기억하지 못했다. 아침 식사로 뭘 먹었는지, 어디로 갔는지 기억이 나질 않는다. 어머니와 함께 관찰 블라인드에 갔는지, 아니면 아버지를 따라 주변을 한 바퀴 돌았는지 알 수가 없다. 그날이 맑았는지 흐렸는지, 비나 눈이 왔는지, 아니면 오지 않았는지도 전혀 모른다. 그때는 11월 초여서 비나 눈 둘 중 하나가 내렸을 수도 있고, 심지어 둘 다 왔을 수도 있다. 하지만 나는 아무것도 모르는 상태다. 기억이 나지 않으니까.

위층으로 올라가서 라이플을 비밀 장소에 넣어 두고 큰까마귀의 둥지를 다시 확인했다. 물론 둥지는 여전히 빈 채였다. 그러자 우리가 나눈 대화가 혹시 그저 나의 상상이었던 건 아닌가 하는 의심이 들기 시작했다. 어쩌면 나는 알고 보면 새나 곤충과 이야기를 할 수 없는지도 모른다. 어쩌면 난 정말 미쳤을지도 모른다. 어쩌면 다이애나와 샬럿이 나를 집으로 데려오지 않은 까닭은 내가 정신병원에서 살아야 하는 사람이라는 걸 알고 있었기 때문은 아니었을까?

창가 자리에 앉아 담배를 한 개비 꺼낸 다음 숲을 응시했다. 나무는 내 기억보다 더 가까워서, 나뭇가지가 창문에 닿을 정도였다. 숲은 이 별장이 이곳에 어울리지 않는다는 걸 알고서 공포영화에서처럼 집을 통째로 삼켜 버리려는 것 같았다. 사람들은 숲을 어둡고 위험한 장소로 생각하는 경향이 있다. 거인과 괴물과 무시무시한 맹수들이 사는 곳이라고 여긴다. 동화와 전설을 보면 숲속에서는 나쁜 일이 생긴다. 백설공주는 숲에 버려진다. 헨젤과 그레텔은 숲에서 길을 잃는다. 빨간 망토는 숲에서 늑대를 만난다. 비슷한 이야기는 끝이 없다.

하지만 숲은 마법의 공간이기도 하다. 나이팅게일이 감미롭게 노래하고, 하룻밤 새에 유리성이 솟아오르며, 새들과 동물들이 말할 수 있고, 방랑자들과 여행자들이 피난처를 찾는 곳이다. 확실히 나는 이 숲에 있을 때 두려움을 느낀 적이 한 번도 없다. 숲은 나의 집이었으니까.

그러자 그 생각과 더불어 기억 한 자락이 돌아왔다. 바로 어제 일어난 것처럼 뚜렷하고 진실된 진짜 기억이었다. 부모님이 사망했던 날 나는 확실히 라이플을 쏘기는 했다. 그 점은 백 퍼센트 확신한다. 하지만 내가 총을 쏘았던 곳은 총기실이 아니었다.

나는 숲속에 있었다.

15

그때
제니

60센티미터 두께로 내린 눈. 화창한 하늘. 바람 한 점 불지 않는 공기. 영하 9도 언저리인 기온. 스노슈즈를 신고 서쪽 절벽으로 나서기에 완벽한 1월의 조건이다. 겨울은 우리가 절벽에 갈 수 있는 유일한 시기였다. 그곳과 별장 사이에 넓게 펼쳐진 늪지대는 1년 중 겨울이 아니면 너무 질척해서 지날 수가 없기 때문이다. 하이킹 길은 멀었다. 그곳은 우리 소유지 중에서 별장과 가장 멀리 떨어져 있는 곳이었고, 조건이 아무리 좋을 때라도 걸어서 한 시간이 훨씬 넘게 걸렸다. 하지만 소나무를 비롯한 나무의 가지마다 15센티미터씩 쌓여 있는 신선한 눈과 서리가 다이아몬드처럼 공기 중에 흩날리는 모습이나, 절벽 꼭대기에서 내려다보이는 얼어붙은 골짜기의 풍경은 고생해서 발품을 팔 만한 가치가 있었다. 피터와 나는 지난 2년간 겨울마다 이렇게 트레킹을 했다. 이제 열두 살이 된 다이애나가 나만큼 키가 컸으니 이

놀라운 경험을 딸아이와 함께하고 싶었다.

물론 다이애나는 이 생각에 인정사정 봐주지 않고 싫다고 저항했다. 내가 하고 싶은 걸 딸아이도 하고 싶어 할 때가 언제 오기나 할까. 하지만 이번만큼은 이겨 보겠다고 결심을 굳혔다. 지난가을 우리가 다이애나에게 박제를 할 수 있도록 작업장을 마련해 준 이후, 그 아이는 오로지 박제만 하고 싶어 했다. 외골수인 다이애나가 내가 봐줄 수 있는 범위를 넘어서서 이 새로운 일에 심하게 빠져들 거라는 현실을 엄마로서 예상했어야 했다. 우리는 아이에게 헛간에 있는 오래된 착유실을 주었다. 이 방은 그 옛날 설치류의 침입을 방지하기 위해 옆면과 바닥에 시멘트를 15센티미터 두께로 부어서 굳힌 곳이기 때문이다. 지금도 같은 용도로 쓸 수 있고, 창문이 없기 때문에 천장에 좋은 환기 장치를 설치해 놓기도 했다. 그래도 죽음과 화학약품의 냄새는 몇 시간이고, 또 며칠이고 남아 있으니 아이에게 좋을 리가 없었다. 결국 나는 다이애나가 우리와 함께 트레킹에 간다면 박제에 쓰는 칼 세트를 좋은 걸로 바꾸어 주겠다고 약속해야 했다. 뇌물을 주는 건 우리가 시도했던 행동 교정 방법 중 실제로 효과가 있는 것이었다. 물론 '사이코패스 아이 양육법'류의 책을 아무리 읽어 봤자 이런 방법은 찾아볼 수 없을 것이다. 이건 우리가 애써 알아낸 아주 특별한 지혜이기 때문이다.

"잘 가고 있어?"

빽빽이 자란 커다란 백송 사이를 뚫고 가는 도중, 피터가 뒤에서 우리를 불렀다. 피터와 나는 교대로 트레킹 길을 트고 있었고, 지금은 내가 앞장을 섰다. 길을 트는 일은 뒤에서 따라가는 것보다 훨씬 힘들다. 무릎을 아주 높이 들어서 스노슈즈로 깊게 쌓인 눈을 치워야 하기 때문이다. 안 그러면 발이 엉켜서 넘어지기 일쑤다. 하지만 나는 앞장 서는 게 좋았다. 그러면 사방에서 반짝반짝 빛나는 아무도 더럽히지 않은 순백의 눈을 볼 수 있기 때문이다. 그리고 내가 발 딛는 곳으로 다이애나와 피터가 따라오는 게 좋았다.

숲 이쪽 부분의 소나무는 아주 곧고 높게 자란 데다 균일한 간격을 유지하고 있어서 실제 존재하는 풍경이라기보다는 마치 누가 하늘에 그린 그림처럼 보였다. 빛 역시 인공적인 느낌이었다. 화창하지만 공기 중에 얼어붙은 수분이 너무 많아서 빛이 산란되었다. 우리 목소리 역시 먹먹하게 들려왔다. 숨을 쉴 때마다 폐가 싸늘해지는 느낌이란 후덥지근한 열대의 공기는 절대로 줄 수 없는 활력을 불어넣어 주었다. 여기처럼 최북단 지역에 와 본 적 없는 사람이라면 오늘 같은 날 밖에 나온 우리를 보고 미쳤다고 하겠지만, 그들은 겨울날의 하이킹 이 얼마나 활력 넘치는 일인지 절대 알 수 없을 것이다. 게다가 운동 량도 상당하다.

나는 뒤돌아 대답했다.

"난 괜찮아."

"정말이야?"

"그렇다니까."

같은 대답을 두 번이나 하게 되어 짜증이 일었지만 나는 애써 감추 며 대답했다. 피터가 걱정하는 건 진심이었지만, 쓸데없는 일이었다. 출산이 임박한 때가 아니라면, 임신부는 평소에 해 왔던 운동을 어떤 것이든 완벽하게 할 수 있다. 승마나 아이스스케이팅도, 곡예나 발레도 가능하다. 나는 이 숲을 2년이나 여기저기 걸어 다녔고, 몇 킬로미터 하이킹도 해 왔기 때문에 서쪽 절벽에 올라가는 건 일도 아니었다. 물론 배가 거대하게 나온 탓에 몸의 균형을 잡아야 하는 등 근육이 쑤셨고, 아기가 폐를 아래로부터 누르고 있어서 폐활량은 반으로 줄었다. 하지만 별장 안을 걸어 다녔다 해도 지금과 별다를 게 없었을 것이다.

다이애나가 말했다.

"배고파. 피곤해. 추워."

나는 피터에게 물었다.

"어떡할까? 잠깐 쉬었다 갈 수 있을까?"

몇 분 쉬면서 간식을 먹으면 다이애나의 세 가지 불평 중 두 개는 해결할 수 있다. 딸아이의 요청을 무시하는 건 절대로 가능한 선택지가 아니었다.

피터는 먼저 하늘을 본 다음 손목시계를 보았다.

"5분 쉬자. 더 쉬면 정말 추워질 거야."

남편은 아이에게 경고했다.

나는 가방을 내리고 물병과 샬럿이 만든 아주 맛있는 수제 그래놀라 바 세 개를 꺼냈다. 오래 쉴 수 없다고 했던 피터의 말은 옳았다. 긴팔 속옷과 보온재가 든 스노팬츠와 거위털 파카를 입고 장갑과 모자와 목도리를 착용하고 극지대 탐험가도 부러워할 만큼 거대한 방한 부츠를 신어 추운 날씨에 대비해 중무장을 했지만, 그래도 몸을 따뜻하게 하는 가장 좋은 방법은 계속 움직이는 것이다. 일단 산 정상에 올라가면 모닥불을 피우고 쉬면서 몸을 녹일 예정이었다. 피터는 장작과 불쏘시개, 신문과 성냥을 챙겨 왔고, 다이애나는 마시멜로와 핫도그와 빵을 가져왔다. 나는 집에서 만든 칠리를 커다란 보온병에 담아서 종이 그릇, 플라스틱 식기와 함께 챙겨 왔다. 보통 때였다면 이토록 깊은 숲속은 곰의 영역이기 때문에 하이킹을 하며 음식을 가져올 수는 없지만, 지금은 곰들이 다 동면중이라 별문제가 없었다. 때때로 늦겨울이나 이른 봄에 온도가 영상으로 올라가면 동면하던 곰이 저절로 일어나서 굴 밖으로 얼굴을 내밀 때도 있지만, 오늘은 그럴 일이 없을 것이다.

다이애나는 스노슈즈를 신은 채로 최대한 몸을 웅크리고는 새로 난 발자국을 가리켰다.

"이거 보브캣 발자국일까?"

"그럴지도."

나는 슬쩍 둘러댔다. 발자국 크기와 깊이로 보아, 이건 우리 땅에 사는 늑대 발자국일 확률이 높았다. 하지만 다이애나를 설득해서 오늘 하이킹에 데려오는 것도 충분히 힘들었다. 늑대가 나타났다는 핑계로 다이애나를 여기서 돌아가게 두고 싶지 않았다.

"보브캣 박제하고 싶어. 맥스가 덫으로 한 마리 잡아 줄 수도 있겠다."

"절대로 안 돼. 규칙 알면서."

다이애나는 자연적으로 죽은 동물들만 박제할 수 있다는 점을 아주 잘 알고 있다. 늙어서 죽거나, 포식자에게 죽거나, 차에 치인 동물, 이 세 부류가 가장 많이 해당되었다. 동물의 사체는 특히 봄과 가을에 동물들이 이동하는 도중 많이 발생한다. 달리 시체가 나오는 경우는 없다. 우리는 이런 지침을 스스로 만들었는데, 알고 보니 우리의 개념은 '윤리적 박제'라는 이름으로 이미 세상에 존재하고 있었다. 서점 주인에게 다이애나의 새로운 취미를 설명해 주며 혹시 박제에 대한 좋은 책이 있는지 묻자, 주인은 아주 멋진 사진집을 하나 보여 주었다. 그 책에는 세계적으로 유명한 네덜란드 박제사 두 명의 작품이 실려 있었다. 올드 마스터스old masters(16~18세기 유럽에서 일한 숙련된 화가 또는 그러한 예술가의 그림-옮긴이)의 명화에서 영감을 받아 환상적인 장면들을 배경으로 하여 제작한 이국적인 동물 박제들이었다. 타조와 시베리아 호랑이, 아나콘다와 원숭이, 앵무새를 비롯한 각종 새들과 파충류의 박제는 합법적인 사육사와 동물보호소, 동물원 등에서 자연사한 동물의 사체를 엄격한 과정을 통해 조달받아 만든 것이었다. 박제사들은 그 점을 증명할 서류도 갖추어 놓았다. 박제사들의 비범하고도 기묘하게 설득력 있는 예술성과 그들의 윤리적 접근법이 함께 작용한 결과, 어쩔 수 없이 나의 태도는 누그러지고 말았다. 그들은 박제술을 높은 예술의 경지로 끌어올렸고, 그 점은 전 세계의 미술관과 박물관에서 전시회를 연 것으로 증명되었다. 그들의 작품은 우리에게 앞으로 나아갈 길을 보여 주었다. 우리가 언제까지나 다이애나의 곁에 머물며 집을 마련해 주고 돌볼 수는 없을 것이다. 언젠가는 다이애나도 스스로 생계를 꾸려 나가야 한다. 나는 딸아이가 사무실에서 일하는 것은 물론이고 사람들과 정기적으로 교류해야 하는 직장 생활을 하는 모습을 상상할 수 없었다. 다만 별장에 살면서 혼자 사는 사람들이 할 만한 일로 먹고사는 모습은 그릴 수 있었다. 다이애나는 천성적으로 예술가였다. 딸아이의 강사는 아이에게 재능이 있다고 했다.

하지만 그건 모두 미래의 일이다. 지금 다이애나는 자기 뜻대로 안 되면 못 참는 열두 살짜리 여자아이이다. 아이는 고개를 치켜들고는 빙산이라도 녹일 듯한 눈빛으로 나를 쏘아보았다.

"샬럿 이모는 규칙이란 깨지려고 있는 거라고 말했어."

"샬럿 이모는 말이 많잖아. 그 말이 다 맞지는 않아."

피터가 말했다.

남편이 이렇게 말해 주어 고마웠다. 샬럿도 이래 준다면 얼마나 좋을까. 난 내 동생과 다이애나가 얼마나 친해졌는지는 신경 쓰지 않는다. 하지만 다이애나의 기를 살려 주려고 부모의 권위를 무시하고, 우리가 정한 지침과 규범을 따르지 않게 할 권리는 샬럿에게 없다. 규칙은 깨지라고 있는 거라니, 그게 무슨 소리인가.

다이애나는 우리가 연합 전선을 구축한 걸 보고 불쾌감을 드러냈지만, 어쨌든 물러서서 배낭에서 샬럿이 준 방수 카메라를 꺼내고는 쪼그려 앉아 사진을 찍었다.

"이거 늑대 발자국 같아. 찍어서 맥스 보여 줄 거야. 맥스는 발자국이 누구 건지 알 테니까."

맥스. 그는 우리의 또 다른 문제였다. 샬럿과 맥스. 맥스와 샬럿. 다이애나는 언제나 그 둘의 의견만이 중요한 것처럼 굴면서 두 사람의 말을 권위적으로 인용했다. 게다가 맥스는 사기꾼이고 거짓말쟁이였다. 맥스가 터무니없는 허풍을 떠는 걸 목격한 것만도 셀 수가 없었다. 그중에서도 제일 큰 허풍은 늑대를 만난 두 가지 이야기였다. 첫 번째 이야기는 자신과 친구가 사슴 사냥을 나갔다가 늑대 무리에 둘러싸였다는 것이었다. 둘은 늑대들에게 총을 쏘았지만 늑대들은 계속 다가왔다고 한다. 그래서 맥스와 친구는 각각 나무 위로 올라갔단다. 그런데 그만 친구가 미끄러져 떨어졌고, 맥스는 총이 나뭇가지 사이에 끼어 버렸기 때문에 친구가 갈기갈기 찢기는 광경을 지켜볼 수밖에 없었다는 것이다. 두 번째 이야기는 맥스가 1월에 사냥을 나갔다가 친구와 떨어졌는데, 날씨가 혹독하고 사냥감을 찾을 수 없는 상태였다고 한다. 그런데 친구가 그날 밤 돌아오지 않아서 다음 날 아침 찾으러 갔더니, 열세 마리의 늑대가 친구의 시체를 뼈가 드러나도록 뜯어먹고 있어서 자기가 목숨을 걸고 그 시체를 구해 왔다는 이야기였다.

두 이야기 모두 정도를 넘어서는 이야기라 나는 그게 사실인지 확인해 보았다. 그랬더니 두 이야기 모두 진짜였고, 둘 다 어퍼 반도에서 일어난 일이 맞았지만 백 년도 전에 일어난 이야기였다. 맥스가 하는 이야기는 누가 들어도 실제의 10분의 1 정도만 진짜라고 생각할 만했지만, 다이애나와 샬럿은 무슨 약이라도 먹은 것처럼 그 말을 다 믿었다.

다이애나가 야생생물학자인 부모보다 잡역부가 야생의 생태를 더 잘 알고 있다는 식으로 말하자 피터는 짜증이 난 것 같았다. 하지만 그걸 대놓고 드러내지는 않았다. 그저 손을 후후 불어 따뜻하게 한 다음 장갑을 꼈을 뿐이다.

"좋아. 이제 움직일 시간이야. 얼마 안 남았어. 바로 저 능선 꼭대기까지 가면 돼."

그는 900미터쯤 앞에 여기저기 바위가 보이는 비탈을 가리켰다. 경사는 처음에는 쉽게 오를 만큼 완만하지만 점차 가팔라져서 마지막에는 25도까지 이른다. 여기서 보면 도착하는 건 그다지 어려워 보이지 않지만, 예전 경험을 떠올려 보면 꼭대기에 오른 후 느끼는 성취감이 상당할 정도로 길은 험했다.

"저 위까지 올라간다고?"

다이애나는 예상대로 징징댔다.

피터는 쾌활하게 말했다.

"그래. 아니면 너는 이 아래에서 기다리고 있든지. 우리는 저 위에서 피크닉 하고 올 테니까."

아이가 화낼 시간을 주지 않고 내가 재빨리 말했다.

"아빠가 농담한 거야. 우리는 널 두고 가지 않을 거란다. 게다가 마시멜로는 너한테 있잖니."

나는 씩 웃었다. 물론 다이애나는 따라 웃지 않았다.

나는 빈 물병을 모은 다음 배낭을 다시 메고 앞장섰다.

"내가 앞장설 거야."

다이애나가 내 등 한복판에 손을 대고 확 밀었다. 세게 민 건 아니었다. 하지만 스노슈즈와 불룩 나온 배 때문에 도무지 균형을 잡을 수 없었던 탓에 앞으로 넘어져 팔과 무릎으로 착지했다.

"다이애나!"

피터가 아이를 꾸짖었다. 누가 도와주지 않는다면 나는 도저히 일어날 수 없었기 때문에 피터가 나에게 손을 내밀어 일으켰다.

"조심해. 너 때문에 엄마나 아기가 다칠 뻔했잖아. 미안하다고 해."

"괜찮아."

나는 재빨리 말했다. 마음의 가책을 느껴 본 적이 없는 사람에게 억지로 사과를 받아 내려는 게 무슨 의미가 있을까.

"다이애나가 먼저 가도 상관없어. 길을 트는 게 얼마나 힘든지 알게 되면 좋겠지. 계속 가자."

다애이나는 투지 있게 길을 헤치고 나갔다. 깊숙이 쌓인 눈을 뚫으며 여러 번 비틀대고 넘어지긴 했지만, 그때마다 다시 일어서서 계속 길을 갔다. 나는 어깨 너머로 피터를 슬쩍 돌아보며 함께 미소를 지었다. 다이애나에게도 좋은 점이 하나 있었다. 일단 뭘 하겠다고 마음먹으면 쉽사리 포기하지 않는다는 점이다.

"좋아. 여기에 스노슈즈를 벗어 두고 남은 길을 올라가자."

쌓인 눈인 사라지고 돌투성이 땅이 나타나자 피터가 소리쳤다.

스노슈즈를 벗으니 안심이 되었다. 예상했던 것보다 훨씬 더 숨이 찼다. 그만두고 싶은 마음은 전혀 없었지만, 그래도 피터가 잠깐 쉬자고 한다면 반대하지 않을 참이었다.

이제는 피터가 선두에 섰다. 나는 맨 뒤에 서서 다이애나가 우리 가운데에서 안전하게 길을 갈 수 있게 두었다. 벼랑 끝을 걷는 건 아니지만, 그래도 위험을 감수할 마음은 결코 없었다.

우리는 바위 사이를 조심스럽게 지나갔다. 우리의 절벽은 마켓 철원iron range의 일부로, 어퍼 반도 서반부에 있는 철광석이 풍부한 산맥의 일부다. 그래서 이 산의 바위는 황혼녘처럼 붉은색을 띤다. 어퍼 반도 끝에 있는 도시는 대부분 광산업을 토대로 생겨났다. 마켓, 아이언우드 Ironwood, 아이언리버 Iron River, 이시페밍 Ishpeming, 니고니 Negaunee 등이고, 마켓처럼 현재에도 광산업에 의존하는 도시도 몇 있다. 이 지역에는 구리와 금도 있는데, 버려진 광산이 어퍼 반도에만 수백 개는 흩어져 있다. 피터의 할아버지는 우리 땅에서 볼링공만 한 구리 덩어리를 찾은 적이 있다며 즐겨 자랑했지만, 난 지금껏 조약돌 크기보다 더 큰 구리를 발견한 적이 없다.

오르막은 점점 가팔라졌다. 정상에 다다를 즈음에는 너무 숨이 차서 허리를 구부려 무릎에 손을 얹고 숨을 돌리고 나서야 겨우 풍경을 봐야겠다는 생각이 들었다. 마침내 나는 허리를 곧게 펴고 얼어붙은 우리 골짜기를 바라보았다. 물론 아픈 등을 주무르려고 몰래 재킷 안에 손을 넣어야 했지만 괜찮았다. 그 경치는 언제나 내 기억 속에서 장엄하게 존재했고, 사방으로 멀리 뻗어 있는 상상 속 푸른 그늘 속에 자리 잡은 환상적인 동화 속 세계였다. 이 절벽 꼭대기에서만 우리 영역이 특이한 대접 모양이라는 걸 볼 수 있었다. 우리가 서 있는 절벽은 북쪽으로 굽이쳐 솟았고, 남쪽은 거인의 언월도偃月刀(옛날 무기의 하나로 칼날 끝이 넓고 뒤로 젖혀진 초승달 모양의 칼-옮긴이)처럼 생겼다. 그 사이의 틈을 피터의 조상들이 만들어 이곳 외딴 마법의 세계로 통할 수 있게 된 것이다.

큰까마귀가 커다란 적송 위에서 울었다. *까아아악. 까아아악. 까아아악, 까아아악.* 이 숲에 침입자들이 있다고 동료에게 알리는 경고였다. 신발과 목소리에서 나는 바스락거리는 소리로는 충분한 경고가 되지 못한다는 듯이 말이다. 나무들은 추위로 갈라지고, 한 줄기 휙 불어오는 바람 때문에 나뭇가지에서 눈이 소용돌이치며 우리 어깨 위로 떨어졌다. 그 모습이 마치 우리가 스노볼 속에 서 있는 것 같았다. 내가 연구하는 곰과 피터의 개구리를 비롯하여 이곳에 사는 숲속 생명은 저마다 알아서 계절의 변화에 대처하고 있다. 어떤 것들은 굴속이나 눈 덮인 땅의 우묵한 곳에서, 사슴 같은 동물들은 삼나무 늪지에 숨어서, 큰까마귀나 북방족제비는 딱딱하게 굳은 눈밭 위를 헤매며 뭐든 찾아 모으며 지낼 것이다. 모든 것이 생태학적으로 균형을 유지하고 완벽한 조화를 이루며 작동한다. 이곳에 살게 되어 참 운이 좋았다. 우리의 유산은 아주 풍부하다. 어딜 봐도 우리 집은 남다른 곳이다.

"풍경이 어떠니?"

나는 저 아래 펼쳐진 풍경을 가리키며 다이애나에게 물었다.

"좋아."

엄청난 칭찬은 아니었지만, 다이애나가 이렇게 말했다는 걸 생각하면 칭찬으로 받아들일 만했다.

피터는 절벽 끝에 있다가 조금 다가와 원형으로 눈밭을 밟아 모닥불 자리를 만들기 시작했다.

"도와줄래?"

피터는 신문을 구겨서 원뿔형 천막을 만들 듯 불쏘시개를 동그랗게 배열했다.

"이리 와. 불붙이게 해 줄게."

보통 이럴 때면 다이애나는 불장난을 할 기회를 놓치지 않기 위해 덥석 달려들었을 것이다. 그런데 다이애나는 불장난을 마다하고 절벽 끝으로 가까이 다가갔다. 나는 조금 놀랐다. 너무 가까이 간 게 아닌가 싶은 곳에 서서 아이는 골짜기 아래를 가리켰다.

"저게 뭐야?"

"너무 가까이 가지 마. 이리 와서 엄마랑 있어."

아이는 절벽 끝으로 두 발짝 더 다가가 눈 위에 손그늘을 만들었다. 그리고 아래를 가리켰다.

"저 아래, 뭐가 보여. 늑대인 것 같아."

"이리 와. 엄마가 확인해 볼게."

나는 아이에게 겁을 주지 않으면서 최대한 단호하게 말했다.

다이애나는 내 말에 따랐다. 내가 진지하다는 게 목소리에 배어났구나 싶었다. 나는 조심스럽게 벼랑으로 다가갔다. 걸음마다 무게를 싣기 전에 먼저 눈을 확인해 보았다. 어디서 절벽이 끝나는지 알 길이 없었기 때문이다. 작년에 피터와 내가 절벽 끝부분을 따라 탐험하려고 골짜기에 하이킹을 갔을 때, 산악 다큐멘터리나 영화에서 보았던 것처럼 절벽 끝부분의 커다란 눈덩이가 마치 지면인 것처럼 걸려 있었기 때문이다. 올해도 같은 일이 벌어지지 않을 거라는 보장은 없다.

최대한 절벽 끝에 가까이 다가간 나는 쌍안경을 들고 골짜기 쪽을 훑어보았다.

"알겠다! 무스야! 아니, 잠깐만. 두 마리가 있어. 어미랑 새끼야. 다이애나, 잘 찾아냈어. 피터, 이리 와. 이걸 봐야 해!"

어퍼 반도에 사는 무스는 무스를 잡아먹는 늑대만큼이나 희귀하다. 그나마 조금 남아 있는 소수의 무스 개체는 슈페리어 호수의 로열섬에 사는데, 그곳은 미시간주의 최북단에 있는 키위노 반도Keweenaw Peninsula의 코퍼 하버Copper Harbor라는 아주 작은 마을에서도 90킬로미터나 떨어져 있다. 가끔 로열섬에 사는 무스들은 호수가 얼면 섬을 벗어나 본토를 탐험하려는 마음이 간절해진다곤 하지만, 캐나다 해안 쪽이 여기보다 훨씬 가까워서 로열섬의 무스들이 그 먼 길을 거쳐 여기까지 이동했을 가능성은 거의 없다. 저 무스 어미와 새끼는 적은 수나마 의도적으로 야생으로 돌려 보내지고 있어 수가 늘어나는 본토 토착 무스가 분명했다. 우리 영토가 새끼를 키우는 무스의 보금자리가 되었다니 신나는 일이다.

다이애나는 내 목에 걸린 쌍안경을 잡아당겼다.

"나도 보고 싶어."

나는 고개를 돌려 다이애나를 마주 보았다. 언제 아이가 내 옆으로 왔는지 알아차리지도 못했다.

"앗, 하지 마. 조심해야지, 다이애나. 잠시만 기다려. 줄이 옷끈에 걸렸어."

나는 장갑을 벗고 무릎 사이에 쌍안경을 고정시킨 다음 줄을 풀기 시작했다. 다이애나는 다시 쌍안경을 잡아당겼다.

그러자 대체 이게 무슨 일인지, 일어나선 안 될 일이 벌어졌다. 나는 허공에서 맴돌고 있었다.

***

아프다.

날카롭고 감당할 수 없는 통증은 지속적이었다. 온몸이 아팠다. 머리, 목, 등, 팔, 다리까지. 온몸에 불이 붙은 것 같았다.

눈을 떴다. 하늘밖에 보이지 않았다.

고개를 옆으로 돌려 보았다. 바위. 눈. 나는 바위 더미 위에 등을 대고 누운 채였다. 왜 이렇게 되었을까.

"제니!"

피터가 어디인지 높은 곳에서 소리쳤다.

"엄마 죽었어?"

다이애나가 물었다.

"제니! 대답해!"

나는 옆으로 몸을 굴려 근처에 있던 바위를 팔로 감싸 몸을 일으켜 간신히 앉았다. 한 손으로 바위에 매달리고, 다른 한 손으로는 몸을 지탱했다. 눈이 너무 차가웠다. 알고 보니 손모아장갑이 없었다.

아니. 장갑은 내가 벗어 두었다. 내 점퍼 끈에 엉킨 쌍안경 끈을 풀려고. 그러다 추락했다.

추락하다니.

내가 누운 자리는 바위와 눈으로 덮여 있었다. 서쪽 절벽의 바닥으로 추락했으니까.

추락했는데, 살았다.

"나 괜찮아!"

이렇게 외쳤지만, 한쪽 다리는 분명히 부러졌다. 신발이 한쪽으로 너무 돌아간 채였기 때문에 알 수 있었다. 다른 쪽 다리는 괜찮은지 알 수 없었다.

"아, 다행이다! 다쳤어?"

"그런 것 같아. 응. 다리가 안 움직여."

"거기 가만히 있어! 움직이지 마. 내가 곧 내려갈게!"

나는 그만 웃을 뻔했다. 그럼 가만히 있지 또 무슨 수가 있단 말인가. 하지만 피터가 여기까지 내려온들 날 도와줄 수는 없다. 다이애나

194

를 저 꼭대기에 혼자 두고 올 수는 없으니까. 둘이 같이 내려온다 해도, 스노슈즈를 신은 채로 나를 별장까지 업고 3킬로미터를 이동할 수는 없을 것이다.

"집에 가! 가서 스노모빌 타고 와! 난 괜찮을 거야! 빨리 갔다 와!"

목소리에 힘과 자신감을 최대한 실었다. 피터가 나를 두고 가지 않기를 바랐다. 하지만 그는 나를 두고 가야 했다.

"알았어."

오랫동안 침묵한 끝에 피터가 말했다. 아마도 모든 선택지를 따져 본 후에 같은 결론을 내린 것이겠지.

"가만히 기다려. 다 괜찮을 거야. 최대한 빨리 돌아올게."

나는 바위를 잡았던 손을 놓고 눈 위에 누워 눈을 감았다. 온몸이 덜덜 떨렸다. 몸을 똑바로 세우려고 무리해서였을까. 큰 충격을 받아서일까. 아니면 추워서일까. 모르겠다. 방금 일어난 무지막지한 일을 머릿속으로 정리해 보기란 불가능했다. 나는 절벽에서 추락했다. 그리고 바위와 눈이 뒤섞인 바닥에 누워 있다. 난 다쳤다. 분명 심하게 다쳤으리라.

하지만 좋은 쪽으로 생각한다면, 나는 죽지 않았다. 나쁜 쪽으로 생각한다면, 언제라도 죽을 수 있다.

눈을 감고 피터와 다이애나가 여기까지 만든 길을 통해 별장으로 되돌아가는 모습을 그려 보았다. 피터는 스노슈즈를 신은 발로 최대한 빨리 달리고 있겠지. 다이애나는 아버지를 애써 따라잡으려 할 거고, 피터는 다이애나가 뒤처지는 것도 모르고 그저 최대한 빨리 별장으로 돌아가는 데만 신경 쓸 것이다. 남편이 옆 마당에 도착하자마자 스노슈즈를 벗어던지고 샬럿과 맥스에게 고함을 쳐서 다이애나를 돌봐 달라고 말하는 장면이 떠올랐다. 그러면서 별채에서 스노모빌을 꺼내 짐을 싣는 썰매를 그 뒤에 붙이고 있겠지. 스노모빌에 올라타서 굉음을 내며 이 날씨에도 불구하고 너무 빠른 속도로 달려서 두텁게 쌓인 눈밭을 달리느라 고군분투하면서, 도착할 즈음까지 내가 살아 있을까 전전긍긍하겠지.

그때까지 난 살아 있을 것이다. 난 죽을 수 없다. 피터를 위해서 이겨 내야 한다. 우리 딸들을 위해서. 이 아기를 위해서.

손으로 배를 이리저리 더듬었다. 추락한 후로 아기는 움직이지 않았다. 하지만 가끔 아기는 오랫동안 움직이지 않을 때가 있었다. 아기의 반응을 보려고 배를 콕콕 찔러 보았다. 만약 이 아기가 두세 달밖에 되지 않은 태아였다면 무사했을 것이다. 그때의 태아는 풍부한 양수 속을 유영하는 우주인 같아서 양수가 충격을 흡수했을 테니까. 하지만 지금 아기는 벌써 내 배를 밀어 내고 있는 상태라, 이 바위와 아기 사이에는 몇 밀리미터의 피부 조직밖에 존재하지 않았다. 내 생각에는 추락했을 때 아마 다리부터 착지하고 등 쪽으로 쓰러졌던 것 같다. 메고 있던 배낭이 무거운 덕택이었다. 그래서 한쪽 다리가 부러졌고 아마 남은 한쪽도 성치 않겠지. 하지만 확실하지는 않다.

나는 오랫동안 가만히 누워 있었다. 추위가 옷을 뚫고 스멀스멀 피부를 지나 뼛속까지 스며들었다. 나는 재킷 지퍼를 열고 스웨터 아래로 두 손을 넣어 몸을 데웠다. 이러면 체온이 훨씬 더 빨리 떨어진다는 걸 알지만, 동상에 손가락을 잃고 싶은 마음은 없었다. 아직까지는 그러고 싶지 않았다. 예전에 지금과 비슷한 상황에 처한 등산가들의 이야기를 읽은 적이 있다. 그들은 구조만 된다면 손가락이나 발가락이 없어져도 상관없다는 식으로 말했다. 중요한 건 살아 있다는 거니까. 내가 그들처럼 용감한 마음까지 먹지 않아도 되기를 바랄 뿐이다.

다시금 몸이 떨렸다. 떨림은 좋은 것이다. 오히려 떨림이 그친다면 곤란해진다. 저체온증에 빠진다는 뜻이니까. 그건 어쩔 수 없었다. 문제는 저체온증이 얼마나 심각해지느냐는 것이다. 심부 체온이 내려가면 신체 시스템은 피부에서 혈액을 거둬들여 생명 유지에 절대적으로 중요한 기관인 폐와 신장, 두뇌와 심장으로 보낸다. 그래서 더 이상 추위를 느끼지 못하는 것이다. 내 신체가 아기를 중요한 부분이라고 여길지 아닐지는 알 수 없다.

하늘을 올려다보자 머리 위로 눈송이가 빙글빙글 떨어져 내렸다. 어두워지는 하늘에서 간신히 보이는 눈발들. 눈이 사정없이 내린다면 어떻게 될지 애써 생각하지 않았다.

큰까마귀 한 쌍이 독수리처럼 머리 위에서 맴돈다.

다시 몸이 떨렸다. 하지만 추워서가 아니었다. 이 숲으로 이사 온 뒤 처음으로, 나는 무서워졌다.

16

현재
레이첼

나는 숲으로 돌아가야 한다. 그러고 싶어서가 아니라 그래야 하기 때문이다. 밖으로 나가 공기를 마시고 고요함을 느끼면서 흙냄새를 맡으며 예전의 내 모습과 다시금 이어져야 한다. 마지막으로 라이플을 쐈을 때 숲에 있었다는 걸 알게 되었으니 그곳으로 돌아가는 것만이 기억을 되찾을 수 있는 유일한 방법이라는 걸 확신하게 되었다. 그 끔찍했던 날 무엇을 했고, 무엇을 보았고, 그 후로 2주 동안 어떻게 살아남았는지 모든 기억을 되찾아야 한다. 나는 기억 속에 이 빈칸을 지닌 채로 너무 오랫동안 살아 왔고, 이제껏 괜찮다고 스스로에게 말하면서 그 기억이 앞으로도 계속 완벽할 거라고 여겼는데. 내가 이제껏 스스로를 규정해 온 것이 생각했던 것과는 다를 거란 의심을 품어 본 적이 한 번도 없었는데.

나는 라이플을 들고 어머니의 시체를 내려다보며 서 있다.

검시관은 딸이 라이플을 쏘지 않았다고 판결했다.

숲에 가면 어느 쪽이 진실인지 알게 될 것이다.

다이애나와 샬럿이 아직도 작업실에 있는지 확인한 후, 나는 여행 가방과 더플백을 침대 밑에 숨기고 방문을 닫은 다음 아래층으로 내려와서 머드룸mudroom(흙 묻은 코트나 부츠를 벗어 두는 곳-옮긴이)에 갔다. 부츠와 따뜻한 코트를 찾아보기 위해서였다. 날씨는 화창하고 나가 놀기 좋아 보였지만, 눈이 다 녹고 서리가 땅에서 사라지며 호수의 얼음이 녹을 때까지 바깥 온도는 절대로 따뜻해지는 법이 없었다. 어퍼 반도에 사는 것은 냉장고 안에서 사는 거나 마찬가지라며, 부모님은 항상 우스갯소리를 했다.

나는 갈색 캔버스 칼하트 재킷을 골랐다. 그 옷을 보자 아버지도 이런 옷을 입었다는 기억이 났다. (재킷을 입으니 정말로 아버지 옷일지도 모른다는 생각도 들었다.) 거기에 두터운 모직 목도리를 두르고 안감에 털을 댄 따뜻한 소렐 부츠를 신은 다음, 혹시 몰라 주머니에 손모아장갑도 하나 넣었다. 그 방은 외투가 너무 많아서 내가 없는 동안 다이애나나 샬럿 이모가 돌아온다 해도 뭐가 없어졌는지 눈치챌 것 같지 않았다. 어쨌든 나는 오래 나가 있지는 않을 것이다. 하려는 건 그저 어머니가 예전에 쓰던 관찰 블라인드에 가 보거나, 앉을 만한 마른 땅을 찾거나, 숲에 귀를 기울이면서 기억이 돌아올 때까지 기다리는 것뿐이니까. 근처에서 새나 곤충을 만난다면 잠시 이야기를 나눌 수도 있겠지.

현관을 몰래 빠져나와 숲속으로 난 길로 빙 돌아갔다. 그래야 진입로에 갈 때까지 헛간에서 내 모습이 보이지 않기 때문이다. 내 기분만큼 날씨는 화창했다. 한 걸음 디딜 때마다 기억이 되살아났다. 내 삶이 산산조각 나기 전의 행복했던 기억들이었다. 매해 이맘때쯤 아버지는 단풍나무에 가서 수액을 모았다. 그때마다 나는 아버지 따라가기를 좋아했다. 채취할 때는 점성도 색도 없고 맛도 거의 없는 수액이지만, 끓이면 더없이 달콤하고 맛 좋은 설탕이 된다는 게 언제나 기적 같았다. 이 놀라운 간식을 발견한 미국 원주민은 누구였을까 궁금했다. 그 사람은 초봄에 땔감을 구하러 단풍나무를 베었을까? 하지만 그때쯤의 나무는 아직 파릇한 상태라 불이 잘 붙지도 않았을 텐데. 그 사람은 그루터기에서 솟아 나오는 수액을 먹어 보았을까? 그러다 근처에는 호수도 개울도 없어 차 끓일 물이 부족하니, 그 수액을 채취하다 냄비에 넣고 불에 올려 끓였을까? 그러다 잠시 정신을 다른 데 팔았을까? 토끼가 깡충깡충 뛰어다녔다거나 머리 위로 오리가 날아갔다거나. 그래서 그걸 뒤쫓다가 차를 끓이고 있었다는 걸 깜빡 잊었을까? 돌아왔을 때 짠! 하고 냄비 속 수액이 졸아 붙어 설탕으로 변해 있는 걸 발견했을까? 그렇게 해서 미국 원주민들의 새로운 간식인 단풍나무 시럽이 만들어진 건 아니었을까? 아버지는 내가 생각해 낸 단풍나무 시럽의 유래를 듣고는 웃음을 지었다. 언젠가 내가 유명한 작가가 되어도 놀라지 않을 거라면서 말이다.

이 시기는 어머니와 내가 함께 배낭에 짐을 넣어 하이킹을 나가던 시기이기도 했다. 어머니는 라디오 안테나를 챙겨서 우리의 곰들이 겨울 동안 어떻게 지냈는지 보러 나갔다. 잘 모르는 사람이라면 곰은 겨울 동안 굴속에서 자고 있으니 무사할 거라고 생각하겠지만, 언제나 그런 건 아니다. 어느 해에는 겨울 온도가 몇 주간이나 0도 근처를 왔다 갔다 할 때가 있었다. 그러면 얼음이 녹았다가 다시 얼기를 반복하는데, 낮에는 부드러워졌던 눈이 밤이 되면 다시 얼면서 아주 두꺼운 얼음층을 형성한다. 그래서 얼음층이 굴 입구를 막고, 그해 우리 곰 중 세 마리가 그 안에서 질식해 죽었다.

어머니가 만들어 놓은 길을 따라가는 동안 옛 기억이 되살아났다. 어머니는 관찰 블라인드까지 가는 도중에 볼 수 있는 식물들의 이름을 퀴즈로 내곤 했다. 내가 정답을 맞추면 어머니는 나를 칭찬하면서 언젠가 훌륭한 과학자가 될 거라고 말했다. 나는 세이지브러시 이끼, 페어리 컵 이끼, 못이끼, 흰털이끼, 솔송뻐꾹이끼를 맞출 줄 알았다. 몇 가지 식물들은 라틴어 학명도 기억하고 있었다. 서양개고사리의 학명은 아시리움 필릭스-페미나Athyrium filix-femina, 말초방패고사리의 학명은 드리오프테리스 마르기날리스Dryopteris marginalis, 도깨비쇠고비의 학명은 키르토미움 포르투네Cyrtomium fortune인데, 길게 갈라진 진한 잎사귀는 미국호랑가시나무와 비슷하게 생겼다. 미국호랑가시나무의 학명은 일렉스 오파카Ilex opaca다. 아버지도 식물 이름을 몇 가지 알고 있었지만 어머니만큼 많이 알지는 못했다. 다이애나는 몇 가지만 알고 있었다. 언니는 언제나 식물은 멍청하다고 말했다.

나의 어린 시절 기억이 모두 좋았던 건 아니다. 한 번은 내가 독성 있는 옻나무 열매를 보통의 옻나무 열매와 섞은 적이 있었다. 우리 가족은 여름마다 옻나무 열매로 음료를 만들어 즐겨 마셨는데, 그때 다이애나 빼고 온 가족이 심하게 앓아누웠다. 언니는 그 음료수를 마시지 않아서 아프지 않았다. 혼자서 여기저기 돌아다니다가 광대버섯을 딴 적도 있다. 어떤 여우가 광대버섯을 먹는 걸 보고 먹어도 되는 버섯이라고 생각했기 때문이다. 나중에서야 인간도 광대버섯을 먹을 수 있다는 걸 알게 됐지만, 그래도 먹으려면 사전에 제대로 준비 과정을 거쳐야 한다. 하지만 그때 나는 몰랐다.

불러올 수 없는 것 같은 기억은 딱 하나, 진입로에서 갈라져서 어머니의 관찰 블라인드로 가는 길이다. 내가 없던 몇 년 새 초목이 무성해져서 두 번이나 길을 잘못 들고서야 그곳을 찾을 수 있었다. 이 오솔길은 원래 동물이 지나며 생긴 길이었는데, 어머니가 작은 개울 위에 판자를 끌고 자갈로 덮인 늪지에 삼나무 통나무를 눕혀 개선한 것이다. 운이 좋다면 어머니가 만든 흔적이 남아 있어 갈 만한 길이겠지. 물론 아닐 경우를 대비해서 부츠를 신고 왔다.

박새가 울었다. 평소 우는 대로 칙카디디디 하고 우는 대신 또렷한 두 음절의 짝짓기 소리로 울었다. 나는 나무를 훑어보다가 새를 발견하고 그 의도를 알아보았다. 박새를 찾자 내가 숲을 읽는 법을 잊지 않았다는 걸 알게 되어 기뻤다. 숲 바닥의 빛과 그림자가 어우러진 모습을 보자 지금이 몇 시인지 알 수 있었다. 바위와 나무의 북쪽에 쌓여 점점 녹고 있는 눈 더미가 결정체를 이룬 모습으로 방향을 가늠했다. 나무 그루터기에서 자라는 이끼들은 숲의 역사를 알려 주었다. 이걸 보면 나무가 쓰러진 다음 얼마나 시간이 흘렀는지, 폭풍에 쓰러진 나무인지, 아니면 오래되어 자연사한 나무인지도 알 수 있다.

이윽고 나는 어머니의 관찰 블라인드가 있던 공터에 다다랐다. 순간, 좋았던 기분이 싹 사라졌다. 블라인드는 없었다. 물론 좋은 상태로 보존되어 있을 거란 기대는 없었지만, 예전 모습 대신 부서진 나뭇조각과 장작개비 무더기가 되어 있을 줄은 몰랐다. 이곳은 한때 내 삶의 중요한 일부분이었는데 이럴 수가. 나는 발로 무더기를 툭 쳐 보았다. 어머니가 인생을 바쳐 일구어 낸 공간이 무참하게 부서진 광경을 보니 말할 수 없이 슬펐다. 어머니는 지금 이곳에 있어야 했는데. 소나무 관에 누워 가족 묘지에 묻힐 것이 아니라, 이곳에서 메모하고 데이터를 수집하고 있어야 했는데. 앞으로 무슨 일이 일어나더라도 과거를 바로잡을 수는 없을 것이다. 내가 어머니를 죽인 게 아닌 것으로 드러나서 어머니 대신 그 연구를 이어간다 하더라도, 그 연구에서 15년의 데이터는 영영 사라져 버린 것이다.

　나는 쓰러진 통나무에 앉아 마음을 가다듬고 숲이 말을 걸어 주기를 기다렸다. 그러자 작은 목소리가 들려왔다. 소나무 사이를 스치는 바람소리. 솔방울이 탁, 하고 숲 바닥 위로 깔린 낙엽에 떨어지는 소리. 나무줄기를 긁는 다람쥐 발톱 소리. 낙엽 사이를 바스락대는 건 쥐, 아니면 뾰족뒤쥐 소리일 것이다. 더 큰 소리도 들려왔다. 새로 돌아온 까마귀가 까악 우는 소리(큰까마귀들만이 겨울에도 떠나지 않고 남아 있다.). 내 머리 위를 선회하는 까마귀가 날개를 푸드덕대는 소리. 덤불을 헤치는 건 사슴 소리일 것이다. 햇빛은 따뜻했다. 나는 점퍼의 지퍼를 열고 주머니에 장갑을 넣은 다음, 앉아 있는 통나무의 양면에 깊이 패인 발톱 자국을 손가락으로 쓸어 보았다. 이건 어머니가 미끼를 달아 두던 나무였다. 난 우리 곰들이 와서 먹이 먹는 모습을 보는 걸 참 좋아했다. 어머니가 아무리 먹이를 높이 매달아 놓아도, 아무리 단단하게 먹이를 나무에 감아 놓아도 소용없었다. 곰이 앞발을 한 번 휘두르면 고기는 사라졌다.

　한 번은 내가 하얀 곰에게 베이컨 한 조각을 먹인 적도 있다. 물론 어머니는 몰랐다. 알았다면 절대로 하지 말라고 했을 것이다. 어머니는 언제나, 좋은 연구자는 보기만 해야지 간섭해서는 안 된다고 말했다. 나는 어머니의 규칙을 납득하기는 했지만 그 말을 항상 따르지는 않았다. 내가 했던 일은 대개 어머니가 보지 않을 때 블라인드 틈 사이로 손가락을 넣고 하얀 곰의 몸을 어디든 닿는 대로 쓰다듬어 보는 것뿐이었다. 하지만 부모님이 둘 다 없던 날, 다이애나와 내가 관찰 블라인드에 갔을 때는 달랐다. 그날 다이애나는 지루해했고, 〈백설공주와 장미공주 Snow White and Rose Red〉라는 동화를 연기해 보고 싶어 했다. 그 동화는 어느 겨울날 두 자매가 커다란 갈색 곰과 친구가 되는 이야기로, 사실은 곰이 왕자였다는 게 밝혀지는 내용이었다. 우리는 베이컨 한 덩이를 가져와 근처에 곰이 나타나면 꾀어 보려 했지만, 우리가 미처 베이컨을 나무에 걸기도 전에 하얀 곰이 가까이 다가왔다. 내가 그때 하던 행동과 곰의 후각 능력을 따져 볼 때, 곰은 우리의 베이컨 냄새를 맡고 온 게 틀림없었다. 하지만 그때는 내가 바라던 때 바로 곰이 나타난 게 그저 마법 같아 보였다.

우리는 관찰 블라인드 안으로 허겁지겁 들어가 곰을 살펴보았다. 그동안 곰은 근처 나무에 머물면서 우리를 바라보았다. 하얀 곰은 한창 예쁠 나이인 다섯 살이었고, 나도 그때 다섯 살이었다. 하얀 곰은 아직 완전한 성체가 되지 않아 키도 몸무게도 다 큰 곰보다는 덜 나갔지만(기록에 따르면 어퍼 반도에서 가장 큰 곰은 2미터 10센티미터 신장에 453킬로그램이었다고 한다.), 그래도 아마 180킬로그램은 족히 되었을 것이다.

다이애나는 동화에 나오는 자매들처럼 곰과 친구가 되려면 내가 하얀 곰에게 베이컨을 먹여야 한다고 했다. 나는 언니가 주는 베이컨을 들고 관찰 블라인드의 입구를 가린 캔버스 여닫이문을 열고 밖으로 나갔다. 하얀 곰은 콧김을 뿜으며 인사했다. 나도 콧김을 뿜으며 똑같이 인사한 다음 계속 곰에게 걸어갔다. 우리 사이의 거리가 반으로 줄자, 나는 베이컨을 두 덩이로 나누어 한 덩이를 내 발치에 두었다. 하얀 곰이 고개를 좌우로 흔들며 끙끙대는 모습을 보자 불안해하고 있다는 게 느껴졌다. 하지만 베이컨 냄새가 너무 유혹적이고, 나는 참을성 있는 어린아이였기 때문에, 결국 하얀 곰은 유혹에 넘어와 가까이 다가왔다. 그러고는 베이컨을 단번에 꿀꺽 삼켰다.

나는 두 번째 조각을 내밀었다. 곰은 한 발짝 뒤로 물러서 고개를 흔들며 다시 끙끙거렸다. 모르는 사람이었다면 곰이 먹고 싶지 않아 하는 거라고 생각할 수도 있겠지만 나는 그게 무슨 뜻인지 알았다. 곰은 그저 마음을 다잡고 있는 것이었다.

나는 말했다.

"괜찮아. 널 해치지 않을 거야."

마침내 곰이 입을 벌리고 내 손가락에서 베이컨을 물었다. 그 동작이 아주 부드러워서 아무 느낌도 나지 않을 정도였다. 무언가 손에 살짝, 턱, 닿으며 베이컨 냄새가 감도는 따스한 숨결이 느껴질 뿐이었다. 곰은 베이컨을 꿀꺽 삼키고 나서 코를 들어 혹시 더 있는지 킁킁 냄새를 맡았다. 나는 두 손을 내밀어 아무것도 없다는 걸 보여 주었고, 곰은 내 손바닥에 남은 기름을 핥았다. 곰의 혀는 거칠었지만 부드러웠다. 손에서 기름기가 없어지자, 나는 바지에 손을 문지른 다음 한 손을 곰의 머리에 얹고 귀 뒤를 긁어 주었다. 나는 언니가 이 모습을 보며 감동했을 거라고 생각했다.

기억에서 돌아온 나는 일어서서 기지개를 켠 다음 공터를 둘러보았다. 이곳에서 너무나도 행복했던 기억이 많았는데. 그런 생각을 하며 통나무의 다른 쪽을 돌아보았다. 곰 발자국 한 쌍이 보였다. 최근에 난 자국이었고, 다 큰 곰의 발이었다. 보폭과 깊이로 보아 수컷 같았다. 갑자기 맥박이 빨라졌다. 하얀 곰의 발자국일 리는 없었다. 만약 하얀 곰이 살아 있다면 스물여섯 살로 나와 동갑이겠지. 하지만 26년이란 세월은 우리 땅처럼 고립되고 보호받는 지역이라고 해도 곰이 살아남기엔 너무 긴 시간이다. 하지만 이 발자국이 주는 유혹이란 그 옛날 하얀 곰이 맡았던 베이컨 냄새처럼 내게도 무척 강렬했다.

나는 그쪽으로 움직이기 시작했다. 보통 사람들은 곰을 찾아 나서지 않는다. 보통 사람들이라면 숲속에서 하이킹을 하다가 곰을 본 순간, 하다못해 발자국이나 싼 지 얼마 되지 않은 똥 무더기를 우연히 보았다 해도 당장 돌아서서 다른 길로 갔을 것이고, 그러는 게 당연했다. 흑곰은 곰 중에서 가장 위험하지 않은 종류지만, 잘 모르는 사람이 우연히 곰을 보고 도망치기라도 한다면, 그래서 곰이 그 사람을 쫓아간다면 무슨 일이 일어날지 모른다. 곰은 시속 56킬로미터로 달릴 수 있기 때문에 곰과 마주친다면 끝이 좋을 리 없다. 하지만 나는 보통 사람이 아니다.

발자국은 숲속으로 이어졌다. 땅은 금세 물러졌다. 나와 달리 곰은 지면 상태에 신경 쓰지 않는다. 어떤 동물들은 발이 젖는 걸 싫어해서 숲속을 조심스럽게 디디고 지나가지만, 곰은 불도저 같아서 덤불을 마구 헤치며 길을 직접 만든다. 하지만 내게는 작은 연못과 웅덩이들이 장애물이 되어서 앞으로 나가기가 힘들었다. 어느새 숨이 턱까지 차올랐다. 부츠는 납덩이처럼 무거웠고 청바지는 무릎까지 흠뻑 젖었다. 어렸을 때는 이 숲을 전혀 어렵지 않게 하이킹했다. 병원에서 지내는 동안 텔레비전을 보며 담배를 피워 대지 말고 체력단련실에서 운동을 할걸 그랬다는 생각이 절로 들었다.

게다가 발자국을 따라가기 힘들다는 것만이 문제가 아니었다. 곰의 흔적을 찾는 것 자체가 점점 어려워지고 있었다. 젖은 낙엽 더미에 움푹 난 자국은 발자국일 수도 있지만 저절로 생긴 자국일 수도 있다. 적송 껍질에 걸린 털 한 움큼은 곰이 지나가다 남긴 털일 수도 있고 며칠이나 몇 주 전에 빠진 것일 수도 있다. 작은 연못을 발견하고서 그 주변을 두 번이나 돌아다녀 보았지만 곰이 오간 흔적이 없었다. 결국 발자국을 완전히 잃어버렸다는 걸 인정해야 했다.

나는 방향을 돌려 내가 지나온 길을 되돌아갔다. 우선 멈춰 서서 방향을 가늠해 보았다. 이제껏 왔던 길을 다시 되돌아가는 건 어렵다. 모든 걸 반대로 보게 되기 때문이다. 지금까지 기억해 두었던 이정표는 이상하게 생긴 나무든 바위 위에 독특한 모양으로 난 이끼든 모두 기억과 반대 방향으로 생각해야 한다. 시야를 반대로 돌려야 하기 때문에, 가끔 기억했던 이정표가 전혀 보이지 않을 때도 있다.

이제는 아무것도 눈에 익은 게 없었다. 태양은 구름 뒤로 사라지고, 숲은 너무 축축해서 사방에 이끼가 있었다. 방향을 잡을 수가 없었다. 순간 마음속에 한 줄기 공포가 일었다. 어딜 봐도 길인 것 같지 않아 보였다. 나는 이 숲에서 자랐는데, 어머니와 아버지와 함께 오기도 하고, 때로는 나 혼자 매일 낮 이 땅을 지나다녔는데 지금은 내가 어디 있는지도 모른다니, 이토록 명청할 수가. 숲에 다시 와서 너무 행복했고, 흔적을 남긴 이 곰이 어쩌면 나의 옛 친구일지도 모른다는 가능성에 신나서 이곳까지 추적했다. 그 바람에 부모님이 가르쳐 주신 야생의 규칙 제1조를 그만 잊어버렸다. 절대로 미리 짐작하지 말라는 그 가르침을 말이다.

나무에 기대 담배를 한 대 꺼냈다. 부모님은 만약 숲에서 길을 잃는다면 그들이 날 찾으러 올 때까지 마른 곳을 찾아서 숨어 있으라고 했다. 하지만 지금은 내가 여기 있다는 걸 아무도 모른다. 나는 지금 언니와 샬럿을 피해 다니고 있는 형편이니, 혹시 언니와 이모가 날 찾으러 온다 해도 난감한 일이다. 해가 지기 전에 돌아갈 길을 찾지 못하면 정말 큰일 날 것이다. 몸은 차갑고 축축한 상태다. 해가 지면 기온은 급격히 영하로 떨어진다. 저체온증이 시작되면 점점 더 피곤해져서 축축한 어둠 속으로 쓰러질 테고, 그렇게 쓰러지면 다시는 일어나지 못한다. 밤낮이 이어지면서 내 시체가 얼어붙었다가 다시 녹는 모습이 눈앞에 그려졌다. 봄에서 여름이 되고 여름이 다시 가을이 될 때까지 나는 쓰러진 자리에서 천천히 썩어 가겠지. 그동안 여우며 족제비에게 조금씩 뜯어 먹히고 곰과 코요테에게 갈기갈기 찢겨 가면서 결국은 한 줌의 뼈만 남을 것이다. 내가 사랑하는 큰까마귀들도 실은 썩은 고기를 먹는다. 이 숲에서 마지막으로 길을 잃었던 순간을 생각해 보았다. 그때 먹을 것도, 잠잘 곳도, 따뜻하게 지낼 곳도 없었을 텐데 어떻게 내가 2주 동안 숲속을 헤매다닌 건지 알 수가 없었다. 어떻게 살아남았던 걸까. 전혀 모르겠다. 트레버가 내 이야기를 쓰고 싶어 하는 것도 당연하다.

큰까마귀가 울었다. *까아아악. 까아아악. 까아아악. 까아아악.*

위를 올려다보았다. 큰까마귀도 나를 바라보았다. 방금 나에게 인사한 까마귀인지 다른 새인지 알 수 없었다. 나에게 말을 걸어 줄까? 나를 도와줄까?

나는 애원했다.

"도와줘. 부탁이야. 길을 잃었어."

큰까마귀는 날개를 펴고 날아갔다. 그리고 조금 떨어진 나무의 낮은 가지에 앉더니 따라오라는 듯 이쪽을 돌아보았다.

나는 담배를 웅덩이에 던지고 급히 따라갔다. 저 큰까마귀는 의도적으로 날 도와주고 있는 걸까, 아니면 그저 호기심이 일어서 관심을 보이는 걸까? 전자라고 믿고 싶다. 큰까마귀는 믿을 수 없을 정도로 영리하다. 큰까마귀는 여우나 늑대를 흉내 내 그들을 시체 쪽으로 꾀어 낸다고 알려져 있다. 왜냐하면 죽은 동물의 시체 가죽이 너무 질기거나 얼어 있으면 새의 주둥이로는 찢을 수가 없기 때문이다. 데리고 온 여우나 늑대가 시체를 찢어 먹고 나면, 그제야 큰까마귀들은 나머지 고기를 먹는다. 기록에 따르면 자신의 둥지가 있는 절벽에 사람들이 다가오지 못하도록 돌을 밀어 떨어뜨린 큰까마귀도 있고, 얼음 구멍에 드리워진 어부의 낚싯줄을 당겨 물고기를 훔치거나, 맛있는 별미인 비버의 시체 옆에서 죽은 척하고 누워서 다른 큰까마귀들이 독 있는 고기라고 생각해서 겁먹도록 만든 큰까마귀도 있다고 한다. 숲속 동물 중 나는 곰 다음으로 큰까마귀를 가장 좋아한다.

"어느 쪽이야?"

나는 큰까마귀가 내려앉은 나무 아래로 와서 물어보았다. 하지만 새는 여전히 움직이지 않았다.

까아아악! 까아아악! 새는 말하면서 날아올랐다. 하지만 이번에는 다른 가지에 내려앉아 나를 기다리지 않고 계속 잽싸게 날아다녔기 때문에 새를 따라잡으려고 달려야 했다. 단 1초라도 새에게서 눈을 뗄 수가 없어서 웅덩이에 발이 첨벙 빠지고 나뭇가지에 걸려 넘어질 뻔했다. 그러다 보이지 않는 무언가에 걸려 손과 무릎을 땅에 대고 쓰러졌다. 그래도 허둥지둥 일어나 계속 달렸다. 큰까마귀에게 내가 따라잡을 때까지 기다려 달라고 소리치고 싶었지만 숨이 너무 찼다.

큰까마귀가 완전히 사라졌다. 나는 그 자리에 섰다. 숲은 고요했다. 내 거친 숨소리 외에는 아무 소리도 들리지 않았다. 이젠 어떻게 해야 할지 고민해 보려고 앉을 만한 마른 곳을 찾다가 개울 옆에서 커다란 바위를 보았다.

개울 옆 커다란 바위라.

이제 살았구나. 이 개울을 비롯한 모든 시냇물은 전부 우리 호수에서 흘러나온다. 내가 이 물길을 계속 따라 올라가면 언젠가 우리 집 진입로 아래에 있는 지하 배수로를 만나게 될 것이다.

큰까마귀에게 고맙다고 속삭인 뒤 개울로 들어갔다. 물은 쓰라릴 정도로 차가웠다. 하지만 상관없었다. 나는 물길 가운데를 똑바로 걸어 올라갔다. 이미 몸은 차가워졌지만 이것만이 가야 할 곳으로 가장 빨리 갈 수 있는 방법이었다.

드디어 길이 나왔다. 어처구니없을 만큼 짧은 거리를 이동했을 뿐인데 벌써 길이 나오다니. 나는 개울가로 올라갔다. 생각했던 것만큼 심하게 길을 잃은 게 아니었음을 깨닫자 당황스러웠다. 바닥에 앉아 부츠에서 물을 빼 내고 양말을 비틀어 짜고픈 마음이 간절했지만, 날이 점점 저물고 있어서 서둘러야 한다는 생각에 마음이 조급했다.

마침내 별장의 불빛이 보였다. 가슴이 철렁 내려앉았다. 불이 켜진 걸 보니 다이애나와 샬럿은 벌써 하루 일과를 마치고 저녁 시간을 보내고 있는 것이다. 두 사람이 이글거리는 불 앞에 앉은 모습이 그려졌다. 저녁 식사는 스토브 위에서 보글보글 끓고, 거기에 와인이나 칵테일 한 잔을 홀짝이고 있겠지. 나는 차고 위에 있는 주거 공간으로 가면서 스스로를 달랬다. 이건 다 상대적인 거리고 말이다. 따뜻한 샤워나 따뜻한 음식이 정말로 필요한 건 아니라고, 난방이 안 되는 집에서 밤을 보내야겠지만, 그래도 불과 한 시간 전에 처했던 상황에 비하면 훨씬 낫지 않느냐고.

아파트 안은 무척 어두웠다. 손을 뻗은 채로 안으로 들어가자 곧바로 잔뜩 쌓아 놓은 상자 더미 같은 것과 부딪쳤다. 나는 상자를 더듬대며 길을 찾았다. 상자는 사방에 쌓여 있었다. 소파 위에도, 주방 싱크대에도, 벽과 창문마저 모조리 가릴 정도로 상자 천지였다. 다이애나와 샬럿 이모는 이 아파트를 창고로 쓰고 있는 게 분명했다. 오늘 밤 여기서 자려면 서서 자는 수밖에 없겠군.

화장실을 찾아 변기 위에 쌓여 있는 한 무더기 상자를 치우고 볼일을 본 다음, 밖으로 다시 나와서 이제는 헛간으로 들어갔다. 그 옛날 헛간 뒤쪽 벽에는 판자가 두어 개 떨어져 있었는데, 어머니는 아버지에게 그걸 고치라고 항상 잔소리를 했다. 운이 좋다면, 아버지는 벽을 고치지 않았을 것이다.

구멍은 기억 그대로였다. 나는 안으로 들어갔다. 안에서는 퀴퀴하고 오래된 냄새가 났다. 머리 위 양철 지붕 어딘가에서 텅 소리가 났다. 나는 마구간 자리로 가서 건초 덩어리 몇 개를 부수고 그 위에 낡은 말 담요를 찾아내 펼쳤다. 그리고 흠뻑 젖은 부츠와 청바지와 양말을 벗어 건초 위에 올려놓고 맨다리에 담요를 최대한 빨리 감았다. 아버지의 점퍼 후드를 머리에 뒤집어쓰고 손모아장갑을 끼면서, 오늘같이 자게 될 쥐며 다른 동물들은 애써 생각하지 않기로 했다. 내가 동물과 말이 통한다고 해서 같이 자고 싶은 마음까지 드는 건 아니다.

나는 몸을 이리저리 뒤척였다. 건초가 살을 콕콕 찌르며 간지럽혔다. 완전히 녹초가 되었지만 편안해질 수가 없었다. 실은 오늘 아무것도 한 일이 없다는 생각에 마음도 불편했다. 총기실에서 본 환영을 떠올리는 건 대실패였다. 숲속에서 길을 잃으며 흘려보낸 시간도 마찬가지였다. 내가 길을 잃었다는 사실도 무척 불안했지만, 불안한 원인은 또 있었다. 내가 겁을 먹었다는 사실이었다. 내가 이리저리 허우적댔다는 걸 인정하고 싶지 않았다. 두려움은 사람의 몸을 굳어 버리게 만든다는 건 알고 있었지만, 내가 한때 사랑했던 숲속에서 느낀 공포는 실제로 일어난 일에 비해 아무리 봐도 너무 지나쳤다. 왜 이런 공포를 느꼈을까? 모르겠다. 난 그 이유를 찾아내고 싶은 걸까? 모르겠다.

지금 아는 것이라고는, 무언가 아주 끔찍한 일이 그 옛날 우리 숲속에서 일어났다는 것뿐이다.

17

그때
제니

우리는 아들을 헛간 뒤쪽 언덕 위 작은 공터에 묻었다. 봄이 되면 그 언덕에는 자그맣고 푸른 물망초 수천 송이가 피어난다. 물망초는 이곳 토종 식물이 아니라 피터의 조상이 아주 오래전에 심어 놓은 것이다. 물망초라는 것도 모르고 심었을 것이다. 알고 심었더라도, 그때는 외래종이 언젠가 문제가 될 수도 있다는 걸 몰랐을 시절이었다. 이제 보니 조상의 선택은 예언처럼 보이기도 했다. 여름이 되면 건초 향이 나는 양치식물들이 꽃 사이를 비집고 훌쩍 자라나 빽빽하게 언덕을 덮어서 아들의 묘석이 잘 보이지도 않는다. 이곳은 멋진 삼림지대라, 돈을 주고 묻는 공동묘지보다 아들에게 훨씬 더 편안한 휴식처였다. 하지만 아들이 공터의 흙 아래 누워 있는 대신 공터에서 흙투성이가 되어 놀고 있었더라면 얼마나 좋았을까. 그 생각만 계속 든다.

우리 땅에 가족 묘지를 만들자는 생각을 처음 했을 때는 허가를 받을 수 있을지 알 수 없었다. 물론 고속도로를 타고 전원 지역을 지날 때면 이런 자그마한 가족 묘지를 많이 봐 왔고, 도시가 무분별하게 확산된 후에는 주택과 회사에 둘러싸인 가족 묘지를 본 적도 있다. 녹슨 철제 울타리에 둘러싸여 있는 기울어진 비석들을 보면서 호기심이 들곤 했고, 심지어 참 매력적이라고 생각하기도 했지만 어쨌든 이런 묘지는 과거의 잔재라고만 여겼다. 아직도 가족 묘지를 사용하고 있는 사람이 있을 거라고는 생각하지 못했다.

하지만 알고 보니 지역 규정을 지키기만 한다면 우리 소유의 땅에 시신을 매장하는 것은 미 전역 50개 주에서 엄연히 합법적인 일이었다. 이걸 모르는 사람들이 많다는 건 장례 관련 사업가들의 농간이 아닐까란 생각마저 들었다. 간소한 소나무 관을 200달러 주고 사서 사랑하는 사람을 내 토지에 매장하는 것과 수천 달러를 들여 전형적인 장례식을 치르고 누군지도 알 수 없는 수많은 사람들이 묻힌 공동묘지의 한 구획을 사는 것 가운데 고르라면 뭘 택해야 할지는 너무 쉬운 선택 아닌가. 물론 이렇게 하려면 여러 전제 조건들이 딱 맞아떨어져야 한다. 일단 내 소유의 땅에 사랑하는 사람을 매장한다 하더라도 언젠가 이곳에서 이사 갈 가능성이 있다면 그때는 묘지를 두고 가야 한다. (시신을 이장하는 것도 물론 가능하지만, 애초에 이장에 관한 규정이 시체 매장 규정보다 더 복잡하고 비용도 든다.) 게다가 토지를 팔고 싶다면 땅을 보러 오는 사람들에게 이곳에 시신이 있다고 말해 주어야 하는데, 그러면 토지 가격에 당연히 영향을 준다. 하지만 피터와 나는 아무 데도 가지 않을 것이고, 우리는 피터의 집안 대대로 내려오는 토지를 단 한 뙈기라도 팔 생각이 없다. 나는 아들이 가까이 있어서 원할 때마다 볼 수 있다는 게 좋았다. 그리고 언젠가, 바라건대 먼 훗날, 아들 옆에 눕게 되겠지.

첫해에는 매일 아들의 묘지를 찾아갔다. 나는 거기에 골동품점에서 산 시멘트 벤치를 두었다. 그 벤치는 겉보기에 나뭇가지를 엮어 만든 것처럼 생겨서 주변과 잘 어울렸다. 난 벤치에 앉아서 아들에게 내가 연구하는 곰이나 피터가 연구하는 개구리를 관찰하며 알게 된 재미있는 이야기를 들려주거나, 아이의 누나들이 했던 귀엽고 재미있는 말이나 행동을 들려주곤 했다. 그냥 말없이 앉아 있을 때도 있었다.

8년이 지난 지금은 자주 가지 않는다. 아들을 잊어서도 아니었고, 계속 커 가는 딸들의 이질적인 요구를 이리저리 맞춰 주느라 너무 바빠서 아들과 보낼 시간이 모자라서도 아니었다. 그저 그 일이 있고 몇 주, 또 몇 달 동안 매일 아이 무덤에서 수많은 시간을 보내 보았지만, 그래 봤자 결코 치유될 수 없는 내 마음의 빈자리를 메울 수는 없다는 걸 알게 되었기 때문이다. 모두들 내가 살아남은 게 기적이라고 말했다. 절벽에서 15미터 아래로 추락해서 바위 더미 위에 떨어졌으면 더심하게 다칠 수밖에 없다고 했다. 물론 나는 온몸에 무수한 상처와 타박상을 입었고, 왼쪽 다리는 심하게 부서져서 지금도 아프다. 하지만 왼쪽이나 오른쪽으로 몇 센티미터만 다르게 떨어졌어도 죽을 수 있었다. 절벽 바닥에 두툼하게 쌓인 눈 더미가 내 목숨을 살렸다는 것이다. 하지만 내 아들의 목숨은 살려 주지 않았다.

피터는 그 사고가 내 잘못이 아니라고 말했다. 어떤 일이 일어날지는 아무도 예측할 수 없었을 거라고, 그러니 예방할 수 없었을 거라고 말이다. 하지만 슬프도록 엄연한 사실도 있었다. 우리가 그날 집에 머물렀다면 아들은 지금 살아 있었을 텐데. 피터는 이렇게도 말했다. 아들을 잃어버린 건 정말 끔찍한 일이지만, 그래도 내가 무사하다는 사실만이 중요하다고. 만약 나마저 잃었다면 앞으로 어떻게 살아야 할지 몰랐을 거라고. 내가 남편에게 얼마나 중요한 존재인지 피터가 에둘러 말한다는 걸 알았다. 하지만 듣고 싶지 않았다. 나에게 무슨 일이라도 생긴다면 남편은 인생을 살 가치가 없다고 생각한다는 말이 나한테 어떻게 위안이 된단 말인가. 우리에게는 아름다운 딸이 둘 있다. 그 아이들은 어떡하라고? 어쨌든 다이애나를 서쪽 절벽으로 데려가 우리 계곡의 겨울 풍경이 얼마나 아름다운지 보여 주려고 했던 사람은 바로 나였다. 아들은 나 때문에 죽은 거다.

눈을 감고 벤치에 기대어 앉았다. 그리고 얼굴에 쏟아지는 햇빛을 느끼면서 양치식물의 달콤한 향기에 흠뻑 취해 보았다. 최근에 아들 무덤을 찾아오면서 나는 과거는 그 자리에 놓아두고, 내가 가진 좋은 것들을 전부 반추해 보려고 의식적으로 노력하는 중이다. 이제껏 내게 당연히 주어진 것이라 여겼던 두 번째 기회를 빼앗기지 않기 위해서다. 가끔 레이첼은 나와 함께 이곳에 왔다. 그러면 우리는 번갈아 감사할 거리를 읊어 보곤 하는데, 이런 대화가 실제로 열 살짜리의 마음속을 들여다볼 수 있는 좋은 기회가 되었다. 레이첼의 마음속에는 샬럿이 굽는 과자가 꽤 높은 순위를 차지하고 있고, 내가 밤마다 침대 밑에서 동화책을 읽어 주는 일이나 아빠와 함께 미술 공작을 하는 것, 할아버지의 담배 파이프 냄새(나는 피터의 아버지가 이곳을 방문했을 때 손녀를 옆에 두고 담배를 피운다는 사실을 몰랐다.) 같은 것도 감사 거리였으며, 당연히 하얀 곰도 있었다. 하지만 아이가 언니를 언급한 적은 거의 없었다. 레이첼은 자기에게 한때 남동생이 있었다는 걸 알았고, 동생이 사고로 죽어서 이곳 공터에 묻혔다는 것을 알았다. 그래서 동생과 같이 있어 주려고 우리가 여기 온다는 것도 알았지만, 그때 무슨 일이 있었는지는 몰랐다. 레이첼이 더 크면 말해 줄 수도 있지만, 안 할 수도 있다. 자세한 내용을 알려 주면 너무 많은 질문을 받는 위험이 생길 수 있기 때문이다. *내 동생은 어떻게 죽었어, 엄마? 엄마가 절벽에서 떨어졌는데 네 동생이 엄마 뱃속에서 자라고 있다가 다쳤어. 그럼 왜 엄마는 절벽에서 떨어졌어? 엄마가 절벽에서 떨어진 건 네 언니가 날 밀었기 때문이야. 그런 말을 해야 한다고? 사양하겠다.*

그 사고는 다이애나가 날 밀어서였다. 물론 다이애나는 절대 인정하지 않을 것이고, 피터는 내가 추락하는 모습을 보지 못했다. 남편은 모닥불을 피우느라 등을 돌리고 있었기 때문이다. 하지만 나는 분명히 알고 있다. 아직도 다이애나의 손이 내 가슴을 누르며 뒤로 밀었을 때의 느낌이 남아 있다. 나를 죽이려는 의도는 아니었을 것이다. 하지만 분명히 남동생을 죽이고 싶었던 거라고 생각한다. 왜 그런지는 모른다. 메리트 박사의 말에 따르면 다이애나는 질투심이 뭔지 모르기 때문에 질투일 리는 없다. 내가 아는 것이라고는 다이애나는 하고 싶은 걸 한다는 것과 이루어야겠다고 생각하는 건 뭐든지 한다는 사실이다. 하지만 이건 어딜 봐도 계획적 살인에 해당할 일에 대한 논리적이거나 충분한 설명은 아니다. 그래서 난 피터에게 한 번도 말한 적이 없다.

피터는 최근에 다시 아이를 가지면 어떨까 눈치를 계속 보내고 있지만, 나는 이제 아이 생각이 없다고 말했다. 아이는 둘 키우기도 벅

찼고, 더구나 그중 하나인 다이애나는 결함이 있지 않은가. 다이애나는 지금 스무 살이 되었고, 여전히 우리와 살고 있으며, 여전히 박제를 만든다. 하지만 딸아이의 관심은 포유류 박제에서 새 박제로 넘어갔다. 최근에 그 아이는 그림도 그리기 시작했다. 딸아이가 행복을 느낄 수 있는 무언가를 찾았다는 게 기쁘다. 아니, 행복이라는 말보다는 '만족'이라는 말을 쓰는 게 더 좋겠지. 다이애나는 행복은 물론이고 감정 자체를 느끼지 못하니까. 그림과 박제를 통해서 얻는 만족감이 딸아이의 분노를 누그러뜨리고 있다는 데 그저 감사할 뿐이다. 그 아이는 현재 말이나 침묵을 무기로 사용한다. 여전히 메리트 박사를 한 달에 한 번 만나 상담하고 있다. 물론 지금은 면허를 땄기 때문에 혼자 상담하러 간다. 상담에서 무슨 이야기를 하는지 모르겠다. 어쨌든 상담은 딸아이의 욕구를 다소 충족시켜 주는 게 분명했다. 다이애나는 무언가 얻어 낼 수 있는 일이 아니면 절대로 하지 않기 때문이다. 나는 그 상담이 이미 나은 상처 위에 반창고를 붙이는 행동이라고 생각한다. 메리트 박사에게 말하는 건 아무런 도움이 되지 않겠지만, 그렇다고 해로운 것도 아니니까.

한 가지 분명해 보이는 건 다이애나가 평생토록 이 별장에서 살 거라는 점이다. 그 아이는 아무도 필요 없고, 외로움을 느끼지도 않으며, 함께할 친구를 바란 적이 한 번도 없고, 지속적인 관계를 유지하려고 시간과 에너지를 투자해야 한다는 생각을 끔찍하게 여기고 있다. 다이애나가 결혼한다는 건 상상조차 하지 못할 일이다. 물론 그렇게 된다면야 참으로 다행이겠지만, 생각해 보라. 다이애나가 아이를 갖는다면 어떤 일이 벌어질지를. 우리가 이 별장으로 이사 왔을 때,

이곳이 딸아이가 마음껏 활개 치며 클 수 있는 곳이 될 거라고 생각했던 기억이 난다. 그때의 결정은 옳았다고 생각한다.

물론 레이첼은 아주 다른 경우다. 둘째 딸과 보내는 시간은 매 순간이 순수한 기쁨이라 해도 틀린 말이 아니다. 레이첼은 여러모로 언니와 정반대의 아이다. 친절하고 사려 깊고 배려심 넘치는 레이첼은 모든 생명체를 열정적으로 사랑한다. 나는 어렸을 때 레이첼 같은 마음을 갖지 못했다. 맹세코 나는 이런 사랑을 레이첼에게 의도적으로 만들어 주지 않았다. 사랑을 의도적으로 만들 수만 있다면 분명히 그랬겠지만 말이다. 레이첼이 생물학 학위를 받고 나와 함께 연구에 참여하며 이 별장에서 우리와 함께 사는 미래가 눈앞에 선했다. 물론 그런 길을 아이에게 강요하지는 않을 것이다. 궁극적으로 아이가 앞으로 뭘 하며 사느냐는 본인에게 달려 있으니까. 하지만 레이첼 역시 그러기를 바라고 있다는 확신이 들었다. 나처럼, 그 아이도 곰을 좋아한다.

그러다 어디선가 나는 연기 냄새에 정신이 퍼뜩 들었다. 나는 눈을 뜨고 똑바로 앉았다. 내가 정말로 무서워하는 게 하나 있는데, 바로 화재였다. 이 별장은 고속도로에서 6.5킬로미터나 떨어져 있고 오는 길은 험한 비포장도로라서 소방차가 여기까지 올 수 있을지도 알 수 없을 만큼 상황이 좋지 않다. 이곳에서 가장 가까운 마을에 있는 의용소방대에서 여기까지 오려면 48킬로미터를 달려야 한다. 게다가 일단 불이 나면 우리가 차를 타고 고속도로로 나가야 하는데, 도와 달라고 소리치기도 전에 불길이 얼마나 이곳을 집어삼킬지는 아무도 모르는 일이다. 피터와 나는 이 문제를 놓고 오랫동안 이야기했고 결론을 내렸다. 만약 숲에 불이 나거나, 이 별장이나 부속 건물 중 하나에

219

불이 났는데 재빨리 진압할 수 없다면, 괜히 불을 끄려는 시도 같은 건 하지 말고 그냥 차에 짐을 실은 다음 뒤돌아보지 말고 이곳을 아예 떠나 버리자는 거였다.

나는 냄새를 다시 맡았다. 분명히 뭔가 타고 있었다. 처음에는 피터와 맥스가 헛간에 있는 커다란 드럼통에 쓰레기를 태운다고 생각했다. 하지만 지금 맡은 연기에서는 쓰레기를 태울 때 나는 유독한 플라스틱 냄새가 나지 않았다. 나는 일어서서 눈을 감고 천천히 맴돌다가 연기가 숲에서 난다는 결론을 내렸다.

나는 그 방향으로 향했다. 가는 도중 냄새가 너무 희미해져서 이 냄새가 그저 나의 상상은 아닐까 싶기도 했다. 그러다 바람의 방향이 바뀌면서 냄새가 다시 강렬해졌다. 아주 잠깐, 돌아가서 피터를 불러올까 고민했다. 하지만 불이 방금 난 거라면, 아니면 아주 먼 곳에서 난 거라면 어떡할까. 냄새가 너무나 희미했기 때문에 불은 먼 곳에서 난 것 같았다. 그렇다면 무슨 일인지 빨리 확인하고 그다음에 어떻게 할지 결정하는 편이 나았다.

게다가 우왕좌왕하며 시간을 낭비하고 싶지 않은 이유가 하나 더 있었다. 훨씬 더 중요한 그 이유는 바로, 레이첼이 이 숲속 어딘가에 있다는 사실이었다.

열 살짜리 나의 딸이 혼자서 숲속을 탐험하는 건 별로 특이한 일이 아니었다. 레이첼은 걷기 시작했을 때부터 자기 아빠와 나를 따라다녔다. 레이첼은 이 숲속 길을 우리만큼 잘 알고 있었다. 길을 잃었을 때는 어떻게 해야 한다는 것 역시 알았다. 일단 그 자리에 멈춰 서서 대피할 만한 마른 장소를 찾은 다음 우리가 찾으러 올 때까지 가만히 기다리는 것이다. 우리는 아이에게 야생에서 생존하는 기술도 가르쳤다. 나침반을 보는 법, 불을 피우는 법, 물을 찾는 법, 먹어도 되는 것과 먹지 말아야 할 것을 구별하는 법 등이었다. 레이첼은 항상 밧줄과 칼, 방수포와 나침반, 물에 젖지 않는 성냥과 하루치 음식과 물 등을 배낭에 넣고 다녔다. 아이는 숲에 가기 전에 우리의 허락을 받았고, 어디로 갈 건지 방향을 알려 주었으며, 아침이나 저녁에 잠깐 갔다 돌아올 건지, 아니면 하루 종일 나가 있을 건지도 말해 주었다. 그러니 아이가 아무렇게나 돌아다니도록 놔두는 건 아니었다. 그리고 아이는 2주 후에 열한 살이 된다.

그랬는데 지금 이 순간 갑자기, 우리가 딸아이에게 내린 결정이 끔찍할 정도로 바보스럽게 여겨졌다.

나는 나무 사이를 헤쳐 나갔다. 숲의 이쪽에는 대부분 활엽수가 자랐다. 그 말은 작업하거나 걸어 다닐 때 무척 많은 낙엽을 밟거나 헤치고 다녀야 한다는 뜻이다. 나는 다른 식구들이 어디에 있는지 따져 보았다. 다이애나를 마지막으로 본 건 박제하는 작업실이었다. 샬럿은 이번 주에 마켓에서 열릴 예술 박람회에 내놓을 액세서리를 포장하는 중이었고, 피터와 맥스는 별장 근처에서 잡일을 하고 있다. 최악의 시나리오가 떠올랐다. 숲에 불이 난 게 확실하다면, 나는 레이첼을 찾은 다음 서둘러 별장으로 돌아가 다른 이들에게 이 소식을 알리고, SUV와 맥스의 트럭에 재난 가방을 실은 다음 이곳을 떠나야 한다. 화재가 순식간에 우리를 덮칠 것 같지 않다면 귀중품 몇 가지는 챙길 수 있겠지만, 어떤 물건을 우선해야 할지 생각할 수도 없을 테고, 시간을 끄는 건 분명히 현명하지 못한 처사일 것이다. 그 순간에는 생명보다

가치 있는 게 있을 리 만무하니까.

"레이첼!"

나는 몇 초마다 소리쳐 아이를 불렀다. 멀리 갔을 리는 없다. 우리는 겨우 한 시간 전에 아침을 먹었다. 나는 블랙베리 밭을 우회해서 돌아갔다. 그곳은 철조망이 이리저리 뒤얽혀 있어서 가로질러 갈 수가 없기 때문이다. 그러자 내 허리 높이만큼 굵은 나무줄기가 쓰러진 게 보였다. 나는 나무를 타고 넘었다. 그 아래로 기어갈 수가 없어서였다. 진흙탕에 발목까지 푹푹 빠졌다. 어제 비가 와서 지반이 물을 흠뻑 머금었기 때문에 발 딛는 곳마다 젖은 땅이었다. 걷기가 무척 힘들었지만 좋은 점도 딱 하나 있었다. 레이첼도 길을 가느라 힘들었을 테니 멀리 가지는 못했을 것이다. 내 부츠가 땅에 박힐 때마다 나는 레이첼이 가장 좋아하는 동화 〈늪을 다스리는 왕Marsh King〉을 떠올렸다. 늪을 다스리는 마시 왕이 공주의 발목을 잡아당겨 진흙 속으로 끌고 들어가 아이를 낳게 하는 것처럼, 진흙이 내 발목을 잡아채고 있다는 생각이 들었다. 피터는 이런 어둡고 음울한 동화가 열 살짜리 아이에게는 적합하지 않다고 생각했지만, 내가 레이첼 나이였을 때도 이 동화를 무척 좋아했고, 동화를 읽어서 나에게 부정적인 영향이 생겼다고는 생각하지 않았다.

나는 손나팔을 만들어 외쳤다.

"레이첼!"

여전히 대답은 없었다.

계속 앞으로 나아갔다. 연기 냄새가 더욱 짙어졌다. 부츠에 진흙이 덕지덕지 달라붙었다. 팔이 나무줄기에 긁혀 피가 났다. 땀이 흥건히

났고 목이 말랐다. 딸아이의 이름을 부르느라 목소리가 갈라졌다. 하지만 중요한 건 그게 아니었다. 아이를 찾아야 한다. 아이가 안전한지 확인해야 한다.

마침내 덤불 틈새를 발견했다. 길이 나 있었다. 나는 달리기 시작했다. 이제 곧 나무 꼭대기를 화르륵 태우는 불꽃이 보이겠구나. 진창 바닥을 첨벙대다 발을 확인하려고 아래를 내려다보자 발자국이 보였다. 정확히 말하자면 신발 자국이었다. 두 쌍의 신발 자국. 어른의 것과 아이의 것이었다. 길 한가운데에 정확히 난 자국은 흔적을 감추려는 의도가 전혀 보이지 않았다.

나는 그만 우뚝 멈추어 섰다. 아이의 발자국은 레이첼 것이 분명하지만, 어른의 발자국은 누구 것일까? 대체 어쩌다가 이런 발자국이 생긴 건지 가늠이 되질 않았다. 레이첼이 어른의 발자국을 발견하고는 따라가 보기로 마음먹었던 걸까? 아니면 누가 레이첼을 뒤따라갔을까? 진흙 바닥은 너무 물컹한 상태인 데다 발자국이 이리저리 나 있어서 어떤 발자국이 먼저 찍힌 건지 알 수 없었다. 나는 다시 뛰기 시작했다. 머릿속에는 내 딸이 낯선 사람의 손에 해를 입었을지도 모른다는 끔찍한 생각이 갖가지 방법으로 무수히 떠올랐지만 애써 마음을 추슬렀다.

그러다 아주 작은 공터를 보았다. 너무 작은 땅이라 달리다가 지나칠 뻔했을 정도였다. 연기는 그곳에서 피어오르고 있었다. 누군가 모닥불을 피워 놓았다. 둥그렇게 놓은 돌 가운데 피어오른 불길은 조심스럽게 쌓은 장작을 탁탁 소리 내며 제대로 태우고 있었다. 불 위에 놓은 쇠 격자 위에는 커다란 냄비가 놓여 있었다. 그 안에 든 게 뭔지는 모르겠지만 김이 났다. 이토록 엉뚱한 광경을 보게 될 줄은 정말 몰랐다. 이걸 어떻게 생각해야 할까? 이 모닥불은 발자국을 남긴 낯선 사람이 피운 것이다. 그렇다면 그 사람이 누구든 멀리 떨어져 있지는 않다는 소리다.

나는 레이첼의 이름을 부르고픈 충동을 억누르고 나무 뒤에 숨었다. 거기에는 모닥불만 있는 게 아니었다. 공터의 반대편에는 땅 위에서 2미터가량 되는 높이에 지은 사냥용 블라인드가 있었다. 어린 단풍나무들이 모여 있는 곳을 택해 나무줄기를 지지대 삼아 지은 것이었다. 벽면과 지붕은 나뭇가지로 위장해 놓았다. 모닥불이 아니었다면 보지 못하고 지나쳤을 것이다.

화가 치밀어 올랐다. 사냥꾼이라니. 무단 침입을 하다니. 바로 우리 땅을. 누군지는 몰라도 우리 땅을 마치 본인 땅이라는 듯 사냥용 블라인드를 짓고 모닥불을 피울 정도로 뻔뻔한 사람이었다. 물론 나는 그리 순진하지 않다. 사람들은 언제나 남의 땅을 무단 침입한다. 어퍼반도는 엄청나게 넓은 땅에 비해 인구는 적은 곳이라, 마음만 먹는다면 버려진 오두막에 숨어들어 몇 년을 들키지 않고 지낼 수 있다. 비슷한 일이 우리에게 생기지는 않을까 나는 가끔 걱정했다. 침입을 걱정한 주된 이유는 피터와 나의 연구에 영향을 줄 수 있기 때문이다. 우리 땅은 고립되어 있어서 접근하기 힘든 곳이다. 혹시 진입로를 발견한 사람이 생겨서 이 길 끝에 무엇이 있나 알아보러 온다 해도 들어올 수 없도록 보안문이 제 몫을 다하고 있고, 고속도로와 맞닿은 부분 곳곳에 '침입 금지'라는 표지판을 세워 두었지만, 영토의 남쪽은 미시간주 소유의 숲과 이어진다. 그 방향에서 동쪽으로 하이킹하는 사람은 우리 땅의 절벽 아래로, 바로 피터와 내가 예전에 오르던 길을 통해 들어올 수 있었다. 그 길을 쭉 따라오면 이곳이 사유지인지도 알지 못한 채 우리 영토에 침입하게 된다.

하지만 우연히 길을 잘못 든 등산객과 아예 정식으로 캠프를 차려 놓은 사냥꾼은 아주 큰 차이가 있다. 게다가 1년 중 이 시기는 사냥철도 아니다. 모든 동물들이 짝짓기를 하느라 바쁘기 때문이다. 그렇다면 이들은 보통 사냥꾼이 아니라 밀렵꾼이라는 소리다.

밀렵꾼이라니. 우리 땅을 이용해서 숲을 태우고 나무를 해치는 자들이라니. 우리의 야생동물을 죽이는 놈들이라니. 내 딸에게 무슨 짓을 했을지 어떻게 알겠는가. 레이첼은 나처럼 오솔길을 따라오다가 밀렵꾼이 여기 있는 동안 모닥불과 사냥용 블라인드를 발견했을까? 그렇다면 딸아이는 아무것도 모른 채로 그들에게 다가가 인사를 했을까? 그들이 하는 짓이 불법이라는 걸 깨닫지 못한 채로, 자기가 누군지 밝혀서 위험에 빠진 걸까? 밀렵꾼들은 딸아이에게 들킨 후 도망친 걸까? 그래서 아직도 불이 타고 있는데 근처에 불을 지키는 사람이 아무도 없는 걸까? 그렇다면 딸아이는 어디 있지? 아이가 본 걸 말할 수 없게 하려고 납치했을까? 아니면 밀렵꾼들이 지금 이 순간 나에게 소리 지르지 못하게 딸아이의 입을 틀어막고서 근처에 숨어 있을까?

아니면 이런 시나리오들이 전혀 들어맞지 않는 상황인데, 다만 나의 상상력이 너무 앞서간 걸까? 내가 본 발자국이 레이첼의 것이 아닐 가능성도 있다. 어쩌면 밀렵꾼들이 아이를 데리고 다니는 것일 수도 있다. 이 작은 발자국은 아이가 아니라 다른 여자의 것일 수도 있다. 아니면 처음부터 밀렵꾼은 없었을지도 모른다. 그저 야생동물을 무척 좋아하는 사람들이라 사진을 찍으려는 마음일지도 모른다. 이 캠프는 하얀 곰이 두 살 때 어미를 떠난 후 구축했던 영역에서 멀지 않다. 등산객들이 우리 땅을 헤매다가 하얀 곰을 우연히 발견하고는 사진을 찍고 싶은 마음에 돌아와서 이 블라인드를 만든 것은 아닐까? 희귀한 알비노 곰에 대한 소문이 퍼져서 호기심 많은 사람이 우리 소유지에 몰려든다면 나의 연구 활동은 무척 어려워질 텐데.

　답을 알아내는 방법은 하나뿐이었다. 나는 큰마음을 먹고 공터로 들어섰다. 누가 보고 있을지도 모르기 때문에 두 손을 훤히 볼 수 있게 내놓으면서 말이다. 그리고 공터 가장자리를 천천히 돌아보면서 무언가 움직임이 있는지 살펴보았다. 혹시 무슨 반응이 있는지, 카메라 렌즈를 비추는 빛이나, 혹은 라이플스코프의 번쩍임이 있는지. 지금 내게 라이플이 있다면 얼마나 좋을까.

　"저기요? 아무도 없나요?"

　대답이 없었다.

　"레이첼?"

　여전히 대답은 없었다. 좋게 생각하자면, 아무도 나에게 소리치거나 나를 저지하는 이가 없다. 나쁘게 생각하자면, 그래도 레이첼이 어디 있는지는 여전히 알 수 없다. 어쩌면 레이첼은 아예 숲속 다른 길로 갔는지 모른다. 아이는 여기에 캠프가 있다는 것조차 모를 수도 있다.

　그럼에도 이 캠프장은 조사해야 했다. 나는 모닥불 쪽으로 갔다. 다행히도 냄비 속에는 그저 물이 끓고 있을 뿐, 다른 건 없었다. 안심했다. 사냥용 블라인드 아래 공간은 초록색으로 칠한 나무 방설책防雪柵

226

으로 둘러놓았다. 그 모습은 마치 우리 같아 보였다. 아마도 이 캠프를 만든 사람은 정말로 밀렵꾼이고, 여기에 덫으로 잡은 새끼들을 가두어 반려동물로 팔려는 것인지도 모른다. 이맘때쯤이면 우리 숲에는 너구리와 여우, 곰 같이 고를 만한 새끼들이 아주 많다. 심지어 우리 땅의 늑대도 그 대상이 될 수 있다.

나는 방설책으로 가서 울타리 사이를 들여다보았다. 내부에는 짙은 그늘이 드리워져 있었다. 뭔가가 땅 위에 누워 있는 것만 보였다. 크기와 형태로 보아 사슴 같았다.

그때 그 형체가 움직였다. 사슴이 아니었다.

"레이첼?"

나는 말 그대로 뒷걸음질쳐 버렸다. 이해가 안 갔다. 지금 이 광경이 뭔지 알 수가 없었다. 누군가 내 딸을 잡아다가 우리에 가두다니. 누가. 어째서.

"엄마?"

레이첼은 졸린 채 일어나 앉아 눈을 비볐다.

"세상에. 레이첼, 아가. 여기서 뭐 하니? 이리, 엄마한테 와."

아이는 일어서서 울타리 가까이 다가왔다. 나는 손가락을 울타리 틈새에 넣어 아이의 얼굴을 만졌다.

"아가, 괜찮아?"

"으응."

아이는 하품을 하고 기지개를 켰다.

"나 잠들었어."

아아, 다행이야. 별일 없었구나. 다친 데는 없어 보였다. 그렇다면 아이가 왜 잡혀 있는지 더욱 알 수가 없었다.

"그랬구나. 괜찮은 거 맞지?"

나는 최대한 밝고 담담한 목소리를 유지했다. 내가 지금 얼마나 기분이 안 좋은지 알릴 수가 없었다. 레이첼은 예민한 아이였다. 지금 이 광경이 잘못되었어도 한참 잘못되었다는 걸 아이가 이해하지 못한다면, 나도 알려줄 마음은 없었다.

레이첼은 고개를 저었다. 내 가슴이 철렁해졌다.

"왜 그래, 아가? 무슨 문제야?"

"오줌 누고 싶어."

울어야 할지 웃어야 할지 알 수 없었다.

"그래, 그러자. 여기서 꺼내 줄게."

나는 울타리 둘레를 쭉 걸어 보았다. 누가 내 딸을 이 우리에 가두었다면 분명 출구가 있다는 소리다. 팽팽하게 늘어진 방설책은 사냥용 블라인드를 떠받치는 나무줄기에 거대한 스테이플로 촘촘하게 박아 놓은 모습이었다. 이 우리는 아주 튼튼해서 혹시 다 큰 곰을 가둬 놓으려고 지은 게 아닌가 싶은 생각마저 들었다. 어쩌면 등산객들은 하얀 곰의 사진만 찍으려는 게 아니었던 모양이다. 아예 곰을 이 우리 안으로 꾀어 잡으려는 걸까? 무슨 목적일지 알 수가 없었다. 그리고 왜 그들이 내 딸에게 똑같은 짓을 했는지도 여전히 의문이 풀리지 않았다.

마침내 나는 옆으로 밀면 접힐 것 같이 보이는 부분을 발견했다. 문은 자물쇠로 잠겨 있었다.

자물쇠라니. 너무 화가 나서 소리를 지르고 싶었다. 레이첼이 밀렵

꾼들의 캠프를 우연히 발견하자 그들이 인질로 잡아 놓은 게 분명했다. 하지만 그다음엔 어떻게 되었을까? 아무리 봐도 밀렵꾼들은 아이를 여기에 영원히 잡아 놓을 수 있다는 생각은 하지 않았을 것이다. 우리가 곧 아이를 찾으러 올 테니까. 우리는 온 천지를 샅샅이 뒤져서 잃어버린 딸을 결국 찾아냈을 테니까. 나는 우리를 맨손으로 갈기갈기 찢어 버리고 조각조각 부순 다음 몽땅 태우고 싶었다. 이들은 *내* 영토에 들어왔다. 이들은 *내* 딸을 우리에 가두었다. 내가 딸아이를 찾지 못했다면 무슨 일이 일어났을까. 몸서리가 쳐졌다.

울타리를 부수고 딸아이를 꺼내려고 주변에 망치나 바위가 있는지 둘러보았다. 그러다 나뭇가지 더미 밑에서 나무 사다리를 발견했다. 그 사다리는 몇 주 전에 없어졌던 우리 집 사다리와 똑같아 보였다. 이 캠프장을 짓고 내 딸을 감금한 사람들이 이미 우리 별장을 몰래 어슬렁거리며 우리 집 물건을 훔쳐간 것이라면, 이들은 생각보다 훨씬 대담하고 위험하다.

사다리를 기둥에 세우고 자물쇠의 열쇠가 위에 있나 보러 올라갔다. 이윽고 꼭대기까지 올라간 나는 우뚝 멈추었다. 사냥용 블라인드의 바닥에는 파란색 비닐 방수포가 깔려 있었다. 방수포 위에는 신문지를 늘어놓았다. 신문지 위에는 가장 작은 것부터 가장 큰 것까지, 다이애나의 박제용 칼이 반듯하게 놓여 있었다.

18

현재
레이첼

나는 작고 따스하고 어두운 공간에서 깨어났다. 마치 짐승의 우리, 혹은 동굴 안에 있는 느낌이었지만 어쩐지 그건 아니라는 걸 알 수 있었다. 여기가 정확히 어디인지는 모르겠다. 하지만 익숙한 곳이라는 건 알았다. 전에 여기 와 본 적이 있으니까. 이곳에서 오랫동안 시간을 보내서 높낮이와 냄새를 즉시 알아챌 수 있었다. 흙냄새, 그리고 또 다른 그 무엇의 냄새가 났다. 복작복작한 느낌이지만 그리 기분 나쁘지는 않았다.

내가 혼자가 아니라는 것도 알 수 있었다. 이곳에 나 말고도 뭔가가 있다. 내가 아닌 것이, 살아 있는 것이. 겁먹어야 할 테지만 겁은 나지 않았다.

눈을 떴다. 그 즉시 따스함과 안전한 느낌은 사라지고 현실이 들이닥쳤다. 밤새 머문 낡은 헛간은 외풍이 불고 추웠다. 내가 잔 건초더미에서는 곰팡이 냄새가 났다. 내 꿈과는 반대로 날은 어둡지 않았다. 처마 밑을 따라 헛간의 벽면을 비추는 이른 아침의 빛이 먼지 낀 하늘 빛처럼 벽 틈새로 들어온 덕택이다. 그리고 이곳은 아무리 봐도 따뜻하지 않았다.

여전히 꿈이 맴돌았다. 한때 나를 맡았던 심리치료사 중에는 꿈을 해석하고 뜻을 풀이하는 데 무척 열광적인 사람이 하나 있었다. 그녀의 말에 따르면 모든 사람의 무의식은 자는 동안에도 일하는 중이며, 언뜻 보기로는 뇌가 무작위적이고 연결점이 없는 생각과 이미지들을 떠올려서 자는 동안 나를 즐겁게 하는 듯 보이지만, 사실은 그게 나를 병원에 입원하게 한 이유가 뭔지 알아낼 수 있는 단초라는 것이었다. 그래서 치료사는 내가 잠에서 깨자마자 기억나는 것을 다 쓸 수 있도록 종이와 연필을 침대 밑에 두고 자라고 시켰다. 그녀에게 내가 낫지 않는 이유를 말해 주면서 내 꿈과는 아무런 상관이 없고 내가 떠올리는 환상과 연관이 있다고 말할 수도 있었을 것이다. 하지만 난 그러지 않았다.

나는 꿈 해석에 큰 의미를 두지 않는다. 아무리 뛰어나고 똑똑하게 들리는 해석이라 해도 동의하지 않는다. 프로이트 Sigmund Freud는 꿈이란 우리의 의식적인 생각을 묻어 버리기 위한 수단이라고 보았다. 융 Carl Gustav Jung은 꿈이란 우리의 비밀스러운 생각을 드러내는 것이라 보았고, 꿈을 이해하는 것이야말로 우리의 '정신적 균형'을 회복하기 위해 필수적이라고 여겼다. '정신적 균형'이라는 말은 너무 동떨어진 개념처럼 들렸다. 물론 융이 뉴에이지즘 New Ageism(20세기 이후에 나타난 새로운 가치를 추구하는 영적인 운동. 개인이나 작은 집단의 영적 각성을 추구하는 경향이 있다–옮긴이)이 태동하기도 전에 죽은 사람이라는 점을 감안하면, 그건 내 심리치료사가 그럴듯하게 지어 낸 말일 수도 있을 것이다.

나에게는 나름대로 꿈을 해석하는 이론이 있다. 나에게 꿈이란 그날 생각하고 말하고 행동한 것을 재활용한 조각에 불과하다. 예를 들어, 만약 괴물에 쫓기고 있는 꿈을 꾼다 해도 그것은 무의식적으로 죽음을 두려워한다는 걸 의미하지 않는다. 다만 그저 숙제하는 걸 깜빡 잊었거나, 자동차 열쇠를 찾지 못했거나, 혹은 직장에 늦었다면 그날 저지른 잘못을 걱정하는 마음이 형태를 달리하여 나타난 것뿐이다.

또한 꿈이란 때로 다른 날들의 잔재라고도 생각한다. 그런 꿈을 꿈으로써 그날을 다시 살 수 있다고 나는 믿는다. 방금 내가 경험한 꿈 역시 그런 것 같다. 그 꿈을 꾸고 나니 부모님이 돌아가셨던 날 좁고 어두운 공간에 있었던 기억이 난다. 숨어 있었던 게 분명하다. 그게 부모님이 돌아가시기 전이었는지 후였는지는 모르겠다. 그곳이 별장 안이었는지, 혹시 벽장 속이나 지하실이었는지, 아예 다른 곳이었는지는 모르겠다. 그래도 그 기억은 확실하다. 단서인 것이다. 그렇다면 맞추어야 하는 퍼즐이 한 조각 더 생겼구나. 어젯밤 나는 춥고 지치고 흠뻑 젖은 채로, 이룬 게 거의 없다는 생각에 낙담하며 잠들었다. 그런데 오늘 아침에는 상황이 훨씬 좋아 보였다. 내가 집에 왔기 때문에 그날 라이플을 마지막으로 봤을 때 숲에 있었다는 걸 알아냈다. 그리고 우리 숲에서 뭔가 아주 나쁜 일이 일어났다는 것도 알고 있다. 지금은 그때의 내가 정확히 얼마 동안인지 모르겠지만 따뜻하고 어둡고 안전한 장소에 있었다는 것도 기억해 냈다. 이제 남은 건 기억들을 어떻게 맞출지 알아내는 것뿐이다.

나는 다리를 감고 있던 담요를 벗겨 내고 일어섰다. 헛간은 얼음장처럼 차가웠다. 살갗에 소름이 돋았다. 북쪽 벽에 가느다란 선 같은 널빤지 틈을 따라 하얀 눈이 보였다. 그걸 보자 밤새 눈이 왔다는 걸 알 수 있었다. 그러니 헛간이 이토록 추운 건 당연했다. 하지만 나는 이곳보다 더 나쁜 곳에서 잔 적도 있다. 내 인생 최악의 잠자리는 벽면에 패드를 댄 방padded cell(정신병원에서 환자의 자해를 막기 위해 고안된 방―옮긴이)이었다. 바닥에 패드를 대어 놓았으니 비교적 편안한 곳 아니냐고 생각할지도 모르겠다. 하지만 그 패드에 수십 년 동안 쌓인 다양한 신체 분비물들이 배어 있다는 점을 생각한다면, 차라리 콘크리트 바닥에서 자고 싶은 마음이 들 것이다. 게다가 그 방에서는 담요나 베개를 사용할 수 없고, 24시간 일주일 내내 절대로 불이 꺼지지 않는다. 천장 카메라로 방을 감시하는 직원들에게 아무리 공손한 태도로 수없이 요청한다 해도 마찬가지다. 벽을 치고 비명을 지르고 울어 버린다 한들 대답은 여전히 없다. 사고를 겪은 환자를 진정시키기 위해서라지만, 내 경우를 떠올리면 타인의 처분에 완벽하게 몸을 내맡겨야 하는 상황 가운데에서 몇 시간이나 시달려 결국은 지쳐 버리고 만다. 그때는 직원들이 시키는 일이라면 뭐든지 할 마음이었다. 약물 따위를 투여한다 해도 말이다.

나는 담요를 어깨에 걸친 채로 옷을 입으려 했지만, 안타깝게도 청바지와 양말과 부츠 안감은 아직도 축축했다. 어쨌든 옷가지에 묻은 지푸라기를 털어 내고서 입을 수밖에. 그런 다음 헛간의 뒤쪽 구멍으로 나가 볼일을 보았다.

부모님이 묻힌 묘지는 가까이 있었다. 나는 두 분의 묘에 한 번도

가 본 적이 없지만, 예전에는 어머니와 함께 남동생의 묘를 자주 찾아가 보곤 했다. 솔직히 말하면, 동생의 묘에 간다는 게 나에게는 이상해 보였고 지금도 그렇다. 우리 어머니가 그랬던 것처럼, 묘지에 앉아서 사랑하는 망자와 대화하는 걸로 마음에 위안을 얻는 사람들이 있다는 건 알겠고, 거기에 뭐라 할 마음은 없다. 하지만 나는 부모님을 추억하기 위해 굳이 매장된 곳까지 찾아갈 필요는 없었다. 그러다 이제야 떠오른 것은, 내 남동생이 어떻게 죽었는지 모른다는 사실이었다. 어쩌면 다이애나가 말해 줄지도 모르겠다.

나는 청바지의 지퍼를 올리고 그나마 따뜻한 헛간 안으로 서둘러 돌아갔다. 내 발자국 소리를 들은 쥐들이 도망쳤다. 내가 절대로 자신들을 해칠 사람이 아니라는 걸 모를 테니 도망치는 거겠지. 나는 별장 쪽으로 난 벽으로 다가가 틈새로 밖을 내다보았다. 주방에 불이 켜져 있었다. 굴뚝에서 연기가 피어올랐다. 창문에는 뿌옇게 김이 서렸다. 그림자 유령처럼 유리창 뒤에서 움직이는 다이애나와 샬럿 이모의 형체가 보였다. 따뜻하고 통통한 그림자들이다.

점퍼 소맷자락으로 흐르는 콧물을 닦고서 두 사람의 작업실로 이어진 문을 열었다. 혹시나 먹을 게 있을까 해서였다. 먹다 남은 초콜릿 바와 사과 속이 있었다. 안으로 들어서자 즉시 온몸을 감싸는 온기가 너무 달콤해서 몸이 부르르 떨렸다. 스스로가 바보처럼 느껴졌다. 부모님은 사무실에 등유 난로를 쓰는 대신 바닥에 전기 난방을 까는게 어떨까 이야기하곤 하셨지만, 항상 말만 했을 뿐 실행에 옮기지는 않았다. 두 분은 사무실에 있는 시간보다 야외에서 보내는 시간이 더 많았던지라 난방에 투자할 가치가 없다는 결론을 내렸다. 하지만 다이애나와 샬럿 이모는 하루 종일 작업실에서 일하니까 난방에 과감히 투자했다는 게 말이 된다. 혹시 이제 이곳 전체에 전기가 들어오는 걸까? 어제 나는 어둠 속을 이리저리 더듬으면서도 전기 스위치를 켤 생각은 전혀 해 보지 않았는데.

변한 건 또 있었다. 부모님의 사무실을 갈라놓았던 파티션이 사라져 이제는 커다란 방 하나가 되었다는 점이었다. 부모님의 책상과 서류들, 연구 자료들은 전부 사라졌다. 나를 처리하려는 다이애나의 계획을 기록할 수 있을 만한 녹음기와 휴대전화들도 없어졌다. 마치 부모님의 존재가 싹 지워진 것 같았다. 부디, 저 차고 안에 놓인 상자 안에 두 분의 책과 자료들이 들어 있었으면 좋겠다. 당연히 그래야지. 다이애나가 우리 부모님이 이룬 일생일대의 업적을 이토록 대수롭지 않게 여겨서 파괴해 버리다니 믿을 수가 없을 정도다.

비교적 거슬리지 않고 확실히 좋아졌다고 할 만한 것은 자그마한 주방과 그 옆에 달린 문이었다. 열어 보니 그곳은 화장실이었다. 남은 커피를 전자레인지에 데우고 기다리는 동안 샬럿 이모가 만든 그래놀라 바를 재빨리 먹어 치웠다. 부모님은 항상 샬럿 이모가 빵집을 열어도 될 거라고 말했는데 나도 동의한다. 어릴 적 나는 이모가 우리 주방 대리석 조리대에서 파이 만드는 모습을 보는 걸 참 좋아했다. 이모는 파이 반죽의 가장자리를 완벽하게 둥글리고 내가 파이 속을 채우라고 따 온 블루베리에 설탕과 밀가루, 육두구 가루 한 꼬집을 넣었다. 까맣게 그을리고 얼룩진 오븐 장갑을 끼고서 다 구워진 파이를 오븐에서 꺼내면, 파이 윗면의 갈라진 틈으로 즙이 끓어오르는 모습이 꼭 파란색 화산 같았다. 아버지는 언제나 저 찢어진 낡은 오븐 장갑을 갖다 버리겠다고 으름장을 놓았다. 이렇게 아버지가 이모를 놀릴 때면 가끔 샬럿 이모는 장갑 한 짝을 아버지에게 던지면서 얌전히 굴지 않으면 파이를 주지 않겠다고 협박했지만, 우리 모두는 이모가 농담하고 있다는 걸 알았다. 나의 어린 시절은 그런 모습이었다. 그때는 모두가 행복했는데. 어린 시절의 기억이 가슴 아프도록 떠오른다.

나는 그래놀라 바를 하나 먹어 치우고 곧바로 또 한 개를 집어 들었다. 샬럿 이모가 개수를 잘 세고 있다면 큰일 난 거다. 전자레인지에서 신호음이 울리자, 나는 김이 모락모락 오르는 커피 머그를 꺼내 두 손으로 감싸 들고서 방 안을 살펴보았다. 이어진 창문 앞에는 이젤이 있었는데, 거기엔 다이애나가 최근에 그린 그림이 한 점 있었다. 새의 발과 꼬리를 아주 자세히 보고 그린 그림이었다. 그 세밀함은 놀라운 수준이었다. 새의 가죽 같은 피부에 붙은 표피마다, 깃털의 크고 작은 깃가지 하나하나마다 광채가 도는 듯했다. 지금까지 나는 언니의 그림을 사진으로만 보았다. 하지만 이제 보니 왜 사람들이 이 그림을 유리에 넣고 그 앞에 밧줄을 쳐서 만지지 못하게 전시하는지 이해가 갔다. 언니는 유명한 화가였지만 나는 한동안 언니가 얼마나 유명해졌는지 모르는 상태였다. 그러던 어느 날, 심리치료사 하나가 〈60분〉이라는 프로그램에서 다이애나의 인터뷰를 보다가 우리 언니라는 걸 알아보았다. 언니는 심지어 위키피디아 페이지도 이름이 올라 있었다. 언니에 대한 글은 보통 '은둔의 예술가 다이애나 커닝햄'이나 '희귀 인터뷰 자료에서 본' 같은 말로 시작했다. 나는 찾을 수 있는 언니의 자료를 전부 찾아서 읽어 보다가 어느 날 깨달았다. 저 기사들은 결국 가족의 비극이란 주제를 떠올리게 하는 거라고. 그 기사들 가운데 내가 언급

되는 부분이 있다면 그건 다이애나가 '심한 트라우마를 입은 동생' 때문에 '헌신적인 희생'을 한다는 식의 내용이었다. 이런 글을 쓰다니 참으로 무정한 기자가 아닌가. 나처럼 절대로 원치 않는 이유로 유명해진 사람의 처지가 되어 보아야만, 몇 마디 안 되는 말로도 이토록 부정적인 존재로 비춰질 수 있다는 게 얼마나 속상할 만한 일인지 알 수 있을 것이다.

캔버스 옆에는 그림 속 새와 똑같이 생긴 새 박제가 있었다. 다름 아니라 박제사인 언니가 죽여서 만든 것이다. 그림과 박제를 같이 보면, 언니가 구현한 사실주의 기법이 얼마나 대단한지 확실히 알 수 있다. 총기실에 전시되어 있는 새들은 모두 언니의 그림 목록에 들어 있을 게 분명했다. 언니가 이토록 그림을 자세하게 그릴 수 있는 비결이 박제 때문이라는 건 아마도 비밀이겠지. 적어도 나는 언니가 그림과 박제를 같이 한다는 이야기를 어느 기사에서도 읽어 본 적이 없으니까. 동물권익단체 사람들이 안다면 쇠스랑과 횃불을 들고 언니의 작업실로 쳐들어올 거란 생각이 들었다. 성난 반대자들이 언니의 작업실을 둘러싸고 소리 지르는 모습을 상상하니 웃음이 났다. 다이애나가 못 견디는 게 하나 있다면, 잔뜩 모인 사람들이다.

마당 저편에서 주방문이 열렸다. 나는 세 개째 그래놀라 바를 잡고서 안 쓰는 헛간 쪽으로 도망쳤다. 잠시 후, 작업실 문이 열렸다 닫히는 소리가 들렸다. 드문드문 들리는 대화로 미루어 보니, 다이애나의 그림들이 2주 후 뉴욕에 있는 갤러리에서 전시될 예정인 것 같았고, 그 준비를 하려면 언니와 샬럿 이모는 이번 주까지 그림 포장을 마쳐야 하며, 다이애나는 인터뷰 일정이 계속 있어서 비행기로 일찍 떠나게 되었고, 샬럿 이모는 언니의 조수로 같이 간다는 이야기였다. 내가 없는 두 사람만의 계획을 상의하는 소리를 들으니, 어쩔 수 없이 질투심이 일었다. 이 계획은 물론이고 둘이 세운 여타의 계획에 내가 완전히 배제되어서만이 아니라, 다이애나가 다시는 볼 필요도 없고 상대할 필요도 없는 상황으로 날 밀어 넣고 싶어 한다는 걸 알게 되었기 때문이다.

나는 헛간의 뒤편 구멍으로 슬그머니 빠져나와 숲을 빙 돌아 별장으로 갔다. 두 사람이 볼지도 모르는 발자국을 남기고 싶지 않았기 때문이다. 어제 빌린 점퍼를 원래 있던 자리에 돌려놓았다. 두 사람 모두 부츠 안감이 아직도 젖어 있다는 사실을 눈치채지 못하길 바라면서 서둘러 내 방으로 올라갔다. 뜨거운 물로 재빨리 샤워하고 나서(알고 보니 별장은 전기 시설이 다 되어 있었고, 물 온도도 예전 기억만큼 미지근하지 않았다.), 나는 마른 옷을 걸치고 급히 복도로 나와 내 방으로 돌아왔다. 그러자 놀랍게도 큰까마귀들이 둥지에 앉아 있었다. 나는 창문을 열고 고개를 빼꼼 내밀었다.

"안녕. 나야."

이렇게 인사하자 갑자기 수줍어졌다.

암컷이 고개를 갸우뚱하더니 빛나는 한쪽 눈으로 나를 빤히 바라보았다. 그리고 말했다. *우리는 기억해.*

"그러면 우리 부모님이 돌아가셨던 날도 기억하니?"

우리는 기억해. 큰까마귀가 다시 대답했다.

"말해 줘. 그날 본 걸 말해 줘. 알고 있는 걸."

모든 게 밝혀질 거야. 내가 도착했던 날 나를 맞아 주었던 큰까마귀

가 대답했다.

기억해. 기억해. 암컷이 이렇게 덧붙였다.

나는 고개를 방 안으로 돌렸다. 어린 꼬마 둘과 이야기하는 기분이었다. 지능으로 따져 보자면 큰까마귀는 돌고래나 침팬지와 비슷하지만, 이 한 쌍의 큰까마귀는 확실히 지능이 부족했다. 그러니 내가 말하는 법을 가르치지 못한 것도 당연한 일이었구나.

옷장에 가서 선반 위에서 어린 시절 소중한 물건들을 간직해 둔 상자를 꺼냈다. 어쩌면 그 물건들이 무언가 알려 줄지도 모른다. 나는 물건을 침대 위에 늘어놓았다. 파란 어치의 깃털. 곰 이빨로 만든 목걸이는 늙어 죽은 곰의 이빨로 아버지가 만들어 준 것이다. 호숫가에서 찾은 철광석 덩어리. 나는 돌을 손에 쥐어 보며 옛 기억을 떠올렸다. 이 돌은 같은 크기의 다른 돌보다 무게가 두 배나 나갔기 때문에 그때는 이걸 운석이라고 생각했다. 구리가 박혀 있는 석영 조각. 울새알. 이걸 보니 나는 자연을 사랑했던 소녀가 분명했다.

다른 물건들은 언니와 연관된 것들이었다. 하얀 조약돌이 가득한 검푸른 벨벳 주머니는 다이애나와 헨젤과 그레텔 놀이를 할 때 내가 우리 집 진입로에서 모은 것이다. 언니가 달러스토어에서 구한 플라스틱 드라큘라 이빨은 늑대나 괴물이 나오는 놀이를 할 때 딱이었다. 그때를 생각해 보면, 우리는 참 독특한 어린 시절을 보냈다. 바깥세상과 완벽하게 고립된 채로 둘이서만 자라난 여자아이들이라니. 로물루스와 레무스Romulus and Remus(로마를 건국했다고 전해지는 형제로 어릴 적 늑대가 키웠다고 한다-옮긴이) 같지 않은가. 아니면 백설공주와 장미공주라고 할까. 별장에는 인터넷이 없었다. TV도 보지 못했다. 다만 우리가 아플 때마다 부모님은 흑백 브라운관 TV로 비디오 영화를 보여 주는 게 전부였다. 그러니 다이애나와 내가 우리만의 놀이를 만드는 데 능숙했던 이유도 어렵지 않게 이해할 수 있다.

사격 역시 우리의 비밀 생활 중 큰 부분이었다. 나는 다이애나와 샬럿 이모, 맥스와 함께 몰래 사격장에 가거나 부모님이 없을 때마다 다이애나와 함께 숲속으로 몰래 들어가는 걸 좋아했다. 규칙을 어기는 행동이라는 걸 알고 있었지만 샬럿 이모는 "규칙은 깨라고 있는 거야"라고 말하곤 했다. 나 역시 전적으로 동의했다.

내 환상을 다시 생각해 보았다. 왜 나는 항상 라이플을 들고 있는 모습일까? 어젯밤에 꾼 꿈속 기억처럼 환상 속에서 항상 레밍턴이 나타나는 이유가 분명히 있을 것이다. 나는 옷장을 열고 라이플을 꺼내려고 칸막이를 열었다. 어쩌면 내 환상을 다시 재현해 보아야 할지도 모르겠다고 생각해서였다. 하지만 칸막이 안은 텅 비어 있었다. 내 라이플이 사라졌다.

그러다 바닥에서 무언가를 보았다. 손을 뻗었다. 손끝에 무언가 딱딱하고 날카로운 것이 닿았다. 그걸 꺼내자, 그만 온몸이 부들부들 떨렸다.

손에 잡힌 건 작은 은제 박제 칼이었다.

19

그때
제니

몸이 휘청거렸다. 떨어지지 않으려고 팔로 사다리를 감았다. 무릎이 풀려 흐물흐물한 느낌이었다. 숨도 쉴 수 없었다. 햇빛에 반짝이는 다이애나의 칼에서 눈을 뗄 수가 없었다. 그 섬광 하나하나가 내 마음을 푹 찔렀다. 이건 내 잘못이었다. 나 때문이다. 이런 날이 올 줄 알았어야 했다. 결국 이렇게 될 거란 사실을 깨달았어야 했다. 내 직감을 믿었어야지, 피터의 설익은 생각을 따르지 말았어야 했다. 사이코패스인 딸에게 박제를 가르치면 결국 이런 나쁜 결말을 초래하게 된다는 걸 알았어야 했다. 양심도 동정심도 전혀 느끼지 못하는 전문적인 박제사가 제멋대로 활동하다 보면 궁극적으로 인간을 보존하고 속을 채워 박제로 만드는 게 목적이 될 거라는 사실을 깨달았어야 했단 말이다.

다이애나가 여동생에게 하려는 짓이 바로 그거니까. 나는 그 점을 결코 의심하지 않았다. 칼과 끓는 물과 내 딸을 가둬 둔 우리. 다이애나는 일종의 핑계를 대며 레이첼을 이곳으로 유인했고, 상냥하고 순진한 내 딸은 기꺼이 그 말에 따라온 것이다. 만약 내가 찾아야 할 때 아이를 찾지 않았다면, 다이애나가 피운 모닥불 연기를 맡고서 무슨 일일까 조사하러 오지 않았다면, 내가 이곳에 곧바로 오지 않고 중간에 돌아가 피터를 불러오려 했다면 지금쯤 레이첼은 죽었을지도 모른다.

"엄마?"

"잠깐만, 아가. 바로 내려갈게."

다행히 평상시처럼 목소리가 나왔다. 레이첼이 무사히 집으로 돌아간 다음, 피터에게 내가 발견한 걸 말해 준 다음에도 겁에 질릴 시간은 얼마든지 있다.

나는 사다리를 마저 올라가서 블라인드 안으로 들어갔다. 사냥 블라인드는 실제로 사람 하나 정도는 너끈히 살 수 있을 만큼 물품이 잘 구비되어 있었다. 플라스틱 우유 상자 안에는 접시와 컵이 쌓여 있고, 침낭은 방수 가방 속에 돌돌 말려 있었다. 이 블라인드를 떠받치고 있는 나무에 깊이 박은 못에는 손전등과 등유 램프를 걸어 놓았다. 오래된 음료 쿨러와 성냥, 신문지와 노끈으로 묶은 삼나무 불쏘시개 한 묶음까지 보였다. 맥스가 가져갔을 거라고 피터와 내가 생각했던 나무 사다리를 비롯한 모든 물건은 별장에서 가져온 것이었다. 다이애나가 이 장소를 짓기 위해 들인 노력이란 이해할 수 없을 정도로 대단했다. 블라인드를 지을 판자를 훔치고, 우리가 눈치채지 못하도록 조금씩 못을 훔치고, 물건을 전부 이곳으로 날라 와서 블라인드와 화덕을 짓고, 레이첼에게 반드시 비밀을 지키라는 맹세를 받아 내고, 알 수 없는 그 무언가를 하자는 말로 아이를 꾀어 이곳에 데려오다니. 이 모든 일은 피터와 내가 현장에서 바쁘게 연구하는 동안, 샬럿이 별장에서 우리 대신 아이를 돌보고 있으니 모든 게 우리 뜻대로 되어 가고 있다고 믿는 동안 일어난 것이다.

나는 칼을 플란넬 재질의 케이스 안에 넣고 돌돌 말아 꽉 묶은 다음 재킷 안에 넣었다. 이건 다이애나의 칼이 분명했다. 내가 3년 전 그 아이의 열일곱 살 생일을 위해 직접 포장했기 때문에 아주 잘 알고 있다. 다이애나와 피터와 나는 그때 어려운 시기를 겪고 있었다. (십대들이란 원래 다루기 어렵다고 생각하는가. 그렇다면 사이코패스 십대 아이랑 한번 살아 보라.) 우리는 무언가 특별한 선물을 해서 우리가 정말로 다이애나를 사랑한다는 걸 보여 주고 싶었다. 이 다섯 개들이 그로먼Grohmann 박제용 칼 세트는 탄소강날에 장미목 손잡이로 만든 것으로, 그 당시 700달러가 넘는 고가품이었다. 피터와 내가 정규직이 아니고 모아 둔 저금과 시댁의 도움으로 생계를 꾸려 간다는 현실을 감안하면, 그건 대단한 희생이었다. 그런데 다이애나가 이 칼을 동생에게 대려 하다니. 그러나 아닐 거라고 생각할 수도 없었다.

상상이 안 되는 건 또 있었다. 다이애나는 대체 어떻게 이 일을 모면할 수 있다고 생각했던 걸까? 만약 레이첼이 오늘 밤 저녁을 먹으러 집에 오지 않았다면 무어라 말할 작정이었을까? 우리 모두가 아이를 찾으려고 혼비백산할 때, 혹시라도 우리를 다른 방향으로 이끌어 가려고 했던 걸까? 사실은 어디에 있는지 말하지 않고, 숲의 다른 쪽으로 가는 레이첼을 봤다고 말하려던 참이었을까? 정말로 우리가 자기 여동생을 찾아낼 때까지 온 천지를 다 뒤질 거라는 생각은 전혀 안 했을까? 그래서 결국 아이를 찾아냈다면, 그때는 대체 무어라 말하려고 했을까?

"엄마?"

나는 심호흡을 하고서 못에 걸린 열쇠를 집었다. 그리고 더듬더듬 사다리를 내려갔다. 한 번 더 심호흡을 하고 우리로 다가가 미소를 지었다.

"언니가 너를 여기에 넣었어?"

나는 아무렇지 않다는 듯 물었다. 레이첼에게 저녁 먹기 전 손을 씻었냐고 묻는 것처럼 여상히 말이다. 하지만 손이 너무 심하게 떨린 나머지 자물쇠에 열쇠도 간신히 넣었다.

"으응. 헨젤과 그레텔 놀이를 하고 있었거든. 나는 헨젤이야."

아이는 자랑스럽게 말하며 울타리 사이로 손가락을 쑥 넣었다.

"나 꼬집어 볼래? 내가 충분히 살쪘는지 봐 줘."

"충분히 살쪘어."

딸아이의 발 밑에 사탕 껍질이 흩어져 있었다.

"아, 레이첼. 아가, 이건 좋은 놀이가 아니야. 지금 당장 엄마랑 같이 집에 가자."

"하지만 마녀는 나를 잡아먹을 준비가 될 때까지 여기 있어야 한다고 했어."

"마녀? 언니를 말하는 거니? 다이애나가 마녀야?"

"으응. 나는 그레텔을 하고 싶었어. 그레텔은 나중에 마녀를 죽이잖아. 하지만 다이애나는 이번에 내가 헨젤을 해야 한다고 했어."

"예전에도 헨젤과 그레텔 놀이를 했니?"

"으응. 가끔 라푼젤 놀이도 해. 그러면 나는 왕자가 사다리를 가지고 나를 구하러 올 때까지 탑에서 기다려야 해. 다이애나가 왕자야."

딸아이는 부연 설명을 했지만 나는 벌써 이 놀이가 어떤 건지 알았다. 신데렐라 놀이를 해 보지 않은 걸 천만다행이라고 생각해야 할까? 원작에서 신데렐라의 의붓언니들은 발꿈치와 발가락을 잘라서 유리구두에 발을 맞추니 말이다.

"음, 그렇다면 엄마가 그레텔을 할게. 그래서 널 구해 줄게. 동화는 그렇게 끝나잖아. 맞지?"

"맞아!"

자물쇠가 딸깍 열렸다. 레이첼이 확 달려 나왔다. 겉으로 보기에는 우리 안에서 낮잠을 자고 사탕을 먹으며 지낸 게 나쁘지 않은 것 같았다. 휴지를 건네주자 아이는 숲으로 달려가 청바지를 내렸다. 나는 그동안 소매를 걷어붙이고 냄비에 있던 물의 반을 모닥불에 끼얹었다. 그리고 격자를 옆으로 치운 다음 석탄을 발로 차서 불을 껐다. 김이 모락모락 나는 불씨의 잔해 위로 진흙과 모래를 한 겹 덮어 확실히 마무리를 지었다. 나는 혹시나 산불이 나지 않았는지 조사하려고 여기 왔으니, 무심코 산불을 내서 책임질 마음은 없었다.

"자, 아가. 집에 가자."

레이첼이 볼일을 다 보자 내가 말했다.

딸아이는 우리 안으로 다시 달려 들어갔다. 그 순간 가슴이 덜컥 내려앉았다. 그러다 나는 딸아이가 그저 가방을 가지러 갔음을 깨달았다. 자기의 안전을 지키기 위한 생존 장비가 든 배낭 말이다. 딸아이는 나보다 앞서 오솔길을 걸어 나갔다. 레이첼은 참 아름답고 친절하고 상냥하고 사랑스럽고 순수한 아이다. 이런 동생을 다이애나는 어떻게 그저 뼈와 피부만 갖춘 존재로 여길 수 있을까. 이제껏 나 자신을 몰아붙이며 다이애나가 무슨 생각을 하는지 여러 번 이해하려고 노력했지만, 나의 이런 노력은 결국 실패하리라는 걸 깨달았다. 나는 그 아이처럼 이 세상을 냉담하게 보지 못할 테고, 그러고 싶지도 않았다. 이건 마치 우리를 서로 묶어 주는 감정이 없는 거나 마찬가지였다. 다이애나에게는 마음이 없다. 다이애나만 이런 게 아니라는 걸 나는 알고 있다. 사이코패스 아동이 저지른 사건들은 정말이지 오싹하다. 어떤 어린 소년은 나무 둥지에서 학교 운동장 바닥으로 떨어진 아기 새를 자로 해부했다. 또 어떤 아이는 어린 소녀에게 그 아이가 키우는 고양이의 눈을 포크로 파 버리겠다고 말했다. 그래서 소녀가 울자, 그 아이는 소녀의 눈도 파 버리겠다고 말했다. 아기 곰에게 돌을 던지면 어떻게 될지 알아본다거나, 동생의 얼굴을 베개로 눌러서 색의 변화를 관찰하거나, 동물의 새끼를 잡아서 배를 갈라 그 안이 어떤지 보거나, 여동생을 죽여서 피부를 벗겨 박제로 만들려는 것도 비슷한 일이다.

하지만 이제 끝이다. 우리는 끝을 보게 되었다. 나는 더 이상 두고 볼 수 없다. 더는 양보하지도, 허락하지도, 변명하지도 않을 것이고, 이해하려 노력하지도 않을 것이다. 딸아이들을 두고 선택하고 싶지는 않지만, 다이애나는 나를 위해 대신 선택을 해 주었다.

"배고프니?"

별장이 보이자 레이첼에게 물었다.

아이는 고개를 저었다. 이제껏 먹은 사탕의 양을 보면 배가 고플 리 없다.

"그럼 좋아. 엄마는 이제 가족회의를 할 거야. 그러니까 엄마가 나와도 좋다고 할 때까지 독서실에 가 있으렴."

딸아이는 군말 없이 헛간으로 향했다. 우리가 어른들만 하는 회의를 연 건 이번이 처음은 아니다. 어쨌든 책 읽기를 좋아하는 아이에게 반 시간 정도 방에 들어가 있으라는 건 처벌이 아니다. 그 방에는 여느 도서관의 어린이책 코너보다도 더 많은 책들이 있으니까.

피터와 맥스는 옆 마당의 구덩이를 제거하고 있었다. 나는 피터에게 다가가 팔에 손을 얹었다.

"얘기 좀 해."

나는 조용히 말한 다음 맥스 쪽으로 머릿짓을 했다.

"우리끼리만."

"잠깐 기다릴 수 있어? 거의 끝나 가."

"미안하지만 안 돼."

피터는 삽을 헛간에 기대어 두고 작업용 장갑을 벗어 뒷주머니에 꽂았다. 그리고 맥스에게 말했다.

"잠깐 기다려. 금방 갔다 올게."

"맥스는 이제 집에 갔으면 해."

그 말에 피터는 눈을 가늘게 떴다. 의심할 것도 없이, 지금 내가 대화를 요청하는 게 다이애나에 관한 일이라고 생각하는 것이다. 그것 말고 또 무슨 급한 일이 있겠는가.

"심각한 일이야?"

"심각한 일이야."

"알았어. 그러면 맥스, 내일도 같은 시간에 오겠어?"

피터가 맥스에게 말했다.

"그러죠. 그럼 샬럿에게 간다고 말할게요."

맥스는 들고 있던 갈퀴를 피터의 삽 옆에 나란히 세우고 샬럿의 작업실로 향했다.

"샬럿에게 당장 주방으로 오라고 해 줘. 가족회의가 있다고."

"알겠어요."

맥스가 우리 목소리를 들을 수 없을 만큼 멀어지자 피터가 물었다.

"무슨 일인지 말해 줄래?"

"아직은 안 돼. 다이애나를 데리고 와 주겠어? 아직 작업실에 있을 거야. 지금 이야기를 좀 해야겠다고 말해 줘."

나는 별장으로 가서 스토브에 불을 지피고 차 끓일 물을 올려놓았다. 캐모마일이 좋겠지. 나의 신경과 뱃속을 진정시켜 줄 테니까. 하지만 찻물에 뭔가 더 센 걸 넣고 싶은 마음이 들었다.

모두가 식탁에 모이자, 나는 재킷에서 칼 케이스를 꺼내 식탁 가운데에 놓았다. 그리고 의식을 치르듯 케이스를 풀어 안에 든 것을 보여 주었다. 다이애나가 그 칼로 무엇을 하려고 했는지 알고 있는 상태에서 그걸 바라보자 소름이 끼쳤다. 갖가지 모양과 다양한 크기를 지닌 저 휘어진 칼날은 동물의 피부에서 살을 제거하는 용도로 쓰인다. 사냥꾼들은 고기를 먹으려고 이 칼로 가죽을 벗겨 낸다. 박제사들은 반대로 가죽을 보존하려는 목적으로 이 칼을 사용하여 고기를 잘라 낸다. 물론 내 딸은 이 칼로 아주 다른 걸 할 계획이었다.

"이게 다 뭐지?"

피터가 물었다. 나는 다이애나에게 말했다.

"네가 대답할래?"

"내 칼이야."

다이애나는 어깨를 으쓱이며 당연한 대답을 했다.

나는 딸아이가 뭔가 부연 설명을 할 줄 알았다. 하지만 그 아이는 그러지 않았다. 그 아이는 내가 이 칼들을 어디서 찾았는지, 왜 우리가 이 식탁에 둘러앉았는지 알아야 했다. 자신의 사악한 계획은 끝났다고, 이제는 고백할 시간이라는 걸 알아야 했다. 하지만 나와 스무고개를 하고 싶은 마음이라면, 나는 할 수 있는 한, 그 심문을 질질 끌 것이다.

"그렇다면 내가 이걸 어디서 찾았을까?"

내가 대답을 끌어냈다.

"내 사냥 블라인드 안에서겠지."

그러자 피터가 눈썹을 치켜떴다.

"우리는 이 땅에서 사냥을 허락하지 않았을 텐데?"

다이애나는 대뜸 쏘아붙였다.

"거기서 사냥은 안 해. 그냥 이름만 그렇게 붙인 거야. 생긴 게 비슷하니까. 나는 관찰 장소로 블라인드를 쓰고 있어. 동물을 스케치하고 그리려고."

나는 거짓말을 그대로 두고 보았다. 그리고 저 칼들이 내 대신 말을 하도록 놔두었다. 네가 정말로 스케치와 그림만 그리려고 했다면 박제칼 세트를 숲으로 가져와야 할 논리적인 이유가 무엇이겠니. 다이애나는 참으로 대담하고 뉘우침 없는 거짓말쟁이다. 지금 당장 하늘이 갈라져서 저 아이의 머리 위로 불과 유황이 쏟아지거나 땅 밑이 쩍 갈라져 구약성서에 나온 죄인들이 처단받듯 저 아이를 삼켜 버리지는 않을까 하는 마음이 들었다. 솔직히 내 마음의 반쯤은 그렇게 되기를 바라고 있었다.

나는 식구들에게 아침에 겪은 일을 생생히 들려주었다. 묘지에 앉아 있던 이야기부터 시작해서 모닥불을 껐던 이야기까지. 물이 끓고 있던 냄비와 사냥 블라인드와 그 아래 설치된 블라인드에 레이첼이 갇혀 있던 이야기까지. 그런 다음 그 안에서 찾은 걸 말해 주었다. 바로 다이애나가 쉽게 작업할 수 있도록 펼쳐 놓은 파란색 방수포와 피를 흡수하도록 깔아 놓은 신문지, 그리고 지금 식탁 위에 놓여 있는 저 칼까지.

"레이첼은 다이애나와 헨젤과 그레텔 놀이를 하고 있다고 말했어. 그래서 자기가 우리 안에 갇혀 있는 거라고. 아침 내내 사탕을 먹었다고도 했어. 다이애나가 우리 안에 있으면서 살쪄야 한다고 했다더구나. *잡아먹기 좋도록.*" 나는 식구들을 하나하나 천천히 바라보면서 말을 끝맺었다.

아무도 입을 열지 않았다. 다이애나는 포커페이스를 유지하는 중이었다. 무슨 생각인지 알 수는 없었다. 피터와 나는 가끔 다이애나가 마음만 먹는다면 포커 대회에 나가서 챔피언이 될 수 있을 거라고 농담을 하곤 했다. 표정의 변화가 전혀 없기 때문이다. 하지만 이제는 전혀 반응을 보이지 않는 그 아이의 모습이 하나도 우습지 않았다.

"이해가 안 돼."

피터가 말했다.

"순진하게 굴지 마, 피터. 이해했으면서."

"그러면 다이애나가 레이첼을 죽이려 했다는 거야? 그래서? 먹기라도 하려고 했다는 거야?"

"아니. 내 생각에 다이애나는 레이첼을 죽인 다음 곰이나 사슴처럼 피부를 벗겨 내서 박제시키려고 했을 거야."

피터의 얼굴이 창백해졌다. 남편은 따귀를 맞은 것처럼 몸을 움츠렸다. 입을 벌렸다가 이내 다물어 버렸다.

"이게 사실이니?"

충격에서 돌아와 간신히 말할 수 있게 되자 피터는 다이애나에게 물었다.

다이애나는 고개를 홱 쳐들었다.

"당연히 아니야. 레이첼이랑 나는 그냥 놀고 있었어. 걔가 먼저 헨젤과 그레텔 놀이를 하자고 했어. 난 그저 걔가 원하는 대로 했을 뿐이야. 언제나 나한테 말했잖아. 걔한테 잘해 주고 원하는 대로 해 주라고. 내 말을 믿지 못하겠거든 걔한테 물어봐."

내가 물었다.

"그럼 불은 왜 피웠니? 물은 왜 끓였어? 칼이며 신문지며 방수포는 뭐 하러 펼쳐 놨어?"

"소도구야. 나는 그냥 걔를 재미있게 해 주고 싶었어. 알잖아. 사악한 마녀처럼 굴어야 하는 거."

"내가 보기엔…."

샬럿이 끼어들었지만 나는 말을 잘랐다.

"나중에 말해. 지금 이 상황에 대한 네 역할도 조금 있다가 논의할 테니까."

"나의 역할이라니…."

"*입 다물라*고 했어."

샬럿은 입을 꾹 다물었다. 나는 좀처럼 목소리를 높이지 않는 성격이고, 절대로 거친 말을 입에 담지 않았다. 우리 어머니는 내가 이제껏 본 사람 중에서 가장 성질이 거친 분이었기 때문에, 나는 오래전부터 절대로 어머니처럼 되지 말아야겠다고 다짐했다. 하지만 이젠 상관없다. 착하게 구는 건 질렸다. 다이애나가 이 이야기의 악당이라면, 내 동생은 그 아이가 악당이 되도록 만든 사람이다.

"입 다물고 있지 않을 거야. 언니가 가족회의를 소집했잖아. 나도 가족이란 말이야."

샬럿은 내게 손가락질을 하면서 있는 대로 불평을 늘어놓았다. 지금 내가 항상 그렇듯 과민 반응을 보이고 있다고, 내가 이 상황을 너무 심하게 해석하고 있다고, 내가 언제나 나의 관점만이 옳다고 생각한다고, 언제나 다이애나보다 레이첼 편을 들고, 아이를 과잉보호하고, 경직된 사고방식을 갖고 있으며 지배적이고, 요구가 많고, 으스대고, 이기적이고 등등. 마치 어릴 때부터 나에게 느꼈던 분노와 질투심을 은밀하게 쌓아 왔다가 지금 한꺼번에 터뜨리는 것 같았다. 이토록 많은 분노를 품고 있을 줄은 정말 몰랐다.

"너의 임무는 단 하나였어, 샬럿. *단 하나였*다고. 우리는 네게 살 곳과 차와 네 예술 활동을 위한 공간을 줬어. 네 남자친구에게 일자리도 주었지. 게다가 우리 땅에 너희 둘을 위한 사격장도 설치해 줬어. 우리가 원하지 않았는데도 말이야. 이 모든 걸 해 주면서 우리가 너에게 바란 건 단 하나야. 우리 딸들을 잘 돌보라는 거."

"그래서 돌봤잖아. 10년이나. 이제 다이애나는 스무 살이야. 어린애가 아니라고. 돌봐 줄 필요가 없어. 그리고 레이첼 말인데, 언니는 걔를 너무 과보호하고 있어. 레이첼은 엄마 허락 없이 생각하거나 행동하는 걸 너무 무서워해. 정말로 그 아이가 언니처럼 곰을 좋아한다고 생각해? 걔는 곰을 좋아하는 척만 할 뿐이야. 언니를 기분 좋게 해 주려는 마음이 너무 커서 그런 거라고. 보기에 딱해. 그런데도 언니가 그걸 모른다는 게 놀랍네."

피터는 손을 들어 우리를 말렸다.

"자, 자. 한숨 돌리고 이야기하자고, 모두. 이래 봤자 도움될 게 없어. 문제는 이거야. 이제 어떻게 하지? 다이애나? 제니?"

"2주 동안 박제 금지야."

다이애나를 어떡할까. 이보다 더한 조치를 생각하고 있지만, 그 계획은 우선 피터와 상의해야 한다.

"2주라니! 말도 안 돼. 이럴 수는 없어. 난 어린애가 아니야. 이런 식으로 날 위협하지 마. 오늘 아침에 새로운 박제를 막 시작했단 말이야. 안 끝내면 가죽이 말라 버릴 거야. 이대로 두고 볼 수는 없다고."

샬럿이 덧붙였다.

"애가 설명했잖아. 왜 딸 말을 안 믿어?"

나는 샬럿의 말을 무시했다.

"그럼 오후에 일을 마무리해. 이걸로 됐어. 나 진지하게 말하는 거야. 내일부터 너는 2주간 작업실에 발을 들여서는 안 돼. 필요하다면 자물쇠를 달 거야."

　순간 다이애나의 얼굴에 분노가 일었나 싶었지만 금방 사라졌다. 다이애나는 다시 포커페이스로 돌아왔다. 심리학 서적의 용어로는 그 아이의 '가면'으로 말이다. 말하자면 자신이 진짜 어떤 사람인지 감추기 위해서 마음대로 썼다 벗었다 하는 성격이다. 이토록 빨리 태도를 바꿀 수 있다니 보는 나로서는 불안해질 수밖에 없었다. 다이애나는 의자에 등을 기대고 팔짱을 꼈다.

　"그러던가. 그럼 이만 가 봐도 될까?"

　"나가도 좋아."

　다이애나는 의자를 뒤로 밀고 일어나 작업실로 향했다. 샬럿은 급히 그 뒤를 따라갔다. 나는 차 한 잔을 더 따른 다음 브랜디를 넉넉히 넣어서 들이켰다. 두 손이 덜덜 떨렸다.

　"내가 과민반응하고 있다고 생각하는구나."

　피터에게 말했다.

　"그런 말 한 적 없어."

　"차라리 그렇게 말하지 그랬어. '한숨 돌리고 이야기하자, 모두'는 뭐야. '이래 봤자 도움될 게 없다'니. 왜 내 편은 들어주지 않은 거야?"

　피터는 손을 뻗어 내 손을 잡으려 했다. 나는 그 손을 밀어 냈다. 그리고 차 한 모금을 더 마셨다. 눈물을 삼켰다. 입술을 깨물었다. 이제껏 피터가 공정한 마음으로 침착한 태도를 유지하기를 바랐지만, 지금은 아니었다. 나는 남편이 벌떡 일어서서 다이애나에게 소리를 지르기 바랐다. 아이에게 본때를 보여 주기 위해 필요하다면 때리기를 바랐다. 용기를 보여 주고, 입장을 분명히 해서 그 아이가 저지른 일에 합당한 행동을 보여 주기 바랐다. 그런데 남편은 마치 내가 잘못했다는 듯 행동하고 있지 않은가.

피터는 다시 내 손을 잡으려고 손을 뻗었다.

"당신이 화난 마음은 알겠어, 제니."

내가 순순히 손을 잡혀 주자 그가 말했다.

"하지만 샬럿 말이 맞을지도 모르잖아. 다이애나가 맞는 말을 했는데, 당신이 상황을 잘못 받아들였는지도 몰라. 물론 다이애나랑 레이첼을 숲속에 단둘이 있게 해서는 안 되는 거였지. 샬럿이 다이애나를 더 잘 감시했어야 했고. 하지만 솔직히 생각해 봐. 사람의 가죽을 벗겨서 박제를 만든다고? 이게 무슨 〈양들의 침묵 The Silence of the Lambs〉 같은 영화가 아니잖아. 우리 딸아이를 그런 식으로 보는 건 정말 너무했어."

"당신은 그 자리에 없었으니까. 레이첼은 우리에 갇혀 있었어. 사탕을 한 양동이나 먹었다고. 그 사탕에는 약이 들어 있었을 거야. 게다가 다이애나는 레이첼이 잠들기를 기다리면서 박제 작업실에서 시간을 보내고 있었어. 그런 뒤에 아이를 죽이려고 말이야. 내가 본 걸 당신도 봤다면 그런 말 못 할 거야."

피터는 천천히 말했다.

"알았어. 그렇다면 당신 말이 다 맞다고 치자. 이젠 어떻게 해야 하는데?"

"아이를 떠나보내야지. 우린 이제껏 모든 걸 다 해 봤어. 하지만 아무 소용이 없었어. 더 이상 우리가 할 수 있는 게 없어. 다이애나가 이 별장에서 우리랑 같이 사는 한 아무도 안전하지 않아."

"그럼 아이를 정신병원에 보내자는 거야?"

"그러고 싶지 않아. 하지만 그래, 이제 때가 됐어."

말하고 나니 가슴이 무너져 내렸다. 우리는 오랫동안 너무 열심히 노력했다. 너무 많은 걸 참았다. 하지만 선택의 여지가 없었다. 레이첼과 함께 별장으로 돌아오면서 드는 생각이라고는 다이애나를 멀리 보내 버리는 것뿐이었다. 그래야 옳다는 생각밖에 들지 않았다. 하지만 이걸 입 밖으로 말하고 나니 예상보다 더 마음이 아팠다. 물론 우리 말고도 자녀가 괴물이라는 사실을 맞닥뜨렸던 부모들이 있을 것이다. 학교 총기 난사범, 아동학대범, 납치범, 강간범, 살인범들 모두부모가 있는 사람들이다. 우리는 할 수 있는 모든 걸 했다. 상담에 많은 돈을 쓰고, 북부로 이사해서 다이애나 근처에 사람을 두지 않았고, 그 아이가 안전하다고 여길 만한 곳을 골라 살았다. 하지만 우리는 어쩌나.

피터가 말했다.

"마음의 준비를 했구나. 하지만 나는 아직 잘 모르겠어. 일단 이 길을 가기로 마음먹었다면 돌이킬 수 없잖아."

솔직히 말해서 남편이 이토록 우유부단하다는 사실에 놀랐다. 우리가 다이애나를 어떻게 할지 이야기한 적은 지금이 처음은 아니었다. 물론 이토록 단정적인 말을 나눈 적도 없고, 언젠가는 우리가 직면할지도 모른다는 말조차 입에 올린 적이 없다. 하지만 그날이 올 거라는 걸 이해하지 못하고 있다니, 나는 진심으로 놀랐다.

"내가 메리트 박사에게 연락할게. 우리 둘만 만날 약속을 잡을게. 무슨 일이 일어났는지 말하고, 박사가 어떻게 생각하는지 들어 보자."

내가 사실을 밝힌다면 메리트 박사는 당연히 내 편을 들 것이다. 어쨌든 그분이 우리 대신 결정권자가 되어 준다면 남편과 내 사이를 유지하는 데 도움이 될 테니, 그럴 만한 가치가 있었다. 그리고 더 중요한 것은 이제 어떻게 해야 할지 메리트 박사가 우리에게 조언해 줄 수 있다는 점이다.

"좋아. 박사가 어떻게 생각하는지 알아봐도 나쁠 건 없겠지."

나는 문 옆에 걸려 있던 SUV 차 열쇠를 집었다. 피터가 마음을 바꾸기 전에 차를 타고 나가서 가장 가까운 공중전화를 이용할 참이었다. 차를 몰아 보안문을 통과하고 나서야 나는 진입로 옆에 차를 세우고 참았던 눈물을 터뜨렸다. 실패한 인간이 된 기분이었다. 우리는 딸에게 올바르게 행동하려고 무척 애를 썼다. 이토록 수많은 시간을 흘려보냈는데, 이토록 많은 노력을 들였는데 결국 우리가 틀렸다는 걸 인정하기란 참으로 어려웠다. 유일하게 마음에 위안이 되는 것이 있다면 사랑하는 귀여운 레이첼이 아직 너무 어려서, 이 숲에서 상상하기조차 끔찍한 일이 일어날 뻔했다는 사실을 모른다는 점이었다.

20

나는 손에 든 칼을 응시했다. 다이애나는 내가 여기 있다는 걸 아는 구나. 아마 내가 온 첫날 밤부터 알았을 것이다. 내가 언니를 속이고 있다고 생각하다니, 나도 참 바보였다. 다이애나는 언제나 나보다 똑똑했다. 더 교활하고 더 무자비했다. 언니는 쥐를 갖고 노는 고양이처럼 나를 갖고 놀고 있다. 자신이 더 좋은 패를 쥐고 있으면서, 내가 우위를 점하고 있다고 생각하게 내버려 두었던 거다. 내가 여기 있다는 건 어떻게 안 걸까? 어제 작업실에서 일하면서 내가 주방에서 아침 먹는 모습을 보았을 수도 있다. 나는 창문에서 멀리 떨어져 있다고 생각했지만, 유리창 너머로 슬쩍 움직이는 내 모습을 포착했을지도 모른다. 아니면 예상치 못한 빛의 반사를 보았다거나 그림자를 보았을지도 모른다. 내가 프라이팬을 제자리에 놓았을 때 손잡이가 살짝 다른 방향으로 돌아갔다거나, 아니면 원래 있던 자리에서 몇 센티미터 다르게 놓였을지도 모른다. 아니면 달걀 두 개와 베이컨 네 조각이 없어진 걸 알아차렸을 수도 있고, 포트 안에 조금 남았던 커피가 아예 말라 버렸다는 걸 눈치챘거나, 언니의 부츠와 아버지의 점퍼가 사라졌다는 걸 파악했을 수도 있다. 아니면 내 심리상담가가 음성 메시지를 남겨서 내가 퇴원했다는 걸 알렸을 수도 있다. 그런 절차가 필요한 거였는지조차 나는 알지 못했다.

다이애나가 나의 존재를 알아차렸다는 것보다 더 중요한 건 바로 이것, 언니가 남긴 메시지다. *나는 네가 여기 있다는 걸 알아. 이제 어떻게 할 거니?*

정말 어떡해야 할까? 이 상황이 끝나는 길은 아주 많다. 굴욕을 당하거나 자존감이 깎이거나 신체적인 상해를 입을 수 있다. 언니가 아니라 바로 내가 말이다. 자라면서 배운 교훈이 하나 있다면, 누구든 언니를 과소평가하는 사람은 위험을 각오해야 한다는 거다.

하지만 나는 겁먹지 않을 것이다. 언니는 아무런 감정 없이 모든 일을 처리한다. 그러니 나도 할 수 있다. 나는 그 옛날 언니가 괴롭히던 온순하고 소심한 소녀가 아니다. 정신병원에서 보낸 15년 동안 그 모습을 벗어 버렸다. 처음으로 소신의 힘을 깨달은 날은 스코티를 위해 맞서 싸웠던 날이었다. 그날 나는 화장실에 갔다가 일곱 명의 사람을 보았다. 그중 네 명은 나의 룸메이트였다. 그들은 트레버의 형인 스코티를 둘러싸고 서서 깔깔대며 손가락질을 했다. 병원 이쪽 병동은 여자만 들어올 수 있었기 때문에 스코티는 여기 있으면 안 되는 존재였다. 그는 눈가리개를 한 채로 마치 키스를 하고 싶은 것처럼 입술을 내밀고 있었다. 여자아이 중 하나는 간처럼 생긴 검은 고기 한 조각을 손에 쥐고 있었다. 병원 측은 비용 절감을 위해 우리에게 고기 대신 내장이나 간 같은 걸 먹였다.

"너, 나한테 키스하고 싶어?"

그 아이는 내가 화장실로 들어오는 걸 보자 씩 웃으며 스코티에게 물었다. 분명히 나도 그들의 행동에 끼어들고 싶다고 여기는 모양이었다.

"응. 너한테 키스하고 싶어."

스코티가 대답했다. 사실 그 소리는 '어하데 기스아오 시퍼'처럼 들렸지만, 나는 무슨 말인지 알아들었다.

그 여자아이가 스코티의 입술에 간 조각을 누르기 전에 나는 달려들어 그 아이를 깔고 앉은 다음 간 조각을 입속에 처넣었다. 간은 쓰레기통에서 가져온 듯 아주 고약한 냄새가 났다. 나는 말 그대로 그 아이에게 똑같은 행동을 돌려준 것 말고는 그 아이를 해칠 의도는 없었다. 하지만 내가 저지른 소동으로 독방에서 일주일을 지내다 보니 생각할 시간이 무척 많았다. 스코티를 위해서 맞섰다는 게 기분 좋았다. 나도 이런 사람이 될 수 있다는 걸 알게 되었으니까. 나는 진작에 언니에게 맞서 싸워야 했다. 그리고 이번에는 그럴 것이다.

옷장으로 가서 맨 위 선반을 더듬거리다 자그마한 베개를 찾았다. 귀엽고 자그마한 베개였다. 나풀대는 주름과 레이스가 잔뜩 달린 노란색 깅엄 천에 병아리와 토끼 무늬가 수놓아져 있었다. 샬럿 이모의 말에 따르면 어머니가 내가 태어나기를 기다리며 만든 것이다. 비록 내게는 어머니가 바느질했던 기억이 없지만 말이다. 나는 베개를 코에 댔다. 혹시나 이 천에 내가 아기였을 적 흔적이 남아 있을까? 하지만 세포 조직이나 아기의 침이나 말라붙은 콧물 같은 게 있다 해도 알아차릴 수는 없다. 다락방 상자 안에서 이 베개를 찾아냈을 때, 이모는 언니가 아기인 나에게 무슨 일을 저질렀는지, 어머니가 왜 이 베개를 안 보이게 치워 버렸는지 말해 주었다. 그때 나는 이 베개를 간직했다가 언젠가 언니에게 되갚아 주겠다고 마음먹었다. 이제 그날이 온 것 같다.

베개를 겨드랑이에 끼고 칼을 든 채 부부 침실로 갔다. 들어가기 전에 문가에서 잠시 멈추었다. 심장이 꽉 조여 왔다. 허락받지 않고 다이애나의 방에 들어갔던 적은 딱 한 번뿐이었다. 나는 그때 우리가 같이 보던 동화책을 찾고 있었다. 적어도 나는 그 책이 우리의 소유라고 생각했다. 다이애나와 나는 함께 동화책을 읽은 적이 많았기 때문이다. 하지만 언니의 생각은 달랐다는 걸 곧 알게 되었다. 나는 언니의 물건을 아무것도 건드리지 않으려고 조심했었다. 언니는 아주 까다로운 성미라서 물건이 조금만 제자리를 벗어나도 내가 들어왔다는 걸 눈치챌 게 분명했으니까. 하지만 결국 다이애나에게 들켰고, 나는 미안하다고 말했다. 그리고 다시는 언니 방에 들어가지 않겠다고 약속했다. 하지만 언니는 미안하다는 말로는 충분하지 않다며 어쨌든 벌을 받아야 한다고 했다. 그때 언니가 좋아했던 벌칙은 나의 부드러운 뱃살을 꼬집는 것이었다. 흉터가 남지 않기 때문이었다. 언니의 규칙에 따르면, 꼬집히는 동안 내가 움찔거리거나 울면 이제까지의 벌이 무효가 되어 다시 꼬집혀야 했다. 그게 얼마나 아픈지 알면서도 나는 언니의 말에 따라 셔츠를 들어 올렸다. 지금 생각해 보면 그때 내가 언니에게 얼마나 통제를 당했던 건지 민망할 따름이다. 지금도 언니가 저지른 학대의 흔적이 내 배에 남아 있다.

다이애나의 방으로 들어갔다. 그러자 기억이 다시 나를 세게 후려쳤다. 부모님이 살아 계셨을 때 이 방은 활기차고 다정한 곳이었다. 화사한 색깔의 신선한 꽃들이 화장대 위에 놓여 있고 벽에는 그림이 걸려 있었다. 마음 내킬 때마다 언제든 와서 침대에 털썩 앉아 어머니와 아버지와 함께 책을 읽거나 대화할 수 있었다. 지금도 이 방의 색깔과 걸려 있는 그림은 똑같았지만, 부모님이 계시지 않은 곳은 그저 춥고 결핍된 공간이었다.

나는 침대로 가서 다이애나가 자는 움푹한 부분에 베개를 놓았다. 그리고 박제용 칼을 칼자루가 보이게 베개에 꽂아 두었다. 그리고 한 발 물러서서 내 솜씨를 감상했다.

그래, 나 여기 왔어. 이제는 어떻게 할 건데?

다음으로 찾아야 할 것은 무기였다. 언니가 내게 남긴 칼을 사용할 수도 있겠지만, 정말 칼이 필요하다면 주방에 이미 수십 자루 있는 식칼을 쓰는 게 훨씬 더 낫다. 이 칼은 날이 휘어진 자그마한 단도일 뿐이니까. 그리고 칼보다 더 좋은 건 바로 라이플이다. 나는 총기실로 내려가서 케이스를 뒤져 다이애나가 가져간 것과 동일한 레밍턴을 찾아냈다. 그런 다음 주머니에 탄약을 채우고 라이플을 장전한 다음 앞문으로 몰래 빠져나가 숲을 지나 헛간 건초더미 속에 라이플과 탄약을 숨겼다. 이걸 쓰고 싶지는 않지만, 필요하다면 쓸 것이다.

일을 마친 나는 헛간과 이어진 작업실 문 쪽으로 살금살금 다가가 두 사람의 작업실 밖에 쪼그려 앉았다. 그리고 시계를 확인했다. 다이애나는 습관을 철저하게 지키는 사람이다. 매일 정확히 정오에 식사를 했다. 아직도 그럴 게 분명하다.

예상대로 정확히 12시에 작업실 문이 열렸다 닫혔다. 나는 별장이 보이는 쪽 헛간 벽으로 가서 샬럿 이모와 다이애나가 주방으로 가는 모습을 확인한 다음 두 사람의 작업실 문을 열고 안으로 들어갔다. 이제 반 시간 여유가 생긴 거다. 이 방에서 할 수 있는 일은 많았다. 보란 듯이 물건을 부술까, 아니면 단순한 장난을 칠까. 하지만 나는 그중 가장 약한 것, 작업실을 조금 어지르는 편을 택했다. 난리를 치고 싶다면 언제든 와서 칠 수 있으니까.

다이애나의 책상 위는 침실만큼이나 휑했다. 가족사진이나 여행지의 기념품은커녕 개인적인 물건이랄 게 하나도 없었다. 그래도 내가 쓸 만한 물건은 충분히 있었다. 줄이 쳐진 노트패드 하나, 펜 세 개, 스테이플러, 오늘의 단어가 적힌 일력, 책상 스탠드. 나는 모든 물품을 거울에 비친 것처럼 정반대로 해 놓았다. 샬럿 이모의 책상도 똑같이 했다. 마음 한구석이 불편하긴 했다. 내가 생각하는 것보다 훨씬 더 큰 일로 휘말려 드는 거라고, 지금 이러는 건 어마어마한 실수라는 느낌이 들었다. 그렇다고 가만히 앉아서 다이애나가 다음에는 뭘 할지 기다리고 있을 수만은 없다. 언니가 더 이상 나를 몰아붙일 수 없다는 걸 보여 주는 유일한 방법은 그 앞으로 걸어 나가는 것이다.

상황이 겉보기와는 달라. 작은 목소리가 들려왔다.

나는 아래를 내려다보았다. 늑대거미가 있었다. 늑대거미과 중에서도 별 특징 없는 얼룩무늬 갈색 종류였다. 늑대거미과를 가리키는 학명 리코시다에Lycosidae는 그리스어로 늑대라는 뜻이다. 나는 늑대거미와 이야기를 나눈 적은 한 번도 없었다. 이들은 야행성인 데다 거미줄을 치지 않는 고독한 사냥꾼이기 때문이다. 그래서 사람들은 늑대 거미를 좀처럼 보지 못한다. 그러니 이 거미가 굳이 이 대낮에 말을 건네고 있다는 건, 그 말이 분명히 중요하다는 뜻이다.

"뭐가 겉보기와 다른데?"

나는 최대한 작은 목소리로 물었다. 늑대거미는 이름값을 전혀 하지 못하고 무척 소심하기 때문이다.

거미는 내 시선을 끌려는 듯이 좌우로 왔다 갔다 미끄러지며 앞다리를 흔들었다. 하지만 나는 이미 거미를 보고 있었다. 어쩌면 거미는 그저 긴장해서 그런 행동을 하는 것인지도 몰랐다. 나는 꼼짝도 하지 않았다. 숨도 쉬지 않을 수 있었다면 그랬을 거다.

상황이 겉보기와는 달라. 거미가 두 번째로 말했다. 말을 너무 붙여 말해서 거미가 허둥지둥 달아나고 나서야 겨우 의미를 파악할 수 있었다.

나는 입을 꾹 다물었다. 이 거미가 나에게 메시지를 전하려고 꽤 노력했다는 건 인정하지만, 그래도 정보를 좀 더 주었다면 좋았을 텐데. 왜 별장에 있는 곤충이나 동물과 나누는 이야기는 이토록 제한적인 걸까. 한 번에 한 조각씩 정보를 얻는 건 고통스러웠다. 마치 내게 정보를 주는 이들은 전체를 이해하지 못한 채 단편적인 정보만 제공하는 것 같았다. 그 메시지들을 해석하라니, 눈 가리고 퍼즐을 맞추는 것과 무엇이 다르단 말인가.

상황이 겉보기와는 달라.

모든 것이 드러날 거야.

기억해.

나도 노력하고 있다고.

그래도 거미의 말은 경고처럼 들려왔다. 비록 내가 원하는 만큼 자세하지는 않지만 말이다. 나는 무언가 놓치고 있다. 얼마나 중요한 걸 놓치고 있기에 야행성이고 수줍음 많은 거미가 이 대낮에 나타나 이런 말을 전하는 걸까? 혹시 부모님의 죽음에 내가 유죄인지 무죄인지와 관련 있을까? 아니면 나를 금치산자로 선고하려는 다이애나와 관련이 있을까? 그도 아니라면 다이애나와 내가 벌인 경고 대결을 두고 한 말일까? 이제 알아내게 될 것이다.

마당 저편을 보자 주방문이 휙 열렸다. 나는 그레놀라 바와 물병 하나를 집어 들고 급히 나와 내가 머물던 헛간으로 돌아갔다. 작업실 문이 열렸다. 나는 이어지는 문 옆에 쪼그려 앉았다. 낡은 나무 바닥을 걷는 발자국 소리가 나더니, 다이애나와 샬럿 이모가 이야기를 나누는 소리가 들려왔다. 하지만 무어라 하는지는 알 수 없었다. 다이애나는 내가 두고 간 베개를 봤을까? 내가 책상 위를 재배치했다는 걸 알아차렸을까? 내가 보내는 메시지를 이해했을까?

"그래서, 이젠 어떻게 하지?"

샬럿 이모가 갑자기 물었다. 이모의 목소리는 너무 컸다. 이 문 바로 너머에 서 있는 것 같았다. 나는 숨을 참고 긴장한 채로 다이애나의 대답을 기다렸다.

"잠깐만."

다이애나의 목소리도 또렷하게 들려왔다. 언니 역시 문 쪽으로 움직여서 나 들으라는 듯 말하는 것 같았다. 마치 내가 문 뒤에 숨어 있다는 걸 아는 것처럼.

샬럿 이모가 물었다.

"병원에 전화를 걸어서 그 애가 여기 있다고 알려야 하지 않을까? 구급차를 불러서 데려가라고 해야 하는 거 아니야?"

그러자 다이애나가 말했다.

"때가 되면. 그 전에 먼저 우리는 재미 좀 봐야지."

재미. 나는 몸을 뒤로 젖히고 벌벌 떨었다. 뺨을 맞은 기분이었다. 언니의 그 말 한마디가 도화선이 되어 기억이 물밀 듯 되돌아왔고, 되찾은 기억에는 좋은 게 하나도 없었다.

"재미있을 거야."

다이애나는 우리가 로빈후드 놀이를 하던 날 그렇게 말하며 밧줄을 잘랐다. 나는 그 밧줄을 타고 계곡 위를 넘기로 했는데, 줄이 끊어져서 팔이 부러졌다. 나중에 돌아가서 확인해 보니, 줄은 칼로 거의 잘려 있다시피 했다.

"이것도 재미있을 거야."

언니의 명령에 따라 고분고분하게 샬럿 이모의 차 트렁크에 탄 적도 있다. 차는 맥스가 가끔 공연하는 코블스톤 바까지 갔다. 그때 우리는 잭과 콩나무 놀이 중이었다. 나는 잭의 역할을 맡았고 다이애나는 거인의 아내 역할이어서, 아무도 찾을 수 없도록 잭을 남편의 보물 상자 안에 숨겨 둔다는 설정이었다. 하지만 우리가 바에 도착했을 즈음 나는 배기가스에 정신이 몽롱해진 채였고, 트렁크 안은 다이애나가 말했던 것만큼 재미있지 않았다.

"잘 봐."

언니는 이렇게도 말했다. 휴게소 인근에서 길을 잃은 소녀를 가까른 도랑 바닥에서 찾아냈을 때, 소녀 옆에 쪼그려 앉으며 한 말이었다.

"이거 재미있겠다."

나는 눈을 감았다. 오랫동안 잊고 있었던 그날의 기억이 샘물처럼 표면으로 퐁퐁 솟아올랐다. 참고 있기에는 너무나 끔찍하고 생생했던 기억. 우리 목소리를 들은 그 아이가 눈을 뜨던 모습이 기억난다. 마치 낮잠에서 깬 것 같은 얼굴이었다. 그 아이가 일어나 앉으려던 모습도 기억난다. 하지만 소녀를 도와줄 것이라는 내 예상을 뒤엎고, 다이애나는 아이를 밀어 넘어뜨리고 한쪽 다리를 들어 올려 아이의 가슴을 깔고 앉았다. 다이애나가 아이의 분홍색 목도리를 목에서 풀어낸 다음 한쪽 끝을 둥글게 뭉쳐 아이의 입속에 욱여넣는 모습을 바라보던 기억도 난다. 아이가 목도리를 빼내려고 하자, 다이애나는 아이의 손목을 잡고 나에게 소녀의 머리 위로 손목을 잡고 있으라고 말했다. 그런 다음 목도리를 더욱 밀어 넣은 후 아이의 코를 꽉 막았다. 아이는 결국 잠잠해졌다.

"지금 무슨 일이 일어났는지 알겠어?"

다이애나는 일어서서 바지 자락에 묻은 흙을 두 손으로 털더니 나를 일으켜 세우며 물었다. 나는 충격으로 온몸이 굳은 채 고개를 끄덕였다.

"방금 너는 사람이 죽는 모습을 봤어. 재미있지 않니?"

나는 다시 고개를 끄덕였다. 죽은 소녀를 보니 속에서 구역질이 났지만, 언니가 바라는 대답이 뭔지 알았기 때문에 그렇게 했다. 다이애나는 나에게 아이를 죽일 때 썼던 목도리를 주며 재킷 안에 감추라고 말했다. 그리고 내가 이걸 갖고 있단 걸 다른 사람에게 말한다면, 내가 이 아이를 죽였다고 경찰에 이를 거라고도 했다. 그래서 나는 시키는 대로 했다. 언니가 내게 시키는 대로.

나는 여자애를 죽이는 걸 도왔다.

기절할 것만 같았다. 내가 언니에게 푹 빠져서 살인을 저지르는 데 동조하다니 믿을 수가 없었다. 언니는 그 대가로 감옥에 가야 마땅하다. 나 역시 언니와 함께 감옥에 가야 한다.

또 다른 기억도 되살아났다. 내가 묻어 버린 끔찍한 일에 사족이 더 있었다. 아이가 죽은 후, 어머니는 내게 계속 물었다. 다이애나와 내가 어떻게 그 아이를 찾아냈느냐고. 결국 나는 마음이 약해져서 사실을 털어놓았다. 어머니는 나에게 고맙다고 말하며 모든 걸 알아서 처리할 거라고 했다. 다이애나가 협박한 건 걱정하지 말라고, 나를 혼내지 않을 거라고도 했다. 하지만 그 후, 나는 부모님이 침실에서 말다툼하는 소리를 들었고, 다이애나를 멀리 보내 버린다는 말도 들었다. 그리고 그 이야기를 다이애나에게 전했다.

부모님이 언니를 멀리 보내 버릴 계획이라는 걸, 내가 다이애나에게 말했다. 며칠 후, 부모님은 죽었다. 다이애나가 어떻게 한 건지는 모르겠지만, 부모님을 죽인 건 백 퍼센트 확실하다고 생각한다. 그 후 아버지가 어머니를 살해하고 자살한 것처럼 보이게 현장을 꾸민 것이다.

모든 것이 드러날 거야. 큰까마귀는 약속했다. 상황은 겉보기와는 달라. 거미가 경고했다. 기억해. 큰까마귀의 짝이 재촉했다.

이제 이해가 갔다. 이건 내 잘못이었다. 내가 두 분을 죽인 것이다. 언니를 그릇되게 사랑한 탓이다. 부모님의 계획을 다이애나에게 알리지만 않았더라도 부모님은 아직 살아 계셨을 테니까. 다이애나는 총알이었고, 나는 그 총알을 쏘아 댄 라이플이었다.

나는 숨을 죽이고, 입을 막고, 다시 숨을 죽였다. 그리고 아침을 거른 뱃속에서 꼬르륵대는 소리를 다이애나와 샬럿 이모가 듣지 못하도록 헛간의 저 끝으로 서둘러 달렸다.

그곳에 가니 내가 밤새 잤던 마구간에 다이애나가 남겨 놓은 선물이 보였다.

내가 깔고 잤던 건초더미의 우묵한 곳에, 올가미 형태로 매듭지어진 분홍색 목도리가 놓여 있었다.

21

그때
제니

레이첼의 열한 번째 생일날이었다. 앞서 그런 일이 벌어진 와중에도 나는 오늘을 재미있게 보내기로 결심했다. 레이첼은 생일에 놀러 갈 곳으로 타쿠아메논 폭포를 골랐다. 훌륭한 선택이었다. 그 폭포는 정말 장관이니까. 60미터 폭에 15미터 높이인 물줄기는 물론이고 그 근방으로 제철을 살짝 지난 단풍이 어우러진 경치를 생각하면 폭포만큼이나 그곳까지 가는 길도 웅장할 터였다. 피터와 나는 신혼여행 때 어퍼 반도를 여행하며 이 폭포를 본 적이 있지만, 레이첼과 다이애나는 처음이었다. 폭포는 우리 집에서 네 시간 거리나 되는 360킬로미터나 떨어져 있어서, 당일치기로 다녀오기에는 너무 멀다는 느낌에 지금까지는 선뜻 길을 나서지 못했다.

하지만 지금은 별장에서 멀리 떨어진 곳에서 하루를 보낸다는 생각이 한숨 돌릴 기회처럼 느껴졌다. 레이첼을 우리 안에서 찾은 후로,

우리 집에 감도는 긴장감은 견딜 수 없을 정도였다. 지난주만 해도 나와 피터는 결혼 생활을 통틀어 싸운 횟수보다 더 많이 싸웠다. 물론 언제나 문을 닫은 채로 다른 가족들이 듣지 못하는 곳에서 싸웠지만, 긴장감이 주는 고통은 너무 컸다. 내가 수없이, 또 갖가지 방법으로 남편을 설득해 보려 해도, 피터는 여전히 다이애나가 동생의 가죽을 벗기려 했다는 사실을 믿지 않았다. 그 생각이 터무니없이 들린다는 것도 이해하지만, 남편은 그 자리에 없던 사람이었다. 나는 본 대로 믿었고. 다이애나가 정신병원에 하루빨리 들어갈수록 더 좋았다. 우리가 동의한 단 한 가지는 메리트 박사의 전문 지식과 조언을 통해 우리가 결정해야 한다는 것이었다. 다행히도 우리의 상담 일자는 일주일도 남지 않았다.

그동안 나는 최선을 다해 모든 게 괜찮은 척했다. 레이첼은 아직도 무슨 일이 일어날 뻔했는지 전혀 모르고 있고, 내가 조심하는 한 앞으로도 영원히 모를 것이다. 동시에 내가 할 수 있는 것이라고는 다이애나에게 말을 걸거나 함께 저녁 식사 자리에 앉는 것뿐이었다. 다이애나는 정말 사악하다고, 피터와 싸우면서 그렇게 말한 적이 있다. 다이애나의 마음은 석탄 덩어리처럼 검고 차갑다고. 그때 나는 감정이 복받쳐서 펑펑 울며 말했지만, 마음이 차분해진 지금도 역시 그렇게 생각한다. 다이애나는 원래 사랑이나 동정심 같은 감정을 느낄 수 없고, 자기 마음을 즐겁게 하고 싶다는 단 하나의 욕구를 기반으로 생각하고 행동했다. 그런 모습을 다이애나 자신도 어찌할 수 없다는 사실을 나도 안다. 하지만 스스로 선택한 게 아니라고 해서 악恶이 아닌 것은 아니다.

나는 끔찍한 악몽을 꾸고 있다. 너무 많이 꾸어서 밤에 눈을 감기가 무서울 지경이다. 잠을 자지 않을 수 있다면 기꺼이 그랬을 것이다. 꿈속에서 언제나 나는 죽을 위험에 처해 있다. 벼랑 끝에 간신히 매달려 있거나, 카누가 뒤집혀서 얼음장 같은 호수 물을 삼키고 있거나, 우리 땅에 사는 늑대나 곰에게 공격당한다. 그때마다 다이애나는 나를 구해 줄 힘이 있지만 구하지 않는다. 그 아이는 절벽 꼭대기에 서서 나를 내려다보며 웃거나, 내가 손을 뗄 때까지 내 손가락을 밟거나, 나를 구해 줄 구명조끼를 반대 방향으로 던져 버린다. 메리트 박사가 내 꿈에 대해 뭐라 말할지 어렵지 않게 상상할 수 있었다.

내 동생도 문제였다. 레이첼이 갇혀 있던 사냥용 블라인드에서 다이애나의 박제용 칼을 발견한 후로, 샬럿과 나는 거의 말을 하지 않고 지냈다. 샬럿이 나를 배신해서 내가 어떤 대가를 치를 뻔했는지 생각하면 그 아이를 쳐다보기도 싫었다. 샬럿이 모른 척하지 않고서야 어떻게 다이애나가 그 블라인드를 만들었겠는가. 피터는 내가 유치하게 굴고 있다고, 우리는 결국 다시 대화하게 될 거라고 말했지만, 나는 다이애나가 떠나는 대로 샬럿에게 집을 떠나 달라고 말할 생각이었다. 물론 이 사실을 남편에게 밝히지는 않았다.

피터는 남은 커피를 마저 들이켜고는 아침 식사 자리에서 일어나 문 옆에 있던 피크닉 바구니를 집어 들었다.

"갈 준비는 다 됐어?"

"거의. 바구니 잠깐만 거기 둬.. 레이첼에게 줄 선물을 넣어야 해."

나는 찬장에서 빈티지 슈타이프 곰 인형(독일 슈타이프사에서 제조한 테디베어─옮긴이)을 꺼냈다. 이건 레이첼과 내가 제일 좋아하는 골동품 전문

점에서 찾아낸 것으로, 이제껏 선반 위쪽에 숨겨 두고 있었다. 엄밀히 말하자면 이 인형은 흑곰이 아니라 북극곰이었지만, 조금만 상상력을 가미한다면 우리가 사랑하는 알비노 곰이라고 보일 것이다. 레이첼이 무척 좋아하겠지.

나는 곰 인형을 바구니에 넣었다. 피터는 바구니를 들고 밖으로 나갔다.

"얘들아, 이제 내려와. 아빠가 기다리고 있어."

나는 위층에 있는 아이들을 불렀다.

딸들은 경쾌한 발소리를 내며 계단을 내려왔다. 다이애나는 키가 크고 날씬한 몸매에 금발머리라 마치 모델 같았다. 레이첼은 갈색 머리카락과 갈색 눈동자를 지닌 작고 통통한 아이로, 사탕이라면 사족을 못 썼다. 그 순간이 어찌나 일상적으로 느껴지던지, 우리는 그저 평범한 가족일 뿐이라고 믿을 뻔했다. 한때 나는 평범함이야말로 나쁜 개념이라고 생각했다. 평균치밖에 안 된다는 것보다 나쁜 게 무엇이 있겠느냐고, 더 위대한 것을 열망하지 않는 사람은 둔하고 상상력이 없는 거라고 생각했다. 하지만 지금은 레이첼이 사탕을 너무나 좋아하듯, 나 역시 그 평범함을 갈구하고 있다.

다이애나는 하품을 하다가 눈초리를 세웠다.

"커피가 없어?"

다이애나가 커피포트를 들어 올리며 물었다.

"남은 커피는 보온병에 넣어 놨어. 차 안에서 마셔."

우리가 제시간에 폭포에 도착한 다음 위 폭포와 아래 폭포까지 모두 둘러보고 피크닉을 하려면, 지금 출발해야 했다.

다이애나는 다리를 질질 끌면서 SUV에 올라탔다. 마치 우리가 마구간을 청소하라고 시킨 듯한 마지못한 태도였다. 솔직히 말해서, 나에게 선택권이 있다면 다이애나를 집에 두고 갔을 것이다. 하지만 아무리 생각해 보아도 레이첼을 실망시키지 않고서 다이애나를 배제할 방법은 없었다.

"나 배고파."

출발한 지 한 시간도 되지 않아 다이애나가 불평을 했다. 이미 한참이나 불평을 늘어놓은 상태였다. 차 안이 너무 덥다고 하길래 피터가 히터를 껐더니, 이제는 또 너무 춥다고 투덜거렸다. 피터가 너무 빨리 달린다고, 또 너무 느리게 달린다고 지적했다. 뒷좌석에 앉았더니 멀미가 난다고, 그래서 앞좌석에 앉은 나와 자리를 바꾸고 싶다고도 했다. 레이첼이 자기에게 말을 안 건다고, 또 레이첼이 입을 다물지 않는다고 신경질을 냈다.

내가 말했다.

"우리 아침 먹은 지 얼마 안 됐어."

"난 안 먹었어."

누가 먹지 말랬니? 쏘아붙이고 싶었지만 그러지 않았다. 레이첼 때문이었다. 그리고 다이애나와 말싸움을 해 봤자 전혀 소용이 없기 때문이었다.

"난 잠깐 멈췄다 가도 괜찮아."

레이첼이 소리 높여 말했다. 물론 괜찮을 것이다. 레이첼은 갈등을 싫어했다. 사이코패스 형제자매와 같이 자란 아이들이 지나치게 성실해지고, 과도하게 의무감에 사로잡히며, 쉽게 죄책감을 느끼고 방어

274

적이 된다는 이야기를 읽은 적이 있다. 그 역시 다이애나를 내보내야 하는 이유였다. 나는 이제껏 사이코패스 자녀를 데리고 사는 것이 우리가 최선을 다해 대처해야 하는 일이라고 믿어 왔다. 우리가 할 수 있는 일이라곤 아무것도 없었으니까. 하지만 이제는 우리가 진작에 다음 절차를 밟았어야 한다고 생각한다. 몇 년 전에 이 상황을 통제해야 했다. 현재 내가 바라는 것은 단 하나다. 지금이라도 너무 늦지 않았기를.

"쉬었다 가기에는 너무 일러. 지금 점심을 먹으면 공원에 도착해서 먹을 게 없을 거야."

이렇게 말하긴 했지만 다 맞는 말은 아니었다. 점심과 저녁에 먹을 음식을 아주 많이 쌌기 때문에 언제든지 멈추어서 식사를 할 수 있었고, 돌아오는 길에는 어디 식당이라도 들리면 될 일이었다. 하지만 다이애나가 바라는 대로 우리 가족이 휘둘리는 게 싫었다. 다이애나의 말은 그저 한때의 변덕이다. 저 아이는 진짜 배고픈 것도 아니다.

다이애나는 안전벨트를 풀고서 뒤로 몸을 돌려 무릎을 굽히고 짐 칸에 손을 뻗어 피크닉 바구니를 뒤지기 시작했다.

"하지 마."

나는 날카롭게 말했다. 우리가 밥을 먹을 때 레이첼이 생일 선물을 스스로 발견하게 할 계획이었다. 그런데 지금 다이애나가 그걸 꺼내서 깜짝 선물을 망치려 하고 있잖은가.

"하지 말라고."

내가 다시 말했지만 다이애나는 계속 바구니를 헤집었다. 잠시 후에야 딸아이를 저지할 수 있는 유일한 방법은 아이의 뜻대로 하게 두는 거라는 사실을 깨달았다.

"좋아. 멈춰서 밥을 먹자. 48킬로미터 정도 더 가면 휴게소가 있어. 거기서 식사를 하자. 괜찮겠어?"

피터에게 물었다.

"맘대로 해."

남편의 대답을 듣자 어쩔 수 없이 몇 년 전의 아주 길고 긴 드라이브가 떠올랐다.

30분 후 우리는 휴게소로 들어가 멋있는 노란 단풍나무 아래에 차를 댔다. 여름이면 이 휴게소는 사람이 너무 많이 몰려서 빈 테이블을 찾을 수 없을 지경이지만, 학기가 시작되면 어퍼 반도를 찾는 관광객 수가 뚝 떨어지기 때문에 우리는 마음껏 자리를 고를 수 있었다. 레이첼은 테이블 사이를 뛰어다니며 마음에 드는 테이블을 골랐다.

"여기 앉자."

마침내 레이첼은 테이블을 골라 털썩 앉았다. 그곳은 또 다른 가족과 가장 멀리 떨어진 자리였다. 우리 말고 유일하게 이곳에서 피크닉을 즐기고 있는 가족은 아빠와 엄마, 그리고 레이첼 또래의 딸이었다. 테이블에서는 작은 언덕을 내려다볼 수 있었는데, 언덕에는 시냇물이 저 아래까지 졸졸 흘러갔다.

피터는 테이블 위에 피크닉 바구니를 올렸다.

"물건 정리하는 걸 도와주겠니?"

남편은 레이첼에게 부탁했다. 그리고 아이 너머로 나를 바라보며 윙크를 했다.

"우와."

뚜껑을 열고 선물을 본 레이첼은 소리를 질렀다. 그리고 곰 인형을 재빠르게 빼내 꼭 안고는 털 없는 정수리 부분에 입을 맞추었다.

"고마워, 아빠! 아, 고마워, 엄마! 너무 좋아! 얘 이름은 '하얀 곰'이야!"

그러자 다이애나가 우습다는 기색이 역력한 목소리로 말했다.

"하얀 곰이라고 부를 수는 없어. 이미 하얀 곰이라고 부르는 애가 있잖아."

레이첼의 얼굴이 시무룩해졌다. 난 너무 화가 나서 다이애나를 때리라면 때릴 수도 있을 것 같았다. 다이애나가 레이첼에게 하려던 짓에 대한 처벌로 2주간 박제를 못하게 했을 때, 나는 다이애나가 우리 모두에게 앙갚음할 거라는 사실을 알고 있었다. 확실히 다이애나는 평소보다 훨씬 더 밉게 행동했다. 하지만 곰 인형 이름처럼 사소한 일로 레이첼을 공격하는 건 너무한 것 아닌가.

나는 레이첼에게 말했다.

"언니 말 듣지 마. 얘는 너의 곰이야. 그러니 마음대로 이름 붙여도 좋아."

"하얀 곰이 뭐라고 생각하는지 물어볼게."

레이첼은 곰 인형의 귀에 속삭인 다음 잠시 기다렸다가 고개를 끄덕였다.

"자기를 '하얀 곰'이라고 불러도 좋대."

아이는 활짝 웃으며 당당히 말했다.

다이애나는 그저 고개를 절레절레 흔들어 댔다. 그쯤에서 물러서 준 게 고마웠지만, 어쩔 수 없이 한숨도 나왔다. 딸들 사이의 상호작

용을 예민하게 조율하는 건 정말 고단한 일이다.

피크닉은 별일 없이 예상했던 대로 흘러갔다. 레이첼은 저쪽 테이블에 있던 여자아이와 이야기를 나누고, 먹을 걸 얻으러 온 다람쥐에게 감자 칩을 먹이고, 아버지를 졸라 자기와 다이애나의 이름을 공원 테이블에 새겨 달라고 했다. 그동안 다이애나는 동생을 놀리거나 얕잡아보거나 행동 하나하나를 지적해 댔다. 다이애나가 항상 동생을 학대한다는 걸 눈앞에서 보자, 레이첼이 지금까지 언니를 얼마나 잘 견뎌 왔는지 놀랄 정도였다.

"그러면 공공재산을 훼손하는 거잖아."

레이첼이 자기 이름을 새겨 달라며 테이블 한쪽을 가리켜서 피터가 주머니칼을 꺼냈을 때, 다이애나가 아이를 꾸짖었다.

"너 그러다 경찰에 잡혀간다."

다른 날 같았더라면, 다른 곳에 있었더라면 나 역시 다이애나처럼 반응했을지도 모른다. 나는 규칙을 엄격하게 준수하는 편이니까. 하지만 오늘은 레이첼을 위한 날이었기 때문에 그 아이가 하고 싶어 하는 일을 다 해 주고 싶었다. 그래서 재빨리 말했다.

"괜찮아. 여기 다른 사람들도 이름 많이 새겨 놨잖아. 한두 개쯤 더 새긴다고 해서 뭐라 그러는 사람은 없을 거야."

피터는 딸들의 이름을 새긴 다음, 그 둘레에 하트 무늬를 넣어 마무리를 짓고 있었다. 그때 한 남자가 우리 쪽으로 다가왔다. 얼굴에는 걱정이 가득했다. 아주 잠깐, 나는 그 사람이 공원 관리자라서 우리더러 테이블에 이름을 새기면 어떡하느냐고 저지하러 온 건 아닐까 여겼다. 하지만 다시 보니, 그는 저쪽 테이블에 앉아 있던 가족의 아빠였다.

"실례합니다만, 우리 딸아이를 혹시 못 보셨습니까? 아이가 오솔길에 가 볼 거라고 했는데, 아이를 찾을 수가 없네요."

뱃속이 꽉 죄어들었다. 숲속에서 아이가 길을 잃다니. 그것도 레이첼 또래의 아이가.

피터가 물었다.

"레이첼, 아까 그 아이랑 이야기하고 있었잖아. 혹시 어디로 갔는지 봤니?"

"으응. 저쪽으로 갔어."

레이첼이 오솔길 쪽을 가리켰다.

"정말이야?"

딸아이는 다시 고개를 끄덕였다. 하지만 아이 아빠는 말했다.

"우리가 벌써 찾아봤어요. 거기 없어요."

피터는 의자에서 몸을 일으켰다.

"걱정하지 마세요. 찾을 겁니다. 우리도 도와 드릴게요. 다이애나, 레이첼, 제니, 일어나. 각자 다른 방향으로 흩어졌다가 5분 후에 여기서 만나."

다이애나가 레이첼의 손을 잡으며 말했다.

"나랑 가. 넌 너무 어려서 혼자 다니면 안 돼. 그러다 길 잃어버리면 우리가 곤란하니까."

딸아이끼리 숲속으로 가게 둔다는 생각에 온몸의 피가 얼어붙었다.

"나도 아이들이랑 같이 갈게."

나는 재빨리 피터에게 말했다.

"에밀리! 에밀리!"

우리의 외침이 숲을 울렸다. 전에도 이런 적이 있었다는 느낌이 어찌나 압도적으로 다가왔는지 모른다. 지난주, 이 숲과 아주 비슷한 숲 속을 걸으며 나는 레이첼의 이름을 소리쳐 불렀다. 하지만 지금 상황은 그때와는 전혀 다르다고, 나는 스스로를 다독였다. 그 아이는 무사할 거야. 여기에 얼마 안 있었잖아. 멀리 갔을 리가 없어. 레이첼이 그 아이와 이야기를 나눈 건 10분인가 15분밖에 되지 않아. 그러니 아무런 해를 입지 않았을 거야.

하지만 약속했던 5분이 지나고 모두가 피크닉 테이블로 다시 모였을 때, 아이를 본 사람은 아무도 없었다.

"이건 말도 안 돼요. 그냥 사라졌을 리가 없어요. 911에 전화해야겠어요."

아이 아빠가 말했다. 아이 엄마는 금방이라도 눈물을 흘릴 것 같았다.

피터는 나를 옆으로 끌고 갔다.

"어떻게 하지? 제시간에 폭포에 갔다가 돌아오려면 지금 당장 떠나야 해. 하지만 남의 집 아이가 위험에 빠졌는데 그냥 두고 가고 싶진 않아."

"나도 그래. 이게 우리 아이였다면 누구라도 어떻게든 아이를 같이 찾아 주기를 바랐을 거야. 하지만 오늘은 레이첼을 위한 여행이잖아. 그러니까 레이첼이 결정하게 하자."

피터는 레이첼을 손짓해 부른 다음 상황을 설명했다.

"어떻게 하고 싶니? 우리가 여기 남아서 아이를 찾는 게 좋겠니?

아니면 폭포에 가는 게 좋겠니? 둘 다 할 수는 없단다."

"여기 남아."

마음씨 따뜻한 레이첼은 주저하지 않고 대답했다. 그리고 다이애나의 재킷을 잡아당겼다.

"가자. 계속 찾아보자."

딸아이들은 숲을 향해 떠났다. 나는 그 뒤를 따라갔다. 다이애나는 혐오스럽다는 눈길로 나를 슬쩍 돌아보았다. 나는 신경 쓰지 않았다. 내 동생이 딸아이들을 감독하지 않아서 우리가 어떻게 되었던가.

오솔길을 따라 내려가자 경치 좋은 전망대가 나왔다. 그곳에 보안관의 순찰차가 불빛을 반짝이며 멈춰 섰다.

나는 딸아이들을 불렀다.

"잠깐 기다려. 돌아가서 경찰에게 이야기해야 해. 우리가 어디까지 찾아봤는지 말해야 경찰이 수색 방향을 알 테니까."

피터와 다이애나, 레이첼과 나는 돌아가면서 우리가 아는 사실을 이야기했다. 경찰관은 아이 엄마에게 말했다.

"알겠습니다. 그럼 이렇게 하죠. 어머니는 여기에 계시면서 본부 역할을 해 주세요."

사려 깊은 부탁이었다. 아이 엄마는 금방이라도 기절할 것처럼 보였기 때문이다.

"다른 분들은 모두 하던 대로 아이를 찾아 주세요. 하지만 소리치면 들릴 만한 곳에 계시고, 15분마다 여기로 돌아와 주십시오. 아이 말고 또 다른 사람을 잃어버리면 안 되지 않겠습니까."

그는 농담조로 말했다. 하지만 재미없었다.

아이 엄마는 입술을 깨물었다. 나는 피크닉 테이블 옆자리에 앉아서 그녀의 어깨에 팔을 둘렀다.

"아무 일 없을 거예요. 아이를 찾을 때까지 우리가 있어 드릴게요."

그녀는 고개를 끄덕이고는 훌쩍였다. 아이 엄마가 어떤 기분인지 확실히 알 수 있을 것 같았다. 그러다 갑자기 다이애나와 레이첼은 어디 있는지 정신이 번쩍 들었다. 아이들이 어디 있는지 찾아보고 합류하려 했지만, 아이들은 벌써 사라진 후였다.

사라졌다니.

"다이애나랑 레이첼 어디 있는지 봤어?"

피터에게 물었다. 차분한 목소리가 나오지 않았다. 아무 일도 없을 거야. 나는 마음을 다독였다. 아무 일도 없을 수 있어.

피터는 개 산책로 쪽을 가리켰다.

"애들은 저쪽으로 갔어."

그런데 당신은 막지도 않았어? 나는 소리 지르고 싶었다. *같이 가야겠다는 생각도 안 했어? 아니면 나를 기다렸다가 같이 가라고 했어야지. 어떻게 애들만 보낼 수가 있단 말인가.* 남편은 다이애나가 어떤지 알고 있었다. 무슨 짓을 했는지 알고 있는 사람이었다.

나는 달리기 시작했다.

"레이첼! 다이애나!"

나는 소리쳤다.

"기다려!"

점점 속도를 높였다. 레이첼은 제일 좋아하는 초록색 캔버스 재킷을 입고 있지만, 다이애나는 밝은 주황색 사냥 조끼를 입었다. 이 길이 강아지용 운동장이라는 사실도 잊고 나는 잔디를 마구 달리면서 나무 사이로 주황색 옷이 보이지 않나 찾아보았다. 그렇게 숲속을 헤치며 계속 달렸다. 머리카락과 옷에 잔가지가 스쳐 부러졌다.

"레이첼!"

마침내 나는 가파른 배수로 바닥에서 주황빛 옷자락을 보았다. 심장이 멈추는 것만 같았다.

나는 그쪽을 향해 소리쳤다.

"다이애나! 레이첼이랑 같이 있니? 아이를 찾았어?"

"엄마, 내려와! 아이를 찾았어!"

레이첼이 소리쳤다.

"아이는 무사하니?"

"일단 내려와."

다이애나가 말했다.

그 목소리에는 다급한 기색이 전혀 없어서 나는 그만 오싹해졌다. 기분이 좋지 않았다. 그러다 퍼뜩 생각났다. 다이애나는 좀처럼 흥분하는 일이 없는 애잖아.

나는 애써 비탈길을 내려갔다. 땅이 너무 가팔랐다. 굴러떨어지지 않으려고 나무줄기와 덤불을 붙잡아야 했다. 만약 그 아이가 굴러떨어졌다면 어떤 일이 벌어져 있을까. 생각만 해도 끔찍했다.

아니나 다를까. 배수로 바닥에 도착하자 다이애나가 분홍색으로 보이는 것 옆에 무릎을 꿇고 있었다. 아이는 등을 대고 누운 채로 아무런 움직임이 없었다.

나는 털썩 무릎을 꿇고 아이의 가슴에 손을 얹었다.

"숨을 쉬고 있니?"

다이애나는 고개를 저었다.

"죽었어."

"그런 말 마! 확실히는 모르잖아."

나는 다이애나를 옆으로 밀쳤다. 예전에 생명을 살릴 수 있었던 기회가 내 손에 있었던 그때, 나는 심폐소생술을 몰랐다. 하지만 지금은 알고 있다.

손을 겹치고 아이의 가슴을 세게 눌렀다. 5센티미터 깊이로 압박해야 한다는 수칙은 예전에 마네킹을 놓고 연습할 때도 달성하기 어려웠지만, 지금은 말도 안 될 만큼 잔인하게만 보였다. 나는 몸무게를 실어 압박했다. 1분당 100회는 압박해야 한다. 나는 머릿속으로 숫자를 셌다. 심폐소생술은 사람들이 흔히 생각하는 것보다 훨씬 더 어렵고 힘이 많이 든다. 환자 세 명 중 하나는 갈비뼈에 금이 가거나 부러진다.

"가, 서둘러. 가서 도와 달라고 해. 레이첼을 데려가."

나는 아이의 가슴을 압박하는 중간중간 다이애나에게 말했다.

아이들은 언덕을 올라갔다. 나는 손을 멈추었다. 아이의 머리를 살짝 뒤로 젖히고 인공호흡을 두 번 한 다음 다시 압박하기 시작했다. 순식간에 온몸에 땀이 흐르고 숨이 찼다.

몇 분 동안 나는 아이를 살리려고 애썼다. 나의 숨소리만 들려왔다. 죽을 수 없어. 죽으면 안 돼.

마침내 경찰이 내 옆으로 다가왔다. 나는 옆으로 물러나 무릎에 손을 얹고서 그에게 아이를 넘겨주었다. 이윽고 아이의 부모가 언덕을 허둥지둥 내려왔다. 마침내 구급대원이 휴대용 제세동기와 들것을 들고 도착했다. 아이는 전혀 반응이 없었다. 나는 뒤로 물러서서 소녀의 부모가 그 광경을 지켜보는 모습을 바라보다가, 뒤돌아서서 천천히 비탈을 올라왔다.

피터는 다이애나와 레이첼과 함께 피크닉 테이블에 앉아 있었다.

"괜찮아? 다이애나가 그 아이가 죽었다고 하던데."

나는 피크닉 테이블에 털썩 앉아서 머리카락에 손을 파묻었다.

"죽었어."

남편에게 말했다. 레이첼 앞에서 이런 말을 아무렇지도 않게 하는 게 싫었다. 그러다 레이첼도 죽음이라는 개념을 모르지 않는다는 걸 깨달았다. 자기 언니가 박제를 하기 때문만은 아니다. 우리가 그토록 사랑하는 곰도 알고 보면 잡식 동물이다. 하지만 이번에는 사람이 죽었다. 레이첼처럼 어린 소녀가.

나는 레이첼이 꼬마라도 된다는 듯 아이를 무릎에 올려 앉혔다.

"이런 일을 겪게 해서 정말 미안해."

나는 아이의 눈가에 드리워진 머리카락을 쓸어 올리고 뺨에 흐르는 눈물을 닦아 준 다음 꼭 안아 주었다.

"가끔은 나쁜 일이 벌어지기도 한단다."

딸아이를 위로할 만한 더 좋은 말은 없을까. 하지만 그래 봤자 딸아이가 본 걸 되돌릴 방법은 없다.

"이제 가도 돼? 여기 있기 싫어. 집에 가고 싶어."

레이첼이 떨리는 목소리로 물었다.

"나도 그래, 아가. 하지만 경찰이 와서 가도 된다고 말할 때까지는 기다려야 해. 경찰 조사가 끝나는 대로 우리는 갈 거야."

갑자기 옛 기억이 스쳤다. 지금이 아닌 그 옛날, 다른 아이가 죽었을 때 경찰이 딸에게 질문하던 기억이었다. 지금 경찰은 나의 딸들에게 무어라 물을까. 몸서리가 쳐졌다. 딸아이들이 발견했을 당시 아이는 이미 죽어 있었다. 그래야만 한다. 만약 죽지 않았다면….

우리 집 수영장 바닥에 누워 있던 꼬마가 보였다. 소녀의 죽은 몸을 굽어보는 다이애나가 보였다. 내 딸의 끝없는 거짓말을 생각해 보았다. 딸아이는 잔인하고, 감정도 없고, 후회도 하지 않는다. 이제는 완전히 인정할 준비가 되었다. 내 딸이 애초에 태어나지 않았더라면 더 좋았을 거라는 사실을 말이다.

22

현재
레이첼

목도리에서 눈을 뗄 수가 없었다. 그 의미는 분명했다. 난 그 애를 죽였어. 우리가 그 애를 죽였어. 난 이제 널 죽일 거야.

어떻게 이런 상황이 일어날 수 있을까. 병원에 있으면서 그 여자아이가 죽은 날의 기억을 잊고 있는 한, 나는 살 수 있었다. 그런데 이제 집에 와서 기억이 돌아오기 시작하니 언니가 나를 죽이겠다고 한다. 하지만 나는 죽을 수 없다. 언니가 살인자라는 걸 아는 단 한 명의 증인이니까. 내가 죽는다면 이 아이와 나의 부모님에게 절대로 정의가 구현되지 않을 것이다.

나는 숨겨 두었던 라이플을 쥐고 헛간 뒤쪽 구멍으로 몰래 빠져나왔다. 그리고 전장으로 향하는 군인처럼 나무 사이를 헤쳐 나갔다. 현관문으로 들어간 나는 부모님이 돌아가셨던 장소를 한 치의 주저함도 없이 지나서 그레이트룸을 쏜살같이 가로질러 주방으로 향했다.

여기 온 첫날 밤, 샬럿 이모와 다이애나가 집에 돌아왔을 때 자동차 열쇠를 조리대 위로 던지는 소리를 들었다. 다음 날 아침 내가 아침 식사를 몰래 하는 동안 열쇠가 여전히 그곳에 있었는지는 기억나지 않는다. 다른 때에도 주방을 지나면서 열쇠를 본 기억은 없지만, 그때는 열쇠를 굳이 찾아보지 않았다. 하지만 지금은 찾아볼 것이다. 다이애나는 내가 도망가기를 바라겠지. 내가 운전할 거라고는 생각지도 못할 것이다. 내가 운전을 배운 적이 없기 때문에 더더욱 예상하지 못할 것이다.

나는 재빨리 조리대를 훑어본 다음 뒤쪽 계단을 뛰어 올라가서 샬럿 이모의 방으로 들어갔다. 이모의 핸드백은 화장대 위에 놓여 있었다. 침대 위에 핸드백의 내용물을 쏟아 놓은 다음 자동차 열쇠를 찾아서 핸드백 속에 들어 있던 현금과 함께 청바지 주머니에 넣었다. 세어 보지는 않았지만 많은 것 같았다. 현금이 있으면 천 배나 기분이 좋아진다. 돈도 많고 도주용 차량도 있으니 나에겐 기회가 있다.

라이플을 겨드랑이에 낀 채로 이제는 내 방으로 갔다. 내 곰 인형과 트레버의 명함만 있으면 된 거다. 병원에서 가져온 책은 다 아동용이고 옷은 모두 중고다. 나는 다른 걸 더 쉽게 얻을 수 있다. 자동차에 시동이 걸리는 소리가 나면 다이애나와 샬럿 이모의 표정이 어떨까? 그들이 나를 따라오며 멈추라고 소리를 지르는 광경을 백미러로 지켜볼 상상만 해도 웃음이 나올 지경이다. 두 사람이 똑똑하다면 내가 문에 도달하기 전에 보안문의 전력을 끊어 버릴 것이다. 부모님이 돌아가신 다음 다이애나는 모든 걸 태양열 시스템으로 업그레이드했고, 지금 보안 시스템은 최첨단이지만, 어쨌든 내가 운전할 수 있다는 사실을 저쪽은 모르고 있으니 나에게 유리할 것이다. 최악의 상황이 닥쳐오면 차로 문을 들이받을 생각이다. 운전하는 것도 걱정하지 않는다. 다른 사람들이 어떻게 차 시동을 걸고 기어를 넣는지 많이 보아 왔다. 그리고 고속도로에 진입하기 전까지 연습할 수 있는 거리도 6킬로미터나 된다.

내가 도주극을 너무 쉽게 생각하는 걸까? 나도 안다. 하지만 잘못될 가능성을 생각하고 싶지 않아서 이러는 거다. 잘못될 가능성은 너무 많다. 샬럿 이모의 SUV 말고도 별장에는 차가 또 있다. 두 사람은 차고에 두 대의 차를 더 갖고 있다. 내가 고속도로에 진입하기 전에 두 사람이 나를 따라잡을 수도 있다. 따라잡지 못한다 해도, 휴대전화 신호가 잡히는 곳까지 가자마자 샬럿 이모의 SUV를 도난 신고하면 경찰이 나를 잡아 올 때까지 두 사람은 가만히 앉아서 기다리면 된다. 면허증도 없고 신분증도 없는 사람이 도난 차량을 운전하고 있으면 어떻게 되는지 안 봐도 뻔한 일이니까. 하지만 감옥에 갇힌다면 언니가 손을 뻗을 수 없을 테니 오히려 안전할지도 모르지.

방문을 열었다. 나는 그만 얼어붙고 말았다.

침대 한가운데에, 마치 잘 왔다고 인사하는 것처럼, 거대한 하얀 곰의 앞발 두 개가 불쑥 솟아 있었다.

비명을 질렀다. 이러면 안 된다는 걸 알지만, 어쩔 수 없었다. 라이플이 바닥에 툭 떨어졌다. 나는 무릎을 털썩 꿇고 머리카락을 쥐어뜯었다. 눈을 꼭 감고 몸을 웅크리고 손을 깨물어서 비명을 삼키려 했다. 그러다 몸을 뒤흔들며 신음했다. 하얀 곰이 죽었어. 죽었다고. 내가 그 무엇보다 사랑하던 존재였는데. 내 동료였던, 형제였던, 친구였던 하얀 곰이었는데.

나는 다시 숨을 고르게 쉬었다. 눈을 뜨고 고개를 들었다. 하얀 곰의 앞발은 여전히 침대 한가운데에 솟은 채로, 무언의 호소를 하듯 손을 뻗고 있었다. *도와줘. 어떻게든 해 봐. 정의를 구현해. 그릇된 것을 바로잡아 줘.*

나는 곰의 발을 가슴에 껴안고 그때 일어난 일을 얼마나 미안하게 생각하고 있는지 말해 주고 싶었지만, 곰의 잘린 발을 만진다는 생각만 해도 몸이 움찔할 지경이었다. 그레이트룸에 있는 박제가 난 싫었다. 몸통 없는 머리. 생명 없는 몸뚱어리. 다이애나가 하얀 곰을 죽였다는 사실도 나쁘기 그지없는데, 앞발만을 박제해서 보관해 두었다가 나에게 써먹을 날을 기다렸다는 건 정말 견딜 수 없었다.

어떻게든 해 봐. 정의를 구현해. 그릇된 것을 바로잡아 줘.

할 수만 있다면 그랬으리라. 하지만 할 수 있는 게 없었다. 그릇된 걸 바로잡을 방법이 없다. 하얀 곰은 나의 부모님처럼 죽었다. 이런 짓을 저지른 언니를 총으로 쏜 다음 손을 잘라 버리고 싶은 마음이었다. 언니는 내가 그 무엇보다 이 곰을 사랑한다는 사실을 알고 있었다. 나에게 상처를 입히려는 목적으로 이 곰을 죽인 것이다. 내 잘못이다. 하얀 곰을 사랑하는 내 마음 때문에 곰이 죽었다. 내가 나의 라이플로 하얀 곰을 쏘았다는 사실만큼이나 확실했다. 내가 사랑하는 모든 것이, 모든 사람이 결국 죽었다.

나는 일어섰다. 지금쯤 언니는 분명히 내 비명을 들었을 테니까. 더플백을 바닥에 털썩 던지고서 잡동사니 속을 뒤져 트레버의 명함을 찾아낸 다음, 차 열쇠와 함께 명함을 청바지 주머니에 넣었다.

주방문이 쾅 닫히는 소리가 들렸다. 계단 위로 올라오는 목소리와 발소리가 들린다.

나는 바닥에 엎드려 라이플을 쥐고 침대 밑으로 들어가 총을 가슴에 꼭 안았다. 그리고 숨을 죽인 채로 죽은 듯 바닥에 엎드렸다.

복도에서 발소리가 들려왔다. 다이애나와 샬럿 이모가 방으로 들어왔을 때 나는 움츠러들었다. 침대 밑에서 손을 뻗어 발목을 잡아채 넘어뜨릴 수도 있었다. 하지만 그래 봤자 무슨 소용일까. 난 두 사람을 쏠 수 없을 거고, 두 사람도 그걸 아는데. 가만히 기다리면서 나를 찾지 못할지도 모른다는 희망을 품어 볼까. 하지만 그들이 침대 밑을 보지 않을 리가 있을까. 아니면 내가 직접 밖으로 나가면 어떨까.

나는 나중에 가지러 오려고 라이플을 놓아두고 침대 밑에서 나왔다. 항복한다는 표시로 두 손을 들고 일어서자 언니는 승리의 표정을 지었다. 그걸 보자 속이 좋지 않았다. 다이애나는 라이플을 들고 있었다. .458 윈체스터 매그넘이었다. 못 알아볼 리 없는 총이지만 우리 부모님을 죽였던 것과 같은 건 아니었다. 그건 어딘가 증거물 보관소 안에 박혀 있을 것이다. 이 총을 들고 오다니, 언니의 선택에 치가 떨렸다.

"이런, 이런. 반가워, 동생아. 여기서 우연히 다시 만날 줄이야."

다이애나가 말했다. 그 말이 놀랍지는 않았다. "여기서 뭐 하는 거야?" "여기 어떻게 들어왔어?" "왜 온다는 말도 안 하고 왔어?" 같은 말은 기대하지 않았다. "오면 온다고 말했어야지. 우리 허락을 받기 전에 나오면 어떡하니." 같은 질책하는 말도 기대하지 않았다. 만약 그렇게 말했다면 나도 맞받아칠 말이 있었다. "어째서 나를 병원에 버려뒀어? 왜 나를 보러 오지 않았어? 왜 내가 집에 오면 안 되는데?"
같은 말들. 그러다 우리는 결국 단 하나의 질문을 하게 될 것이다. "왜
내가 어머니를 죽일 리 없다고 말해 주지 않았어?"

나는 저 둘을 때리고 눈을 파내고 싶었다. 언니가 여자아이를 죽였
던 것처럼 언니의 목을 조르면서 "어떻게 우리 부모님인데 죽일 수가
있어?"라고 소리치고 싶었다. 하지만 그럴 수 없다. 아직은 아니다. 나
는 언니가 한 일을 어떻게든 인정하게 만들어야 한다.

나는 침대 위에 놓인 비극적인 곰의 앞발에 분노와 좌절감을 풀기
로 했다.

"어떻게 그럴 수가 있어? 어떻게 하얀 곰을 죽일 수 있어?"

"내가 죽였다고?"

다이애나는 눈을 가늘게 떴다. 그리고 무릎을 치면서 웃었다.

"아, 이거 재밌네. 너 기억을 못하는구나."

언니는 다시 웃었다. 그 반응에 너무 혼란스러워진 나는 언니처럼
눈을 가늘게 떴다.

"너의 소중한 곰을 죽인 건 내가 아니야. 네가 죽였지. 네가 쐈잖아.
하얀 곰을 죽인 건 너라고."

"내가 죽였다고? 어째서 내가 곰을 죽였겠어?"

내 평생 무언가를 죽인 적은 없다. 다이애나도 그 점은 알고 있다.
내가 사랑하는 곰을 절대로 쐈을 리가 없다.

언니는 침대에 앉아서 이불을 툭툭 두드렸다. 샬럿 이모는 문가에
서 있었다. 나는 언니가 가리키는 자리에 앉았다. 언니는 하얀 곰의
발을 하나 들어 올려 감싸 안고서 새끼 고양이인 양 쓰다듬었다.

"그럼 내가 얘기해 줄게, 레이첼. 어느 화창한 11월이었어. 두 자매가 사격장에서 사격 연습을 하던 중이었지. 사격장은 드넓은 숲속 한가운데 공터에 있었어. 언니는 동생보다 총을 훨씬 잘 쏘기 때문에 연습할 필요가 없었지만, 동생을 위해서 함께 사격장에 가서 연습하곤 했지."

언니는 말을 멈추고는 내 반응을 기다렸다. 나는 아무런 반응을 하지 않았다.

"그런데 그날 하얀 곰이 공터에 들어온 거야. 동생은 곰이 사실은 마법에 걸린 왕자였다고 생각했어. 공주가 나타나 입맞춤을 해서 마법이 풀릴 때까지 곰으로 살아야 하는 운명이었다고 말이야. 하지만 곰은 몸집이 크고 사나웠어. 자매들을 보자 앞발을 들고 일어서서 포효했지. 동생은 언니를 구하기 위해서 하얀 곰을 총으로 쐈어."

"말도 안 되는 소리. 내가 그런 짓을 할 리 없다는 걸 알잖아."

만약 다이애나가 나를 속여서 하지도 않은 짓을 자백하게 만들려는 거라면 최소한 내가 듣고도 참을 만한 걸 골라서 속였어야 했다. 이런 거짓말을 하다니 어처구니가 없었다.

"그럼 내가 그랬겠니? *생각해 봐, 레이첼. 기억해 보라고.*"

나는 무어라 항변하려다가 다시 입을 다물었다. 숨을 헉 들이켰다. 갑자기 기억이 났기 때문이다. 나는 하얀 곰의 잘린 발을 보며 수치심과 공포에 사로잡혀 버렸다.

다이애나의 말대로였다. 다이애나와 나는 사격장에 있었다. 그때 하얀 곰이 숲속에서 어슬렁거리며 나타났다. 나는 곰이 우리 총소리를 듣고 무서워서 오지 못하게 해야 하는 게 아닐까 생각했다. 하지만

293

왜 그런지 곰은 무서워하지 않았다. 하얀 곰은 공터 가장자리에 서서 차분하게 풀을 뜯기 시작했고, 다이애나는 나에게 곰 쪽으로 총을 쏘라고 말했다.

"쏴도 안 다칠 거야. 날 믿어."

언니의 말에 나는 이렇게 대답했다.

"난 못 해. 하얀 곰은 내 친구란 말이야."

"어서 해. 하란 말이야. 엉덩이를 쏴. 재미있을 거야."

나는 고개를 저었다.

"해 보라니까. 사격을 배웠는데 만들어 놓은 과녁만 쏘면 무슨 의미가 있어? 해 봐. 곰을 쏘라고."

"안 해."

나는 울기 시작했다.

"넌 진짜 어리구나."

다이애나는 혐오스럽다는 표정으로 고개를 저었다.

"네가 안 하면 내가 쏠 거야."

언니는 라이플을 들었다.

"안 돼! 그만해! 제발 그러지 마!"

나는 소리쳐 울면서 언니의 라이플 총신을 잡아 땅으로 겨누며 빌었다.

"그 애를 해치지 마!"

언니는 꼼짝도 하지 않고 날 내려다보며 고개를 저었다.

"레이첼, 이제 어떤 일이 벌어질지 알려줄까? 오늘 누군가는 저 하얀 곰을 쏴야 해. 네가 궁둥이를 쏘든지, 내가 머리를 쏘든지. 너한테 달렸어."

나는 더 크게 울었다. 언니는 나보다 컸고 나보다 나이가 많았다. 더 똑똑했다. 그리고 더 못됐다. 나는 항상 언니가 날 해칠 거라고 생각해 왔다. 동물도 새들도 다 죽여서 박제로 만들 거라고 생각했다. 내가 하얀 곰을 쏘지 않으면 언니는 분명히 하얀 곰을 죽일 거라는 걸, 난 의심하지 않았다.

언니는 다시 라이플을 들어올렸다.

"어서 결정해. 십, 구, 팔, 칠, 육⋯."

언니는 조준경을 들여다보았다.

"알았어, 알았어! 내가 할게!"

"오, 사, 삼⋯."

"내가 한다고 했잖아! 제발, 제발 곰을 죽이지 마."

언니는 카운트다운을 멈추었다. 그리고 눈을 가늘게 떴다. 지금 날 보는 언니의 시선은 그때 나를 보던 눈빛과 다르지 않았다. 속에서부터 솟구치는 강렬하고 집요한 광기가 눈동자에 또렷이 드러났다. 그때도 지금도 나는 알고 있다. 언니는 자기 뜻을 이루기 위해서라면 뭐든지, 정말로 뭐든지 할 것이다.

나는 라이플을 들었다. 언니가 시키는 대로 하얀 곰의 엉덩이를 쏠 생각은 정말이지 전혀 없었다. 나는 곰의 머리 위 허공을 쏠 생각이었다. 언니가 나중에 곰을 쏘기 전에 겁을 먹고 도망칠 정도로 아슬아슬하게.

방아쇠를 당겼다. 탄환은 하얀 곰의 머리 위를 날아갔다. 곰은 풀을 뜯다 말고 나를 바라보다 도로 풀을 먹었다.

"*도망쳐! 가란 말이야!*"

나는 속으로 외쳤다. 어째서 하얀 곰이 도망치지 않는 건지 알 수가 없었다.

"너 일부러 그랬지?"

언니의 목소리에서 경멸하는 기색이 뚝뚝 떨어졌다.

"이젠 내 차례인 것 같네."

언니는 라이플을 들어 올렸다.

"안 돼! 하지 마! 제발! 손이 떨려서 빗나간 거야. 이번엔 잘할게. 정말이야."

"말이 정말 많구나."

다이애나는 내가 정말로 곰을 쏘지 않을 거라는 듯 고개를 저었다.

"내가 쏠 거야."

나는 약속했다. 이번에는 진심이었다. 나는 하얀 곰을 쏘고 싶지 않았다. 하지만 그 애를 살리기 위해서는 쏘아야 했다.

"당연히 쏴야지. 하지만 만약의 사태를 대비해서…."

언니는 맥스가 나를 도와줬을 때처럼 내 옆에서 무릎을 굽히고 어깨를 감쌌다. 그리고 라이플을 하얀 곰 쪽으로 들어 올렸다. 언니는 내 손가락 옆으로 자기 손가락을 끼우고는 방아쇠를 당겼다.

내 총의 탄환이 곰의 가슴에 맞았다. 곰은 뒷다리로 일어서서 포효했다. 이게 무슨 일인지, 이제 어떻게 되는 건지 차마 생각해 보기도 전에 언니는 탄피를 빼 내고 다시 장전했다. 그렇게 우리는 함께 또 총을 쏘았다.

하얀 곰이 쓰러졌다. 일어서지 못했다. 다이애나는 라이플을 놓고 일어섰다. 나는 하얀 곰에게 달려가 무릎을 꿇고 앉아 목을 껴안았다.

"미안해. 정말 미안해."

나는 곰의 털에 입을 대고 속삭였다.

도망쳐. 곰도 내게 속삭였다. 난 그 소리에 놀라고 말았다. 죽은 줄 알았는데 말을 하다니.

나는 고개를 들었다. 다이애나의 라이플이 나를 겨누고 있었다.

나는 몸서리를 치며 머리카락을 하릴없이 쓸었다. 그다음에 무슨 일이 일어났는지 상상하기는 어렵지 않았다. 나는 하얀 곰이 지시한 대로 숲속으로 뛰어들었던 거다. 어떻게 된 건지 몰라도 나는 그 후로 2주를 살아남았다. 그때 일어난 일 때문에 트라우마에 빠졌던 게 분명했다. 고속도로 옆에 누운 채로 발견되었을 때, 나는 움직이지도 말을 하지도 못했으니까.

이제 나는 왜 내가 어머니를 쏘았다고 믿었는지 알게 되었다. 부모님의 죽음과 하얀 곰의 죽음이라는 두 가지 비극을 하나로 뭉뚱그려서 환상을 만들어 냈던 것이다. 총기실에서 기억을 떠올려 보았을 때 새로운 사실이 드러나지 않은 건 어찌 보면 당연했다. 나는 숲속에서 하얀 곰을 쏘았으니까. 나는 곰을 죽였는데, 나의 사랑하는 친구였던 곰은 죽어 가면서도 나를 구했다.

"언니 말이 맞아. 내가 죽였어."

그 말을 하는 게 너무나 아팠다.

"당연히 네가 한 거지. 곰의 나머지 몸도 보고 싶니?"

정말 보고 싶지 않았다. 이러는 언니의 의도가 뭘까. 아마도 언니는 나를 이 집이 아닌 다른 곳, 나를 죽이면서 난장판이 될 자리를 쉽게 청소할 수 있는 장소로 옮기려는 것이겠지. 언니는 예전에 알았던 레이첼을 생각하며 전략을 짰을 것이다. 언니가 시키는 대로 얌전하게 말을 듣고, 언니가 제아무리 학대를 일삼아도 불평 없이 받아들였던 아이가 나였다. 하지만 그때의 어린 소녀는 더 이상 존재하지 않는다.

"그게 정말 좋은 생각일까?"

샬럿 이모가 물었다. 마치 나를 진심으로 걱정한다는 듯한 모습이었다.

"물론이지. 레이첼은 자기가 한 짓을 봐야 해."

언니는 꼴도 보기 싫다는 듯 하얀 곰의 앞발을 침대 위로 던지고서 문 쪽을 가리켰다.

"앞장서."

"어디로 가는데?"

"어디일지 알잖아."

언니 말이 맞다. 알고 있다. 곰이 있을 만한 곳은 단 한 군데뿐이다. 나는 뒤쪽 계단으로 앞장서 내려가서 옆문을 나섰다. 마당을 가로질러 언니의 박제 작업실 문 앞에 섰다. 어릴 적 나는 이 방이 싫었다. 한 번도 들어가 본 적이 없었다. 지금도 들어가고 싶지 않았다.

다이애나는 내 옆을 지나 문을 열었다.

가장 먼저 냄새가 확 몰려들었다. 화학약품 냄새와 섞인 썩은 고기의 악취를 맡자 패드를 댄 독방이 떠올랐다. 다음으로 눈에 들어온 건 작업대 위에 놓인 동물의 신체 부위였다. 그 양이 어찌나 어마어마하던지. 머리, 깃털, 가죽, 발. 물감과 붓, 클램프, 족집게, 치과 도구, 가

위, 박제 칼, 면봉, 솜뭉치, 바늘과 실, 유리 눈이 들어 있는 단지까지.

그리고 방 한가운데 커다랗고 하얀 시트 밑에 나의 오랜 친구였던 하얀 곰이 있는 것 같았다.

우리는 모여 섰다. 다이애나는 과장된 손짓으로 천을 당겼다.

"어때? 아름답지 않니?"

"발이 네 개 다 달렸다면 더 멋있었을 것 같아."

내 말에 언니는 웃었다.

"발을 다시 붙이는 것쯤은 쉬워. 하지만 발을 잘라 침대에 놓으니까 네가 관심을 보였잖아. 안 그래? 이제 말해 봐. 네가 애를 죽였다고 말해 봐."

나는 고개를 떨구었다.

"맞아. 내가 죽였어."

순순히 인정하면서, 나는 공황상태에 빠지고 있기라도 한 것처럼 숨을 가쁘게 쉬었다. 그리고 슬그머니 문 쪽으로 향하면서 하얀 곰의 시체를 보고 발작을 일으킨 나머지 이 방에서 빨리 나가고 싶은 것처럼 굴었다. 내가 무기력한 존재라고 다이애나가 생각하게 하자. 내가 정신분열증으로 고통받고 있다고 생각하게 하자. 언니는 내가 샬럿 이모의 차 열쇠를 갖고 있다는 걸 모른다.

"그럼 애한테 미안하다고 말해."

"미안해."

내가 미안해하고 있다는 걸 언니가 믿게 하는 건 어렵지 않았다. 정말로 미안했으니까. 하얀 곰에게도 미안했고, 휴게소에서 만났던 여자아이에게도 미안했고, 그 아이의 부모님에게도 미안했다. 이들을 죽이는 과정에서 내가 다이애나의 공범이 되었던 것도 미안했다.

다이애나는 샬럿 이모에게 웃으며 고갯짓을 했다. 그러자 이모는 재빨리 내 쪽으로 걸음을 옮겼다.

"어디로 가려고?"

다이애나는 이렇게 물으며 라이플을 샬럿 이모에게 건네주고는 내 오른팔을 잡고 어깨뼈 높이까지 비틀었다. 나는 비명을 질렀다.

"네 말이 맞았구나."

샬럿 이모가 웃으며 이렇게 말했다. 이모는 다이애나의 통찰력에 경외감을 느끼며 고개를 흔들었다. 여느 부모가 똑똑한 자녀에게 보일 법한 자부심을 언니에게서 느끼는 것 같았다.

"얘는 네가 말한 그대로 행동하네."

"사람이란 참 예측하기 쉽다니까."

다이애나는 한숨을 쉬며 말했다. 그리고 내 팔을 더 높이 꺾었다. 이러다 그만 부러질 것 같이 아팠다.

팔이 정말로 부러지겠다는 확신이 든 순간 언니는 팔을 놓고 날 바닥에 내동댕이쳤다. 나는 멀쩡한 팔로 언니의 발목을 잡고 언니를 바닥으로 끌어당겼다. 우리는 부둥켜안은 채로 굴렀다. 나는 최선을 다했지만 다이애나는 나보다 키가 컸고 힘이 셌다. 게다가 두 팔도 멀쩡했다. 우리의 씨름은 결국 언니가 내 가슴에 올라타 팔로 내 목덜미를 누르며 끝났다.

나는 기침했다. 몸부림치며 꿈틀댔다. 그 여자아이를 생각했다. 살려고 버둥거리는 걸 그만두어야 하지 않을까? 온 우주가 나를 벌하도록 놔두어야 하지 않을까? 언니의 박제 작업장 안에서, 하얀 곰의 발 아래에 누워 죽어 가는 것이야말로 내가 받아 마땅한 벌이 아닐까?

"얘 팔을 잡아!"

언니는 샬럿 이모에게 명령했다. 이모는 내 머리 옆에 웅크리고 앉아서 두 손목을 잡고 팔을 머리 위로 끌어당겼다. 그 옛날, 휴게소에서 만난 여자아이에게 내가 그랬던 것처럼. 다이애나는 작업대 가장자리를 손으로 더듬어 칼을 잡았다.

안녕. 나는 머릿속으로 작별 인사를 했다. 트레버에게, 스코티에게, 큰까마귀에게, 거미에게, 그리고 이 삶에.

다이애나는 내 셔츠를 들어올렸다. 손가락이 내 배에 난 상처를 훑고 지나가더니, 칼날이 피부를 눌렀다.

***

깨어나 보니 혼자였다. 나는 몸을 쓰다듬어 보았다. 셔츠에 핏물이 느껴졌다. 일어나 앉아 옷을 들추고 내려다보았다. 배가 피로 물들어 있었다. 상처는 깊어 보이지 않았다.

후들거리는 다리로 일어섰다. 작업대로 가서 천을 찾아 상처를 닦아 내고 얼마나 다쳤는지 살펴보았다. 작업대에는 남아 있는 게 거의 없었다. 다른 물건들과 함께 다이애나의 박제용 칼도 사라지고 없었다. 내가 방어하거나 이 방에서 탈출할 때 쓸 만한 물건들을 모두 치운 것이다.

대신 그 자리에는 거울이 있었다. 나는 거울을 들고 배에 난 상처를 살펴보았다. 내 예상대로 상처는 아무렇게나 난 것이 아니었다. 상처는 글자를 이루었다. 거울을 들고 보면 다이애나의 마지막 메시지를 똑똑히 읽을 수 있도록 거꾸로 새겨 넣은 글자였다.

끝났어THE END.

23

그때
제니

이젠 끝이다. 나는 이미 마음을 먹었고, 아무것도 내 마음을 바꿀 수 없다. 다이애나가 정신병원에 빨리 입원할수록 우리는 그 즉시 우리의 인생을 살아가게 될 것이다. 나는 레이첼의 생일 파티 날 소중한 것을 잃어버렸다. 미래에 대한 낙관과 희망을 말이다. 다시는 되찾을 수 없을 것이다. 피터와 나는 이제껏 딸아이 때문에 이 모든 어려움을 겪어 오긴 했지만 그래도 비통해지거나 냉소적이 되거나 마음이 굳어 버리지 않도록 노력했다. 하지만 지금 나는 그런 낙관론이 빗나가고 있음을 알아차렸다. 다이애나가 어디든 마음껏 돌아다니며 자기가 원할 때 뭐든 죽일 수 있는 한, 아무도 안전할 수 없으리라.

내가 아무리 물어보아도, 레이첼은 다이애나와 자신이 공원에서 실종된 여자아이를 찾았을 때는 이미 죽어 있었다고 주장했다. 하지만 난 그 말을 믿지 않는다. 레이첼이 나에게 말하지 않은 게 더 있다는 걸 아니까. 다이애나가 하는 거짓말에는 이미 익숙하지만, 만약 레이첼의 말까지 믿을 수 없게 된다면 나는 완전히 길을 잃어버리겠지. 사람들은 저마다 말했다. 그 여자아이의 죽음은 끔찍한 비극이라고. 그러면서 딱하게 여겼다. 몇 분만 더 일찍 발견되었더라면 살 수 있었을 거라고. 내가 보기에는 다르다. 내 딸 다이애나가 아닌 누군가가 그 아이를 발견했더라면 살 수 있었을 것이다.

우리가 메리트 박사와의 면담 시간에 맞추어 그의 사무실 앞 거리에 차를 대자, 하늘에서는 첫눈이 내리기 시작했다. 보통 때였다면 첫눈을 보고 들떴겠지만, 오늘은 눈송이가 오히려 불길하게 느껴졌다. 앞으로 닥칠 나쁜 일을 예고해 주는 것처럼 말이다. 몇 달 후면 이 거리는 알아볼 수 없게 변할 것이다. 길 양옆으로 내 키를 훌쩍 넘어설 만큼 눈이 쌓이고, 그 사이로 삽으로 퍼낸 길이 터널처럼 이 가게 저 가게로 이어질 것이다. 지난겨울에는 눈이 너무 많이 내려서 우리 집으로 오는 길을 뚫는 데 너무 많은 돈을 써야 했다. 결국 우리는 눈 치우는 걸 포기하고 SUV를 고속도로 근처에 주차한 다음 스노모빌을 타고 별장까지 6킬로미터를 왕복해서 다녔다. 그동안 집에서 제대로 나갈 수 없었던 건 물론이다. 이것 역시 내가 다이애나의 문제를 처리하고 싶은 이유 중 하나였다. 눈이 쌓여 오도 가도 못하게 된 별장에서 그 아이와 다시 겨울을 보낼 수 있을 것 같지 않았다.

나는 피터를 바라보았다. 그는 나를 바라보았다. 보도 위를 따라 부는 돌풍이 낙엽을 휙 쓸어 올리는 모습이 우리더러 서로를 바라보라고 몰아대는 것만 같았다.

"준비됐어?"

내가 먼저 물었다. 결국 우리 중 하나는 이 난국을 타개해야 했다.

"준비됐어."

피터는 어깨를 펴고 차 문을 열었다.

서점 옆을 지나면서 창문 너머로 서점 주인에게 손을 흔들어 인사한 다음, 피터를 따라 건물 옆으로 가서 2층으로 이어지는 지붕 덮인 계단을 올라갔다. 다이애나가 사이코패스 진단을 받은 후 나는 심리치료사를 바꾸고 싶었다. 그러면 새로운 사람과 처음부터 다시 시작할 수 있을 거라고 생각했다. 하지만 어퍼 반도의 인구는 너무 적었다. 그 말은 딸아이를 치료할 수 있고, 또 기꺼이 치료해 주려는 의사역시 현저하게 적다는 뜻이다. 그래서 우리는 달리 선택의 여지가 없었다. 나는 오랫동안 메리트 박사가 불편했다. 그가 다이애나를 볼 때마다, 또 그 아이에게 반응할 때마다 아이가 무슨 말을 하는지 판단하고 자신이 내린 진단에 따라 그 아이를 바라본다는 게 마음에 들지 않았다.

하지만 지금은 이분과 계속 지내게 되어 다행이란 생각이 들었다. 메리트 박사 말고 도와줄 사람을 어떻게 또 찾을 수 있을까. 그리고 다이애나가 고칠 수 없는 사람이라는 건 그분 잘못이 아니다.

우리는 늘 앉는 의자에 앉았다. 메리트 박사의 대기실은 주인만큼이나 편안한 느낌을 주었다. 검은색 나무판자로 만든, 모서리가 둥글게 닳은 책장으로 둘러싸여 있는 공간은 마치 오아시스처럼 환자들이 긴장을 풀고 안심할 수 있는 곳이었다. 보통 때였다면 나도 그랬을 터였다. 하지만 지금은 어쩔 수 없이 레이첼만 생각났다. 샬럿은 엉망이 된 생일맞이 소풍을 한 번 더 하자며 레이첼을 매니스티크에 있는 더 빅 스프링The Big Spring(팜스 북주립공원에 있는 담수호로 키치이티키피Kitch-iti-ki-pi라고 불린다-옮긴이)에 데려가기로 했다. 샬럿은 둘만 있어도 아무 문제 없을 거라며, 본인이 눈을 떼지 않고 아이를 잘 보겠다고 약속했다. 그동안 내내 우리를 실망만 시켜 왔던 일을 보상하고 싶은 마음일까? 난 아직도 샬럿을 용서할 마음이 없지만, 우리가 집에 없는 동안 레이첼과 다이애나만 남겨 두지 않을 방법을 달리 생각해 낼 수가 없었다. 레이첼을 이곳에 데려오는 건 불가능했다. 나는 난장판인 상황에서도 모든 게 괜찮은 척을 무척 잘한다. 하지만 상담한 다음에 레이첼과 함께 쇼핑하고, 먹을 것을 사면서 아무것도 잘못된 게 없는 척하기란 얼마나 진이 빠질 일이겠는가. 이 상담의 결론이 어떻게 날지 모르겠지만, 피터와 내가 집에 오는 길에 상의해야 할 일이 있을 거라는 사실만은 확실하게 안다.

"마음이 좀 어때?"

"괜찮아."

피터의 물음에 난 이렇게 대답했다. 비록 오늘 면담이 끝나면 우리 둘 다 아무리 봐도 괜찮아지지 않으리라는 걸 서로 알고 있지만 말이다. 아마도 면담이 끝나기 전부터 안 괜찮아질지도 모르지.

메리트 박사의 안쪽 상담실 문이 열렸다.

"때가 됐어요."

모두가 자리에 앉은 후 나는 단도직입적으로 말했다. 말을 돌려 봤자 소용없다는 걸 알고 있어서였다.

"다이애나를 시설에 가두어야겠어요."

내 선언에 메리트 박사는 아무런 표정을 짓지 않았다. 놀라긴 했을까? 그랬다면 속마음을 아주 잘 숨긴 것이겠구나.

"이 결정에 동의하셨습니까?"

그는 피터에게 물었다.

"그렇습니다."

피터도 단호하게 대답했다.

여기에 이르기까지 시간이 좀 걸리기는 했지만, 그래도 남편이 마음을 먹어서 고마웠다. 내가 사냥 블라인드에서 레이첼을 발견하고 다이애나가 무슨 짓을 계획하고 있었는지 말해 주었을 때만 해도, 피터는 내 상상력이 너무 풍부하다고만 생각했다. 하지만 휴게소에서 만난 아이가 죽은 다음 모든 게 변했다. 다른 아이가 죽고 나서야 레이첼이 위험하다는 걸 알아차린 남편에게 실망하긴 했지만, 그래도 우리의 목적을 달성하기 위해서 그쯤은 얼마든지 넘어갈 수 있었다. 20년 동안 다이애나는 우리 가족을 지배했다. 이제는 우리가 주도권을 잡아야 할 때다.

"왜 그런 결정을 내리셨는지 여쭤 봐도 되겠습니까?"

메리트 박사의 목소리는 전문 심리상담가다웠다. 조심스럽게 고른 중립적인 어조에는 비난의 기색이 없었다.

"무슨 일이 있었습니까?"

"제가, 아니 우리가 보기에는요."

나는 이렇게 말하며 피터의 손을 잡았다. 우리가 완전히 같은 생각이라는 걸 보여 주기 위해서였다.

"피터와 저는 다이애나가 누군가를 해쳤다고 생각하고 있어요. 심하게요."

나는 휴게소에서 일어났던 일을 말해 주었다. 그리고 다이애나가 그 일에 연루되어 있다고 확실히 믿는다고도 말했다. 왜냐하면 2주 전, 동생을 죽이려고 했기 때문이라고.

메리트 박사는 앞으로 몸을 내민 채로 턱을 손가락으로 받쳤다. 내가 숲속 우리에서 레이첼을 발견한 일과 다이애나의 칼, 끓고 있던 물에 대해 설명하자 그는 충격을 받은 듯했다. 피터에게 '내가 뭐랬어'라는 눈빛을 보내고 싶었지만 그만두었다.

"레이첼은 다이애나가 자신에게 뭘 하려고 했는지 알고 있습니까?"

"그 애는 아직도 언니랑 놀이를 하고 있다고 생각해요. 다이애나 역시 아무것도 시인하지 않을 테죠. 그 아이 말로는 둘이서 동화를 연기하고 있었다고, 칼이랑 끓는 물은 그저 소도구라고 하더군요. 하지만 저도 알 건 알아요. 제가 보기에 다이애나가 휴게소에 있던 아이를 죽인 건 저 때문에 동생을 죽이려는 계획을 망쳤기 때문이라고 생각해요. 복수심 때문이 아니라, 대체물이나 임시 해결책으로 죽인 거죠."

다이애나는 복수심이나 증오, 질투처럼 보통 사람들이 다른 이를 죽이려는 마음을 먹게 되는 감정을 느끼지 못한다. 그 아이가 저지른 범죄는 넘치는 감정 때문이 아니라 편리성 때문이라서 훨씬 더 나쁜 것이 된다.

하지만 물론 그것 때문만은 아니다. 나는 메리트 박사에게 모든 걸 이야기했다. 다이애나가 누군가를 해쳤다는 걸 알았을 때와 그 아이가 한 것 같은 심증만 있었을 때에 대해 모두 다 말했다. 다이애나가 열한 살일 때 동물을 해부해 놓은 광경을 찾았을 때와, 그 결과로 박제술을 배우게 되었다는 것도 말했다. 그리고 애초에 왜 별장으로 이사 왔는지와 그 이유, 우리 집 뒷마당 수영장에 빠져 죽은 꼬마 이야 기도 했다. 그리고 피터에게도 하지 못했던 이야기까지 털어놓았다. 다이애나가 태어나지 않은 아기를 죽이고 싶었기 때문에 절벽에서 날 밀었던 것과, 앤 아버에 있던 예전 집의 창문 너머로 수영장에 빠져 죽은 남자아이를 보기 전에 다이애나의 옷이 젖어 있었다는 사실을 알아챘다는 이야기까지 모두 다.

"나는 걔가 당신을 민 줄 몰랐어."

피터가 갈라진 목소리로 말했다. 남편은 울 것처럼 보였다.

"다이애나가 우리 수영장에서 그 아이를 물에 빠뜨린 거라고 생각하고 있는 줄도 몰랐어. 왜 나한테 말하지 않았어?"

남편이 정말로 하고픈 말은 물론 다른 것이었다. *왜 나를 믿지 않았어?*라고 말하고 싶겠지. 나도 내가 왜 그랬는지 모르겠다. 왜, 정말 왜 그랬을까? 내가 남편보다 더 잘 안다고 생각해서? 나는 엄마니까 모성애 때문에 딸아이와 더 강한 유대감을 느껴서? 나만 딸을 이해하고 남편은 아니라고 생각해서? 내가 제시할 만한 그 어떤 이유도 정당하게 여겨지지 않았다. 다이애나가 저질러 왔던 이루 말할 수 없는 일들을 나열하다 보니 그제야 깨닫게 되었다. 그 아이를 보호함으로써 내가 끔찍한 실수를 저질렀다는 사실을.

나는 피터의 질문을 회피하며 대답했다.

"다이애나가 그 남자아이를 물에 빠뜨렸다고는 생각 안 해. 어쨌든 고의는 아니었을 거야. 꼬마가 수영장에 빠졌는데 다이애나는 어떻게 해야 할지 몰랐던 거라고 생각해. 아이를 꺼내려다가 옷이 젖었는지도 모르잖아."

그러다 말을 멈췄다. 내가 아직도 그 아이를 위해 변명을 늘어놓다니, 믿을 수가 없다.

"그 반대로 다이애나가 그 애를 빠뜨렸을 수도 있지."

피터가 쓰라린 어조로 말했다. 그는 내가 낯선 사람인 것처럼 한참 동안 쳐다보다가, 깊이 한숨을 들이쉬고 메리트 박사 쪽으로 고개를 돌렸다.

"이제 어떡해야 합니까? 어떻게 다이애나를 시설에 가두죠?"

"그 점에 대해서 말씀드리죠."

메리트 박사가 천천히 입을 열었다. 가슴이 철렁해졌다. 박사와 오랫동안 상담을 해 왔기 때문에, 그 어조만 들어도 이게 심각한 일이라는 걸 알 수 있었다.

"솔직히 말씀드리겠습니다. 여러분 말씀을 이해하고, 뭔가 조치가 필요하다는 점은 저도 동의합니다만, 사실을 말하자면 다이애나를 시설에 넣는 게 성인이 되기 전에 이루어졌다면 지금보다 훨씬 더 간단했을 겁니다. 법에서는 미성년 자녀를 가진 부모에게 광범위한 권한을 부여하고 있습니다. 재활시설이나 정신병원에 입원시킬 수도 있죠. 하지만 일단 성인이 되면 법적으로 그 사람이 더욱 유리한 권한을 갖습니다. 과거 정신의학 산업의 실태를 생각해 보신다면 왜 상황이 극단적으로 치우치게 되었는지 이해하실 겁니다. 백 년 전만 하더라도 아무런 문제가 없는 사람을, 그러니까 피터 씨 같은 분을 아무 이유 없이 정신병원에 넣을 수도 있었고, 그런데도 당신은 아무런 재심 청구를 할 수 없던 시절이었으니까요."

우리가 처한 상황의 아이러니는 상상을 초월했다. 우리는 너무 오래 기다렸던 거다. 그래서 준비가 되기도 전에 다이애나를 시설에 넣을 기회가 이미 사라져 버렸다.

"우리가 할 수 있는 일이 없나요?"

"아무것도 할 수 없다는 말은 아닙니다. 다만 어렵다는 사실을 알려 드리려는 겁니다."

"얼마나 어렵죠?"

"법적으로 누군가의 권리를 빼앗으려면 두 가지 정당한 이유가 있어야 합니다. 만일 여러분이 다이애나의 의사와 상관없이 이 일을 진행하려면 명분이 있어야겠지요. 첫 번째 명분은 시민을 해하게 될 상황을 방지하기 위해서입니다. 폭동이 일어났을 경우 경찰이 통행금지를 선포하는 게 그 예지요. 두 번째 명분은 그 개인이 스스로를 해하지 못하도록 법적으로 그 자의 권리를 빼앗는 것입니다. 이 경우는 그 개인이 타인을 해칠 가능성이 있는 경우는 해당하지 않는다는 점을 알아 두시는 게 중요합니다. 그런데 여러분에게 해당하는 부분이 그 점이죠. 국가후견권은 학대하는 부모에게서 아이를 빼앗는 경우처럼 위험에 처한 사람이 자력으로 위험에서 벗어날 수 없는 경우에만 적용됩니다. 발달장애가 있는 성인을 법적으로 통제하는 경우나, 조현병이 있는 친지를 노숙자 신세에서 구하거나, 치매를 앓는 고령의 부모나 배우자를 돌볼 때 가족들이 쓸 수 있는 제도이기도 합니다."

그러자 피터가 물었다.

"그렇다면 다이애나가 스스로를 해할 위험이 있는 경우를 상정한다면, 그 아이를 시설에 가둘 수 있다는 말입니까?"

"그러면 도움이 되겠지요. 하지만 안타깝게도 다이애나의 경우는

311

그리 간단하지 않습니다. 국가후견권은 개인을 보살피고 치료하려는 의도로 제정된 겁니다. 그런데 이건 다이애나에게 해당하지 않습니다. 사이코패스는 고칠 수 있는 게 아니니까요. 이 모든 건 결국 국가의 권력과 개인의 자유 사이에서 균형을 맞추려는 것으로 귀결되고, 판사들은 전형적으로 개인 쪽에 유리한 판결을 내립니다. 제가 관여했던 사건 하나를 말씀드리죠. 사회복지국에서 정신질환이 있는 여성 노숙자를 시설에 수용하려던 사례가 있습니다. 그녀는 자기 배설물을 먹는 사람이었거든요. 하지만 시민자유연맹에서는 전문가를 불러서 그 여성은 위험하지 않다는 증언을 하게 했습니다. 배설물을 먹는다고 해서 죽지 않는다는 게 이유였죠. 결국 연맹이 이겼습니다."

"미쳤군요."

"그 말을 부정하지 않겠습니다. 하지만 여러분이 만약 그 여성 노숙자의 입장이었다면 달리 느꼈을 수도 있겠지요."

"그렇다면 우리는 속수무책인 건가요."

"다이애나를 시설에 넣고 싶으시다면 그렇습니다. 하지만 한 가지 가능한 방법이 있습니다. 정말로 다이애나가 그 여자아이와 남자아이의 죽음과 연관이 있다고 믿으신다면, 경찰서에 가십시오. 그래서 여러분이 품고 있는 의심을 이야기하고 수사하게 하십시오. 만약 다이애나가 무죄로 판명된다면 마음의 평화를 얻게 되시겠죠. 하지만 만약 유죄라면 법률에 따라 사회에서 위험한 개인은 제거될 겁니다. 법은 그러라고 있는 거니까요."

무슨 생각을 해야 할까? 모르겠다. 피터와 나는 다이애나가 정신병원에 입원해야 한다고 합의하는 데만도 2주가 걸렸다. 하지만 딸아이를 살인 용의자로 몰 생각은 전혀 없었다. 우리 때문에 딸아이가 감옥에 간다니, 그걸 어떻게 참겠는가. 하지만 동시에 그 아이가 또 누군가를 다치게 한다는 것 역시 참을 수 없었다.

메리트 박사는 손목시계를 보았다. 그 동작은 미묘했지만, 의미는 분명히 전달되었다. 밖에서 다른 사람들이 기다리고 있었다. 대기실에서 기다리고 있는 사람들의 문제가 우리만큼 어려운 것일 리는 결코 없겠지만, 그 문제 역시 박사의 전문가적 견해와 지도가 필요할 터였다.

우리는 일어서서 악수를 하고, 결정을 내리는 대로 알려 주겠다고 약속한 다음 아래층으로 내려가 차로 걸어갔다. 눈은 여전히 내리고 있었다. 주차한 차 위에 벌써 5센티미터가량이 쌓였다.

"뭘 좀 먹을까? 아니면 날씨가 이렇긴 해도 곧장 집으로 갈까?"

차에 쌓인 눈을 치운 다음 차에 함께 탔을 때 피터가 물었다.

"집으로 가자."

나는 사람들 틈바구니에 있고 싶지 않았다. 우리는 딸아이를 살인죄로 경찰에 넘겨야 할지 말지를 결정하려고 하는데, 다른 사람들은 편안하게 일상생활을 해 나가는 모습을 보고 싶지 않았다.

결국 이렇게 되어 버리는구나. 머리로는 이해가 갔지만, 마음으로는 아직도 받아들일 수가 없었다. 나만 이런 마음인 것은 아니다. 사이코패스의 부모들이라면 자기 아이가 위험하다는 걸 인정하는 데 무척 애를 먹곤 한다. 부모들은 부정하고, 문제를 최소화하고, 반박하고, 변명한다. 자기 아이의 사악한 면을 본능적으로 알고 있더라도 부모는 아이가 악하지는 않다고 스스로에게 말한다. 그렇게 믿고 싶으니까. 그래야 하니까.

하지만 나는 그런 부모가 아니다. 이제 더 이상은 그럴 수 없다.

도시 남쪽에 있는 마켓 교도소를 지날 때쯤에는 호수에서 불어오는 바람으로 눈송이가 미친 듯이 휘날렸다. 눈발이 너무 심해 표지판이 보이지는 않았지만, 교도소가 여기쯤이라는 건 알았다. 참으로 아름다운 바다 경치가 내려다보이는 바위투성이 꼭대기 위에 자리 잡은 감옥이라니. 주민들은 대개 교도소에는 신경 쓰지 않는다. 오늘까지만 해도 나 역시 그랬다. 내 딸이 저 안에 갇혀 있는 상상을 애써 해보았다. 다이애나는 숲을 사랑하는데. 야외에 있는 걸 좋아하는데. 아이가 저 안에서 좌절하며 지루해하는 모습이 선했다. 그러다가 지루함을 견디다 못해 폭력적으로 변하겠지. 갇혀 있다는 사실에 발버둥치며 규칙을 계속 어기고, 다시는 그곳을 벗어나지 못할 거라는 가능성을 부정하겠지.

이윽고 나는 그 생각을 그만두었다. 대신 다이애나가 태어났던 날을 떠올렸다. 더없이 행복하고 희망에 찼던 그날. 기쁨과 가능성이 온 세상 가득했던 그날. 그때의 내가 지금의 내 모습을 알았더라면 다르게 행동했을까? 분명히 그 대답은 '그렇다'여야 했다.

하지만 나는 몰랐다. 알 수도 없었다. 부모가 할 수 있는 일이라고는 가진 지식을 모두 활용하여 최선의 결정을 내리는 것뿐이다. 그 원칙을 적용한다면, 어떤 결정을 내려야 할지도 명백하다. 이제 다이애나를 위해 할 수 있는 건 아무것도 없다. 이젠 정말로 끝이다.

24

현재
레이첼

끝났어.

한 마디 말. 세 글자. 배어 나온 핏방울은 의미심장하게 뚝뚝 떨어 졌다. 끝이구나. 언니는 나를 죽일 거야. 다이애나는 언제나 인생을 하나의 지속적인 실험으로 여겼다. 언니의 가장 중점적인 질문은 과학 자들이 세상을 이해하기 위해 보편적으로 품고 있는 '어째서일까?'가 아니라 그저 단순한 호기심에서 비롯되어 훨씬 진부하기까지 한 '어떻게 될까?'였다. 갓난 동생의 얼굴을 베개로 누르면 어떻게 될까? 그네 밧줄을 거의 잘라 놓고 동생더러 잡아 보라고 하면 어떻게 될까? 맥스의 차 트렁크에 동생을 넣어 놓고 우리만 몰래 빠져나와 음악을 들으러 코블스톤 바로 가면 어떻게 될까? 그동안 동생은 살아남을까? 아니면 일산화탄소 중독으로 질식해서 죽을까? 언니가 보기에 내가 존재하는 유일한 이유는 이 아이를 죽이려면 뭘 얼마나 손을 써야 할

315

지 보고 싶기 때문이었다.

그리고 언니의 실험은 이제 끝났다.

나는 배에 묻은 피를 천으로 닦아 내고 작업대 위에 거울을 놓았다. 다이애나가 낸 상처는 그저 긁혔을 뿐이었다. 피부를 완전히 뚫은 정도는 아니었다. 언니가 상처를 낼 때 내가 왜 기절했는지 모르겠다. 먹은 것도 없고 잠도 못 잔 데다 하얀 곰이 언니의 작업실에서 속이 파여 박제된 채로 서 있는 걸 본 충격 탓이겠지. 이제껏 자그마한 포유류나 새들만 박제하다가 하얀 곰을 잡은 건 언니의 제일가는 작품이었다. 곰을 쏘았을 때의 기억이 떠올라 마음이 아팠다. 비록 내가 주도한 건 아닐지라도, 방아쇠를 당긴 건 언니의 손가락이었다 해도 말이다. 나는 언니의 손에 너무나 큰 고통을 받았다. 부모님은 큰딸에게 심각한 문제가 있다는 걸 분명히 알고 있었으리라. 두 분은 나를 보호하기 위해 더 많이 노력했어야 했다. 물론 많은 부모가 문제아를 대처하길 꺼린다는 것과, 자녀의 나쁜 행동을 부정하거나 최소화한다는 사실은 안다. 심지어 위험한 아이의 매력에 휩쓸려서 그보다 얌전하고 카리스마 없는 자녀보다 편애하기도 한다.

하지만 부모님이 왜 나를 돌봐 주지 않았는지 이해한다고 해서 상황이 바뀌지는 않는다. 두 분은 무슨 일이 벌어지고 있는지 알았어야 했다. 그리고 그걸 막을 조치를 취했어야 했다. 이런 상황이 일어나서는 안 되었단 말이다. 부모님은 다이애나의 손에 모든 걸 잃었다. 이제 나 역시 모든 걸 잃게 될 참이었다.

아니, 상황은 더욱 나쁘다. 나는 언니의 일을 쉽게 만들어 주기까지 했다. 다이애나에게는 16제곱킬로미터의 땅이 있어서 시체 하나 숨긴

다 해도 아무도 뭐라 하지 못할 것이다. 나의 심리치료사들은 내가 집에 갈 것이라고 생각했겠지만, 사실 행선지를 말해 준 적은 없다. 내가 만약 히치하이킹을 해서 미시간주 밖으로 나가 아무도 모르는 곳으로 향했다면 누가 알겠는가. 트레버가 날 태워 가는 모습을 누군가 봤다 하더라도 트레버가 누군지, 내가 어떻게 되었는지 안다는 보장이 어디 있을까. 그러자 슬퍼졌다. 내 인생에 들어온 사람이 이토록 없다니. 트레버와 스코티 말고는 나를 그리워할 만한 사람이 아무도 없구나.

나는 하얀 곰을 올려다보았다. 하얀 곰은 살아 있을 적 나한테 한 번도 보여 준 적이 없는 위협적인 자세로 서 있었다. 눈물이 차올랐다. 어제만 해도 혹시나 하얀 곰을 볼 수 있을까 숲속 길을 따라갔는데, 결국 이렇게 되다니 믿을 수가 없었다.

"미안해."

나는 큰 소리로 말했다.

용서할게.

하얀 곰이 대답했다.

그 말을 듣자 가슴이 미어졌다. 하얀 곰은 나를 용서했는지 몰라도, 나는 스스로를 절대 용서할 수 없을 것이다.

도망쳐.

하얀 곰이 말했다.

어렸을 적 숲속에서 내게 도망치라고 했을 때와 똑같은 말. 도망칠 수 있다면 도망쳤을 것이다. 하얀 곰은 우리가 창문도 없는 방에 갇혀 있다는 걸 모르는 걸까? 설사 나갈 구멍이 있더라도 다이애나가 이미 탈출에 쓸 만한 도구들은 전부 치워 버렸다는 걸 모르는 걸까?

"도망치라고? 어떻게?"

위를 봐.

위를 보았다. 하얀 곰의 머리 바로 위에 커다랗고 네모난 금속 격자판이 보였다. 격자판 뒤에는 거대한 천장형 선풍기가 돌고 있었다. 아, 그렇구나. 나는 문 쪽으로 달려가서 선풍기 스위치를 찾아 껐다. 그리고 작업대로 돌아와서 격자판을 뜯어낼 만한 도구가 있는지 찾아보았다. 드라이버나 망치 같은 게 없을까? 뭔가 다이애나가 깜빡 잊고 간 물건이 있을 텐데. 하지만 아무것도 없었다. 그러다 샬럿 이모의 차 열쇠가 생각났다. 예전에 아버지가 페인트 통을 열 때 열쇠를 사용하는 걸 본 적이 있다. 나도 그렇게 할 수 있을지 확신이 서지는 않았지만, 내가 가진 건 이게 전부였다.

나는 하얀 곰 옆에 나무 의자를 놓고 그 위로 올라가 하얀 곰의 양쪽 어깨로 올라갔다. 그리고 어깨 위로 각각 한 발씩 딛고 선 다음 하얀 곰 머리에 몸을 기댔다. 그러고는 샬럿 이모의 열쇠 꾸러미에서 차 열쇠가 아닌 걸로 보이는 열쇠 하나를 골랐다. 혹시 차 열쇠가 부러질지도 모르니까. 열쇠 소리가 짤랑거렸다.

조용히. 하얀 곰이 경고했다. 하지만 그런 말을 할 필요 없이 난 이미 조심하고 있었다.

나는 격자판의 가장자리와 천장이 이어진 틈새로 열쇠를 넣고 앞뒤로 움직여 판을 뜯어내려 했다. 하지만 격자는 꿈쩍도 하지 않았다. 천장 재질이 부서지면서 하얀 먼지가 우수수 떨어졌다. 그 순간 깨달았다. 이러면 되겠구나. 천장은 얇은 석고판 한 장일 뿐이었다. 발을 제대로 차기만 한다면 분명히 부술 수 있을 것이다.

나는 격자를 천장에 고정하고 있는 석고판 둘레 나사를 떼어 냈다.

조용히. 하얀 곰이 다시 경고했다.

혹시나 샬럿 이모가 문 앞에 서서 날 감시하고 있을지도 몰랐다. 그래서 격자를 다이애나의 작업대 위에 있는 헝겊 더미 위에 던졌다. 그리고 선풍기를 옆으로 밀었다. 그러고는 환기구의 가장자리를 붙잡은 다음 하얀 곰의 머리를 받침대 삼아 구멍 속으로 올라갔다.

샬럿 이모는 들어오지 않았다. 지금까지는 성공이었다. 하지만 이제 어쩌지? 나는 바닥에서 6미터 위에 있는 대들보에 쪼그리고 앉았다. 여기서 떨어질 수는 없다. 떨어졌다가 발목이라도 삐는 일이 일어나면 안 되니까. 여기서 나갈 수 있을 것 같은 길은 저 끝에 보이는 비늘창뿐이었다.

외줄타기 곡예사처럼 대들보를 따라 조금씩 움직여서 비늘창 아래 있는 자그마한 창턱까지 갔다. 대들보는 넓지 않았다. 45에서 50센티미터쯤 되려나. 하지만 충분했다. 나는 창턱에 쪼그리고 앉아서 창문 밖을 내다보았다. 나무로 만든 비늘창은 낡고 삐걱거렸다. 아래로 이어진 땅은 부모님이 매장된 언덕으로 이어지는 경사였다. 아마 3미터 높이 정도 될 것이다. 그렇다면 창문으로 통과해서 별 탈 없이 착지할 수 있다.

비늘창을 이루는 나무판을 하나씩 흔들어 보았다. 쉽게 부술 것 같은 판이 하나 보였다. 확 뛰어서 발로 찬다면 한 번에 부서질 것 같았다. 하지만 내가 서 있는 창턱은 앉아 있기도 좁았기 때문에 선 채로 찰 수 있을 것 같지 않았다.

그래서 다시 판을 흔들었다. 확실히 헐거웠다. 분명히 부술 만한 방법이 있을 텐데. 여기 계속 있을 수는 없다. 다이애나는 날 지키러 여기 올 것이다. 자물쇠가 그대로 잠긴 걸 본다면 작업실 안까지 들어오지 않을지도 모르지만 그럴 가능성만 믿을 수는 없다. 나는 여기서 도망쳐야 한다. 내가 안전하게 잡혀 있다고 언니가 믿는 동안 말이다.

일어서서 조심스럽게 몸을 돌려 창문에 등을 댔다. 떨어지면 어떻게 될까 애써 생각하지 않았다. 나는 헐거운 창살 바로 위의 창살을 두 손으로 잡은 다음 보지 않은 채로 헐거운 창살을 발로 찼다.

세 번 차자 창살이 날아갔다. 나는 그 틈새로 몸을 비집고 나와 창살을 두 손으로 잡고 매달린 다음, 손을 놓았다.

예상했던 것보다 다리에 큰 충격을 받으며 땅에 떨어졌다. 나는 팔을 미친 듯이 휘두르며 경사 끝까지 굴러 내려갔다가, 헛간 옆으로 달려가 옆마당을 살펴보았다.

차 문이 쾅 닫히는 소리가 들렸다. 나는 얼른 몸을 숨겼다. 이야기를 나누는 사람들 중 남자 목소리가 들렸다.

트레버야.

약속한 대로 와 줬구나. 마음이 한껏 들떴다가 확 가라앉았다. 이토록 타이밍이 나쁠 수 있을까. 트레버는 다이애나와 샬럿 이모와 인터뷰를 할 수 있을 거라고 생각하고 있다. 살인자와 이야기를 나눌 거라고는 꿈에도 모르겠지. 그가 엉뚱한 질문을 하기 전에 어서 꾀어 내야 한다. 트레버는 기자다. 나를 왜 만날 수 없는지 다이애나와 샬럿 이모가 제아무리 말을 꾸며 댄다 하더라도 그걸 순순히 받아들일 만한 사람이 아니다. 이야기를 캐고 여기저기 찔러 보고 심문하겠지. 그러다가 이상한 말을 하는 순간, 죽을 것이다.

다이애나의 목소리가 들렸다.

"안으로 들어오세요. 샬럿 이모, 가서 레이첼이 어디 있나 찾아봐. 친구가 왔다고 알려 줘. 어머니가 예전에 쓰던 관찰 블라인드를 보러 간다고 했거든."

다이애나는 트레버 들으라고 이렇게 덧붙였다.

"걔는 정말 불쌍해요. 집으로 돌아온 게 좋은 생각이었는지는 잘 모르겠어요. 걔 마음이 무척 상했거든요."

나는 재빨리 헛간 뒤로 돌아갔다. 만약 샬럿 이모가 다이애나가 시키는 대로 관찰 블라인드에 간다면, 나를 바로 지나치게 될 터였다. 하지만 이렇게 도망쳐 보니 당장은 안전할지 몰라도, 여기서는 그들 사이에서 무슨 일이 일어나고 있는지 전혀 알 수 없었다.

큰까마귀가 내 위에 있는 가지에 앉았다.

"사람들 갔어? 나가도 될까?"

내가 묻자, 큰까마귀는 날개를 퍼덕이며 날아가 버렸다. 그렇다는 신호로 난 받아들였다. 나는 숲을 가로질러서 빙 도는 길을 살금살금 따라 다시 별장으로 돌아갔다. 도착한 지점에서는 주방이 보였다. 트레버와 다이애나가 식탁에 앉아 있었다. 트레버는 편안해 보였다. 다이애나가 무슨 말을 하고 있는지는 모르겠지만, 딱 봐도 언니가 꾸며대는 말을 믿는 것 같았다. 나는 언니가 사람을 속이는 걸 정말 많이 봤다. 가끔 우리가 마켓에 갈 때, 언니는 패스트푸드점에서 주문 받는 직원이나 슈퍼마켓 캐셔 같은 낯선 사람을 겨냥했다. 그리고 나에게 자신이 저들에게 이러이러한 말이나 행동을 시킬 거라고 몰래 속삭

321

였다. 나중에 나는 언니가 한 말을 되새겨 보면서 어떻게 저런 상황을 만들어 냈는지 분석하려고 했다. 트레버에게 어떻게든 말해 주고 싶었다. 언니를 믿지 말라고, 너도 모르게 언니의 죄수가 될 거라고 말이다.

나무 사이로 슬그머니 들어가서 진입로 옆에 숨었다. 트레버가 떠난다면, 다이애나가 떠나게 해 준다면, 그는 내가 숨어 있는 자리 옆을 바로 지나갈 것이다. 아아, 제발 트레버를 그냥 보내 주어야 할 텐데. 그러면 차를 타고 지나갈 때, 준비하고 있다가 같이 떠나는 거다. 여기 숨어 앉아 기다리는 건 내 바람보다 훨씬 소극적인 계획이지만, 지금은 트레버의 주의를 끌 방법이 없었다. 내가 모습을 드러낸다면 다이애나는 날 죽일 거고, 다음에는 트레버를 죽일 것이다. 부디 트레버가 우리가 생각했던 특집 기사 이야기만 하고 있기를 바랐다. 별장이 얼마나 아름다운지, 어떻게 지어졌는지만 말한다면 좋을 텐데. 내가 얼마나 오랫동안 밖에 있는지, 왜 이렇게 안 오는지 계속 궁금해하지 않기만을 바랐다. 트레버가 나를 보지도, 대화를 나누지도 못하고 떠나는 건 생각하고 싶지도 않다. 만약 트레버에게 무슨 일이 생겨서 스코티만 이 세상에 홀로 남게 된다면 나는 절대로 나 자신을 용서하지 않을 것이다. 하지만 그것도 내가 살아남을 때나 가능한 일이다.

해가 지고 별장에 불이 들어왔고, 기온이 떨어졌다. 머드룸에 있는 겨울용 외투와 모자와 장갑이 너무나 아쉬웠다. 나는 별장으로 살금살금 돌아갔다. 지금 밖은 어두우니까 그들은 나를 볼 수 없지만 나는 창문으로 그들을 볼 수 있다. 트레버와 다이애나는 벽난로 앞에 있는 부모님의 의자에 앉아 있었다. 샬럿 이모는 다른 의자를 갖고 와서 합류했다. 모두 편안해 보였다. 만약 트레버가 뭔가 수상한 낌새를 눈치 챘다면 절대 그냥 지나치지 않을 것이다. *밖으로 나가, 나가라고.* 나는 머릿속으로 계속 되뇌었고, 마침내 그들은 모두 일어섰다.

잠시 후 현관문이 열렸다. 나는 그림자 속으로 더 깊이 물러났다. 트레버는 타고 온 지프로 갔다. 가슴이 마구 뛰었다. 이제야 깨달았다. 나는 너무 비합리적인 생각을 하고 있었다. 다이애나가 트레버를 순순히 보내 줄 리 없다고 생각하다니, 우습지 않아? 안 그래?

하지만 트레버는 운전석 문을 열지 않았다. 대신 차 뒤로 가서 짐칸에서 배낭을 꺼냈다. 바로 '긴급 상황 대비 배낭'이었다. 병원에서 여기까지 차를 타고 오면서 들었던 말이 생각났다. 트레버는 특종을 찾을지도 모르는 상황을 대비해서 세면도구와 갈아입을 옷을 항상 가지고 다닌다고 했다. 그는 다시 안으로 들어갔다.

나는 울고만 싶었다. 여기서 자려는 거구나. 나 없이는 떠나지 않을 거란 사실을 알았어야 했는데. 나를 향한 신의와 우정 때문에 트레버는 죽을 것이다. 다이애나에게 무슨 말을 했기에 트레버가 여기서 잘 수 있었는지 모르겠다. 내가 아는 것이라고는 단 하나. 오늘밤 트레버가 떠나지 않는다면 절대로 살아서 나갈 수 없다는 것뿐이다. 스코티는 자신을 사랑해 주고 아껴 주는 유일한 사람을 잃겠지. 다 내 잘못이다. 그런 일이 일어나게 둘 수는 없다. 막을 것이다.

나는 기다리기로 했다. 기온은 위험할 정도로 떨어졌다. 땅에서 올라오는 한기가 공기보다 더 차가워서 앉아 있을 수가 없었다. 그래서 별장의 불이 꺼질 때까지 그 둘레를 한 바퀴 걸었다. 달의 위치를 가늠해 보니 8시쯤 된 것 같았다. 운이 좋다면 다이애나와 샬럿 이모는 일찍 잘 것이다. 다이애나는 자기 전에 박제 작업실로 내 상태를 확인하러 올지도 모르지만, 나는 그러지 않는다는 쪽에 걸었다. 밤새도록 물도 음식도 안 주고 화장실도 못 가게 날 내버려 두는 것이야말로 언니가 할 만한 짓이었으니까. 하지만 지금 내 상황도 그 안에 갇혀 있는 것보다 과히 좋지는 않았다.

트레버의 지프에 다가가 조용히 뒷문을 열고 화물칸에서 담요를 찾아냈다. 어퍼 반도의 사람들이라면 겨울에 차가 고장 나거나 눈 더미에 갇히는 상황에 대비해서 비상용품을 차에 싣고 다닌다. 아니나 다를까. 마음에 쏙 드는 모직 담요가 하나 있었다.

담요를 집어 드는 순간, 눈이 둥그렇게 커졌다. 담요 아래에는 라이플이 있었다.

25

그때
제니

진입로에 들어와 보안문을 지날 때쯤 눈이 그쳤다. 앞 유리창 와이퍼 접합부에 얼음이 잔뜩 뭉쳐 있지 않았더라면, 이 지역에서 오전 시간을 보낸 사람은 지금 마켓에 눈보라가 치고 있다는 걸 전혀 짐작하지 못했을 터였다. 마켓은 슈피리어 호수 남쪽 가장자리에 자리 잡은 도시라, 호수 효과로 인한 눈 때문에 미 대륙에서 세 번째로 눈이 많이 내리는 도시라는 명예 같지 않은 명예를 가지고 있다. 지난겨울에는 무려 508센티미터라는 적설량을 기록하며 말 그대로 도시가 눈에 파묻혔다. 눈이 5미터나 쌓였다는 뜻이다. 도시 동쪽에 있는 M-28 고속도로는 휘몰아치는 눈보라 때문에 네 번이나 폐쇄되었다. 동쪽에서 도시를 벗어날 수 있는 유일한 도로였는데 말이다.

이곳 주민들은 눈에 익숙하다. 스키와 스노슈잉, 얼음낚시와 스노모빌은 인기 있는 겨울 스포츠였고, 더욱 창의성을 발휘하여 스노 팻

바이크를 타거나 아이스 골프를 치는 사람들도 있다. 하지만 작년 겨울은 주민들이 보기에도 너무 심했다. 차량이 매몰되고, 학교와 상점이 문을 닫고, 지붕이 무너지고, 북미시간 대학교에서는 3층짜리 기숙사 창문까지 눈이 쌓였다. 피터의 할아버지 말씀으로는 어퍼 반도에서 1년 내내 사는 사람은 보통 인간이 아니라고 했는데, 나도 그 점에 동의한다.

그러나 날이 화창하고 따스해졌음에도 기분은 바뀌지 않았다. 메리트 박사와의 면담은 아무리 좋게 말해도 정신이 번쩍 들 수준이었다. 피터와 나는 아직 결론을 내리지 못했지만, 마음속으로는 이미 어떤 결정일지 알고 있었다. 우리 딸은 벌써 두 번이나 살인을 했는데 처벌받지 않았다. 누굴 다시 죽게 내버려 둘 수는 없었다.

사격장에 가까이 다가가자 총소리가 하늘을 찔렀다. 그래도 마음이 풀리지 않았다. 맥스가 혼자 총을 쏘고 있구나, 난 그저 그렇게 생각했다. 샬럿은 레이첼과 소풍을 갔을 테니까. 오늘 맥스가 온 걸 알게 된다면 샬럿은 속상해할테지. 전화 없이 살면 계획을 세우는 데 차질이 많다. 샬럿은 최근에, 맥스와 결혼할 생각이라고 내게 비밀을 털어놓았다. 나는 다시 한 번 생각해 보라고 말리기는 했다. 아직도 내 동생이 너무 많이 아까웠다. 하지만 내가 무슨 발언권이 있어서 동생에게 이래라저래라 하겠는가. 가족들에게 무엇이 최선인지 지혜롭게 판단해야 할 때마다 내가 내린 결정이라는 게 결코 모범적이지는 못했다. 어쨌든 일단 다이애나가 떠나면 샬럿 역시 여기에 머물 이유는 없어진다.

"맥스가 사격장에 있나 보네. 나도 가서 총 좀 쏴도 될까?"

피터가 물었다. 나는 반대하고 싶었다. 사격장이 정말 싫었다. 라이플도, 사격도, 무언가를 죽이는 것도 싫었다. 남편이 무기를 휘두른다는 생각만 해도 속이 뒤집혔다. 하지만 깡통을 사격하는 것으로 피터가 오전에 받았던 긴장감을 어느 정도 해소할 수 있다면, 기꺼이 양보할 마음이 생겼다. 나는 어서 침대 속으로 기어들어가 이불을 뒤집어쓰고 오늘 있었던 일을 없는 걸로 만들고 싶기만 했다. 하지만 동시에, 그 집에 다이애나와 둘만 있을 생각을 하니 두려움이 차올랐다.

그래서 나는 말했다.

"나도 같이 가."

남편이 의아하게 눈썹을 치켜뜨는 것을 보며 얼른 덧붙여 말했다.

"그냥 보기만 할게."

피터는 내가 총을 어떻게 생각하는지 잘 알고 있었다.

이윽고 사격장에 다다른 피터는 차를 세웠다. 총소리가 다시 공기를 가르고 울려 퍼졌다. 게다가 거의 곧바로 세 발의 총성이 더 났다.

"정말 빨리 쏘네. 맥스가 쏘는 라이플이 뭘까?"

피터가 의아하게 말했다. 나도 알 수가 없었다. 하지만 우리가 사격장에 도착하자, 이유가 확연히 드러났다. 맥스는 혼자가 아니었다. 맥스 말고도 세 명이 더 있었다. 네 명이 총을 들고 있다니. 사격장이 군대에 점령된 느낌이었다.

총잡이들은 태양빛을 받아 윤곽으로만 보였다. 피터는 손그늘을 만들어 그쪽을 바라보았다.

"샬럿과 다이애나야."

피터가 그렇게 말했지만 그건 말이 되지 않는다. 샬럿은 오늘 레이첼을 데리고 매니스티크에 가기로 했고, 다이애나는 사격장에 들어가도 된다는 허락을 받지 않았으니까.

"그리고 저건 레이첼 아니야?"

"레이첼이 같이 있다고? *세상에.*"

어느 쪽이 더 충격적일까. 동물을 사랑하는 열한 살짜리 레이첼이 억지로 총 쏘는 법을 배워 왔다는 게 충격적일까, 아니면 내가 곧 경찰에 넘기려는 스무 살짜리 사이코패스 딸이 총을 들고 옆에 서 있다는 게 충격적일까.

우리는 달리기 시작했다.

"엄마? 아빠?"

다이애나가 우리를 보더니 말했다.

"여기서 뭐 하는 거야? 오늘 하루 종일 마켓에 있다 오는 거 아니었어?"

"분명히 그랬지."

너무 놀란 나는 잠시 무슨 말을 해야 할지 알 수가 없었다.

그러다 곧 샬럿 쪽을 휙 돌아보았다. 쟤가 문제였어. 규칙을 지키지도 않고, 애들을 꼬드기고, 나에게 반기를 들었어.

"어떻게 이럴 수 있어? 어떻게 내 딸들을 여기에 *데려올* 수 있냐고! 애들에게 *사격을* 가르쳤어?"

맥스가 끼어들었다.

"괜찮아요. 애들은 총기 안전 사항을 아주 잘 알거든요. 그리고 레이첼이 아주 총을 잘 쏴요. 타고난 것 같아요."

맥스가 이토록 무신경하다니 믿을 수가 없었다. 사기꾼에다 거짓말쟁이일 뿐 아니라 바보이기까지 하다니. 샬럿과 맥스를 얼마나 많이 봐주었는지 떠올리자, 내 딸 말고도 내가 너무 오냐오냐한 이들이 또 있었다는 걸 깨달아 버렸다.

나는 다시 샬럿을 질책했다.

"어떻게 네가 이럴 수 있어? 피터와 내가 총을 어떻게 생각하는지 분명히 알잖아."

"언니가 만든 우습지도 않은 규칙이 얼마나 피곤한지 알아? 물론 언니가 총을 얼마나 싫어하는지 알아. 그러니까 언니가 없을 때만 애들을 데려오는 거잖아. 안 그래? 어쨌거나 왜 이렇게 빨리 왔어?"

"이게 내 잘못인 양 말하지 마. 넌 알고 있었어. 내가 절대로 허락하지 않을 거라는 걸 알면서도, 결국 이런 짓을 저질렀지."

"이건 그냥 사격 연습일 뿐이야. 정말로 사냥하는 법을 가르친 것도 아니라고. 사냥을 가르친다 해도 뭐가 이상해? 아이들 중에도 총 쏘는 법 아는 애들 많아. 언니는 애들을 과보호해. 실수하며 클 기회도 줘야 한다고. 아이들이 커 가면서 숨통도 트일 때가 있어야지."

"아이를 낳아 보지도 않았으면서 말은 잘하는구나."

"말도 안 되는 소리 마. 아이를 안 낳아 봤어도 키우는 법은 알아. 언니는 곰이 아니지만 곰을 이해한다고 하잖아."

"그게 어떻게 이것과 같아? 말이 안 되는 거 너도 알잖아."

나는 이쯤에서 말을 멈추었다. 스스로를 추스르지 못하고 있다는 느낌이 자꾸 들었기 때문이다. 딸아이들 앞에서 자제심을 잃고 싶지 않았다. 레이첼은 이미 겁을 먹은 듯했다. 다이애나는 지금 무슨 생각을 하는지 알 수 없었다.

맥스가 히죽 웃었다. 샬럿과 내가 마치 링 안에서 복싱을 벌이고 있는 걸 관전하는 게 즐거워서인지, 아니면 초조한 마음이 잘못 표출된 건지는 알 수 없었다. 어느 쪽일까 중요하지도 않았다. 저 웃음만으로도 난 참을 수가 없었다.

"그리고 맥스, 짐 싸서 나가요. 전부. 라이플이랑 탄약이랑. 어서 떠나요."

"나를 해고한다고요?"

아니, 이건 내쫓는다는 게 맞겠지.

"그럴 수는 없어! 내가 그렇게 둘 줄 알고?"

샬럿이 소리쳤다.

이러면 나를 막을 수 있을 것 같을까?

"두 번 말하지 않겠어요. 짐을 싸서 가요. 다시는 돌아오지 말아요. 다이애나, 레이첼. 라이플 내려놓고 차에 타. 그리고 샬럿 너는…."

나는 샬럿에게 말하려다가 멈추었다. 그리고 숨을 들이쉰 다음 지금부터 하려는 말이 얼마나 충격이 클까 생각해 보았다. 별것 아닌 네 남자친구와 떠나서 다시는 돌아오지 말라고 할 마음이었다. 하지만 이내 그 말을 삼키고 이렇게만 말했다.

"넌 마음대로 해."

샬럿은 오랫동안 나를 그저 바라보다가 결국 돌아섰다. 울고 싶었다. 샬럿이 우리의 규칙을 지켰다면 이런 일은 일어나지 않았을 것이다. 우리 뒤에서 몰래 딴짓을 벌이고, 우리가 원하지 않는다는 걸 알면서도 일부러 내 딸들에게 우리를 무시하고 몰래 행동하는 법을 가르치고, 사이코패스에게 라이플을 쥐어 주고 사격을 가르치다니. 상황이 이토록 끔찍하지 않았다면 웃어넘겼을지도 모르겠다. 하지만 나는 내 가족을 안전하게 지키려고 이곳으로 데려왔다. 그런데 내 동생이 정반대의 짓을 해 온 거다.

우리는 말없이 별장으로 차를 몰았다. 그동안 아무도 말이 없었다. 피터가 집 앞에 차를 세우자, 나는 뒷좌석에 앉은 아이들에게 말했다.

"곧장 방에 들어가 있어. 둘 다. 우리가 내려오라고 할 때까지 오지 마. 아빠와 할 말이 있으니까."

우리는 차에서 내렸다. 다이애나는 박제 작업실 쪽으로 가기 시작했다. 그러다 내가 2주간 박제 금지 명령을 내리고 자물쇠를 채워 두었다는 걸 기억했나 보다. 다이애나는 발걸음을 돌려 헛간에 있는 그림 작업실로 향했다.

"다이애나는 가게 둬."

이렇게 말하고 피터는 레이첼에게 물었다.

"가자. 배고프지?"

레이첼은 고개를 젓고는 숲속으로 달려갔다. 그 순간 나는 말을 듣지 않는 딸아이를 보고 어안이 벙벙해졌다.

"레이첼!"

피터가 아이의 뒤에다 소리쳤다.

"내가 데려올게. 분명히 관찰 블라인드로 가는 길일 거야."

나는 급히 오솔길을 따라 레이첼을 찾아 나섰다. 그러자 차츰 평정심이 되돌아왔다. 숲으로 가 버린 딸아이에게 무어라 할 마음은 없었다. 나 역시 숲속이 좋았으니까. 레이첼이 이 일을 전부 듣게 되어 미안했다.

하지만 다시 생각해 보면, 레이첼 역시 아예 결백한 것은 아니다. 아이는 벌써 열한 살이다. 옳고 그른 게 뭔지 충분히 아는 나이 아닌가. 맥스와 샬럿과 다이애나가 사격장에 가자고 했어도 싫다고 말할 수 있을 나이다. 그런데 맥스의 말이 맞다면, 레이첼은 사격을 배웠을 뿐만 아니라 잘 쏜다고 했다. 내 딸이 어른들 탓에 이토록 비뚤어졌다니, 생각만 해도 소름이 끼쳤다.

공터 근처에 가자 레이첼의 목소리가 들렸다. 혼잣말을 하는 걸까, 아니면 개미나 파리에게 말을 거는 걸까? 레이첼의 상상력은 어마어마하다. 아이들 중에서는 상상 속 친구를 만들어 같이 노는 경우도 있다고 한다. 하지만 레이첼은 숲속에 가득한 생명체들 모두 다 사귀고 싶고 사랑하고 싶은 친구라고 했다. 나는 나무 뒤에 숨었다. 내가 필요해질 때까지는 아이를 방해하고 싶지 않았다. 그저 아이가 괜찮은지만 확인하고 싶었다.

그러다 레이첼이 누구와 대화하는 건지, 아니, 무엇과 대화하는 건지 보는 순간 가슴이 철렁해졌다. 내가 예상했던 대로 혼잣말을 하는 게 아니었다. 상상 속의 동물에게 말을 거는 것도 아니었다. 그 아이는 하얀 곰에게 말하고 있었다.

믿을 수가 없었다. 하얀 곰은 열한 살짜리 힘센 수컷 성체다. 단검처럼 날카로운 발톱과 이빨이 달린 맹수다. 햇빛을 받아 두툼하고 하얀 털이 물결치며 빛났다. 나는 아이에게 도망치라고 소리 지르고 싶었다. 다치기 전에 당장 그만두고 이리 오라고 말이다. 하얀 곰은 야생동물이다. 물론 이전에도 딸아이와 곰은 서로 상호반응을 한 적이 있었다. 하지만 지금도 안전할 거라는 보장은 없다.

그런데 지금 내가 보기에도 딸아이는 곰에게 뭔가 알 수 없는 힘을 발산하고 있는 것 같았다. 야생동물과 아주 예외적인 수준까지 상호 반응을 하며 특별한 유대감을 맺는 사람들이 드물게 나타나기는 한다. 레이첼이 바로 그런 경우 같았다. 나는 숨을 죽이고 레이첼이 앉아서 땅을 톡톡 두드리는 모습을 지켜보았다. 그러자 하얀 곰이 그 명령을 따라 앉았다. 딸아이에게 경외감마저 느껴졌다. 그리고 아이가 무섭기까지 했다. 곰은 딸아이 위로 불쑥 솟은 모습이었다. 흰개미굴을 마구 파헤치는 것만큼이나 쉽게 내 딸을 죽이거나 팔다리를 잘라 버릴 수 있는 게 저 곰이었다. 그런데 지금 곰은 레이첼 옆에 조용히 앉아서 아이가 중얼거리는 소리에 홀려 개나 고양이처럼 앉아 있었다. 그 광경은 마치 동화 속 한 장면 같았다.

나는 그 마법을 깨지 않으려고 숨을 죽였다. 동물과 소통하는 레이첼의 특별한 능력이 타고난 것이든, 아니면 독특한 양육 환경 때문이든 내 딸에게는 무언가 마법 같은 힘이 있었다. 아까 레이첼이 총을 든 모습을 보았을 때도 아이가 천성적으로 총을 쏘고 싶어 하는 건 아니라는 걸 알았다. 이건 다 샬럿 때문이었다. 내 동생은 우리 가족이 얼마나 부서지기 쉬운 상황인지 모르고 있다. 우리가 정상적인 가족인 척하려고 얼마나 많은 노력을 하는지 전혀 모른다. 순간 우리가 샬럿에게 다이애나의 진단명을 이야기해 준 적이 없다는 게 떠올랐다. 하지만 샬럿은 다이애나에게 푹 빠져 있는 상황이라 지금에 와서 내가 말한다 한들 내 말을 믿어 줄지 의심스러울 정도다. 그러니 우리 편으로 끌어들이기에는 너무 늦었다. 샬럿은 우리 가족을 안에서부터 썩히는 독이다.

하얀 곰이 자리를 뜨고 레이첼이 집을 향해 걷기 시작할 때까지 나는 숨어 있었다. 집으로 향하는 딸아이 뒤에서 멀찍이 따라갔다. 딸아이에게 닥친 진짜 위험은 하얀 곰이 아니기 때문이다. 심지어 그 아이 언니도 위험하지 않다.

진짜 위험은 바로 나였다.

26

현재
레이첼

트레버의 라이플은 레밍턴 770으로 내 것과 제조사와 모델이 같았다. 우리 증조할아버지는 이 총을 '미국에서 가장 사랑받는 사냥용 라이플'이라고 불렀다. 나도 이 총이 정말 좋다. 탄약을 찾아보려고 뒷좌석을 넘어 짐칸으로 기어들어 갔다. 하지만 사방을 뒤져 보아도 탄약은 보이지 않았다. 캔버스 가방에는 낚시 도구가 들어 있었다. 종이봉지에도, 낚시 도구 상자에도, 차 안 구석구석에도 탄환은 없었다. 사냥용 총을 쓴다는 사람이 어째서 탄환은 안 가지고 다니는 걸까? 물론 지금은 사냥철이 아니긴 했다. 사람들이 잡고 싶어 하는 동물들은 지금 죄다 짝짓기를 하느라 바쁘다. 하지만 바닥에 한두 개 정도 굴러다니는 탄환이 있다면 좋았을 텐데. 그래도 라이플이 있다는 건 유리하다. 다이애나와 샬럿 이모는 이게 장전되지 않았다는 걸 알 리 없으니까.

총을 가지고 별장 문을 연 다음 그레이트룸으로 몰래 들어와 중앙 계단으로 다가갔다. 밖에는 달이 비치고 있었지만 안은 매우 어두웠다. 내가 길을 알아 정말 다행이었다. 혹시나 발을 디디다 바닥이 삐걱거릴까 봐 최대한 벽에 붙은 채로 위층 복도를 살금살금 걸어갔다. 그리고 각 방마다 멈춰 서서 숨소리가 나는지, 침대가 삐걱거리는지 들어 보았다. 다이애나가 트레버를 내가 어릴 적 쓰던 침실에 들였을 것 같지는 않았다. 내가 차지하고 있던 베란다 달린 방을 내주었을 것 같지도 않았다. 하얀 곰의 발이 침대 위에 아직도 있을 테니 말이다. 그렇다면 트레버가 있을 만한 방은 여섯 개로 줄어든다.

그래, 내가 쓰던 침대에 가 보자. 레밍턴 라이플이 그 아래에 있으니까. 나는 몰래 그 방으로 들어갔다. 총알이 없어 쓸모없어진 트레버의 라이플과 내 것을 바꾸려는 마음이었다. 하지만 내 레밍턴은 사라지고 없었다. 내 여행가방과 더플백, 곰인형과 하얀 곰의 앞발도 없어졌다. 다이애나는 내가 여기 왔었다는 흔적을 모두 없애 버렸다. 만약 언니가 마음먹은 대로 된다면, 나는 절대로 살아서 이 땅을 떠날 수 없을 거라는 확실한 증거였다.

나는 각 방의 문밖에 잠깐 서서 방 안 소리를 들어 보았지만 아무런 소리도 들리지 않았다. 결국 트레버가 어디 있는지는 소리가 아니라 젖은 모직 냄새로 알아냈다. 언젠가 땀에 젖은 발 냄새 때문에 그의 목숨을 구하게 되었노라고 말해 줄 날이 왔으면 좋겠다.

문을 열었다. 그리고 발끝으로 살금살금 침대로 다가가 그의 입을 손으로 막았다.

트레버는 눈을 화들짝 떴다.

"쉿, 나야. 소리 내지 마. 이따가 다 설명해 줄게. 하지만 지금 나가
야 해. 당장. 나가도 괜찮겠어?"

그는 눈을 크게 뜬 채로 방안을 휙 둘러보았다. 그러다 나를 올려다
보고서 긴장을 풀고 고개를 끄덕였다. 손을 떼자 그가 속삭였다.

"맙소사, 레이첼. 엄청 놀랐어. 대체 무슨 일이야? 네 언니는 네가
어머니가 쓰던 관찰 블라인드에 갔다고 했어. 하지만 네가 돌아오지
않으니까 순순히 말하더라. 네가 발작을 일으켜서 자해하지 못하도록
작업장에 가두었다고. 난 네가 괜찮은지 알기 전에는 갈 수가 없었어.
그래서 여기서 하룻밤 재워 달라고 했지. 대체 어떻게 된 일이야?"

트레버는 나 없이는 떠나지 않을 것이다. 내가 괜찮은지 확인하고
싶어 했다.

나 때문에 위험에 뛰어들었구나.

"나중에 설명할게. 지금 당장 떠나야 해. 물건 챙겨. 아무 소리도 내
지 말고."

트레버의 얼굴에 온갖 감정이 스치는 게 보였다. 이해한다. 정신병
원에서 나온 지 하루도 안 된 미친 사람이 나니까. 게다가 내 언니 말
로는 내가 발작을 일으켰다고 했는데, 알고 보니 라이플을 들고 방에
몰래 들어와서는 아무것도 묻지 말고 같이 나가자고 하는 상황이 얼
마나 착잡할까. 내가 트레버의 처지였다면 어떻게 했을지 감이 잡히
지 않는다.

복도 너머로 누군가의 기침 소리가 들렸다. 나는 속삭였다.

"제발 믿어 줘. 이 라이플은 네 거야. 네 지프에서 찾았어. 장전이
안 되어 있더라. 하지만 서둘러야 해. 중요한 일이야. 날 믿어야 해."

그래도 트레버는 주저했다. 나는 그의 눈 속에서 망설임을 보았다. 아직 나를 완전히 믿지 못하는구나. 언니는 무척 설득력 있는 사람이니까.

그가 마침내 말했다.

"좋아. 널 믿을게."

그는 침대에서 천천히 일어나서 신발과 재킷을 입은 다음 배낭을 들고 나를 따라 복도로 나왔다. 나는 중앙 계단으로 가면서 다시금 마룻바닥이 삐걱거리지 않도록 벽에 붙어 걸었다. 트레버 역시 나를 따라했다. 우리는 중앙 계단으로 온 다음 그레이트룸으로 나왔다.

갑자기 내 뒤에서 쿵 소리가 났다.

"미안해. 너무 어두워서 실수했어."

트레버가 속삭였다.

"누구? 거기 누구 있어요?"

샬럿 이모가 2층에서 소리쳤다.

내가 막기도 전에 트레버가 대답했다.

"접니다. 잠이 안 와서요. 나가서 담배 한 대 피려고요. 걷다가 발을 헛디뎠네요."

트레버는 담배를 피우지 않지만 샬럿 이모는 알 턱이 없다.

"가만히 있어요. 내가 불을 좀 켜 줄게요."

"괜찮습니다. 알아서 나갈게요."

트레버가 재빨리 대답했다. 그리고 현관 쪽으로 시끄럽게 걸어갔다. 나는 그림자를 골라 걸으며 뒤를 따랐다. 우리는 밖으로 빠져나가 지프로 달려갔다.

트레버가 운전석 문을 열고 뒷좌석에 배낭을 던졌다. 나는 말했다.

"시동 걸지 마. 충분히 멀어지기 전까지는 엔진 소리를 내면 안 돼."

트레버는 지프 기어를 중립에 두었다. 차를 미는 건 생각보다 어려웠다. 특히 지면이 살짝 오르막이라서 지프가 구르다가 멈췄을 때는 더 힘들었다. 바라는 만큼 별장에서 멀어지지는 못했지만, 어쨌든 제법 멀리 떨어졌을 때 그만 밀기로 했다. 트레버는 시동을 걸었다. 엔진 소리는 제트기 소리만큼이나 크게 들렸다. 별장의 진입로를 나와 바깥으로 이어지는 길에 이르자, 나는 자리에서 몸을 틀어 뒤를 바라보았다.

"뭐가 보여?"

트레버가 물었다.

"안 보여."

나는 다시 앞을 보고서 말했다.

"고마워. 날 믿고 따라 줘서."

그는 씩 웃었다.

"음, 한밤중에 예쁜 아가씨가 라이플을 들고 날 찾아왔다면, 시키는 대로 하는 게 제일 좋은 거 아닐까?"

나는 어안이 벙벙해졌다. 지금 트레버가 나더러 예쁘다고 한 거야?

"자, 그럼 이게 어떻게 된 일인지 말해 줄래?"

"다이애나는 날 죽이고 싶어 해."

좀 더 돌려서 부드럽게 말하고 싶었지만, 달리 쉬운 방법이 없었다. 나는 말을 이었다.

"이젠 우리 둘 다 죽이고 싶어 하겠지. 네가 날 돕는다는 걸 알았으니까."

내가 트레버를 위험에 끌어들였다는 게 다시금 실감 났다. 만약 그에게 무슨 일이 생긴다면 그건 다 내 잘못이다.

"널 죽이고 싶어 한다고? 왜? 네가 무슨 짓을 했다고? 말이 안 되잖아."

"나도 알아. 미안해. 차차 말해 줄게. 하지만 그 전에 우리는 여기서 빠져나가야 해."

보안문까지 1.6킬로미터가 남았다. 고속도로까지 5킬로미터 남은 거다. 그러면 자유다.

하지만 보안문은 열리지 않았다. 보통은 우리가 다가가면 자동으로 열리도록 되어 있는 문이었는데.

"여기서 잠깐 멈춰 봐."

나는 자동차 문을 열고 나가면서 수동으로 문을 열 수 있는지 알아보겠다고 했다.

"도와줄까?"

인터폰으로 투박한 목소리가 흘러나왔다. 그러나 도와줄 생각은 없는 목소리였다. 자신에게 이익이 되지 않는 한, 그 누구에게 그 어떤 것도 베풀지 않는 사람의 목소리였다.

다이애나.

27

그때
제니

사격장에서 딸들을 발견한 후로, 피터와 나는 거의 대화를 나누지 않았다. 우리가 서로를 극렬히 미워하게 되어서는 아니었다. 그 어느 때보다도 우리는 한마음이 되었다. 일단 우리가 완전히 합의를 본 게 하나 있었다. 샬럿을 내보내야 한다는 것이다. 다이애나가 떠난다면 샬럿이 있을 이유가 없다. 샬럿은 자기에게 맡겨진 일을 지금껏 너무 끔찍하게 망쳐 왔으니 이제는 끝낼 때가 되었다. 우리는 레이첼이 잘 클 수 있도록 집안과 가족의 분위기를 다시 조성해야 한다. 우리는 너무 오랫동안 다이애나의 욕망에만 집중해 왔다. 레이첼은 겨우 열한 살이다. 잃어버린 시간을 벌충하기에는 아직 늦지 않다. 어쩌면 우리는 레이첼을 방치한 죄로 국가에 아이를 빼앗길지도 모르지만 말이다.

레이첼이 다이애나를 도와서 휴게소에서 만난 여자아이를 죽였다고 생각하니 가슴이 미어졌다. 그 아이 이름은 에밀리 워커였다. 부고에 따르면 그 아이는 열두 살이었다. 말을 무척 좋아하고 농구를 잘하던 뛰어난 학생이었고, 외동딸이었다. 부모님과 조부모님과 수많은 이모, 고모, 삼촌들이 키운 아이였다. 그리고 내 딸들의 손에 죽었다. 두 딸 모두에게 말이다. 레이첼은 마침내 진실을 털어놓았다. 아이의 설명을 듣는 건 두 배로 힘든 일이었다. 다이애나를 살인죄로 고발한다면 레이첼에게도 파장이 미치기 때문이다. 레이첼은 그저 꾐에 넘어가 동조한 것뿐이라고, 너무 어려서 지금 자기가 뭘 하는지 몰랐던 게 분명하다고, 이건 모두 다이애나 책임이니 레이첼은 기소되지 말아야 한다고 경찰이 알아주기를 바랄 수밖에 없다. 딸을 둘 다 잃을 수는 없으니까.

그동안 양 씨네 집의 죽은 꼬마 생각도 수없이 났다. 그 아이 윌리엄이 살아 있다면 열네 살이 되어 곧 고등학교에 입학할 준비를 했겠지. 자신의 부모처럼 타고난 재능이 드러날 때가 되었을지도 모르고, 어쩌면 그전에 이미 드러났을 수도 있다. 하지만 아이가 커서 무엇이 되었을지 알 길은 전혀 없다. 그 아이는 영원히 꼬마인 채로 시간 속에 멈춰 있다. 전도유망했던 앞날이 내 딸아이의 손에 사그라진 채로. 그 아이와 아이 부모의 억울함이 정의롭게 풀려야 마땅하다. 다시 말해 우리 딸아이를 결국 교도소에 보내게 될지도 모르는 과정에 착수해야 한다는 뜻이다. 다이애나를 법률 심판에 넘기고 법원에서 운명을 판결받도록 하는 것만이 이 상황을 바로잡을 유일한 길이다. 나는 다이애나가 살인죄로 처벌받는다면 다시는 사람을 죽이지 않을 수 있다는 생각밖에 들지 않았다.

그리고 마지막으로 우리 아들이 있다. 우리 아들이 세상에서 숨 한 번 쉬어 보지 못했다는 걸 아직도 믿을 수가 없다. 바위와 눈 위에 누워서 피터가 돌아오기를 기다리고 있던 그때, 썰매를 타고 별장으로 돌아간 다음 피터가 급히 모는 SUV를 타고 마켓의 병원으로 옮겨졌던 그때, 검진을 받고 엑스레이를 찍고 검사를 받고 전문가의 상담을 받고 헬리콥터에 실려 앤 아버에 있는 미시간 주립대학 부속병원으로 옮겨졌던 그때, 다리가 너무 심하게 부러져서 마켓의 의사들은 어디서부터 치료를 시작해야 할지 알 수 없었던 그때, 나는 이미 아들이 죽었다는 걸 알고 있었다.

이미 죽은 아이를 낳는다는 건 말 그대로 무시무시했다. 피터와 나는 사람들이 아기를 데려가기 전, 아이의 모습을 보았다. 아이는 아주 작았지만 완벽한 형태를 갖추고 있었다. 사지와 눈코입이 있어야 할 곳에 다 있었고, 손가락과 발가락도, 자그마한 손톱도 열 개가 다 있었다. 속눈썹이 어찌나 섬세하던지. 나의 예상과 달리 피부는 푸른색이 아니었다. 좀 더 투명하고 은은히 빛나는 모습이 천상계의 존재 같았다. 달빛의 아기, 별빛의 아기 같았다.

윌리엄 양. 에밀리 워커. 그리고 이름 없는 우리 아들. 세 명이 죽었다. 모두 다이애나 때문에. 그 어마어마한 압박감이 우리를 짓누르고 있다. 피터와 내가 기진맥진해 버린 것도 놀랄 일이 아니다.

우리가 싱크대에서 설거지를 하고 있는데 다이애나가 옆 뜰로 달려 들어오며 외쳤다.

"엄마 아빠! 빨리 나와 봐!"

순간 가슴이 덜컥 내려앉았다. 아주 잠깐, 나는 다이애나가 또 누굴 죽인 줄 알았다. 나는 창문을 확 열었다.

"왜 그래? 무슨 일이야?"

"하얀 곰이 죽었어!"

"뭐? 어쩌다가?"

나는 행주를 개수대에 던지고 밖으로 달려 나왔다.

"어서 서둘러!"

현관에서 나에게 달려오던 다이애나와 마주쳤다. 그 아이는 내 손을 잡고 외쳤다.

"빨리 와 봐! 레이첼이 하얀 곰을 쐈어!"

"레이첼이 쐈다고? 그럴 리가 없잖아."

"와 보라니까."

우리 뒤로 샬럿이 주방 계단을 덜컹대며 내려왔다.

"무슨 일이야? 총소리가 들렸잖아."

"레이첼이 하얀 곰을 쐈어."

다이애나가 다시 말했다. 피터가 물었다.

"레이첼은 괜찮아?"

"모르겠어. 빨리 와 보라니까!"

우리는 달리기 시작했다. 어떻게 이런 일이 일어난 건지 믿을 수가 없었다. 어째서 레이첼이 가장 좋아하는 하얀 곰을 쐈단 말인가. 게다가 총은 대체 어디서 난 것일까. 맥스에게 짐을 싸서 나가라고 한 지가 벌써 일주일이 되었고, 맥스는 라이플을 가지고 떠났다. 레이첼은 며칠 전만 하더라도 하얀 곰이 자신의 반려동물인 것처럼 같이 놀았다. 그러니 딸아이가 곰을 해쳤을 리 없다. 그리고 다이애나가 드러내는 감정은 걱정이 아니라 흥분에 더 가깝다는 걸, 난 어쩔 수 없이 알아채고 말았다.

하지만 사격장에 도착해 보니, 다이애나의 말은 끔찍하게도 사실이었다. 하얀 곰은 사격장을 둘러싼 숲 근처 땅에 누워 있었다. 그 모습은 움직이지 않는 모피와 살덩이의 거대한 무더기 같았다. 목이 콱 메어 왔다. 백만 분의 일 확률로 태어난 나의 하얀 곰은 앞으로 십 년은 더 살 수 있던 아이였다. 새끼를 낳았을 텐데, 어쩌면 하얀 새끼를 낳을 수도 있었을 텐데. 그런데 이제는 정말로 다 끝이구나.

다이애나가 말했다. 냉담과 흥분이 묘하게 뒤섞인 목소리였다.

"봤지? 말했잖아. 레이첼이 쐈다고."

"하지만 왜 그랬을까? 그리고 레이첼은 어디 있어?"

"저쪽으로 갔어."

다이애나는 숲 쪽을 가리켰다.

나는 숲 쪽으로 달리기 시작했다. 그리고 생각했다. 다이애나가 하얀 곰을 쏜 거라고, 그런 다음 동생에게 뒤집어씌우는 거라고. 그래야만 설명이 된다. 레이첼은 언니가 곰을 쏘는 걸 보고 도망친 것이다. 뒤에서 샬럿과 피터가 다투는 소리가 들렸다. 피터가 말했다.

"이건 다 네 잘못이야. 너와 맥스가 사격장을 설치하자고 하지만 않았더라도 이런 일은 없었을 거야."

그러자 샬럿이 쏘아붙였다.

"내 탓 마, 피터. 형부도 사격 좋아했으면서."

나는 그냥 내버려 두었다. 지금은 오로지 레이첼 걱정뿐이었다. 아이를 생각하니 마음이 미어졌다. 레이첼은 죽음이 뭔지 모르는 아이가 아니다. 자연에서는 언제나 동물들이 서로 먹고 먹히며 살아가니까. 하지만 딸아이는 이 곰과 맺은 깊은 유대감 때문에 곰의 죽음을 한층 더 깊이 받아들일 것이다. 다른 사람의 죽음에 책임을 져야 한다는 게 어떤 느낌인지 나는 안다. 윌리엄이 죽었을 때 내가 받았던 충격도 컸지만, 만약 그 아이가 나와 아주 친밀한 사이였다면 나는 비교도 할 수 없을 정도로 더 심한 고통을 받았을 것이다. 레이첼도 그래서 숲속으로 달려가 숨은 것이다. 숲이야말로 아이가 안전하다고 느낄 수 있는 유일한 곳이니까.

뒤에서 또 총성이 들렸다. 나는 멈추어 서서 돌아보았다.

피터가 땅에 쓰러져 있었다. 다이애나와 샬럿이 그 옆에 서 있었다. 둘 다 라이플을 든 채였다.

난 그저 눈을 깜빡였다. 그 순간은 너무 놀라 움직일 수조차 없었다. 둘 중 누가 남편을 쏜 건지 모르겠다. 가슴의 상처가 어마어마해서 피터가 확실히 죽었다는 것만 알 수 있었다.

비명을 질렀다. 그리고 남편의 곁으로 달려가 털썩 쓰러졌다. 나는 남편이 아기인 것처럼 안고 흔들었다. 아직도 살아 있는 것처럼 그를 품에 그러안았다. 그리고 동생과 딸아이를 공포에 질려 바라보았다.

"왜 이랬어? *왜?*"

샬럿이 대답했다.

"다이애나를 쫓아낼 거라며? 그렇게 둘 수야 없지. 여기가 우리 집인데."

샬럿은 딸아이를 자부심과 애정이 뒤섞인 표정으로 바라보았다. 그 감정에는 좀 더 다른 무언가가, 어쩐지 불안한 심리가 있었다. 굳이 그 감정을 표현하자면 '소유감'이라는 말밖에 떠오르지 않았다. 마치 다이애나가 자기 것이라는 듯.

"언니는 다이애나를 한 번도 사랑한 적이 없어. 언제나 레이첼만 편애했잖아."

레이첼. 나는 벌떡 일어섰다.

"레이첼에게 무슨 짓을 했어? 애는 어디 있어?"

그러자 샬럿이 다이애나에게 말했다.

"봤지? 내가 그랬잖아. 너희 엄마는 네 동생만 예뻐한다고."

다이애나는 어깨를 으쓱였다. 마치 사랑이나 배려 같은 말은 귀찮다는 듯했다.

"지겹도록 말했잖아."

다이애나가 라이플을 들어 나를 겨누었다.

나는 딸아이의 발밑에 무릎을 꿇었다. 총구는 내 가슴에서 불과 몇 센티미터 떨어져 있을 뿐이었다.

"다이애나, 우리 딸, 그만 해. 이러지 마."

하지만 다이애나는 차갑게 대꾸했다.

"나를 쫓아내려고 했잖아. 레이첼이 말해 줬어. 엄마랑 아빠가 이야기하는 걸 들었다면서."

"레이첼이…. 아니, 아니야. 그건 사실이 아니야. 그래, 아빠랑 내가 그런 이야기를 하긴 했어. 휴게소에 있던 아이가 죽은 다음에. 하지만 우리는 알아. 넌 그 일과 아무런 연관이 없잖아. 여기가 네 집이야. 아무도 널 쫓아낼 수 없어. 약속할게."

나는 다이애나에게 온 힘을 다해 집중했다. 그리고 뒤에 있는 남편의 시체를 보지 않으려고 노력했다.

"사랑해."

딸아이는 날 믿어야 한다. 날 죽이면 레이첼은 고아가 된다. 어쩌면 다이애나는 동생 역시 죽일지도 모르지만. 나는 그 생각에 마른침을 삼켰다.

샬럿이 말했다.

"거짓말이야. 계속해. 쏴 버려. 우리가 각각 한 명씩 죽이기로 했잖아. 합의했으면서. 어서 해."

목이 죄어들었다. 내 남편을 죽인 건 샬럿이었다. 다이애나가 죽인 게 아니었다. 내 동생은 딸아이와 악마의 거래를 했구나. 그래서 지금 내 딸이 날 죽이려는 거구나.

다이애나는 라이플을 들고 조준경을 보았다.

"미안해. 내가 널 사랑하지 않는다고 생각하게 만들어서 미안해. 난 언제나 널 사랑했어. 지금도 사랑해."

내가 말했다. 나의 유언이 될 한마디 한마디에 내 모든 감정을 쏟아부어 말했다. 그 말은 모두 사실이었다.

시간이 느리게 흐른다. 우리는 이 상태로 미묘한 균형을 유지하고 있다.

이윽고 내 딸은 방아쇠를 당겼다.

28

현재
레이첼

"레이첼? 거기 있지?"

다이애나의 목소리가 이쪽을 떠보았다.

"대답해야 하나?"

트레버가 내게 물었다.

나는 고개를 젓고는 문 위에 설치된 보안카메라를 가리켰다. 우리가 겁에 질린 모습을 언니에게 보여 만족감을 느끼게 해 주고 싶지 않았다. 지금 마치 딱정벌레가 된 기분이었다. 그 옛날 언니는 나더러 딱정벌레를 잡으라고 시킨 다음, 그걸 신발 상자 속에 핀으로 꽂아 놓고 꼼지락대는 모습을 관찰했다.

"우리가 그쪽에서 보일까?"

트레버가 입 모양으로 말했다. 나는 고개를 끄덕이고는 속삭였다.

"우리가 말하는 것도 들려. 우리 가족은 매사 과하게 설비를 만드는 경향이 있거든. 카메라 시야에서 벗어나야 해."

트레버는 뒷좌석에서 메신저백을 들고 나와 어깨에 걸쳤다. 나는 아무것도 지니지 않았다. 지닐 게 없기 때문이다. 모든 걸 다 버리고 간다고 생각하니 이상하게 자유로운 느낌이 들었다.

보안카메라는 마치 신의 눈동자처럼 우리를 내려다보았다. 하지만 카메라는 저기에 고정되어 있다. 우리가 시야에서 벗어나면 다이애나는 우리가 어디로 향하는지 알 수 없을 것이다. 카메라에는 트레버를 데리고 남쪽으로 가는 모습을 보여 준 다음, 우리는 길을 멀리 돌아 숲으로 향했다. 그리고 길의 북쪽을 가로질러 절벽 쪽으로 되돌아갔다. 우리가 평지 쪽으로 가서 숲속에 숨을 참이라고 다이애나가 생각하게 두자. 하지만 나에게는 그보다 더 좋은 계획이 있었다.

"어디 가는 거야?"

트레버가 물었다.

"호수로 갈 거야. 우리는 저 문을 넘을 수 없어. 철조망을 잔뜩 쳐 놓았으니까. 그리고 절벽은 너무 가팔라. 이 지역을 벗어날 수 있는 유일한 길은 절벽을 돌아가는 거야. 절벽이 끝나는 지점에 쳐진 울타리 중 일부가 호수로 이어지거든. 호수를 헤엄쳐서 빠져나갈 거야."

"잠깐만. 호수는 최근까지 얼음으로 뒤덮여 있었어. 아직도 얼어 있을지 몰라. 네 말이 얼마나 미친 소리인지는 알지?"

"알아. 제발, 날 믿어 줘."

트레버에게 자세히 알려줄 시간이 있다면 얼마나 좋을까. 기자다운 그 머릿속에는 질문들이 가득하겠지. 하지만 지금은 너무 시간이 없다. 담장을 넘어 헤엄친 다음에는 어떤 상황을 맞이해야 하는지 우리 모두 말하지 않았다. 안 물어도 뻔했다. 고속도로까지는 5킬로미터 거리였다. 우리는 흠뻑 젖은 옷차림으로 숲속을 뚫고 걸어야 한다. 도로까지 나가기 전에 저체온증으로 죽지 않기만을 바랄 뿐. 이런 생각을 해 봤자 자신감만 떨어질 뿐이다. 어제 숲속을 걷다가 길을 잃었다는 건 마음에 두지 않았다. 이건 말도 안 되는 끔찍한 계획이었지만 달리 방법이 없었다.

"좋아. 하지만 이 일이 끝나면 이 빚은 톡톡히 받아 낼 거야."

나는 그 말에 토를 달지 않았다. 내가 대체 얼마나 위험한 상황에 빠질지 처음에 조금이라도 눈치를 챘더라면, 트레버를 연루시키기는 커녕 나부터 절대로 집에 오지 않았을 것이다. 하지만 그러면서도, 어쩌면 우주가 나에게 이 상황을 바로잡을 마지막 기회를 준 건 아닐까 하는 기분도 들었다. 트레버를 구해 준다고 해서 정의의 저울 눈금에 균형이 맞추어지지는 않겠지만, 어쨌든 도움은 되리라.

우리는 출발했다. 길은 험했다. 절벽 아래에는 여기저기 떨어진 돌들이 뒹굴었다. 절벽에 기대어 펼쳐진 숲은 어둡고 얽히고설킨 채로 축축했다. 달은 떴지만 절벽 아래로는 그림자가 짙게 졌다. 하지만 이런 어려운 길이 오히려 우리에게는 좋을 것이다. 다이애나는 서른다섯 살이고 샬럿 이모는 육십이 훌쩍 넘었다. 그러니 젊은 트레버와 내가 유리하다. 다이애나는 분명 따라오고 있다. 우리를 찾을지도 모른다. 하지만 그러려면 나이 든 몸으로 우리를 따라잡아야 할 것이다.

"잘 오고 있어?"

내가 물었다. 트레버는 나보다 더 건강하기 때문에 지금 내가 묻는 건 몸 상태가 아니라 마음이 어떤가였다. 트레버는 날 다시 만나고 이모와 언니를 인터뷰하려고 별장에 온 것이시, 지금처럼 목숨을 걸고 어두운 숲을 헤치며 도망치려고 온 것은 아니다. 예상도 못했을 것이다. 그 점에서 본다면 내가 유리하다. 난 전기충격 요법도 받아 왔고, 몇 주 동안 독방에서 지낸 적도 있으며, 호스로 찬물도 뒤집어쓰는 등 육체적이나 정신적으로 수많은 굴욕을 당해 왔다. 최면 치료도 억지로 받았고, 수면 부족도 겪어 보았으며, 약물 치료도 받았다. 내가 신체적으로는 트레버를 따라잡을 수 없을지 모르지만, 끈기로 보자면 그를 확실히 능가하고도 남는다.

"난 괜찮아. 말하지 말고 계속 가."

이윽고 숲을 지나자 신기한 일이 일어났다. 그 옛날 잃어버린 2주 동안 어떻게 살아남았는지 기억이 되살아났던 것이다. 지금과 다르지 않게, 숲속을 뛰어가던 내 모습이 떠올랐다. 겁에 질린 채로, 심한 충격을 받은 채로, 무언가가 나를 쫓아오고 있다는 걸 아는데 그게 뭔지, 또 어디로 가야 할지 모르는 채로. 그러다 따뜻하고 어두운 공간을 찾았던 기억이 났다. 그 안에 숨고 나서야 안전하다고 느꼈다. 최근에 꾼 꿈처럼 말이다. 한때 심리치료사들은 내게 최면을 걸어서 잃어버린 몇 주간의 기억을 되찾으려 했다. 그때 최면이 아니라 장소를 재현했어야 하는 게 아니었나 하는 생각이 이제야 든다. 왜냐하면 무시무시할 정도로 선명하게 모든 기억이 떠올랐기 때문이다.

다이애나가 억지로 나를 부추겨 하얀 곰을 함께 쏘았던 그때, 나는 곰이 시키는 대로 도망쳤다. 겁에 질린 사슴처럼 숲을 이리저리 헤치며 도망치다가 까마득한 절벽에 다다랐다. 지금 우리가 걷고 있는 곳과 다르지 않은 절벽이었다. 거기로 올라가야 한다고 생각했지만 그러지 못했던 기억이 난다. 그러다 자갈투성이 비탈 위쪽으로 자그마한 굴을 보았다. 곰의 굴이었다. 어머니가 말해 준 곳, 어머니와 언니가 처음으로 하얀 곰을 보았다던 바로 그 굴이었다. 나는 울면서 그곳으로 기어 올라갔다. 이제는 하얀 곰이 안에 없다는 걸 알았으니까. 하지만 거기엔 다른 곰이 있었다. 곰은 자고 있었다. 나는 곰 곁으로 기어들어서 품을 파고들며 울었다.

그 후 며칠은 기억이 명확하지 않다. 눈이 내렸던 기억과 곰이 날 따스하게 품어 주었던 기억이 난다. 가끔 곰은 몸을 뒤척이면서 눈 한쪽을 뜨고 졸린 기색으로 나를 바라보다가 도로 눈을 감았다. 나는 눈을 먹어 수분을 섭취했다. 이러면 체온이 떨어진다는 걸 알고는 있었다. 부모님이 여러 가지 생존 기술을 가르쳐 주셨으니까. 하지만 곰의 온기가 내 몸을 따뜻하게 해 줄 거라고 믿었다. 배도 무척 고팠다. 그 시간 내내, 나는 그저 자기만 했다.

그러던 어느 날, 큰까마귀의 소리가 들렸다. *까아아악. 까아아악. 까아아악, 까아아악.* 나는 눈을 떴다. 큰까마귀가 다시 나를 불렀다. *이쪽이야. 떠나야 해. 길을 알려 줄게.* 큰까마귀는 내가 이해할 수 있는 말로 알려 주었다.

입구로 기어갔다. 바깥은 아주 환했다. 눈이 모두 사라진 화창하고 따뜻한 낮이었다.

날 따라와. 큰까마귀가 말했다. 나는 바위투성이 경사로를 미끄러져 내려가 큰까마귀를 따라갔다. 이윽고 진입로에 다다랐을 때, 나는 별장 쪽으로 돌아가려고 오른쪽으로 꺾었지만 큰까마귀는 다른 방향으로 날아갔다. 고속도로 쪽이었다. 나는 보안문을 슬그머니 빠져나

온 다음 새를 따라갔다. 지금 와서 생각해 보면, 굶주림과 트라우마 때문에 약해질 대로 약해진 아이가 고속도로까지 5킬로미터를 걸어 갔다는 게 있을 법하지 않은 일 같다. 하지만 난 분명히 해냈다. 기억은 안 나지만, 수사 보고서에 따르면 지나가던 운전자가 길옆에 누워 있던 나를 발견했다고 했으니 말이다.

모든 게 밝혀질 거야. 나를 반겨 주었던 큰까마귀는 그렇게 말했었다. 어렸을 때 날 도와주었던 새가 그 큰까마귀였을까? 그렇다고 생각하고 싶다. 나는 트레버를 슬쩍 돌아보며 웃었다. 기억이 돌아왔다고 빨리 말해 주고 싶었다. 우리가 이 고비를 잘 넘기고 살아남는다면, 그는 아주 멋진 기삿거리를 얻게 될 것이다.

"왜? 왜 웃는 거야?"

"나중에 말해 줄게."

이윽고 절벽 위로 아침 햇빛이 밝아 왔다. 그러자 문제가 하나 더 있다는 걸 알아 버렸다.

"서두르자."

나는 트레버를 재촉했다. 숲에는 이제 햇살이 가득 내리쬐었다. 지금은 초봄이라서 나무에 이파리가 없다. 숲은 듬성듬성했다. 우리의 움직임이 포착되기 쉬운 데다, 심지어 나는 청바지 위에 빨간색 체크 무늬 셔츠를 걸쳤다. 30분 가까이 숲속을 걸었는데도 다이애나는 흔적도 보이지 않았다. 하지만 나는 실수해 버렸다는 느낌을 지울 수 없었다. 지금 우리는 함정에 빠진 것 같았다. 언니는 이토록 쉽게 속일 수 있는 사람이 아니다. 내가 모르는 뭔가를 알고 있기에 여기까지 오도록 그저 우리를 내버려 둔 것이다. 아마도 언니는 대문을 열고서 차를 운전한 다음, 우리가 반대편으로 빙 돌아오기를 기다리고 있을지도 모른다. 아니면 샬럿 이모에게 라이플을 들려서 울타리 끝에 가 있으라고 했을지도 모른다. 어쩌면 우리가 호수를 수영하는 동안 쏠 계획인지도 모른다. 그렇다면 이번에도 나는, 언니가 우리 시체를 너무나 쉽게 처리하게 만들어 준 것이다.

마음이 많이 불안했지만 우리는 계속 나아갔다. 움직이지 않으면 달리 뭘 할 수 있을까.

머리 위 높은 하늘에서 큰까마귀가 울었다. 나의 시선을 끌려고 하는 걸까? 저들은 시력이 무척 좋다. 그러니 저 큰까마귀가 다이애나를 보았을 가능성도 있다. 우리를 도망치게 도와주고 싶어서일지도 모른다. 하지만 이미 큰까마귀는 날 구해 준 적이 있다. 이번에도 구해 줄 수 있을 것이다.

"언니는 어디 있어?"

나는 새에게 물었다. 트레버는 내가 골똘히 생각에 잠겨서 혼잣말을 하는 거라고 생각하게 놔두었다.

새가 경고조로 울면서 진입로를 향해 날아가자, 답이 나왔다.

"서둘러. 언니가 오고 있어."

나는 트레버를 재촉했다. 어떻게 알았는지는 말하지 않았다.

우리는 달리기 시작했다. 젖은 땅이 푹푹 파였다. 다이애나가 우리 발자국을 쉽게 발견할 수 있는 상황이 싫었다. 연약한 상태가 까발려지는 느낌이었다. 지금 할 수 있는 것이라고는 여지없이 하나뿐이다. 언니가 지닌 라이플의 사정거리 밖에 머무는 것.

그러다 곰의 발자국을 보았다. 발자국은 컸다. 내가 발견하고 따라갔던 것보다 더 큰 발자국이었다. 뒷발 자국이 성인 남자의 발자국보다 훨씬 거대했다. 이 곰은 겨울잠에서 막 깨어났구나. 분명히 배가 고플 것이다. 매우 위험했다. 심기가 불편한 상태라 예측할 수 없는 존재다. 언니만큼이나 위험한 존재였다. 만약 우리가 곰과 마주친다면 무슨 짓을 당할지 아무도 모르는 상태였다. 곰은 지금 호수 쪽으로 향하고 있었다. 그러니 곰이 이동하는 길과는 반대 방향으로 가야 한다.

바로 곰의 굴속으로.

농담이 아니다. 이래야 살 수 있다. 숲속에서 쫓기는 사람이 취할 수 있는 최선의 선택이란 땅속에 숨는 것이니까. 지금까지는 어디에 숨어야 할지 전혀 알 수 없었지만, 이제는 확실히 알겠다.

"잠깐, 기다려. 계획을 바꿨어."

나는 곰의 발자국을 가리키며 내 생각을 설명했다. 그러자 트레버의 눈이 휘둥그레졌다.

"곰 굴속에 숨자고?"

"호숫가가 안전해질 때까지만. 괜찮을 거야. 곰은 지금 물을 마시고 먹이를 찾으러 호수로 갔어. 몇 시간 동안은 돌아오지 않을 거야."

전에도 곰 굴에 숨어서 살아남은 적이 있다고 말하고 싶었지만, 지금은 그럴 여유가 없었다. 다이애나가 우리를 따라잡기 전에 곰 굴에 도착하려면 서둘러야 했다. 그러다 우리의 탈출 계획이 엉망진창으로 보일지도 모른다는 생각이 들었다. 처음에는 차로 도망가자고 했다가, 그다음에는 절벽 아래를 따라 걷다가 울타리 끝을 돌아 헤엄치자고 하질 않나, 그러다 이제는 급기야 곰 굴속에 숨어 있으면 안전할 거라고 장담하면서 다시 별장 쪽으로 돌아가고 있다. 내가 봐도 미친 계획이었다. 그런데 정말 미친 점이 무엇인 줄 아는가. 이 계획이 성공할 거라고 굳게 확신한다는 점이었다.

"너 진심인 거지?"

트레버가 물었다. 나는 고개를 끄덕였다.

"잘될 거야. 약속할게."

나 역시 그 약속을 지키고 싶었다.

29

"이 길이 정말 맞아? 발자국이 보여?"

트레버가 물었다. 내가 지금 데리고 가는 곳은 유사流沙처럼 발이 푹푹 빠지는 늪지대였기 때문이다.

"그래, 맞아."

사실은 아까부터 발자국을 찾을 수 없었지만 굳이 말하지 않았다. 그래도 걱정하지 않는다. 우리가 호수 반대편으로 이동하기 시작하면서, 큰까마귀가 잠시 앞서 날아가서는 낮은 가지에 내려앉아 우리가 따라잡기를 기다렸다가 다시 날아가고 있었다. 바로 이틀 전 내가 길을 잃었을 때 나를 인도하던 방식과 똑같았다. 큰까마귀가 나타나는 게 그저 우연의 일치라고 생각할 수도 있을 것이다. 특별한 목적이나 의도 없이 그저 숲속을 날고 있는 거라고, 나와 트레버에게 뭘 가르쳐주는 행동은 아니라고 말이다. 하지만 나는 사실이 그렇지 않다는 걸 안다.

곰 굴이 우리 둘 다 들어갈 수 있을 만큼 충분히 큰지도 걱정되지 않았다. 트레버는 이미 굴 크기에 대해서 걱정을 드러냈다. 곰이 굴을 팔 때는 자기 몸집에 딱 맞게 만든다. 생각해 보면 합리적인 행동이다. 겨울 내내 자기 몸집보다 큰 동굴에서 잔다면 소중한 체온을 낭비할 뿐이 아닐까? 이 곰의 발자국 크기로 미루어 보면 우리 둘이 들어갈 만한 굴이 확실했다. 문제는 이 굴이 어떤 종류인가였다. 곰은 굴보다 몸집이 커지거나 다른 곰이 먼저 굴을 차지하지 않는 한, 매년 같은 굴로 돌아온다. 하얀 곰이 태어난 굴처럼 절벽 옆으로 판 굴도 있다. 나무뿌리가 얽힌 속을 파내서 굴을 만들기도 한다. 가끔은 동굴을 이용하는 곰도 있다. 곰이 정말 힘들 때는 약간 우울한 상태로 야외에서 겨울을 보내기도 한다. 그러니 이 곰의 굴이 어떻게 생겼는지는 알 수 없다. 다만 그 굴이 따뜻하고 건조했으면 좋겠다고 바랄 뿐이다.

까아아악. 까아아악. 큰까마귀는 이렇게 울며 나뭇가지에 앉더니 이번에는 움직이지 않았다.

나는 손을 들어 멈추라고 신호를 보낸 다음 주변을 천천히 한 바퀴 둘러보며 혹시 파헤쳐진 흙이나 나무뿌리가 있는지 찾아보았다. 그러자 곰의 굴이 보였다. 커다란 백송 뿌리 사이로 판 굴에는 나뭇가지 더미가 쌓여 있었다.

"여기야. 안락한 보금자리네."

"어떻게…."

나는 고개를 젓고 안으로 기어 들어갔다. 이 굴을 어떻게 찾은 건지는 아직 말할 마음이 없었다.

트레버도 뒤따라 들어왔다. 굴은 우리 몸에 좀 비좁았다. 게다가 내가 바랐던 것보다 진입로에 더 가까웠다. 사실 여기서는 도로가 선명하게 보이기까지 했다. 하지만 나는 큰까마귀가 다 생각이 있어서 이곳으로 데려왔다는 걸 믿어야 한다. 숲속에서 우리가 안전하게 지낼수 있는 곳은 여기뿐이다.

"곰이 다시 오면 어떡해?"

안으로 들어가 입구에 나뭇가지를 덮어 위장하고 나자, 트레버가 물었다.

"안 올 거야. 방금 겨울잠에서 깨어났으니까. 먹을 걸 찾으러 나갔거든. 먹이를 찾기 전까지는 돌아오지 않을 거야."

사실 곰은 이렇게 예측할 수 있는 동물이 아니지만, 트레버가 그 사실을 모르길 바랄 수밖에 없었다.

"전에도 이런 일을 겪은 적이 있어. 2주 동안 살아남은 방법이 이거였거든. 난 곰 굴에 숨어 있었어. 기억나."

나는 그에게 모든 이야기를 들려주었다. 언니가 억지로 나를 윽박질러 내 친구인 희귀한 알비노 곰을 쏘게 했던 것과, 내가 곰을 쏜 다음에는 언니가 나를 쏠까 봐 무서워서 숲속으로 도망쳤던 것과, 곰 굴을 찾아 안으로 들어갔던 것과, 자고 있던 곰이 나를 따뜻하게 감싸주었다는 것까지 모두 다 말했다. 하얀 곰이 나더러 도망치라고 경고했다는 이야기나, 결국 나를 안전한 곳에 데려다 준 건 큰까마귀였다는 말은 하지 않았다.

말을 끝맺자 그가 말했다.

"정말 대단하다. 받아 적을 게 있었으면 좋았을 텐데."

"걱정 마. 여기서 무사히 빠져나가면 너한테 독점권을 줄게. 약속해."

우리는 잠시 말이 없어졌다. 나는 몸을 부르르 떨었다.

"추워?"

트레버는 자세를 바꾸더니 내 어깨에 팔을 둘렀다. 그리고 팔을 내리지 않았다. 몸이 떨렸다.

"괜찮아. 그냥…."

순간 말을 잇지 못했다. 사실은 숲속을 도망치던 그때의 기억을 말하면서 그날의 기억이 더 많이 돌아왔기 때문이다. 더 많은 기억과 더불어 아직 이해할 수 없는 이미지와 감정들이 뒤섞여 밀려들었다.

"뭔데 그래?"

"잠깐만 가만히 있어 봐. 생각 좀 할게."

나는 눈을 감았다. 뇌 속에 넘쳐나는 소리와 장면들이 점차 형태를 갖추고 합쳐져서 울려 댔다. 내가 트레버에게 해 주었던 진술은 아주 정확한 게 아니었다. 하얀 곰을 쏘고 도망친 후와 큰까마귀가 나를 곰굴로 이끌었던 그 사이, 나는 사격장으로 돌아갔기 때문이다. 도망치면 칠수록 하얀 곰이 죽었다는 사실을 믿을 수가 없어졌다. 그래서 다시 돌아가야 했던 것 같다. 언니가 여전히 라이플을 들고 사격장에 있었던 것으로 보아, 지금 생각해 보면 그건 참 위험천만한 짓이었지만, 당시에는 제대로 생각을 할 수가 없었다. 사격장 가까이 다가가자 목소리가 들렸다. 나는 최대한 상황을 가까이에서 지켜볼 수 있는 덤불속으로 기어 들어갔다.

부모님과 다이애나와 샬럿 이모가 보였다. 모두들 하얀 곰을 가리키며 소리를 질러 댔다. 어머니는 숲속을 향해 내 이름을 불렀다. 그러나 내가 미처 대답하기도 전에 샬럿 이모가 아버지를 쏘았다. 어머니가 비명을 지르며 아버지의 시체로 달려가 몸을 던졌다. 다이애나가 라이플을 들고 어머니를 겨누었다. 어머니는 무릎을 꿇었다.

"어서 해."

샬럿 이모의 목소리가 똑똑히 들렸다. 언니는 방아쇠를 당겼다.

토할 것 같았다. 나는 그 현장에 있었다. 모든 것을 보았다. 부모님이 살해당하는 장면을 목격했다. 내가 하얀 곰의 죽음과 부모님의 죽음과 혼동한 것은 놀랄 일이 아니다. 죽는 존재가 셋이나 연달아 나온다면 누구든 벼랑 끝으로 내몰릴 수밖에 없다. 하물며 열한 살짜리 아이라면 어땠겠는가. 기억이 이토록 연약할 줄이야. 내 뇌가 그날의 진짜 기억을 가져다 장면을 뒤틀어 넣었을 줄이야. 새삼 감탄이 나왔다. 하지만 이제는 진실을 안다. 난 *기억한다*.

"추워?"

내가 떨자 트레버가 다시 물었다. 나는 멍하니 고개를 끄덕였다. 그는 나를 가까이 끌어당겼다. 나는 트레버의 어깨에 머리를 기대고 방금 깨달은 거대한 기억을 가만히 되새겼다. 나는 처음부터 알고 있었다. 언니에게 악한 면이 있다는 걸. 우리가 헨젤과 그레텔을 연기하며 놀 때 언니는 마녀를 골랐다. 백설공주 역할극을 할 때는 사악한 계모를 선택했고, 잠자는 숲속의 공주에서는 못된 요정이 되었다. 이런 역할들이 언니의 본성에 부합한다는 걸 난 알았다. 하지만 샬럿 이모 역시 그만큼 나쁠 줄이야. 난 이제껏 이모가 언니의 시녀 같은 존재라 생각했다. 언니가 왕이라면 샬럿 이모는 그저 충성스러운 신하라고만 여겼다. 병원에서 자라면서 인격장애에 대해 많이 알게 된 후, 나는 이모가 안됐다는 생각도 했다. 이모는 분명 의존성 인격장애를 앓고 있었다. 무엇을 먹을까, 무엇을 입을까처럼 일상에서 매일 같이 이루어지는 결정도 내리기 힘들어 했다. 이모는 수동적인 성향이라 다른 사람이 주도권을 잡고 삶에서 일어나는 대부분의 일들을 책임져 주도록 내버려 두었다. 모든 게 샬럿 이모에게 들어맞았다.

하지만 지금은 이모가 얼마나 비굴한지 알게 되었다. 샬럿 이모는 나의 아버지를 죽였다. 난 그 광경을 목격했다. 이모와 언니는 내가 생각했던 것보다 서로 비슷한 사람이라 끼리끼리 지냈던 것이다.

이제는 내 집에서 저 둘이 지내게 둘 수는 없다.

살해당한 사람들은 언덕 위 물망초 밑에 잠들어 있는데, 살인자들은 별장에서 행복하게 살고 있다는 이야기를 나는 폭로해야 한다.

다이애나가 내 배에 새긴 말이 떠올랐다. 나는 살아야 한다. 저들에게 정의의 심판을 내리는 건 내게 달렸다.

심판이야말로 이야기의 진짜 결말이니까.

30

우리는 곰 굴속에서 오랫동안 기다렸다. 등이 쑤시고 엉덩이가 아팠다. 다리가 저리고 발에는 감각이 없어졌다. 트레버는 내 어깨에 팔을 두르고 고개를 한쪽으로 숙인 채 웅크리고 앉아 있었다. 이 굴은 너무 작아서 똑바로 앉을 수가 없기 때문이었다. 목을 저렇게 꺾은 채이니, 지금 내 다리가 아픈 만큼 트레버도 목이 심하게 아플 것이다. 하지만 그는 아무런 불평도 하지 않았다. 내 의견이 틀린 것 같다며 섣부른 말을 하지 않았고, 혹시 이런 건 아니냐며 반론을 제시하지도 않았다. 지금 이게 뭐 하는 거냐며 묻지도 않았다. 트레버는 나를 믿고 있다.

나 역시 스스로를 확실하게 믿을 수 있다면 얼마나 좋을까. 하지만 자꾸만 내 생각이 틀린 건 아닐까 걱정되었다. 다이애나가 내 예상과는 달리 우리를 추적하는 게 아니라 완전히 딴 생각을 하고 있는 건 아닐까? 그 옛날에도 언니의 마음을 읽었다고 생각했지만 아니었던 적이 많다. 그때 나는 언니를 한 발짝 앞서갔다고 생각했지만 결국에는 언니가 항상 나를 앞서기만 했다. 그래서 자꾸만 의심이 들었다. 연약한 상태로 갇혀 있다는 느낌이었다. 스코티만 계속 생각났다. 잘 있으라는 말을 해 주고 올걸 그랬다.

시간이 느릿느릿 흘렀다. 마침내 타이어가 자갈 밟는 소리가 들렸다. 나는 나뭇가지에 작은 구멍을 내고 밖을 내다보았다. 트레버의 차와 똑같은 짙은 녹색 지프가 천천히 지나갔다. 어쩌면 트레버 차가 맞을 것이다. 아까 그가 차 열쇠를 빼지 않았던 것 같다. 몇 분 후, 지프는 사라졌던 방향에서 다시 나타나 굴 앞을 지나갔다. 다이애나는 우리가 여기 있다는 걸 알고 있는 걸까? 그래서 일부러 우리를 괴롭히려고 왔다 갔다 하는 걸까? 아니면 우리가 어디 있는지 모른 채로 계속 찾고 있는 걸까? 시간이 지나면 알게 되겠지.

"우리를 봤을까?"

지프가 세 번째로 지나가자 트레버가 속삭였다.

"어떻게 알겠어. 그냥 가만히 있자. 섣불리 움직이는 것보다는 기다리는 편이 나아."

"작게 말할 필요 없어."

다이애나다. 갑작스러운 언니의 목소리에 내 가슴이 철렁이다 못해 얼어붙었다.

"거기 있는 거 다 알아. 다음에 숨을 때는 빨간 셔츠를 입지 마."

빨간 셔츠라. 그렇다면 나를 본 것이다. 트레버는 내 잘못이 아니라는 듯 내 어깨를 꽉 쥐며 자기 입술에 손가락을 갖다 댔다. 이토록 관대한 사람이라니 마음이 아프다. 내가 트레버를 이 난장판에 끌어들였는데. 그러니 그를 살리는 것도 내 몫이다.

나는 속삭였다.

"가만히 있어. 언니가 원하는 건 나야. 모습을 드러내지 마. 무슨 일이 있어도 움직이지 마."

나는 나뭇가지를 치우고 기어 나갔다.

다이애나는 라이플을 든 채 기다리고 있었다. 나는 항복했다는 의미로 두 손을 들고 옆으로 움직였다. 둘의 시선을 트레버로부터 돌리기 위해서였다. 지프는 길에 주차해 놓았다. 샬럿 이모가 라이플을 들고 지프에 기댄 모습을 보자, 꼭 연쇄살인범 커플인 보니와 클라이드 같았다. 다이애나가 클라이드라면, 샬럿 이모는 보니다. 이모는 언니의 미해결 범죄를 돕고 방조했으니까.

"그래. 날 찾았네. 이제 어쩔 거야?"

내 말에 다이애나는 곰 굴 쪽을 가리켰다.

"네 친구에게 말해. 나오라고."

"트레버 말이야? 걔는 가 버렸어. 울타리를 넘어서 도움을 청하러 갔어."

나는 고개를 홱 쳐들며 말했다. 제발 나의 반항심이 설득력 있게 보여야 할 텐데.

"보안문 전원을 끄지 말았어야지."

"흠, 그래도 일은 확실하게 처리해야겠지?"

다이애나는 곰 굴에 연속으로 두 발의 총을 쏘았다.

샬럿 이모가 숨을 헉 들이켰다. 나는 있는 힘을 다해 비명을 참았다. 트레버가 안에 있다는 낌새를 줄 수는 없었다. 언니가 눈치챘다면 다시 그를 쏠 테니까.

굴속에서는 아무런 소리가 나지 않았다. 움직임도 없었다. 마음이 너무나 아팠다. 만약 트레버가 죽었다면, 그건 내가 죽인 것이다. 트레버는 죽었고, 이제 나도 죽겠지.

"안을 보고 와."

다이애나가 샬럿 이모에게 명령했다.

이모는 굴 입구로 다가가 무릎을 꿇었다. 그리고 가지를 헤치고 안을 보았다. 쪼그려 앉은 채로 놀라서 고개를 흔들면서 말했다.

"비어 있어. 아무도 없어."

믿을 수가 없었다. 트레버는 안에 있다. 그건 확실하다. 죽었거나 상처를 입었을 것이다. 어느 쪽일지는 모르겠다. 어쨌든 나는 그가 살아 있다고 생각할 수밖에 없었다. 샬럿 이모가 우리를 감싸 주고 있으니까. 이모는 우리 편이구나. 완전히 타락한 건 아니었구나. 아직도 양심이 있기는 있구나.

"그럼 됐어."

다이애나는 어깨를 으쓱이며 대꾸했다. 그리고 라이플로 길을 가리키며 말했다.

"걸어."

난 그 말에 따르지 않았다. 언니의 말대로 했다가는 절대로 이곳에서 살아서 나갈 수 없을 것이다. 트레버는 얼마나 심하게 다쳤을까? 혹시 아직도 살아 있다면, 그래서 이곳을 무사히 빠져나갈 수 있을까? 트레버가 괜찮았으면 좋겠다. 그래서 내 부모님이 살해당하고 우리 가족이 풍비박산 난 진실에 대해 기사를 써 주면 좋겠다. 내가 죽으면 다이애나가 날 부모님 옆에 묻어 주었으면 좋겠다. 내가 바라는 건 그뿐이야…. 그뿐이라고….

아니. 포기할 수는 없다. 마지막 숨을 내쉬는 순간까지는 끝난 게 아니야.

나는 다시 고개를 홱 들었다. 이번에는 진짜로 반항했다.

"싫어. 언니가 나한테 전부 말해 주기 전까지는 아무 데도 안 가. 나한테 말해 줄 게 있잖아."

"말해 줘야 할 건 없어."

"난 *그 자리에 있었어.* 언니랑 샬럿 이모가 부모님을 죽이는 걸 봤다고. 언니가 하얀 곰을 죽인 다음에 도망쳤다가 다시 돌아와서 숲속에 숨어 있었어. 언니를 봤다고."

"응, 우리를 봤구나. 그래서 어쩌라고? 뭘 더 알고 싶은데?"

"어떻게 경찰은 그걸 부모님의 살인과 자살이라고 생각한 거야? 나는 범죄 드라마를 그간 많이 봤어. 경찰을 속이는 건 쉽지 않다는 걸 안다고."

"아, 경찰은 네 생각보다 훨씬 속이기 쉬워. 특히 네가 아는 경찰들이 네 언니만큼 똑똑하지 못하니 더더욱 쉬웠지."

샬럿 이모가 지껄이기 시작했다. 부모님이 돌아가셨을 때 이모가 맡았던 역할이 *자랑스러워서*였을까? 아니면 다이애나의 편을 드는 척하면서 언니의 머리를 어지럽히고 날 도우려는 걸까? 알 수 없었다.

"우리는 사륜 오토바이로 시체들을 집으로 가져와서 현장을 만들었어. 네 엄마는 다이애나의 매그넘에 맞았기 때문에 우리는 네 아빠의 시체도 매그넘으로 쐈지. 그래야 같은 총으로 둘 다 죽은 것처럼 보이잖아. 그런 다음 우리 지문을 지우고 네 아빠 지문을 매그넘에 찍은 다음 그 총을 옆에 놔뒀어. 네 아빠 손바닥에 우리 손을 비벼 놓기까지 했다고. 그래야 경찰이 나중에 총상 잔여물을 손바닥에서 찾아낼 테니까. 사격장에 있는 피는 달리 처리할 수 없었지만 경찰은 그걸 하얀 곰의 피라고 추정할 거라 생각했어. 그런데 정말 그렇게 생각하더라."

"사람들은 멍청한 법이니까."

다이애나가 말했다. 이 둘이 훈련받은 전문가 집단을 그토록 쉽게 속여 넘길 수 있었다니. 나 역시 사람들이 멍청하다는 말에 반박할 수가 없었다.

샬럿 이모가 말을 이었다.

"다이애나는 너도 찾아내서 죽이려고 했지. 하지만 한참을 찾아도 보이지 않아서 단념하고 그냥 살인사건을 신고했어. 그런데 넌 숲속을 헤매다 결국 무슨 일이 일어난 건지 기억도 못한 채로 정신병원에 갇혀 버렸잖아. 그래서 우리는 결론을 내린 거야. 널 죽일 필요는 없다고."

하지만 이제는 아니야. 이렇게 덧붙여 말했을 수도 있었을 것이다. 샬럿 이모가 우리 부모님을 죽였다는 이야기를 사무적으로 설명하는 걸 듣자 피가 차갑게 식었다. 이모는 둘이 무슨 짓을 했는지 잘 알고 있으면서도 어떻게 십수 년을 아무렇지도 않게 살아온 걸까? 나는 실수로 어머니를 죽였다고 생각한 것도 너무나 괴로워서 15년을 정신병원에서 보냈다. 그렇다면 고의적으로 살인을 저지른 사람은 더 심하게 괴로워야 하는 것 아닌가? 나는 이모에게 하고픈 말이, 묻고픈 말이 너무 많았다. *왜 우리 아버지를 죽였어? 이모에게 무슨 일이 있었*

던 거야? 왜 이렇게 바뀌었어? 내 기억 속의 이모는 재미있고 친절한 사람이었다. 나에게 동화책을 읽어 주고, 썰매를 태워 주고, 과자 굽는 법과 그림 그리는 법을 알려 주었다. 언니를 너무나 사랑한 나머지 이토록 타락해 버리다니, 나를 사냥감 토끼처럼 취급하며 무정하게 사냥하려는 다이애나를 돕다니 믿을 수가 없었다. 하지만 이게 엄연한 현실이었다.

"왜 이러는 거야? 내가 이모한테 뭘 어쨌다고? 난 이모를 사랑했어."

샬럿 이모는 마음이 바뀔 여지가 있다. 트레버를 보호해 주려고 거짓말을 했으니까. 그러니 지금 우리를 도와줄 게 분명하다.

"그만해."

다이애나가 잘라 말했다. 그리고 다시 진입로를 가리키며 말했다.

"가자."

"난 안 가."

나는 고개를 저었다. 아직 물어볼 것이 많기도 했지만, 언니가 시키는 대로 하는 순간 난 죽은 목숨이기 때문이다.

"아직 질문이 안 끝났어. 난 이유를 알아야겠어. 언니가 왜 이러는지 말이야. 왜 우리 부모님을 죽인 건지. 휴게소에 있던 여자애는 왜 죽인 건지."

"왜 죽이면 안 되는데? 걔가 나한테 뭐라고."

다이애나가 이토록 냉정하고 이토록 아무 감정 없이 무감각하다는 건 잘 알고 있었다. 하지만 그렇더라도 그 말은 찔린 듯 아파 왔다. 난 언니를 증오한다. 그런데 언니를 사랑한다.

"그러면 맥스는? 샬럿 이모도 알아? 언니가 맥스를 죽인 거?"

나는 마침내 압박을 가했다. 내 기억 속 마지막 조각이 제자리에 맞아 들어갔다.

샬럿 이모의 얼굴이 새하얗게 질렸다. 이모는 나를 돌아보았다.

"잠깐, 그게 무슨 말이야?"

"내가 말했잖아. 난 그날 있었던 일을 전부 기억한다고. 다이애나는 맥스를 죽였어. 하얀 곰을 쏜 다음에 맥스가 달려왔거든. 언니가 라이플을 들고 있는 걸 보고서 언니가 죽인 걸 알았지. 맥스는 언니랑 말싸움을 했어. 그러다가 다이애나가 맥스를 쐈어."

샬럿 이모는 다이애나를 바라보았다.

"믿을 수 없어. 사실이 아니라고 해 줘."

다이애나는 다시 어깨를 으쓱였다.

"물론 내가 쐈어. 맥스는 우리 계획을 망칠 거였으니까. 부모님을 사격장으로 유인하기 전에 맥스의 시체는 숲속에 숨겼어. 나중에 돌아와서 묻어 줬어."

언니는 미소를 지으며 덧붙였다.

"그냥 이렇게만 알아 둬. 자그마한 우리 가족 묘지에는 이모가 아는 것보다 더 많은 사람이 묻혀 있다고."

샬럿 이모는 비명을 질렀다.

"어떻게 그럴 수가 있어? 난 널 *사랑했어*. 널 위해서 *사람을 죽였다고*! 그런데 이제 알고 보니… 내가 형부를 죽였을 때… 내 남자친구는 겨우 몇 십 미터 떨어진 곳에 죽어 있었다는 거야? 난 맥스를 사랑했어! 우리는 결혼할 생각이었다고!"

이모는 라이플을 들어 올렸다. 손을 덜덜 떨고 있었다.

371

"너는 악마야. 끔찍한 인간이야. 비열해. 내가 널 사랑했다니 믿을 수가 없어."

"아, 진짜."

다이애나는 혐오감이 뚝뚝 떨어지는 목소리로 대꾸했다. 그리고 라이플을 들더니 이모나 내가 어떻게 할 틈도 없이 총을 쏘았다.

샬럿 이모는 쓰러져서 더는 움직이지 않았다.

믿을 수가 없었다. 샬럿 이모가 죽었다. 나는 방금 또 한 차례의 살인을 목격했다.

다음은 나다.

그런데 그때 무언가 움직임이 보였다. 아주 잠깐, 그게 트레버라고 생각했다. 살아 있었구나. 다이애나가 쏜 총에 상처만 입었구나. 그런데 너무 아프고 충격을 받은 데다 피를 흘린 나머지 무기력한 채로 도와 달라고 굴에서 나왔구나. 제발 굴 안으로 들어가라고 애타게 소리치고 싶었다. 하지만 그래 봤자 다이애나의 시선만 끌 뿐이리라.

그런데 아니었다. 내가 본 건 트레버가 아니었다. 곰이 굴로 돌아왔던 것이다. 거대한 곰이었다. 힘이 세고 건강하고 튼튼한 곰이었다. 내가 생각했던 것 만큼 큰 곰이 무시무시하게 거대한 머리를 이리저리 흔들며 언니 쪽으로 한 발짝, 또 한 발짝 다가오고 있었다. 곰이 언니에게 몰래 다가가 죽이게 놔두고 싶었다. 하지만 나는 언니와는 다른 사람이다.

그래서 그쪽을 가리키며 말했다.

"언니 뒤에, 곰이 있어."

다이애나는 믿지 않는다는 표정으로 웃었다.

"정말이야. 보라고."

언니는 고개를 돌렸다. 곰이 뒷다리로 일어서더니 앞발을 휘둘렀다. 그리고 네 발을 땅에 디디고서 콧김을 내뿜었다. 언니는 총을 쏘았다. 그러자 다시 일어선 곰이 가슴을 앞발로 마구 헤쳤다. 그리고 다시 네 다리로 땅을 짚은 채 다가왔다.

다이애나는 다시 총을 쏘았다. 그래도 곰은 계속 다가왔다. 이해가 안 된다. 언니는 하얀 곰을 단 두 발의 총알로 제대로 쏘아 죽인 적이 있다. 그런데 지금은 거대하고 강력한 라이플을 여러 발 쏘았는데도 좀처럼 곰을 죽이지 못하다니.

죽었어야 할 곰이 언니를 향해 달려갔다. 나는 꼼짝도 하지 못한 채 그 광경을 지켜보았다. 달려오는 곰의 털이 점점 밝아졌다. 다이애나는 계속 총을 쏘고 또 쏘았다. 그러나 곰은 계속 다가왔다. 드디어 언니를 삼켜 버리려고 확 달려드는 순간, 곰의 털은 그저 새하얬다.

눈을 감았다. 그리고 언니의 비명이 늘리기를 기다렸다. 하지만 들리는 것은 큰까마귀의 울음소리였다.

눈을 떴다. 다시 바라본 곰의 털은 하얗지 않았다. 언니는 죽지 않았다. 그건 환영이었다. 또 다른 환상이었다. 빛이 착시를 일으켰구나. 이제 여기엔 나, 죽은 곰, 그리고 미친 여자처럼 사체를 향해 총을 쏘는 언니만이 남았다.

나는 잽싸게 샬럿 이모의 라이플을 집어 들고 이모의 시체 뒤에 엎드린 다음 총을 쏘았다.

언니는 쓰러졌다. 그리고 일어나지 못했다.

숲은 조용했다.

"트레버!"

나는 비명을 지르며 서둘러 굴 입구로 가서 안을 들여다보았다.

굴은 정말로 텅 비어 있었다. 트레버는 사라졌다.

다리에 힘이 풀려 털썩 무릎을 꿇고 머리를 감쌌다. 샬럿 이모는 거짓말을 한 게 아니구나. 트레버는 사라져 버렸다. 나는 트레버가 안에 있을 거라 확신했다. 다이애나 때문에 죽었든지 다쳤을 거라고 확신했다. 말도 안 돼. 이건 현실이 아니야. 어쩌면 난 정말로 미쳤을지도 모르지. 결국 다시 정신병원에 가야 할지도 몰라.

그런데 어느새 트레버가 내 앞에 서 있었다. 그는 손을 뻗어 나를 일으켜 세웠다.

"괜찮아?"

트레버는 내 얼굴에서 머리카락을 쓸어 낸 다음 나를 품에 안고 내려다보았다. 그 눈빛에는 걱정과 관심과 염려 말고도 무언가 다른 것이 있었다. 그게 뭔지 나는 아직 알아볼 마음의 준비가 되지 않은 감정이었다.

"대체 어떻게 된 거야? 이해가….'

"네가 굴에서 나가서 언니랑 이야기하는 동안 안심이 안 되더라고. 그래서 뒤쪽으로 땅을 파고 나왔어. 나무 뒤에 우묵한 곳이 있어서 거기로 들어가서 나뭇가지를 덮고 숨어 있었어."

그는 옷을 내려다보며 덧붙였다.

"좀 축축하더라."

"네가 무사하다니 꿈만 같아."

"너희 이모랑 언니가 이렇게 되어 유감이야."

"나도 그래."

나는 샬럿 이모의 망가진 시체를 바라보았다. 나를 도우려 했던 이모가 떠올랐다. 그리고 내 아버지를 죽였던 이모 역시 떠올랐다. 이모는 완전히 악한 사람은 아니었다. 하지만 완전히 선한 사람도 아니었다. 그러자 내가 주저하지 않고 언니를 쏘았다는 게 생각났다. 어쩌면 우리 모두는 조금씩 선한 면과 악한 면을 다 갖고 있는지도 모른다.

나는 아까 던져 버렸던 라이플을 집어 들고 이리저리 살펴보았다. 총구 위에 난 흠집이 눈에 익었다. 내가 언니를 쏠 때 사용했던 레밍턴은 왠지 어렸을 적 내가 쓰던 총 같았다. 나의 언니는 살인자였다. 이제는 나 역시 살인자가 되었구나.

"걱정하지 마. 내가 현장을 목격했으니까. 이건 정당방위야. 경찰한테 그렇게 말할 거야. 그리고 사실 말이지….."

트레버는 이렇게 말하며 주머니에서 보이스 레코더를 꺼냈다.

"이거 진짜야? 전부 다 녹음했어?"

"녹음을 안 했다면 기자 자질이 없는 거겠지."

트레버는 씩 웃으며 말했다.

"가자. 여기서 나가야지."

우리는 별장으로 돌아가기 시작했다. 먼저 보안문의 전원을 복구해야겠다. 그리고 고속도로로 차를 타고 나가서 911에 전화를 해야지.

까아아악. 까아아악. 큰까마귀가 뒤에서 소리쳐 불렀다. 나는 뒤를 돌아보았다.

다이애나가 엎드려 있었다. 어떻게 한 건지, 팔꿈치로 몸을 지탱한 채로 저격수의 자세를 취한 모습이었다. 트레버에게 라이플을 겨눈 채였다.

"트레버!"

나는 소리를 지르며 트레버를 밀쳤다. 우리는 바닥으로 급히 몸을 숙였다.

다이애나는 재빨리 탄창을 바꾸고 재장전했다. 나는 벌떡 일어섰다. 그리고 샬럿 이모가 쏘지 못했던 라이플을 획 돌려 신중하게 조준한 다음 방아쇠를 당겼다.

내가 쏜 총알은 의도한 곳에 명중했다. 실패할 거라고는 생각하지 않았다. 난 아주 훌륭한 명사수니까.

31

5년 후
레이첼

모든 것이 끝난 후, 나는 별장에서 혼자 살아 보려 했다. 사람들은 다들 그러지 말라고 했다. 그곳에선 안 좋은 일이 너무 많이 일어났다고, 너무 많은 사람이 죽었다고. 그러니 토지를 모두 팔아 버리고 이사해야 한다고 했다. 어떤 이들은 내가 아예 어퍼 반도를 떠나야 한다고도 했다. 과거에서 가급적 멀리 벗어나 어딘가 다른 곳에서 새 삶을 시작하라고. 그래서 정확히 어디에서 새 삶을 시작해야 하냐고 물으면, 돌아오는 대답은 그다지 구체적이지 못했다. 어쨌거나 모든 사람이 동의하는 생각은 이거였다. 그 별장에서 사는 건 실수라는 것이다.

그래서 오히려 나는 사람들의 말이 틀렸다는 걸 증명해야 했다. 여기서 살아 보자는 결심을 했던 건 단순히 내 고집이 세서만은 아니었다. 여긴 내 집이었다. 별장과 드넓은 토지는 몇 대를 걸쳐 물려받은 나의 재산이다. 모든 것이 무너지기 전, 나는 이곳에서 사는 게 좋았고 행복한 추억도 많다. 어머니의 연구는 여기에서 이루어졌고, 나는 그 연구를 물려받고 싶다. 부모님도, 태어나지 못한 동생도 여기에 묻혀 있다.

그 후로 나는 이곳에서 일주일을 머물렀다. 그러자 문제가 나타났다. 그중 하나는 사람들이 다들 예상했던 대로 나의 기억에 견딜 수 없을 정도로 압도당했다는 점이었다. 하지만 더 큰 문제는 바로 나였다. 다이애나가 샬럿 이모를 죽이고, 다음으로 내가 언니를 쏜 후에, 나는 무감각해져 버렸다. 그리고 불안해졌다. 머릿속으로야 뭐든지 하고픈 대로 할 수 있는 자유가 있다는 걸 알았지만, 자유를 누려 볼 엄두를 내지 못하는 것 같았다. 스스로를 가치 없는 인간이라 생각해 온 지가 너무나 오래되어서, 나에게 미래가 있을 뿐만 아니라, 그 미래를 당당히 누려도 될 만한 존재라는 걸 받아들이기가 너무 힘들었다.

별장에서 살면서 마주친 또 다른 문제는 부모님이 아직 이곳을 떠나지 못하는 것처럼 보인다는 점이었다. 어느 방에 들어가거나 집 모퉁이를 돌 때면 어머니와 아버지가 보였다. 두 분이 좋아했던 벽난로 옆의 의자에 앉아 책을 읽는 모습, 땔감 상자를 채우는 모습, 저녁을 요리하는 모습과, 그날 보거나 경험했던 일을 이야기하는 모습이 어른거렸다. 가끔 내가 펌프 켜는 걸 잊어버려서 물탱크가 바닥나거나 먼저 굴뚝 댐퍼를 열어야 한다는 걸 모르고 주방 스토브에 불을 때거나 했을 때, 이런 어리석은 실수를 두고 두 분이 웃는 모습이 보이기도 했다. 어떤 때는 두 분이 서로 안고 입맞추는 광경을 목격할 때도 있었다. 밤이 되면 침대에서 도란도란 이야기하는 소리도 들렸다. 두 분은 내가 그 대화를 들을 수 있다는 걸 모르는 것 같았다.

그렇게 일주일이 지나자 나는 근처 모텔에 방을 잡았다. 그리고 거기서 석 달을 머물렀다. 하지만 그 시기 동안에도 나는 매일 별장에 갔다. 내가 자란 곳에서 사는 법을 배우고 *싶었다*. 어머니의 연구를 이어 가고 *싶었다*. 어머니를 기리기 위해서만이 아니라, 내가 정말로 어머니의 연구를 좋아했기 때문이다. 부모님의 유령이 편히 쉬도록 떠나보내야 한다는 건 알았지만, 외로울 때나, 혹은 조언이 필요할 때마다 나는 부모님의 유령과 이야기했다. 이제 새들과 벌레, 동물들은 나에게 더 이상 말을 걸지 않았기 때문이다.

내가 이토록 힘겹게 살아가고 있다는 걸 아무에게도 말하지 않았다. 하지만 어찌된 일인지 트레버는 알고 있었다. 내가 적응하는 동안 자신도 함께 별장에 머물며 날 도와주겠노라고 트레버가 제안했을 때, 나는 좋다고 했다. 거기서부터 하나둘씩 호의가 이어졌고, 5년이 지난 지금 우리는 함께하고 있다.

"나 배고파요. 지금 집에 가면 안 될까요?"

우리 딸아이가 말했다. 우리는 지금 관찰 블라인드 안에 쪼그려 앉아서 암컷 흑곰이 새끼들과 먹이 먹는 모습을 관찰하는 중이었다.

딸아이는 언제나 정중한 표현을 쓰고 고맙다고 말한다. 아주 예의 바른 아이다. 어머니가 살아 계셨다면 손녀를 사랑했으리라.

트레버가 말했다.

"조금만 더 있다 가자. 엄마랑 아빠도 배고파. 하지만 미드나이트가 이제 가도 된다고 알려 줘야 갈 수 있어. 곧 말해 줄 테니 기다려 보자."

미드나이트라는 이름은 흑곰에게 붙이는 이름치고는 꽤 특이하다.

딸아이가 겨우 두 살밖에 안 되었을 때 직접 붙인 이름이다. 미드나이트와 비교해 보면 '하얀 곰'이란 이름은 별로 창의적이지 못하다.

미드나이트는 네 살 된 암곰으로 딸아이와 동갑이다. 어머니의 연구를 물려받은 봄에 태어난 세 마리 새끼 곰 중 유일하게 생존해 자랐다. 셋 중 가장 작은 새끼는 곰 가족이 개울을 건너다 통나무에서 떨어져 익사했고, 또 다른 새끼는 나무를 타고 오르다 떨어져서 생긴 상처가 곪아 죽었다. 곰으로 살기에는 세상이 호락호락하지 않다.

미드나이트가 새끼들을 데리고 숲으로 돌아가자 우리는 다시 별장으로 향했다. 딸아이는 걸으면서도 꾸벅꾸벅 졸았다. 우리는 옆문으로 들어갔다. 주방은 따스하고 훈훈했다. 스토브 위의 냄비에서 비프 스튜 냄새가 풍겼다. 그 옆에 있는 작은 냄비에는 나를 위한 채식주의자용 스튜가 끓고 있다.

스코티는 자리에 앉아 있었다. 내가 어렸을 적 앉던 자리였다.

"어사!"

그는 나를 보자 손을 흔들며 불렀다. 옆에서 라이넷이 미소를 지으며 스코티의 머리를 헝클어뜨렸다. 그녀는 스코티의 보모이자 치료사 겸 선생님이고, 거기다 우리의 요리사와 주방 일까지 맡아 주는 사람이다. 우리는 그녀가 별장에 거주하며 스코티를 돌봐 주는 데 적지 않은 돈을 지불한다. 하지만 스코티가 정신병원에서 고생하며 살았던 세월을 생각하고, 또 트레버가 겨우 찾아낸 사회 복귀 시설 역시 정신병원보다 그다지 나을 게 없었다는 점을 생각하면 라이넷에게 주는 돈은 결코 아깝지 않다.

"내가 오늘 밤 애들을 재울까?"

식사를 끝내고 트레버가 물었다. 우리는 딸아이와 스코티를 '애들'이라고 부른다. 물론 딸아이는 다섯 살이고 스코티는 마흔세 살이지만, 어쨌든 스코티는 여동생이 생겨서 참 좋아하고 있다. 나는 어머니가 내게 그랬듯 딸아이를 침대에 눕히고 동화를 읽어 주는 일을 좋아하지만, 지금은 2층 계단을 올라가는 것도 이 몸으론 버거운 일이다. 둘째 아이의 출산이 임박했기 때문이다. 딸아이였다. 큰딸 레이븐은 여동생이 태어나기를 무척 기다리고 있다.

"그래 줄래? 그럼 좋지."

트레버는 딸아이를 목마 태우고 계단을 뛰어 올라갔다. 라이넷은 스코티와 함께 천천히 그 뒤를 따랐다.

"에클런드 씨."

스코티가 라이넷을 불렀다. 물론 스코티의 말은 '에크런시'라고 들렸지만, 레이븐도 무슨 말인지 이해한다.

나는 그릇을 헹구어 개수대에 쌓은 다음 벽난로 앞 어머니가 쓰던 의자에 앉아 몸을 기대고 눈을 감았다. 이런 날이 오게 될 줄은 꿈에도 상상하지 못했는데. 언젠가 내게 가족이 생겨서 아이를 낳고 별장에 살게 될 거라고, 애타게 특종을 찾던 기자가 나의 이야기를 써서 그 기사가 〈뉴욕타임스 New York Times〉에 실릴 거라고, 그 기사 덕분에 나는 결국 자유를 찾고 그 기자와 결혼하게 될 거라고, 그리고 그 기자의 형이자 나의 가장 친한 친구였던 이와 함께 별장에서 살게 될 거라고, 어머니가 항상 바라던 대로 내가 노던미시간 대학교에서 생물학 학위를 받게 될 거라고, 그리고 남편이 〈뉴욕타임스〉에 실은 나의 가족 이야기 덕분에 퓰리처상 후보에 오르게 되어 노던미시간 대학교에서 교수직을 제안받게 될 거라고 어떻게 알았겠는가.

가끔 샬럿 이모를 죽인 다이애나의 형량이 2급 살인에서 과실치사로 감형되었다는 사실 때문에 괴로울 때가 있다. 하지만 검사의 설명에 따르면, 사건을 재판에 넘기면 배심원단에서 무죄 판결을 내릴 가능성이 항상 있다고 한다. 반면 유죄 협상을 수용하면 언니가 교도소에서 15년을 살도록 확실하게 보장해 주었다.

만약 언니가 출소하면 우린 어떻게 해야 할까. 나는 언니의 어깨를 쐈기 때문에 이제 다이애나는 오른팔을 쓸 수 없다. 다시는 그림을 그릴 수 없게 된 것이다. 내가 언니에게서 언니가 사랑하는 것을 빼앗아 갔기 때문에 언니가 돌아오면 언니는 나에게서 사랑하는 것을 빼앗아 갈 것이다. 변호사는 다이애나가 휴게소에서 죽은 여자아이나 우리 집 수영장에서 빠져 죽은 소년을 살해한 혐의로 기소될 수도 있다고 했다. 저 둘 중 하나라도 유죄 판결이 난다면 언니는 감옥에서 더 오래 있어야 할 것이다. 하지만 승산은 크지 않다는 걸 변호사도 인정했다. 트레버가 녹음한 파일에서 언니가 우리 부모님을 죽였다고 시인한 말이 있으니 형량이 아주 높을 거라고 생각할지도 모르겠지만, 무슨 이유에서인지 판결은 그렇게 나지 않았다. 그래도 앞으로의 일을 고민해 볼 시간이 10년 더 있어서 다행이다.

그동안 나는 가장 좋아하는 의자에 앉는 즐거움을 누리는 데 만족하고 있다. 내 뒤에 서 있는 하얀 곰이 다시 붙인 앞발을 높이 쳐들고 있는 모습이 마치 축복을 내리는 것 같다. 행복은 망토처럼 나를 폭 감쌌다. 때때로 나는 이 모든 행복이 너무 과한 건 아닐까 생각한다. 이 아름다운 사냥용 별장에서 한 번도 꿈꾸지 않았던 결혼 생활을 누리며 남편의 도움을 받아 의미 있는 일을 하고, 아이를 낳아 내 가정을 꾸리다니. 이건 내가 받아 마땅한 몫보다 훨씬 더 많은 축복이다. 그러다 또 이런 생각이 들기도 한다. 지금껏 이 모든 일을 겪었으니, 만약 이 행복이 나의 과거를 보상하려는 우주의 계획이라면 아직도 내가 누려야 할 것은 더 많아야 하는 것 아닐까.

하지만 나는 과거에 묻혀 지내지 않는다. 미래에 대한 생각도 하지 않는다. 대신 나는 현재를 살아가며 지금 가진 좋은 것들에 집중하기로 했다.

내가 등장하는 동화는 행복한 결말을 맞아야 하니까. 왜 아니어야 하는가.

감사의 말

이 책이 나오기까지 참 고맙게도 열정적이고 재능 많은 분들의 도움을 많이 받았다.

퍼트넘 출판사 대표와 편집장 이반 헬드와 샐리 킴에게 감사한다. 한결같이 나와 이 소설을 믿어 준 두 분이 얼마나 중요했는지 말로 다 할 수가 없다.

편집 과정에서 날카로운 통찰력과 복잡한 인간 본성에 대한 깊은 이해도를 보여 준 마크 태버니에게 감사한다. 덕택에 나는 이 소설의 수준을 내가 생각했던 것 이상으로 끌어올릴 수 있었다.

퍼트넘 출판사 편집부의 알렉시스 웰비, 애슐리 맥클레이, 케이티 그린치와 제작팀, 디자이너팀, 영업부와 마케팅팀에 감사한다. 특히 이 책의 제목을 생각해 준 대니엘 디트리히에게 고마움을 담아 외치고 싶다. 이토록 아름다운 책을 만들어 주어 정말 고맙습니다!

나의 담당자 제프 클라인먼에게도 감사한다. 이분이 없었더라면 나는 지금 같은 작가가 되지 못했을 것이다. 작가라면 이토록 헌신적이고 열정 넘치는 담당자가 곁에 있어야 한다. 이분을 내 친구라고 말할 수 있어서 영광이다.

내 소설의 해외 판권을 담당하는 폴리오 문학 매니지먼트의 담당자 멜리사 화이트에게도 감사한다. 이분 덕택에 내 소설을 온 세계 독자들이 읽을 수 있게 되었다. 또한 소설의 첫 독자가 되어 준 캘리 머스티안과 샌드라 크링에게도 감사한다. 이분들의 통찰력과 격려가 없었다면 나는 길을 잃었을 것이다. 나의 친구이자 작가 스티브 레토에게도 감사한다. 이분은 어퍼 반도와 미시간주 법률 지식을 아낌없이 공유해 주었다.

무엇보다도 남편 로저와 어머니 매리안 워커에게 고맙다. 또한 변함없이 응원해 주고 격려를 보내 준 가족들과 친구들에게도 감사를 전한다. 글쓰기란 참으로 고독한 노력이다. 작가들이란 머릿속에서 창조한 세상에 휘말린 나머지 가장 중요한 것을 쉽사리 잊고 살기 때문이다. 하지만 이분들 덕택에 현실에 발 디디고 살 수 있다는 점이 얼마나 고마운지 모른다.

마지막으로 현실 세계와 온라인상에서 만난 친구들의 이름을 언급하며 간략하게나마 감사한 마음을 전하고 싶다. 나는 소설 속 등장인물이 되고 싶은 분들을 위해 본인 이름을 알려 달라는 이벤트를 열었다. 다음은 참가한 분들의 이름이다. 아델 워스코보즈닉, 앰버 마텐슨, 엠버 맥클린, 에이미 클코, 에이미 모스, 애나 가비 아나야, 앤젤리카 워지악, 앤 엘더, 앤 홀트, 앤 L. 세인트안즈, 에이프릴 애러틴, 알린 브라운 스테인, 바브 우즈, 버나데트 벤더 부젝, 베스 앤 하이엇 맥폴스, 베스 볼바흐, 베벌리 퍼디, 브라이언 윌슨, 브루스 윌리스, 카르멘 머피, 캐롤라인 드루이크, 찰린 템플, 크리스 윌리엄스, 크리스토퍼 오믹, 코트니 케이시, 댄 맥두걸, 대니스 하우저, 대니 바르톨로타, 다아시 조바네티, 던 내커, 데이나 에드워즈, 딘 레버, 데비 크록스탯, 데보라 윌 맥그로, 도린 프레스코-스파크스, 엘레인 브레오, 에리카 트로브리지, 에스터 멋지, 게일 토비어스 스미스, 제네바 로버트슨, 지지 해리스, 글로리아 캐스웰, 헤일리 피쉬, 헤일리 조지, 헤더 도버스테인, 헤더 호프-토머스, 헬렌 린드스트롬, 아이리스 젠후버, 재키 윌슨 프레덴버그, 제임스 애그뉴, 재닛 드캐스트로, 재닛 루돌프, 재니스 라이전, 재킨 맥인타이어 듀네이, 제니퍼 냅, 제니퍼 래슬렛, 제럴 게릭, 제시카 드레이튼 프로스트, 제시카 샘프슨, JH 보그란, JM 바튼, 조 핸슨, 존 토머스 바이쇼스키, 조니 크로스 마사드, 줄리 K. 쿨사르, 저스틴 제이노라, 카렌 다이비스, 카렌 포드, 카렌 슈워츠, 케이린 엘리스 앤더슨, 케이트 코트니 스콜린, 캐시 앤트림, 캐슬린 패넌, 캐서린 댈하임, 케이티 미그녹나, 케이 켄달, 켈리 마틴, 켈리 머스티안, 크리스토퍼 즈고르스키, 로라 베이런스, 레슬리 칼슨 데이비스, 릴리안 브루겔, 린다 시오체토, 리사 브렌데믈, 리사 로미오, 리사 로이 화이트, 리시 프리처드, 로리 헌트, 로리 트와이닝, 로레인 펄리스 버게빈, 러즈마리 알바레스 앨런, 린 파커, 린 싱클레어, 막달러나 베이즐, 말리 쿠, 마지 소이어 크로포드, 마고 퍼멘터 지스케, 마리아 럴론드, 말리 피어슨, 마사 댈림플, 메리 캐럴 웨버 오말리, 메리 제인 스나이더, 모린 투오하이, 멜라니 후 스위프트니, 멜리사 맥시, 마이클 해킷, 마이클 냅, 미셸 키니, 미셸 머피, 마이크 워커, 밀리 네일러 헤스트, 미시 제너, 마일라 빌렐로, 낸시 노와크 메시나, 닉 갈링하우스, 니타 조이

핫다드, 노먼 가버, 팸 킬브루 알레산드로, 패티 파타노, 패티 렘프로 원더리, 패티 선드버그, 폴 라티, 페니 낸텔, 피아 닐슨, 레베카 번튼, 로빈 애그뉴, 로사나 란자, 샌디 필즈, 사라 화이트, 샤나 실버, 샤스타 버진스키, 숀 레일리 시몬스, 셰리 트르보비치, 셰리 누더 브래도, 셜리 바렛, 스티븐 바틀리, 수지 바라하스, 타라 험프리, 테리 비돔, 티나 펠린, 트레이시 S. 필립스, 트리나 헤이스, 트리샤 데이빗, 웬디 해리슨, 욜란다 M. 엘킨스.

이 책에 실린 명단에 이름이 안 실린 분이 있다면 부디 양해를 구한다! 아, 잠깐….

옮긴이 심연희

연세대학교와 동 대학원에서 영문학을 공부하고 독일 뮌헨대학교 LMU에서 언어학과 미국학을 공부했다. 현재 영어와 독일어 전문 번역가로 활동 중이며 다수의 저서를 옮겼다. 작업한 소설로는 《마쉬왕의 딸》, 《파이와 공작새》, 《우리가 살 뻔한 세상》, 《컨페스》, 《어글리 러브》, 《테스팅》 등이 있다.

사악한 자매

초판 1쇄 인쇄 2020년 7월 31일 | 초판 1쇄 발행 2020년 8월 10일

지은이 카렌 디온느 | 옮긴이 심연희
펴낸이 김영진

대표이사 신광수 | 본부장 강윤구 | 사업실장 백주현
책임편집 박현아
단행본팀장 이용복 | 단행본 우광일, 김선영, 정유, 박세화
디자인팀장 박남희 | 디자인 김가민
출판기획팀장 이병욱 | 출판기획 이주연, 이형배, 강보라, 김마이, 이아람, 이기준, 전효정, 이우성

펴낸곳 (주)미래엔 | 등록 1950년 11월 1일(제16-67호)
주소 137-905 서울시 서초구 신반포로 321
미래엔 고객센터 1800-8890
팩스 (02)541-8248 | 이메일 bookfolio@mirae-n.com
홈페이지 www.mirae-n.com

ISBN 979-11-6413-574-5 03840

* 북폴리오는 ㈜미래엔의 성인단행본 브랜드입니다.
* 책값은 뒤표지에 있습니다.
* 파본은 구입처에서 교환해 드리며, 관련 법령에 따라 환불해 드립니다.
  단, 제품 훼손 시 환불이 불가능합니다.

북폴리오는 참신한 시각, 독창적인 아이디어를 환영합니다.
기획 취지와 개요, 연락처를 bookfolio@mirae-n.com으로 보내주십시오.
북폴리오와 함께 새로운 문화를 창조할 여러분의 많은 투고를 기다립니다.

이 도서의 국립중앙도서관 출판예정도서목록(CIP)은 서지정보유통지원시스템 홈페이지(http://seoji.nl.go.kr)와 국가자료공동목록시스템(http://www.nl.go.kr/kolisnet)에서 이용하실 수 있습니다.(CIP제어번호: CIP2020026815)